中国文学海外传播研究书系
北京师范大学中国文学海外传播研究中心
张 健 张清华 主编

当代文学的世界语境及评价

世界视野中的中国当代文学

张清华 编

北京大学出版社
PEKING UNIVERSITY PRESS

图书在版编目(CIP)数据

当代文学的世界语境及评价/张清华编. —北京：北京大学出版社，2015.12
（中国文学海外传播研究书系）
ISBN 978-7-301-26361-7

Ⅰ.①当… Ⅱ.①张… Ⅲ.①中国文学—当代文学—文学评论
Ⅳ.①I206.7

中国版本图书馆 CIP 数据核字(2015)第 241250 号

书　名	当代文学的世界语境及评价
著作责任者	张清华　编
责任编辑	延城城
标准书号	ISBN 978-7-301-26361-7
出版发行	北京大学出版社
地　址	北京市海淀区成府路 205 号　100871
网　址	http://www.pup.cn　新浪微博：@北京大学出版社
电子信箱	pkuwsz@126.com
电　话	邮购部 62752015　发行部 62750672　编辑部 62767315
印刷者	北京大学印刷厂
经销者	新华书店
	965 毫米×1300 毫米　16 开本　22.75 印张　328 千字
	2015 年 12 月第 1 版　2015 年 12 月第 1 次印刷
定　价	52.00 元

未经许可，不得以任何方式复制或抄袭本书之部分或全部内容。
版权所有，侵权必究
举报电话：010-62752024　电子信箱：fd@pup.pku.edu.cn
图书如有印装质量问题，请与出版部联系，电话：010-62756370

目　录

"中国文学海外传播研究书系"总序 …………………… 张　健/1
编选说明 …………………………………………………… 张清华/1

辑一·中国文学如何走向世界

与世界"渐行渐远"的汉语文学 ………………………… 陈晓明/3
走向世界：中国文学的焦虑 ……………………………… 吴　俊/11
当代文学海外传播的几个问题 …………………………… 程光炜/18
中国当代作家的"汉学心态" …………………………… 张晓峰/24
中国当代文学的海外影响力因素分析 …………………… 熊修雨/31
主体的自觉与中国当代文学的再认识 …………………… 洪治纲/48
现代性逻辑与文学性危机 ………………………………… 张清华/54
身份困境与价值迷局：中国当代文学的世界处境 ……… 张清华/60

辑二·世界语境与中国当代文学的评价之争

中国当代文学的评价与创新的可能性 …………………… 陈晓明/69
"对中国的执迷"：放逐与皈依 ………………………… 陈晓明/87
垃圾与黄金：中国当代文学评价的两个极端 …………… 张　柠/107
中国当代文学评价中的思维误区 ………………………… 张　柠/112
顾彬不值得认真对待吗？ ………………………………… 肖　鹰/120
中国学者的"大国小民"心态 …………………………… 肖　鹰/123
王蒙、陈晓明为何乐作"唱盛党"？ …………………… 肖　鹰/127
评中国当代文学批评家的"长城心态" ………………… 肖　鹰/133
中国文学批评怪象批判 …………………………………… 肖　鹰/136
"憎恨学派"的"眼球批评" …………………………… 孟繁华/144
漫议顾彬 …………………………………………………… 王彬彬/151

传媒意识形态与"世界文学"的想象 ………………… 张　莉/160
在世界性与本土经验之间 ……………………………… 张清华/178

辑三·中国作家与世界视野

文学与世界 ……………………………………………… 莫　言/219
从顾彬的一句诗谈起 …………………………………… 王家新/224
我所感悟到的中国诗学艺术的特点 …………………… 食　指/229
对接受者的猜想 ………………………………………… 西　川/232
汇集，表达或者空白 …………………………………… 多　多/235
我的中国经验 …………………………………………… 林　白/238
从苏州庭院到"马戈德堡"的黄昏 ……………………… 朱文颖/241
中国文学的传播焦虑 …………………………………… 刘震云/244
故事、小说和信息 ……………………………………… 格　非/247
只有灵魂可与世界接轨 ………………………………… 徐小斌/251
中国文学海外传播的瓶颈 ……………………………… 李　洱/254
经验，在最深处 ………………………………………… 东　西/257

辑四·张枣专论——纪念远行的诗人

诗人张枣：我将被几个佼佼者阅读 …………………… 柏　桦/263
笼子里的鸟儿和外面的俄耳甫斯 ……………………… 钟　鸣/269
精灵的名字 ……………………………………………… 宋　琳/289
站在虚构这一边 ………………………………………… 欧阳江河/303
综合的心智 ……………………………………………… 顾　彬/312
两个"古典"，还有一个"叙事" ………………………… 李振声/317
护身符、练习曲与哀歌：语言的灵魂 …………………… 王东东/333

"中国文学海外传播研究书系"总序

张　健

营造良好的世界文化生态,促进不同民族文化间的相互了解与尊重、对话与交流,借以实现和谐世界的人类理想,越来越成为一种世界性的共识。文学作为人类精神文化的重要载体,由于其自身所具有的鲜明的民族特质和相对的共通性,由于其包含在特定社会生活内容当中的丰富的情感诉求和对于人性的多方位思考,由于其所具有的较强的可读性和极为广泛的受众基础,它的国际传播可以而且应当成为跨文化交流的一种重要而有效的途径。

中国的文学源远流长,承载着博大精深的中国文化。中国文化的要义之一,就是"和"。为了"和",中国文化主张"和而不同"。因为在这种文化看来,绝对的"同"必然导致绝对的"不和"。这一点,与当今世界各民族文化、区域文化之间互荣共生的时代精神是完全吻合的。中国文学因此而成为世界上了不起的文学之一,中国人对于本国文学的思考因此而成为人类思想当中重要的一部分。在世界范围内传播中国的文学及其对于文学的思考不仅仅是国家文化战略的需要,同时也符合人类和平发展的根本利益。在一个全球化的时代,为了保证当今世界民族文化多样性的存在,通过我们创造性的工作,让世界上更多的人群能够分享中华优秀文化的精髓,为人类文化的繁荣与世界的和平做出中华民族独特的贡献,是中国文学及其研究重大而崇高的历史责任。

有鉴于此,北京师范大学文学院,作为中国大陆中文教育与文学研究的学术重镇之一,近年来一直在跨文化的文学传播与交流方面进行着积极的尝试和切实的努力。为此,我们成立了"中国文学海外传播研究中心",并且从 2009 年开始实施"中国文学海外传播"的计划。其旨归有二,一是希望站在民间和学术的立场,通过与国外教育、学术机构中有识之士长期有效的合作,在海外直接从事中国文学及其研究的传播工作,向世界展现当代中国最鲜活的状貌和样态;二是希望在中国文学及其研究国际化的大趋势当中为本土文学及其研究的繁荣增添新的契机、新的视域和新的活力。这项计划的具体内容除组织召开跨学科跨界别的与"中国文学海外传播"有关的大型国际学术研讨会,在海外出版发行英文期刊《今日中国文学》,翻译出版中国作家的重要新作及国内学者的相关论著,在国内编辑出版著名英文期刊《当代世界文学》的中国版,发布中国文学及其研究的海外文情报告以外,还包括了另外一个后续的大型项目,即分批出版"中国文学海外传播研究书系"。

我相信,这项计划的成功实施,可以有效地展示中国文学的当代风采,有利于建构世界文学中完整而真实的中国形象,增进国际社会对于当代中国及其文化的了解与认识;有利于不同国家、种族和民族间的文学、文化乃至思想和学术的交流;有利于中国文学海外传播经验的积累,有利于中国文学海外传播方面的发展战略与策略的探讨和调整;有利于本土的中国文学及其研究的创造性发展。它的意义应该是重大而深远的。

到目前为止,我们已经成功举办了两次跨学科、跨界别的大型国际学术研讨会,反响很好;英文学术期刊《今日中国文学》现已正式出版四期,面向全球发行,在西方的作家、诗人、批评家、学者、编辑、出版商、发行商、文学爱好者、汉语爱好者当中已引起广泛的关注和浓厚的兴趣;《当代世界文学·中国版》已经编辑出版了四辑;列入"今日中国文学"英译丛书的作品和作品集已经通过了论证和审定,其版权协议、翻译等各项准备工作正在进行之中,在完成英译以后它们将由美国方面的出版社负责在世界范围内出版发行;海外文情报告和英译的国内学者论文集中的一部分亦已进入到付梓出版的阶段。由于中外双方的精诚合作与国内的多方支持,计划终于取得了重要的突破和初步的实绩。

但另一方面,三年多的传播实践在使我们进一步认识到中国文学海外传播事业的重大意义的同时,也告诉了我们这项事业的高度复杂性和它特有的难度。文化、制度、社会现实上的差异和语言上的障碍,是我们必须面对的难题;海内外之间多方的沟通与磨合是我们日常的功课;超越实务层面的理性而系统的思考是我们需要迎接的挑战。"中国文学的海外传播"无疑是一项崇高的事业,而崇高的事业无疑又是需要为之付出巨大精力、智力和心力的。究竟应该如何去遴选作品,才能表现出当代中国的文学及其研究的独特神韵和真实风貌?才能反映出中国社会历史性的变化?怎样做,才能保证乃至提高中国文学在海外传播的有效性?应当如何从发展和变化的眼光去看待外国读者的阅读心理和欣赏趣味,去看待中国本土的文学及其研究的传统和独特性?如何理解和对待海外汉学在中国文学、中国文学研究及其海外传播问题上的作用和影响?如何在世界范围内扩大资源,提升高学养、有神韵的翻译能力?如何更有利于海外出版物向教育教学资源的转化?凡此种种,显然都需要深入的探讨和系统的思考。人类崇高的事业必然是有思想的事业。我们需要来自多重视角的洞见与卓识,我们期待更多同道在智力和学术上的跟进。而这也就成为我们设计"中国文学海外传播研究书系"的初衷之一。

当然,这套书系的创意,绝非仅仅来自中国文学海外传播过程中实践性的迫切需求,除此之外,它与我们的学术追求和理论抱负,与我们对于中国文学及其研究的历史趋势、中国文学海外传播事业的总体认识和判断,同样有关。

随着经济全球化和高科技迅猛发展,随着中国综合国力的不断提升,中国文学及其研究已经进入国际性的跨区域、跨文化、跨族群互动交流的新阶段。大陆与台港澳地区、中国与世界各国之间的文化和学术上的交流与合作不仅日益频繁,而且日见深化,中国大陆的文学和文学研究正在悄然融入世界文学和国际学术的广阔天地。中国离不开世界,世界缺少不了中国。西学仍在东渐,中学正在西传。在一种全球化的时代语境当中,如何发展和看待中国的文学及其研究,早已不再仅仅是中国人自己的事情,它已然成为国际社会越来越多有识之士共同关心的话题。中国的文学、对于中国文学的研究、中国文学的海外传播、对于中国文学海外传播的研究这四者已经空前紧密地联系在一起。中国文学及其研究的世界性格局正在由此而形成。

在这种背景之下去讨论中国文学及其研究,自然是离不开国际意识和国际视野的。特别是当"涉外"的中国文学及其研究已然成为一种需要人们高度关注和重视的新"现实"的时候,中国文学及其研究的内涵、功能、方法、层次、意义和其所适用的范围显然已经和正在发生着前所未有的深刻变化。"涉外"的中国文学及其研究并非今天才有,但在过去,它们明显属于一种边缘性的附加部分,而今,它却成了中国文学及其研究不可分割的一部分。这对传统意义上的"涉内"的"中国文学及其研究"无疑是一种具有历史意义的丰富和拓展。这种丰富和拓展要求我们在理念观念、认知内容、思想方法、研究范式、传播方式、制度环境等方面进行一系列相应的调整,以一种更为自觉的态度关注和引领中国文学及其研究领域的这些历史性的新变化。

世界性的格局,需要我们更为深入地认识中国文学及其研究的国际化问题。这种国际化实际包含了外化和内化两个最为基本的方面。其"外化",是指中国文学及其本土研究在国际上的传播;其"内化",指的是发生在中国文学及其本土研究内部的自我调整与优化。这种自我调整与优化最为根本的内驱力当然来自中国社会的内部,但它显然又是同域外文学及其学术研究在中国的传播,同中国文学、本土的中国文学研究向外的传播及其反馈密切相关。外化和内化应该是国际化问题当中相互依存、交相互动、密不可分的两个方面。我们强调中国文学及其研究的向外传播,丝毫不意味着我们可以忽视中国文学及其研究自身的调整、建设与优化。

但问题是,在一些人那里,这种"外化"往往遮蔽了"内化"的必然性和必要性。在这些人看来,所谓"中国文学及其研究"本身实际上不仅是既定的而且是恒定的,所谓"外化"或"涉外",无非是要把这些既定、恒定的东西以一种既有的方式"向外"传播出去而已。殊不知,传播即交流,而交流从来不可能是单向度的。在交流的过程中,交流的双方乃至多方或早或迟、或显或隐都会发生相应的变化。中国文学的海外传播,情况亦会如此。传播出去的中国文学固然依旧是"中国文学",但它已经不再是原初意义上的中国文学,而是经过了"他者"理解的、打上了某种"他者"印记的"中国文学"。这种情况反转回来势必又会直接间接地影响到本土原生的中国文学。在一种世界性的格局之下,"外化"和"内化"、"涉外"和"涉内",是难以截然分开的。在我看来,中国文学的海外传播,无论是就传播的主体、客体、中介,还是就传播的环境、机制、动力而言,都会存在着一种极其复杂微妙的、多层多向互动的转化过程。对于这一复杂的转化过程的理性总结和系统研究,不仅会直接推进海外传播的实务,而且它本身就是中国文学及其研究的重要组成部分。

"涉内"的中国文学及其研究和"涉外"的中国文学及其研究,当然会有明显的区别,但是它们之间的相关性和统一性不可忽视。我们应当看到在两者之间事实上存在着复杂的互动关系。我们需要重视中国文学及其研究在国际传播过程中对于本土的中国文学及其研究所提供的反馈性影响,不仅是为了更好地"外化",同时也是为了本土的中国文学及其研究自身的进一步"优化"。在这个意义上,我觉得我们应该认真研究一下国外特别是英语世界的文学及其研究的情况和国外大学相关机构的教学科研情况。尽管我们和他们在许多方面有着明显的不同,我们在文学及其研究方面有着丰富而成功的经验,我们无需也不会跟在他们后面亦步亦趋,但是他们作为"他者"所提供的经验是值得我们认真对待和有选择地借鉴的。在文化和学术跨地域、跨族群、跨语言的交流与传播当中,"差异"的积极意义有时或许大于它的消极意义,有了"差异"才会有"差异"与"差异"之间的互识、互动、互补、互融、相生,才可能生成人类文明多元而和谐发展的建设性力量。

就此意义而言,中国文学海外传播研究完全可以并且正在成为中国文学及其研究当中的一个带有交叉学科性质、极具发展前景的新兴领域。这一由中国文学与传播学两个基本学科在全球化语境下的耦合而形成的新兴领域,就目前的情形看,已经具有了可持续的、特定的研究对象和比较明确的研究目标。尽管它在短时间内还不大可能形成一门相对独立的学科,但我相信,经过越来越多有识之士的不懈努力,随着研究资源的不断丰富和积淀以及研究方法的不断成熟,它最终是完全可以建构起一整套属于它自己的、逻辑化的科学知识体系的。愿我们"中国文学海外传播研究书系"的陆续出版,对于加快这一学术发展的进程能够有所助益。

我们希望这套研究书系能够提供一扇了解中国文学及其研究海外传播与接受基本状况的窗口,打造一个在国际化大背景下思考中国文学及其研究问题的多向对话与交流的平台。很显然,这套书系不可能为人们提供终结性的统一结论,但却可以提供一次理解、尊重、包容、借鉴乃至超越彼此间差异的新的可能,让海内外更多的有识之士从这种围绕"中国文学海外传播"问题而展开的、"和而不同"的、跨学科跨文化的多重对话与往复交流当中,获取新的启示、新的灵感、新的兴趣、新的话题和新的动力。《论语》有言:"以文会友,以友辅仁。"我们真诚地希望这套书系的出版能够得到国内外更多朋友的关注,同时也希望海内外有志于传播和研究中国文学的同道们,不吝赐教赐稿,让我们大家一起来推动这项有益于人类福祉的事业。

2012 年 7 月 29 日

编选说明

如何看待评价中国当代文学,它的成就究竟几何?这成了近年来国内外学术界和文学界争论不休的焦点问题,不止国内分歧巨大,外国学者也参与进来。总之,关于这一问题的讨论是在一个国际化的视野中展开的。为此我们在"中国文学海外传播研究书系"中专设了"国际视野中的中国当代文学"的专题,分两部来展示这些论争和成果。

第一部"当代文学的世界语境与评价"共分为四个单元,分别为:

一、"中国文学如何走向世界"。选取了七篇建设性讨论的文章,这几篇文章基本都是2008年和2011年在北师大召开的"中国文学海外传播国际学术研讨会"上的发言,有陈晓明的《与世界"渐行渐远"的汉语文学》、吴俊的《走向世界:中国文学的焦虑》、程光炜的《当代文学海外传播的几个问题》等,聚焦探讨了中国当代文学走向世界及海外传播的问题。二、"世界语境与中国当代文学的评价之争"。围绕由海外汉学家顾彬对中国当代文学的批评引发的一场"关于如何评价中国当代文学"的论争,本辑汇集了参与讨论的代表性文字,期待读者可以从中感受到不同立场与评价方式的碰撞和对话,深入思考中国当代文学到底价值几何的问题。三、"中国作家与世界视野"。该辑收入了2011年在北师大召开的"中国文学海外传播国际学术研讨会"上中国作家代表的部分发言,希望读者从作家的思考角度获得某些启示。四、"张枣专论——纪念远行的诗人"。收入了多位诗人和批评家对于这位英年早逝的旅德诗人的纪念与研读的文章。期待可以为我们理解中国当代诗歌的"世界语境"提供一个案例。

第二部"他者眼光与海外视角"共分为三个单元,分别为:

一、"中国当代文学海外传播研究"。该辑编选了刘江凯的《本土性、民族性的世界写作——莫言的海外传播与接受》、明迪的《影响与焦虑：中国当代诗在美国的译介状况》、陶秋慧的《翻译先行、研究滞后——余华作品在越南》等七篇文章，是以实证资料的形式，具体介绍和探究中国当代文学究竟在多大程度上走向了世界，并对当代文学海外传播中存在的问题做了某些思考。二、"当代海外汉学研究之研究"。该辑是针对当代几位有影响的海外汉学家如王德威、顾彬、柯雷、杜博妮等的研究所做的研究，对于了解国际汉学界对中国当代文学的研究状况多有启示。三、"当代海外汉学家访谈"。该辑收入了游学海外的北师大师生与海外汉学名家的对话，或者在学术交流时的访谈，通过对话与思想的互动，他们激发出了许多灵感。相信这些对话也能够给予读者某些有益信息和思想启示。

辑一 中国文学如何走向世界

与世界"渐行渐远"的汉语文学

陈晓明

汉语文学与世界文学的关系,一直是一个自明而又令人困惑的问题。其自明体现在:汉语文学自现代以来的文学革命开始,就是在西方的现代性历史驱动下做出的变革,其新的白话文学观念、新的主题、新的语言形式与表现方法、新的文学功能,等等,都无不受西方古典的和现代文学的影响,当然还有苏俄文学的影响,因而,它一直就在世界文学之内,一直就是世界文学的一部分。没有人会怀疑现代的鲁迅是世界性的作家,也没有人怀疑鲁郭茅巴老曹那代人与世界文学有着极其紧密的联系。而关于50至70年代的中国文学与世界文学的关系,则是一个含混不清的话题,该时期中国文学与苏联文学的密切关系,虽然也是与世界文学关系的一种表述,但这样的世界似乎不是我们所要的真正的"世界",因为那会与极"左"路线发生关联(迄今为止,我们还未能在现代性的叙述中有效地给予阐释,或者说对这样的阐释还未能给予必要的重视)。我们所说的"世界性",是西方的世界性,或者19世纪俄罗斯文学的那种价值准则。

其实,中国文学与世界文学的关系千丝万缕,在现代性论域内,有多种面向可以展开论述,如某个作家的创作与西方古典或现代文学的联系,某部作品中的西方或世界的因素,某种表现方法或主题与西方现代主义或后现代主义的联系,等等。但面对当代中国文学,所有这些论述都不能使人满足,因为所有的难题归根结蒂在于两个问题:其一,当今中国文学如何更全面也就是更有效地走向世界?其二,当今中国文学到底与世界文学在艺术水准上有多大差距(或者接近到何种程度)?其实人们的焦虑正是集中在第二个问题上,因为,如今中国文学不能全面而有效地走向世界,正是在艺术水准方面不自信,或者说是对中国作家不信任,不相信今天的中国作家具有世界级水准。好不容易有一位中国作家获得诺贝尔文学奖,有的国人却声称,达到这一作家水准的中国作家有二十个以上;这样说的意思不是说中国文学水准有多高,而是说那位获得诺贝尔文学奖的作家的水准有多低,进而证实诺贝尔文学奖只是从政治方面来考量的……如此云云。

中国当代文学的水准问题是所有问题的核心,而这一核心问题只有等待汉学家或西方的出版商认可才能解决。这仿佛是在等待审判一般。中国文学走向世界,先要等待艺术水准的质量认证,而后才能获得世界的通行证。如此这般,恐怕中国文学再过一个世纪也不能走向世界。

走向世界对于中国人来说,从来不是一个简单的出版商业问题,它是一种文化的尊严。如果只是出版商业,最近二十年来,中国文学走向世界的并不在少数。中国当代至少有五十个以上的作家的作品被翻译成多种文字,在欧美较有影响的作家如王蒙、莫言、余华、苏童、铁凝、张炜、王安忆、贾平凹、姜戎、徐小斌、格非、阿来、刘震云、虹影,等等。这些作家的作品,除了少数几部是由企鹅出版公司等大出版商运作外,大多数作品是由欧美大学出版社作为学术研究的对象而出版的。这样看来,走向世界的困扰,就是文学的阅读价值如何被欧美顶级出版商认证,而这种阅读价值,显然也是在艺术价值等价的情形下被认定的。这种艺术价值,当然也是西方主流文学价值观的体现。

然而,问题的难处在于,中国作家的作品是否符合西方的主流文学价值观,这要由少数汉学家来认定。那么,我们就会追问,少数汉学家如何认定呢?是以他们自身的阅读,还是由中国本土的文学研究信息给予有效的参考意见?

中国文学走向世界,必然面临着二难选择:它要么完全奉行西方文学的标准,接受西方文学的全盘影响,做出合乎西方文学(包括苏俄文学)理想准则的文学,这可能会易于为西方的汉学家、出版商、广大读者所接受。但这样做的风险在于:如果说文学要植根于母语的民族传统和现实生活的话,那么,中国文学就不可能全盘西化,因为这与思想观念和社会价值观念还有所不同,文学与母语相关,是民族文化最内在的表现，它必然要扎根在民族心灵与母语魂灵之中。那么，它其实只有一条路，那就是走民族本位文学的路，这条路的结果必然是，其本土的、母语的文学性水准愈高（或愈成熟），走向世界的难度就愈大。

这不仅是一个学理的问题，也是一个现实的问题。

在80年代，中国文学刚刚结束"文革"的无产阶级专政下继续革命的压制，之前文学全然是意识形态的宣传表达工具。尽管说创建"真正的"或"中国式的"社会主义新型文学未尝不是一项重大事业，未尝不是国际共产主义运动在中国实践的重大成就，但"文革"期间的文化政策无疑过于激进化，就是从现代性的合法性角度来看，也还是过于概念化和观念化了。五六十年代的中国文学深受苏联文学的影响，同样是社会主义现实主义的观念化占据了支配地位。虽然不排除有一部分作品顽强地保持了中国本土的文化传统和生活气息，但总体上观念性占据了主要地位。"文革"后的80年代，中国文学追逐西方人道主义和现代派，几乎称得上与西方/世界文学的直接对话，80年代的中国文学当然有着强烈的走向世界的愿望，与世界文学同步发展，也是中国实现四个现代化的时代精神的必然延伸。90年代初，历史在突然间断裂之后，中国社会的意识形态转向本土化，一方面是因为正统马克思主义信念遭到现实实践的挑战；另一方面是本土经济改革成就有底气拒绝西方的普世价值。因此，转向本土的传统文化就不失为一个暧昧且暂时的选择。但这一暂时选择却不是权宜之计，而是有着深厚的根基，原来郁积在人文文化和民间文化中的传统资源迅速浮出历史地表。在文学领域，再也没有追赶西方"现代派"的焦虑，90年代初出现的几部作品，如《白鹿原》《废都》以及稍后莫言的《檀香刑》等，都转向了中国传统资源，至少在艺术的表现形式和价值观方面，西方现代主义的痕迹不再那么突出了。90年代的转向使得中国当代文学心安理得地转向本土现实与传统资源，其结果是文学离西方的现代主义有距离，与19世纪的世界文学传统也貌合神离，这种距离因为90年代的整体社会的文化保守主义转型而具有了合法性。其进一步结果是，90年代后期以来，直至21世纪初期十年，当代中国文学比较有影响的作品、被认为艺术上比较有分量的作家的作品，都属于乡土中国叙事，这与90年代后期中国社会的工业化、全球化以及城市化的现实大相径庭。

　　这一看似偶然的被迫的转向,其实隐含着内在必然性,转向乡土中国叙事,实际上是回到自己的道路,回到它不得不走的道路。这就要从学理上来理解中国文学与西方/世界文学的关系。

　　一个民族有一个民族的文学,即使在理论上无法论证周全,但还原到历史语境去看就清楚了。尤其是论证现代以来的中国文学,在理论上似乎还难以做到彻底。因为现代以来的中国文学就是在西方/世界深刻影响下才形成了现代白话文学革命,也才有了现代文学的进步的历史。受西方/世界文学影响是一回事,走着中国自己的道路也是事实,正是后者导致中国现代文学与西方现代文学产生了深刻差异。

　　这一历史分岔在逻辑上就有分野。简要地说,西方现代以来的文学在其文化性质上属于浪漫主义文学;而中国现代以来的文学则走向了现实主义。当然,有人会质疑说,"现实主义"也是西方的说法,且西方现代以来的文学就有现实主义这一派。在我这里,主要是着眼于文化方面加以论述的。也就是说,西方现代以来的文学即使是现实主义,本质上也是浪漫主义。这一"现代",是现代性意义上的"现代",而不只是"现代派"的"现代"。此一说法,则是参照了以赛亚·伯林的说法,亦即西方自从18世纪以来的浪漫主义哲学/文化,深刻地影响了此后的文学艺术。

　　以赛亚·伯林在《浪漫主义的根源》一书中说:"浪漫主义的重要性在于它是近代史上规模最大的一场运动,改变了西方世界的生活和思想……它是发生在西方意识领域里最伟大的一次转折。发生在19、20世纪历史进程中的其他转折都不及浪漫主义重要,而且它们都受到浪漫主义深刻的影响。"[①]在《现实感》里,他再次强调发生在18世纪末的思想史转折的重要性。虽然因"浪漫主义"的称呼而广为人知,"它的全部重要意义和重要性即使在今天也没有得到应有的认识"。他指

[①] 〔英〕以赛亚·伯林:《浪漫主义的根源》,译林出版社2008年版,第10页。显然,这样的浪漫主义概念与中国文学上经常使用的"浪漫主义"有些不同。例如,德国古典主义哲学在伯林和哈贝马斯那里,都被理解为主导的浪漫主义传统。

出:"我们称为浪漫主义的运动使现代伦理学和政治学发生的转型,远比我们意识到的要深刻得多。"①

从这一观点可以进一步去理解,浪漫主义运动使文学艺术发生的转型,可能更为深远。浪漫主义是一种更为基础、更为深远的西方现代性的思想文化运动(即使是现代主义或后现代主义,也是在浪漫主义的基础上发展出来的反叛性/批判性的思潮)。西方现代以来的文学艺术,根本上是立足在这一文化根基上。也因此,我们就可以理解西方现代以来的文学,如何通过写出人物的内心世界来折射社会历史现实;这与我们努力要反映时代精神、反映社会现实的本质规律的要求,显示出对比鲜明的艺术进向。这是我们理解中西方现代小说叙事时的宏观哲学背景,或者说思想文化背景。

西方的现代小说是在浪漫主义文化中生长起来的艺术样式。而中国现代以来就未能发展出浪漫主义文化,传统中国哲学在现代遭遇挑战,并未发展出适应时代变革的本土的哲学思想根基。一方面,是由于马克思主义和苏联社会主义占据了意识形态的领导地位;另一方面,现代以来的思想变革主要由文学来做出,而文学方面的变革为的是适应现实社会变革的需要,于是现实主义占据了主导地位。尽管"五四"时期的新的白话文学洋溢着相当浓重的浪漫主义气息,李欧梵也试图据此勾勒出现代中国文学中的浪漫主义脉络②,但浪漫主义终归不是主流,主流还是建构民族国家认同意识的现实主义文学。即使像胡风与路翎那样强劲的主观战斗精神,也还是被划归在现实主义名下。关于现代文学最有影响的解释模式,当推李泽厚先生的"启蒙与救亡的双重变奏",这二者是现实紧迫任务推动下的思想启蒙。救亡也是一种启蒙,而且是更为有效的、影响深远的启蒙。这就是中国现代思想建构所走的一条完全不同的道路,这条道路无疑深刻地影响了中国现代以来的文学的思想基础与表现方法。遭遇激进变革的现实挑战,现代中

---

① 〔英〕以赛亚·伯林:《现实感》,译林出版社2004年版,第191页。
② 参见〔美〕李欧梵:《五四运动与浪漫主义》,原载香港《明报月刊》1969年5月号。或参见冯牧主编《中国新文学大系1949—1976·文学理论卷》第1卷,上海文艺出版社1997年版,第549页。

国文学迅速转向了为人生、为现实的艺术。最终"启蒙"与"救亡"形成一种紧张关系。这一文化根基的深刻分歧,可以让我们去思考:进入现代以来,汉语文学一方面接受了西方及苏俄的直接影响;但另一方面,依据现实的紧迫要求,顽强地走着现实主义道路。现实主义在西方只是作为一种表现手法,或者说作为文学艺术的一项基本艺术表现手法的创作方法;中国现代以来的文学,则把现实主义推向了意识形态规范性的高度,目的是表现客观唯物主义对历史和现实的权威解释。这就使得中国现代以来的文学,始终与西方现代文学有着本质的差异。

在整个80年代,因为西方的诸多思潮涌入,现实主义的恢复与现代主义的借鉴几乎具有同等的意义。前者具有意识形态的合法性;后者则以时代创新的强烈愿望也获得了合法性。但后者的"西方资产阶级文化特征"很快就不能为"创新"这层纸包裹住——因为"创新"再也不能从实现四个现代化那里找到合法性——而迅速被归结为资产阶级自由化。90年代作为文化重建的合法性依据是传统文化,是本土性的历史与现实,而现实主义回归到这里才真正有了着落。这就回到了前面所述的时代心理:这是一个不得不如此的结果。这样我们才看得更清楚,并不只是因为时代风向变化,而是现代以来中国文学就走着与西方不同的道路,它只能沿着这条道路走下去,这就是名为现实主义的对外部历史现实的客观化表现;这与西方回到内心深处的浪漫主义、现代主义、后现代主义文学属于不同进向的文学。这也就好理解,90年代后期至21世纪初期,中国文学是全面的乡土叙事的回归,而且在此基础上建构起一个时期的文学高度。

因此,如果按西方现代以来的文学标准来看中国当代文学,显然不是艺术水准的问题,而是艺术特质的鲜明差异。中国当代小说长于客观历史叙事,这与西方现代以来的小说长于内在心理叙事十分不同。尽管二者都有例外和特异,但总体来说,中国现代以来的长篇小说注重外部客观社会现实的表现,擅长历史叙事。进入新世纪以来,莫言的《生死疲劳》《蛙》、张炜的《你在高原》、贾平凹的《秦腔》《古炉》、铁凝的《笨花》、王安忆的《启蒙时代》、刘震云的《一句顶一万句》、阎连科的《受活》《四书》、阿来的《空山》、刘醒龙的《圣天门外》、毕飞宇的《平原》等,都可以看出乡土中国的历史叙事所达到的发达和成熟的状态。某种意义上,过度发达与成熟,无疑也是一个需要反思的问题。

当然,对历史叙事体制的过度成熟状态的克服,并不是简单直接地转向西方浪漫主义文化基地上的内在化的心理叙事,而是在自身的道路内,以其自身的艺术感悟来完成内在的超越。因为,这样的艺术特质依然是其身锤炼而成的艺术本性,并不能轻易丢弃,也不应该丢弃。实际上,近年来的乡土中国历史叙事,有几位作家就做出了相当高妙的抽离——之所以用"抽离"而不是用"破解"或"突破",是因为这是内在化的自然的领会,是内化到一定境界时艺术笔法自然闪现出的智慧之光。如刘震云的《一句顶一万句》,用故事的小转折、对哭丧的回望、改名的历史性,从大历史中抽离出来,完成乡土中国极为本真纯粹的叙述;莫言的《蛙》,用平实的叙述与多文本的戏剧性拼贴,来打开文本的历史建制;张炜的《你在高原》,用第一人称的强大主观语式,来建构对话性的叙事情境;阿来的《空山》,用更虚化的生存体验,来寻求超出异域文化封闭领地的路径;贾平凹的《古炉》,显然是一部极为大胆的作品,落地成形,随物赋形,行于所当行,止于可止与不可止,如此随心所欲,自然天成……这些叙述经验,确实是在汉语文学经验内部所抵达的意境,甚至也是这些作家修炼多年后的感悟。

也许这样的文学经验,抵达了汉语文学艺术成熟的境界,但却因为更加富有汉语文学的品性,越是民族的、汉语的,未必真的就有利于它走向世界,这是一个值得探究的问题。因为,汉语及其文化的微妙、复杂、丰富甚至诡异,都在这种文学的成熟状态里充分体现出来,这恰恰给翻译与跨文化交流带来难度,甚至变得让人望而却步。想想看,在全世界有几个汉学家愿意或者能够翻译出这种极富汉语特性及地域文化色彩的作品?

其实,不管西方还是中国,文学发展至今,都已走到它的晚期。想想文学在人类漫长的岁月里有过辉煌,今天它因为自己的成熟,也因为影视等其他更具有工业主义品性的文化类型极其旺盛地生长而不得不走向晚期,这是我们必须面对的一种文化命运。而现代汉语白话文学历经百年的沧桑,才有今天的晚熟,但不见得是其晚期。汉语文学有它更加醇厚的汉语韵味,这才有一批老当益壮的作家,但无论如何,如此老道的汉语文学也回天无力,它在自己的(汉语的)道路上渐行渐远,在离开世界文学的道路上渐行渐远。如此看来,这并不是一个全然让人绝望的结果,当代中国文学(这里说的主要是小说)在把自己的语言、文化和生命存在的独特性表现得更加丰厚时,也必然在另一条道路上与世界文学相交,它真正地内在地在世界文学中,才可能是世界文学的一部分,或许还会是 21 世纪世界文学的魂灵。这不只是空洞的寄望,更重要的是,这有赖于我们对从今以后的汉语文学的意义做出准确有效的阐释。

走向世界:中国文学的焦虑

吴 俊

何谓世界？走向什么世界？

如何判断、描述、探讨"中国文学"与"世界"的关系,从近年中国文学界的基本观点或结论来说,主要可以归结为三种(句式):一、中国文学"已经"走向世界;二、中国文学"正在"走向世界;三、中国文学"如何"走向世界？姑且不论这三种说法的短长,它们实际上都暗含了一个共同的思想前提:中国文学与世界的关系"状态",主要不是一种单纯的文学事实,而是一种关涉文学价值的评判,即可以根据中国文学与世界的关系程度而对前者进行价值判断。同时,这三种说法也都泄露了一个共同的心理情结或症状:"走向世界"已经成为中国文学的一种重要关切乃至焦虑。两相结合,借助时下的一个时髦说法,就是中国文学与世界的关系关乎中国文学的核心利益。

显然,这是讨论(宏观范畴的)中国文学(问题)的一种新语境。

为确定这种讨论的实际所指和边际,有必要先对所涉关键词(概念)有所规范。看似比较简单能够搞定的是"中国文学",实际所指的应该主要是当代、当下、现时的中国文学,进一步明确的话,主要就是"文革"后、新时期以来的中国文学。相对难说清的是所谓世界究竟何指？

世界就是全球、全世界？还是包括中国在内的全世界？这两个设问性的回答既有点同义反复,又太宽泛不着边界。将中国文学输出到域外实际空间范围的全世界,事实上并不可能,也没有一种国别文学有此可能;所谓世界必有空间限定。第二种回答则貌似将中国置于世界之中,实则有点抗衡西方中心的潜台词,意谓在中国(大陆)的中国文学也就在世界之中。只是这种潜台词已经实际取消了中国文学走向世界的问题本身,虽仍不失为一种文学性颇强的说辞,但"世界"因之有了"消失"的可能,也就没有意义或无从讨论下去了。

"中国(不仅是文学)走向世界"问题的产生,显然有其明显的历史生成缘由,比如可以追溯到清代中晚期甚至明代中国的域外交通,但这个问题之所以每每会成为历史上的当下性焦虑,显然都有其当下性的特定缘由。从历史上看,这种缘由大多或主要起于中国与欧美的力量和利益碰撞;从当下情境上看,也同样不外乎相同的缘由。概言之,在中国的历史经验和域外空间视野中,"世界"的产生与中国天下的崩溃几乎同步,也与默认欧美列强的世界地位和世界秩序几乎同步——当我们反思西方中心观的时候,大多视其为西方的强权或霸权,但西方中心观恰恰,至少也是经由晚清、"五四"时代的中国精英和先进分子才在中国获得了合法性和正确性。作为一项遗产,不管原因,结果就是中国对之的认可和认同,否则也就不会有"走向世界"的问题产生。

因此,对"世界"不言自明的经验性认识,中国语境中对于世界的实际或真实所指,历来就是以欧美列强为中心的世界观。获得与欧美列强同等、平等的国家与世界地位,也就是中国走向世界的基本目标和目的。这种世界观难言绝对正确与否,但其中形成的挑战和困难同样成为中国走向世界的障碍。

就"中国文学走向世界"这一当下性的话题本身而论,如前所说,其中不仅关乎事实判断,而且更主要的是,它同时(或是潜在地)也含有价值判断。走向世界是否意味着中国文学必须主要以西方文学的价值观作为准入门槛?或者,是否意味着后者被迫、不得不认可、包容异质性的中国文学价值观?文学价值当然有其同质性,但同质性在这里显然没有讨论意义;着眼于同质性也就不会有中国文学走向世界的问题性和焦虑性。只有突出走向世界的中国文学的价值异质性,这个问题才会是真实的,并且,也才能最大程度地彰显中国文学的价值独特性。所谓挑战和困难就在于此。不能消弭这种挑战和困难,障碍也就还将长期横亘在中国文学和所谓世界之间。

也就是说,如果中国文学走向世界是一个真实的问题,那么这个问题恐怕还会延续下去,就像它几乎已经延续了一百多年一样。如果中国文学与世界的关系关乎中国文学的价值地位,并且关乎中国文学的核心利益,那么中国文学的价值地位和核心利益在这种判断视野里,至少目前依然还只能是模糊和暧昧的——这正是我们和中国文学的焦虑所在。只是有时我们不太愿意自觉地去正视它、接受它和放下它。

当然还有另外一种处理方法,那就是将世界当作一种纯粹性的概念或符号,甚至干脆就视其为一种言说逻辑中的乌托邦,寄予期待但不予落实。我们同样能够获得有关中国文学走向世界的一种真实语境。

海外研究:作为世界(文学)资源的中国文学

换一个角度看,所谓世界的不确定性和歧义,并不妨碍中国文学作为世界(文学)资源的真实性和使用价值,也就是中国文学仍拥有世界流通的实际交换功能。

不妨由德国汉学家顾彬教授的案例来管中窥豹。我原以为顾彬只在中国才是个争议人物,据说是因为他的中国当代文学"垃圾论"、中国当代文学成就不高要怪罪于作家不懂外文等"奇谈怪论"。于是就有中国学者不仅质疑顾彬的学术水平远不够研究中国文学,而且更严厉地批判其西方帝国主义的意识形态,最后还有一个负气之问:"既如此看不起、贬低中国当代文学,为什么还要研究中国文学呢?"其他姑置不论,这最后的负气一问,倒在某种意义上击中了问题的要害——外国学者为何研究中国文学呢?

我不能正面回答这一质问,也不可能逐一追问寻求答案,但不妨另求路径进入这个问题。正当顾彬在中国搅得风生水起之时,我意外得知他在海外中国文学研究圈里也同样是一个问题人物。只不过海外的风波不如中国这般激烈,同时海外的波澜似乎主要只是中国风潮的余波,但又反馈到了中国。这是一个极有意思的循环。当我近年几次向日本、美国和欧洲(包括德国)的中国文学研究者问及对顾彬中国文学研究的看法时,除去意料之中的外交辞令外,几乎每个人都对顾彬的

"苛论"中国文学表达了明确的不屑和反对——与中国学者一样,这些海外学者也并不追问顾彬言论的真相,部分原因或是他们的资讯主要来源于中国对顾彬的反应或反感,甚至有学者不解且生气:"你们中国人为什么这么热衷谈顾彬?他在海外根本没有地位,我们根本就不知道他。"我个人的直接遭遇是,因为一个会议发言要将夏志清与顾彬进行影响力比较,当下就被质疑"顾彬怎么能同夏志清相提并论?"——此时质问者其实还没有看我的发言稿。真相变得不重要了,态度和动机才是最值得探究的。

直到目前还只是少数几个国家才有所谓的中国文学研究界,要说顾彬在欧美的中国文学研究界根本不为人所知,那无疑是一种表达极端态度的情绪化说辞。目的不应该是在否定顾彬的学术存在,倒是更像"吃醋"于顾彬在中国的流行及明星般的曝光率。而在这"吃醋"情绪的背后,隐隐流露出了另一种潜台词:顾彬不能也没有资格代表海外中国文学研究的水平,"我们"才是。

随着"中国崛起"的现实,海外中国研究已经不再只限于一种国别"文学"研究的意义,"文学"成为海外学者进入中国话题的一种途径,由此途径获得的则是关于中国话题、中国问题、中国研究的国际话语权。与以往的不同在于,"崛起的中国"现在已经有了赋予、认可、命名这种话语权的权力。海外学者所表达的对顾彬的不满,真实意图或是针对中国文学界"滥用"权力的不满——顾彬不能、也不应该"独占"中国文学的国际利益。从中我们不难感受到海外中国(文学)研究中的力量博弈的激烈性。

海外中国研究的原始资源和基本资源无疑来自中国。在彼此关系上,以往的中国多处于一种被动状态,被静观式地研究,比如夏志清的《中国现代小说史》虽然具有强烈的"针对"中国的色彩,但是,中国文学界在最初的十几年里并没有对它有过真正实质性的反应。只是在改革开放以后,中国的国际反响姿态渐趋主动和自觉,有意识地对海外中国研究做出了越来越多的反馈,这种反馈的力量也已经深刻影响了海外中国研究具体成果的国际地位。夏志清《中国现代小说史》在中国终于被公认为学术"经典",在某种程度上也可以被理解为是关于夏著的最终地位的确立和完成方式。作为资源和研究对象的中国文学,已经以一种对话者、互动者、利益攸关者或者干脆说一种权力拥有者和批评权威者的多重身份,全面介入海外中国文学研究的力量和利益格局中了。海外中国研究者不再满足于获得作为原始资源的中国,更要获得中国反响的积极支持,并且后者还开始成为他们最重要的现实资源。在此意义上,顾彬无疑是最近十几二十年间海外中国文学研究者中最为成功的一位。树大招风,这也就难怪他会有点意外的遭遇。

当然,这样说并非表示海外中国研究纯粹或全部出于功利的动机。但不可否认,中国文学走向世界的真实语境已经具有了一种现实性和世界性,中国概念具有了当下的国际性和世界性,这种(文学)现实必然影响、改变和重组海外关于中国(文学)研究的力量和利益关注。手上握有一张中国牌,在很多牌局中已经能够决定输赢。这样的牌谁会不觉得越多越好呢?

海外中国文学研究的这种态势并不能直接定论中国文学是否走向世界的判断,但能直接证明中国文学的某种特定价值功能或用途。做个类比吧,"中国制造"走向世界了吗?它已散布到了全球每个角落。但是如何确定"中国制造"的价值地位呢?中国文学之走向世界,与作为日用品如鞋子、裤子等"中国制造"的价值区别又在哪里呢?中国(文学)的改变,正像中国有了"中国制造",在某种程度上引发了海外中国(文学)研究的焦虑,顾彬之被"抨击"也是这种焦虑的一种折射。但对中国文学的感受而言,这种海外焦虑非但没有消除而且还强化、加深了中国文学走向世界的焦虑:我们其实比以往任何时候都更加在意、敏感于"世界"对我们的看法。所以我们才会为顾彬的"垃圾论"而如此群情激奋。说到底,中国文学的世界地位必须获得一种世界性的公认,使走向世界不再成为中国自身的一个问题,这种焦虑才会最终释放和消弭。

诺贝尔文学奖的中国意义

有足够的理由能够鼓励和支持中国作家对于获得诺贝尔文学奖的

期待。其中最大的一个理由说出来会像是一个预言家的口吻:只有中国作家获得了诺贝尔文学奖,才能最终证明中国文学走向了真实的世界,中国文学也会由此成为一种世界文学的真实。这当然不代表我的态度和观点,但它应该确实就是我认为的当下中国文学的一种心理逻辑。——中国文学走向世界的具体目标,难道不暗暗地、也是羞涩地包括中国作家获得诺贝尔文学奖的想象吗?

起码有十年之久了,中国作家、中国文学开始越来越多地谈论诺奖话题,媒体受此感染,后来只要逢到诺奖评选、颁布之前的时节,也就将撩拨中国作家谈论诺奖作为新闻炒作由头了。印象中的情形,几乎整个中国文学界的老老少少都被卷入其中了。于是一种嘲讽的声音出现了,且同样形成了一种舆论:中国作家集体患上了诺奖情结。近年的情况又有了新变。一是已有作家发表公开言论,声称自己对谈论诺奖话题深恶痛绝,并对上门采访的记者同样不假辞色,一副亟欲与诺奖撇清干系的架势。另一种情况则完全是负面新闻,说是中国作家已经开始用行贿的手段攻关诺奖评委,希冀得逞。比如报载某作家一掷六十万打理诺奖事宜,比如名人博客爆料诺奖某评委揭露曾有"很多"中国作家企图收买自己。——中国文学与诺奖看起来确实是越来越近了,不仅有一般舆论的各种不同态度,而且还有了与诺奖相关的具体情节,尽管有些并不光彩。再次预言:终有一次,中国文学会搞定傲慢的诺奖。终有一次,诺奖会被中国作家搞定。

但我现在要谈的不是这些。应该有必要追问一句:中国作家、中国文学以各种方式表达的诺奖情结有其逻辑性、合理性乃至必然性吗?诺奖对于中国文学究竟意味着什么呢?这与本文的话题有关。

诺奖无疑是迄今世界上最具权威性、影响力最巨的奖项。这种地位的奠定及公认,当然与其一贯的评选程序和评选结果直接相关,即诺奖获得的不仅是专业学术认可,也是一种普世道德尊敬。谁也不能否认诺奖可能的政治性和意识形态性,但同样的,谁也不能因此否认诺奖的权威性和公信力。由此诺奖才会成为全世界的一项最高荣誉目标。假如中国文学愿意与诺奖发生联系,无论从哪方面看,都无可非议。——难道行贿和腐败关系也无可非议吗?我先验地排除了这种关系存在的可能性;诺奖如果能被行贿,它的程序和结果就不可能被如此认可和尊敬。因此,如果中国文学确实进入了走向世界的真实语境,它与诺奖的关系或者说它对获奖的渴望,当然都是顺理成章的。

有些欲望是出于贪婪,有些欲望则是因为自信,也有些欲望是源于自觉的责任或使命。在贪婪、自信和责任或使命之间不会有截然分明的界线。所谓中国作家、中国文学的诺奖情结固然可以引发种种议论和歧义看法,但不管是理论推演、动机追问还是经验体会,都不足以否认一个基本事实:所有这一切客观上都是对诺奖与中国文学关系的证明。这种证明在最近的十年间越来越确凿了,中国文学走向世界的话题乃至结论,也就同时成立并呼之欲出了。

焦虑、焦灼的是,中国作家、中国文学毕竟至今仍未获得诺奖。这意味着中国文学至少在某种形式上还只走在走向世界的路上。我相信前文的那个预言,只有诺奖才能治愈中国文学的焦虑症。——并且你可以相信,一旦中国作家获得诺奖,其意义绝不同于、也远高于"中国制造"的走向世界。

所以,现在谈论诺奖不必感到羞耻。谈论诺奖是中国文学的现实需要和历史责任,谈论诺奖也是中国文学走向世界的一种努力和证明。最终我们的创伤和痛楚将会消失。且请善待诺奖焦虑者,并且,让我们同病相怜,彼此人道关怀。

按:莫言已于 2012 年获诺贝尔文学奖。

当代文学海外传播的几个问题

程光炜

在三十年来中国社会发展的历史主轴上,"走向世界"的理念具有发动机的作用。在这个认识框架中讨论"当代文学海外传播",它的意义自然不言自明。近年来,一些年轻研究者开始注意这一领域,令人印象深刻的有武汉大学方长安教授指导的博士论文《"我们"视野中的"他者"文学——冷战期间美英对中国"十七年文学"的解读研究》,北京师范大学张清华教授指导的博士论文《认同与"延异"——中国当代文学的海外接受》(作者刘江凯)。两篇博士论文花费相当功夫,对当代文学"汉译"的作品数量、译者、读者反应做了详细统计和分析,这种基础性的工作对下一步工作的展开,显然有奠基性作用。尽管如此,我仍然觉得一些问题需要深度展开和讨论,如果不了解"海外传播"的具体历史场域、现场氛围等细部情况,我们的研究可能只会给人观念化的印象,从而影响对中国当代文学在世界文学中的定位的基本判断。

一是翻译介绍中国当代文学的汉学家在西方主流学术界的权威性问题。我们知道,最近两百年来,西方主流学术关注的是欧美文学问题,即使偶尔涉及亚洲、非洲文学,也基本是为阐释欧美文学的"正宗地位"服务的。所以,在西方学术视野里,被"汉译"的"中国当代文学"连同它们的汉学家都处在边缘性位置。按照传播学理论,传播方式及其对象一般分"主传播渠道"和"分支性传播渠道"等形式,处在主传播渠道中的作家作品,当然更容易被主流化的西方读者所重视和接受;与之相反,处在分支性传播渠道上的非西方国家的作家作品,即使偶尔会进入西方主流读者视野,但总体上仍然处在被整体性忽视的状态。我想提出的问题是,一些在中国当代文学界可能大名鼎鼎的汉学家,在西方读者中其实无人知晓,经由他们翻译介绍并在西方国家出版的中国当代作家的命运也就可想而知。然而,我们在很多当代作家作品的"作者简历""序言"和"后记"中,经常看到他们的作品已被译成英、法、德、俄、日、韩等几十种文字,再加上有些作家附在小说集前面的"英译本序""法译本序""意大利本序",等等,就使中国读者产生一种印象,这些中国当代作家在西方各国已广为人知并大受欢迎。这种对当代文学海外传播的"错位"式理解,使很多人,包括我们这样的专业研究者都相信,随着中国经济在世界经济体系中的影响和位置变得举足轻重,"中国当代文学"已经真正地"走向世界"。不过,在我看来,处在这种"错位"式理解中的中国当代文学,恰恰是我们理解中国当代文学与世界文学关系的一个小小的角度。这个角度不仅涉及当代文学与世界文学的确切关系,也涉及当代文学如何自我定位,而不是靠世界文学的框架来定位,与此同时更牵涉到当代作家与西方汉学家的关系等问题。至少有一个问题我觉得需要提出来,这些年来,我们有些一线当代作家在创作上是不是过于期待和依赖汉学家们的"评价"?后者的文学趣味、审美选择和优越的翻译身份,是不是会变成一种暗示,一种事先存在的认识性装置,被放在了当代作家的创作过程之中?当然,这个问题过于复杂,我在这里不做详细讨论。我的担心只是,在当代文学海外传播的过程中,中国作家会不会因而使自己的作品变成与汉学家相约相知的"小圈子"的文学。这都是令人担心的事实,我们的海外传播研究,不可能不带着自省的性质。

第二是当代作家在海外演讲的问题。这是当代作家在海外传播的另一种重要方式,因为讲演可以通过大众媒体迅速提升演讲者在文学受众中的知名度,借此平台使其作品得以畅销,进入读者视野。但问题在于,我目前对这种情况的把握,基本来自国内媒体宣称某某作家在英国剑桥大学、美国哈佛大学、哥伦比亚大学等著名学府讲演的零星信息,以及作家本人的"口传文学"——当然这是他们对海外讲演故事的典型叙述。有些诗人自海外访问归来,写出诸多回忆性文章,谈到自己的演讲如何引起轰动、如何产生很大影响等,诗人的笔触表现出比小说家们更为夸张的风格,自然不令人奇怪。不过,因资料整理不足,目前我们还很难了解到演讲者的听众层次和范围,也不知道海外报道这种消息的媒体到底是小报小刊,例如华人报刊,还是主流媒体。如果听众层次和范围只限于汉学家、东亚系学生、来自中国的访问学者,那么这种传播的受众面和影响力就会大打折扣。这事实上是一种"小圈子"里的传播,或叫"内部传播"。最近,去年获得诺贝尔文学奖的秘鲁作家略萨来中国社科院演讲,我们发现到场的全是北京的主流媒体,主流翻译界,当代重要作家,以及研究中国现当代文学、西班牙文学的中国人民大学、北京大学和社科院的师生。令人惊讶的是,有两个知名女作家还当场拿出二十多年前购买的略萨小说的中译本,借以展示这次演讲所衍生的历史长度和深度。另外值得举的例子是,听完略萨演讲后,我去见一位来自上海的亲戚。听说我刚听完演讲,他马上说上海已经报道了略萨将要去北京访问的消息。这完全是一个"文学圈"之外的人士,略萨的动向居然连他都知道,这真是匪夷所思。这一迹象,足以说明略萨是"世界级"的作家,他在中国的影响远远超出了"专业圈子"的范围,关于他来中国讲演的各种报道,一时间充斥北京的各大媒体,成为一个重要的"文学事件"。在这里,我拿略萨的演讲与中国当代作家在海外演讲作比较,不是说略萨的小说就一定比中国当代作家的小说高很多档次,而是说,由于听他演讲的听众层次、范围和报道的媒体的不同,我们可以观察到这种"海外传播"才是真正具有世界影响的一个事实。通过这种传播,它显然已经对中国作家和读者构成了支配性的影响力,因为略萨小说获奖,其小说在北京一度热销的情况足够证明。以上情况说明一个问题,即我们在评价当代文学在海外传播的时候,不能仅仅根据某些作家和国内媒体的"自说自话",而应该直接去他们演讲国的媒体上取样,收集详细材料,对演讲现场情况有真正的掌握和了解,才可能有基本判断。在文学史研究中,作家、作品、读者和研究者既是一种合谋的关系,也是一种相互猜忌的关系。完全沉溺在作品情节中不能自拔的读者,显然不是有自觉和研究意识的读者。同样道理,完全被作家的自我叙述所暗示和控制,不能做出自己独立观察和判断的研究者,也不能算是有见解和优秀的研究者。因此,在听到当代作家"海外演讲"的自我叙述后,研究者首先应该想到的,就是如何想办法在网上收集信息,判断这些信息来自国外哪些层次的媒体,了解其真实情形,而不是跟着作家的叙述再重新叙述。因为,这种纯粹根据作家自我叙述建立起来的"海外传播"研究,不能算是经过资料筛选和整理后的历史研究,由于其主观色彩,它仍然处在文学史研究的"非历史化"状态。它的学术价值也因此是不可靠的。

  第三是出国参加各种文学活动的问题。海外传播的第三种方式,显然跟国外邀请中国当代作家参加文学活动有密切联系。能被邀请参加这些活动,说明当代作家在国外受到的关注度,尤其是被一些西方大国的会议主办单位所邀请,更说明他们正在逐步进入主流国家的社会视野,这对当代文学的海外传播自然是好事。但我希望讨论的问题是,由于国外的文化环境相对自由,出版和会议组织采取"注册制度",这就使无论著作出版还是举办会议的自由度都很高,因此也造成分层化的状况,即这些出版物和会议实际是参差不齐、良莠不分的。如果不做实证分析,我们还会以为这些会议都等同于国内要求严格、层级较高的"国际会议"。但实际情况可能正好相反。例如,一位作家朋友年初去澳大利亚参加一个文学活动,到那里才知道,这种所谓的"文学活动",实际是一场大型综合性的文艺活动的一个"分活动"。各种电影、绘画、音乐、表演的活动同时进行,有种众声喧哗的感觉。他这次去只做了一个小讲演,听众属于临时组织来的,三五成群、聚散无常,令组织者也比较难堪。然而,如果不是我认识这位作家,这种活动在回国后的叙述中就会被放大,其影响会被人为扩散,造成某种"文学化"的效果。在 20 世纪 80 年代的文学杂志中,我们经常会看到某作家受邀参加国际会议的散文、随笔,由于当时很多人没有出国机会,大家会把文学想象带入到对这些散文、随笔的解读之中,从而无形中扩大这些会议的神秘性、严肃性和权威性。对以读者身份经历过 20 世纪 80 年代的我而言,这种"误读"式的阅读经验,可以说是记忆犹新的,我想很多人都会有相似的经历。那么,为什么我要在这里讨论这个问题呢?因为"文学会议"是"组织文学生产"的特殊方式,很多重要的文学会议,包括它的出席者,最后都在文学史上"青史留名"。例如,1984 年底在杭州召开的"文学与当代性"座谈会,就被认为是"寻根文学"的发端,出席这次座谈会的作家、批评家虽然后来创作上有不少贡献,但不能不指出,作为"出席者"的"身份"往往被附加在他们后来作品的"影响力"上，他们会被文学史家编入某个文学流派，从而大大提高他们在文学界的个人声望。以上两种情况，都说明参加文学活动对于"重塑作家形象"的重要性。依我所见，由于国内对"当代文学海外传播"的研究明显滞后于当代作家的出访，加上缺少第一手资料，研究者根本无从把握和了解这些国际性文学活动的档次、影响力和地位等等。也因为这种情况，鉴于作家本人对这些文学活动的夸张性叙述，会无形中放大它们在西方国家的影响力和文学地位，这就使我们无法准确地把握真实状况。这种情况下，将作家出访与其国际影响力相挂钩的海外传播研究，必然会出现一些问题。

最后，是异识文学作品在"海外传播"中的增量问题。东西方国家在价值取向和历史文化传统上存在明显差异，这是不争的事实。随着中国三十年改革开放取得的巨大成就，双方的价值分歧和冲突自会大大增加而不会减少。有些汉学家在选择中国当代文学作品翻译介绍给西方读者时，可能会将这种集体无意识带进去，他们往往把一些"闯祸"的作品视为"异识"作品，这些作品一旦被纳入这种意识形态系统，其文学价值便会大大增量。这些作品也因此变为"名作""名著"而广为流传。当然，不能排除有些作家乐见这种局面，他们会借此提高自己的国际影响力，转销国内同时对文学批评和文学史研究形成暗示与控制。但我想指出的是，这种文学筛选程序所存在的问题，在于随着文学评价标准的意识形态化，作品的艺术价值逊位于其社会价值，被它选择的作品可能往往都不是作家本人最优秀的作品。这种增量现象，还会发生在西方读者的文学接受中；他们会以为，这就是对中国现实的真实表现，是"中国形象"的真实写照。当然，我们也不能把这种文学作品筛选程序的严重性估计得太高。对于社会观念和文化形态更为多元化的西方读者来说，即使是非常夸张的异识文学作品也不过是一种文化商品，它们本身就存在着某种时效性，也会很快贬值。当新的文化商品被推出，这些西方读者的兴趣会立即转移，他们不可能永远停留在对中国当代文学的兴奋点上。因此，值得关注的倒是造成海外传播过程中异识作品增量背后的两个问题：一是由于中国实行了三十年的改革开放,中国社会的物质层面,例如摩天大楼、高架桥、地铁、高速铁路、互联网,包括普通人的饮食衣着,与西方国家社会产生了更多的同质性。所以,西方读者在阅读被汉学家选择的异识作品时,其好奇性便会被极大地刺激起来。这一过程中,这些异识作品的重要性便会被提升到前沿性、尖端性的位置。二是中国经济的快速发展和民众财富的增加,会使西方一些人的"欧美中心论"产生挫折感,这种价值观的冲突有时候便延绵到对异识作品的故意挑选上,这种故意挑选构成了对这种挫折感的宽慰和转移。我们不能否认,在现代化的历史进程中,各国之间的竞争除了经济实力的竞争外,还包括军事、政治和文化的竞争。不能以为西方国家坚持普世价值,他们就会把普世价值带入到对非西方国家的竞争关系之中。可能恰恰相反,这种包含着潜在国别竞争的文学选择和文学评价,很大程度上将影响到这些异识作品历史位置的挪移。因为在中国读者中,这些作品的艺术价值也许并不高;而在西方某些汉学家和读者心目中,它们可能就是中国当代文学的"代表性作品"。在进行海外传播研究过程中,研究者应该警惕这种现象的发生,对此做出更理性的分析和评估,否则文学传播本身的意义便会随之贬值。

对于两百年来怀揣着进入世界先进国家行列梦想的中国人来说,当代文学的海外传播自然是实现这种梦想的一个重要环节。对于国内当代文学史研究者而言,这一课题的前沿性和尖端性显然构成了对我们过去工作的一种挑战。也正因为如此,我们对它的意义不能低估。但更应该注意的是,对它的研究不能停留在感性阶段,应该加强实证性、客观性的研究,先建立起丰富详细的资料库,通过对这些资料的取样、分析和整理,逐步将研究的问题推向深入。也许只有这样,对当代文学的海外传播现象的研究,才能真正进入到实质性阶段。

中国当代作家的"汉学心态"

张晓峰

希望中国文学能够走向世界,为更多的人所知道和了解,是值得向往和努力的。实现它的难度,人们已经有所意识和探讨。但我这里想指出的是另一个问题,即中国当代文学的海外传播,对于当前中国的小说创作而言,在具有鼓舞和鞭策意义的同时,是否还起着另外一种不容忽视的副作用?

首先是当代作家的"国际化"想象。这一现象在当代那些已经有所建树、期待着更大进展的作家身上,表现得尤为突出。例如贾平凹就提出,理想中的作品应该是"作品是中国人写的,但精神内涵、作品的境界已经和西方接轨。这样,作品才有厚度,别人才会来看"[1]。在这里,作品的思想境界是否"已经和西方接轨",无形中已成为一个标准。贾平凹认为西方的作品中有一种"现代意识",而"咱的作品老升腾不起来,没有翅膀,就缺乏这些"。他又认为"现代意识可以说是人类意识,地球上大多数人在想什么,思考什么,你得追寻那个东西"[2]。文学究竟应该是"我"在想什么,还是努力去琢磨"地球上大多数人在想什么",这竟然成了一个问题。

放眼世界的"别人"将怎么看、怎么想,事实上已经影响了当代作家的写作。李锐曾经以对吕梁山农民生活的深刻体验,用独特的文学表达写出了具有地老天荒意味的《厚土》,其中对中国人和中国人生活的理解,在当时引起了广泛的关注,并深得马悦然等汉学家的赞赏。李

---

[1] 贾平凹、王尧:《我的血管里面没有贵族的血液——贾平凹访谈录》,见王尧《在汉语中出生入死:关于汉语写作的高端访谈》,春风文艺出版社 2005 年版。

[2] 贾平凹、黄平:《贾平凹与新时期文学三十年》,《南方文坛》2007 年第 6 期。

锐本人后来一直在思索"本土中国与当代汉语写作"的问题①,呼吁中国作家"用方块字深刻地表达自己"②,这些主张无疑是鼓舞人心的。但李锐竭力要在西方化或全球化的语境中彰显并坚持中国特色,并没有使他的创作更上层楼。相反,他的小说创作被某种文学图景、被自己或他人的文学期待拘束住了,一板一式都显得郑重而拘谨。他的新作《太平风物》在评论家看来"写得不错,只是觉得太有意味了……有点'做'"③。

2010年,莫言反映中国"计划生育"问题的长篇《蛙》,被有的批评家认为是"缺乏思想内涵,更遗憾的是才华尽失","唯一吸引眼球的是题材——对新中国计划生育故事的传奇性书写,既不会对国家权力构成真正的冒犯,又特别能引起西方读者的兴趣",因此"这部小说的最大价值恐怕也就在于作为中国作家'诺贝尔焦虑症'的解读个案"④。从这些作家的作品中所体现出的"国际化想象",可能是一个不容忽略的事实,这一事实根植于作家的叙事策略当中,所起到的作用却常常是适得其反或过犹不及。

其次是作为叙事策略的意识形态与语言问题。中国文学究竟能够凭借什么赢得世界的目光和尊重?对这个问题的理解,几乎可以决定当代文学海外传播的成败。从一部分作家的努力来看,意识形态的特殊性成为他们不约而同的首选。2001年,阎连科以一部《坚硬如水》引起国内外文坛的重视。王德威在分析《坚硬如水》时认为,"阎连科的近作之所以可观,还是来自它对自身所经历的共和国历史,提供了一个新的想象——和反省的角度","人民共和国的大叙事向来强调生生不息、奋斗不已的'雄浑'(sublime)愿景。阎连科的革命历史故事却写出了一种缠绵凄厉的风格,引人侧目。他的受欢迎和他的被争议足以说

---

① 李锐、王尧:《本土中国与当代汉语写作》,见王尧《在汉语中出生入死:关于汉语写作的高端访谈》,春风文艺出版社2005年版,第67页。
② 李锐:《用方块字深刻地表达自己》,《今天》2005年夏季号。
③ 季进:《当代文学:评论与翻译——王德威访谈录》,《当代作家评论》2008年第8期。
④ 邵燕君:《危机与突围——2009年小说综述》,《南方文坛》2010年第2期。

明一个以革命为号召的社会在过去、在现在所潜藏的'历史的不安'"。① 王德威的论述是从"革命时代"与"人民共和国的大叙事"这些角度展开的,但这并不是说阎连科的作品刻意地为研究这些提供了文本。《坚硬如水》描绘的虽然是革命时代的欲望,但它是一部非常严肃的作品。在作家看来,"革命"与"性"在某些本质上有着惊人的相似。但是,这部小说的主题确实引起了汉学界的注意,尽管作者可能并没有这样的意图。

然而随后出版的《为人民服务》却令人吃惊。当勤务员和首长夫人在"为人民服务"的牌子前拉开偷欢的序幕,当激情中的男女把领袖瓷像砸得粉碎,这种政治讽喻已经沦为形式的作秀。作家可以嘲笑虚伪的政治教条,也可以打碎权威和偶像,他在小说的主题上完全可以这样做。但作品中那些浅薄粗俗的快乐,那些浮躁妄乱的举动,表明这只是一部直奔主题而去、明显急功近利的作品。对于任何理念或权威的否定,作家必须举出并阐述反对的理由。这些理由是让读者感受到的,而不是通过表面的戏谑、通过"打砸抢"来简单地表明姿态。作家的反对,应该能使读者感受到其中的理性思辨,感受到智慧、思考和独立性。一些众所周知的作品,用人物的性爱甚至纵欲来表现他们对自身处境、对外部环境的反应。但在这些人物当中,似乎没有一个是真正快乐并且能解脱的,只有勤务员和首长夫人是真的无所顾忌并且快乐忘形。从这个角度讲,他们蔑视的不仅仅是"为人民服务"的牌子,而可以说是一切规范、教条、律令,一切指示和限制。作品在这个意义上本是可以成立的,但男女主人公在登峰造极的欢乐和破坏中,将各种各样、大大小小的领袖像砸得粉碎,又化无形为有形、化抽象为具体了。它在小说的结尾又一次明确地告诉人们:这些就是要反对的。事实上,这部作品的粗糙肤浅,并没有赢得海内外的好感。顾彬称它是"形式的、概念化的作品"②,而王德威则说"不管《为人民服务》如何闹得风风雨雨,

---

① 王德威:《革命时代的爱与死——论阎连科的小说》,《当代作家评论》2007年第5期。
② 顾彬、何映宇:《我和中国作家无话可说》,《文学报》2008年3月6日。

小说的成绩只能说是平平"①。

2004年,阎连科推出了在文坛引起轩然大波的《受活》。但《受活》本身最突出的问题,不在于它是否运用了过度的夸张和荒诞来表现现实,而在于其中主要情节的设置是否具有基本的合理性。文学作品可以虚构,也从不排斥夸张和荒诞,但要讲究起码的逻辑性。来自河南的各种"绝活"表演,不少城镇都有过,阎连科没有夸张。他的想象任性、混乱的地方在于:其一,购买列宁遗体这样一个乡干部的异想天开,在复杂敏感、如履薄冰的官场文化中是否能一路畅通?一层层上级干部的头脑是否会如此简单?行事又是否会如此大胆鲁莽?作者显然太偏爱购买列宁遗体这一情节了,其中寓意重大,无法舍弃。其二,作者通过一系列情节来突出茅枝婆的"退社"。小说中的正在进行时,是当代的商品社会,"人民公社"早已解体,农村行政区域的划分,是乡、村(庄)、组,"公社"已不复存在,"退社"还有必要吗?受活庄人走南闯北,并非困守一隅,"不知有汉,无论魏晋"。如果说作者所渲染的"退社"只是为了强调对回到无拘无束自给自足状态的渴望,这种渴望应该是来源于人类久远的乌托邦幻想的,但作者所表现的对立面——"入社"后的种种遭遇,却不仅仅是有着严酷现实的反乌托邦,还体现为政治灾难和迫害,从被迫交纳余粮到大炼钢铁、大兴水利、揪斗阶级敌人。在这一连串的历史灾难中,起主要作用的,不是因为从前人的自在状态被管束了,而是因为意识形态把它荒谬的意图强加给了体制中的人们。所以,茅枝婆所渴望摆脱的,只能是扭曲残酷的意识形态,而不是哲学意义上的人性约束。

小说作者无论站在什么立场上,他对意识形态的揭示和批判都是无可指责的。作者对较为敏感的社会现象、历史问题的揭露和抨击,未必就有明确的政治目的和动机。即使当局者这样认定,那些有着大胸怀大见地的作家,一定会断然否定。如果一定要认为《古拉格群岛》《1984》《日瓦戈医生》是有着某种意识形态企图的,那么这种怀疑不是对作家的诬陷,而是对他们的写作和思想的侮辱。布尔加科夫让魔鬼

---

① 王德威:《革命时代的爱与死——论阎连科的小说》,《当代作家评论》2007年第5期。

撒旦来考察莫斯科,他发现最重要的是"人心变了",而不仅仅是有人在受政治迫害。《受活》对历史运动中人们所受灾难的一一回顾,几乎与作者的思考无关。它们走过场般地被描述,虽然骇人听闻,但更像是罗列历史事件以示众。

对于历史,人们需要的可能是认知,而不仅仅是讨伐。一味地清算,并伴以挖苦和嘲弄,只能是较低级的表现,甚至可以说是另一种形式的文攻武斗。而且面对那些沉重的事实,心绪仍然能够飞扬的,一定是和这些事实分离的,是"它是它我是我"的,是作者和材料的关系。因此,外界通过作品看到的,只能是作者的姿态。在那些对历史事件剥皮揭疮式的展示中,对于西方而言,作者不同于或是敢于冒犯意识形态的态度,常常是第一个引起他们关注的因素。

除了意识形态上的定位,"汉学心态"还体现为作家们在语言上的考虑。在中国文学译介到国外的过程中,文化上的隔膜自不必说,主要的障碍也许还在语言。对于汉学家来说,"汉语的复杂性,以及汉语长篇小说的篇幅巨大,要让他下决心读一本当代汉语小说,更不用说下决心去翻译,肯定是极其困难的事"。早在 90 年代余华的写作发生"转型"之际,一种微妙而复杂的动因可能就已经隐藏在作家的叙事策略当中了。2010 年,陈晓明在《回应批评:重新阐释中国当代文学的价值》中,提到了他对国内某些著名作家的批评,其中指出了这样一个事实:"余华的小说越写越明白,越写越简单,从《活着》到《许三观卖血记》不能不说包含着他的国际化想象,为的是好读和好翻译。"①在研究者看来,"余华多年前就参透了这本经",因此他会越写越简单。"这就是汉语小说的命运,一是欧洲的纯文学观念;二是翻译的难度。"虽然"国际化"已经是"中国文学的软肋",但人们还是希望"汉语文学要有点中国的立场"。②

再有一点,是对文学以及对中国文学的误解。"国际化"不只是少

---

① 陈晓明:《回应批评:重新阐释中国当代文学的价值——答〈羊城晚报〉记者吴小攀问》,《文艺争鸣》2010 年第 2 期。
② 同上。

数"纯文学"作家的梦想,它在当代所有重要作家中都具有普遍性。这种追求有值得尊敬的一面,但也可能成为一种妨碍。从上文分析的意识形态领域里和语言策略上的投机,人们已经可以看出作家对艺术的理解发生了偏差。

但最大的问题,可能会出在对于中国文学的特点缺乏较为全面的认识上。上世纪40年代,中国现代文学经过二十余年的探索、实践,艺术已经相对成熟,达到了一个高峰,出现了《憩园》《呼兰河传》《围城》《金锁记》《果园城记》《北京人》这样的作品。这些作品很少再有新文学初期那些澎湃的激情、内心的挣扎以及形式上的各种尝试,而显示出一派秋天的宁静、圆熟和从容。这一时期的艺术创作可以代表中国现代文学在成熟期的最高成就,能够体现出中国现代文学别具一格的审美追求。在事关民族危亡的抗战尚未结束的40年代,这些被称为写出了"汉语文学杰作"的作家们,几乎全部在表现普通人的日常生活:张爱玲关心着那些"女结婚员"的命运,钱锺书在为琐碎生活中的知识分子穷形尽相;即使是国破家亡,巴金在《憩园》中为之沉痛的依然是家教的无方和子孙的不肖;至于在《果园城记》中,更看不到一点战争的影子,作者为之惆怅神伤的,不是民族的命运,而是普通人和世事的寥落。这种对日常生活的钟爱、对个人心灵的重视、对时光无情的感慨,事实上是与中国文学中最优秀的那一部分相贯通的。《三国演义》巨笔如椽写天下大事的分分合合,归纳起来却是"滚滚长江东逝水,浪花淘尽英雄。是非成败转头空,青山依旧在,几度夕阳红"。《红楼梦》中的贾宝玉在听到黛玉的"花落人亡两不知"时,很快推之于"宝钗、香菱、袭人等亦可以到无可寻觅之时矣",以及"自己又安在呢?且自身尚不知何在何往,将来斯处、斯园、斯花、斯柳,又不知当属谁姓?因此一而二二而三反复推求了去,真不知此时此际如何解释这段悲伤"。他很早就能说出"等我化成一股轻烟,风一吹就散了的时候儿,你们也管不得我,我也顾不得你们了,凭你们爱那里去那里去就完了",这才是文学的大彻悟,大悲凉。

我们不能说日常生活和个人的感时伤生是中国文学的全部,但至少,它们是中国文学的一个重要特征,是能够以此和别国文学区别开来的美学风格。但这一特征在当代作家那里却被或多或少地忽略了。长篇小说往往能反映一个作家的文学抱负,纵观当代文学中的长篇小说,它们中的大多数不约而同都在反映历史,反映特定历史时期的社会生活。其中既有民国旧梦,更有50至70年代的特殊风云,也有被商品经济所改写的城乡。可以说,当代中国每一时刻的历史变动,都能在小说中得到及时而充分的反映。"文革"时被时代所压抑的,过后也以再现和反思的形式得到反复的书写。不少作家的创作,是与当代历史的变迁如影随形的,贾平凹曾这样表达他的创作心愿:"《秦腔》我写了咱这儿的农民怎样一步步从土地上走出,现在《高兴》又写了他们走出土地后的城里生活,我总算写了……"①"文革"可能是当代那些有影响的作家们都想一试身手的领域,"'文革'这个题材很有诱惑力,'文革'结束这么多年,很多作家试图写"。《古炉》问世时,文学批评家说"贾平凹老老实实地写了一个村子'文革'的全过程……中国目前没有一个人这样写'文革'"②。这与贾平凹自己的文学主张是一致的,他说:"如果我们的作品都可能是过渡性的、速朽的话,那么我们不妨把我们的作品写成这个时代的一份记录而留给历史。这或许是我们的出路,也是我们最大的野心。"③

在这里,文学究竟是对历史的记录还是对历史的思考成了一个问题。在基本的文学常识之外,其实还存在一个被忘却被遮蔽的事实,是什么把当代文学引向了对历史和社会生活的注目?中国文学的灵魂究竟是什么?使我们从童年起就爱上文学的,究竟是个体的孤独感还是历史使命?

---

① 贾平凹:《我和刘高兴——长篇小说〈高兴〉后记》,《美文》(上半月)2007年第8期。
② 狄蕊红:《贾平凹新书〈古炉〉面世》,《华商报》2010年11月8日。
③ 贾平凹:《做一个时代的记录者》,《文艺报》2007年7月6日。

中国当代文学的海外影响力因素分析

熊修雨

中国当代文学的海外传播业已成为国内文学界的热门话题。相关的研究和各种各样的文学交流活动正在蓬勃展开,其中,既有创作界、海内外评论界和翻译界的积极参与,更有国家文化部门的权力干预。这使中国当代文学的海外传播由原来的悄无声息、自发自在,一跃而成为有组织有计划的体现国家意志的对外文化传播工程。海外传播是途径,海外接受才是目的。从目前相关研究现状和各种文学交流活动来看,大多关注的是"海外传播",比如单个作家作品在海外的影响、海外传播中的翻译问题、中西文化语境的差异对海外传播的影响等。而对于作为目的的最重要的"海外接受",则关注得不够。本文正是从中国当代文学的"海外接受"出发,来探讨中国当代文学究竟是在哪些方面引起了海外读者的关注,或者说,海外读者究竟是在哪些方面对中国当代文学产生了兴趣,并试图从中提炼出一些有代表性的影响力因素,比如政治、文化、性、人文主义和艺术表现等,予以分析,总结其中的经验和教训,为中国当代文学的海外传播,乃至中国当代文学创作,提供一些有益的借鉴。

一、政治

这是中国当代文学特定的内容构成,也是海外读者看取中国当代文学的惯常视角。自中国当代文学的前奏——20世纪40年代延安文学开始,"政治标准第一"造就了写作和阅读上严重的政治视角。在文学作品之中灌注强烈的政治意识形态内容,或通过文学作品来反映时代政治风云和考察作家的政治立场,在相当长的时期内是中国当代文学的固有特色,也极大地制约了中国当代文学的成就。这种强烈的政治化写作倾向在 50 至 70 年代自不必说,就是在"文革"结束后的 80 年代上半期,仍然是文坛写作的主导,伤痕、反思、改革文学都有着强烈的政治诉求。只是在经过 1985 年"方法热"之后,中国当代文学通过频繁的形式革新,冲击和瓦解了意识形态内涵的森严整一,这种政治化写作倾向才逐渐有所缓解,但到了 90 年代之后,却表现为后现代主义式的政治反讽和解构。而在海外传播方面,受二战后的"冷战"思维影响,东西方之间思想长期对立和紧张。反映在文学的传播和接受上,必然也充满了强烈的意识形态对抗性。这些,无疑都形成了中国当代文学海外传播过程中鲜明的政治视角。

在 20 世纪 50 至 70 年代,新生的人民政权由于受到西方资本主义世界的全面孤立,与西方世界基本隔绝,但文学的海外传播并未因此而完全中断。在当时,这种传播主要表现为两种方式,一是国家层面的主动走出。建国之后至今,国家组织了一系列的对外文化交流活动,通过作家们的出国访问,向世界传达中国;同时,还成立了专门的外文出版局,对外翻译和传播中国文学。二是西方国家对中国当代文学的间接了解,它们通过港台以及一些第三方国家文化机构来收集关于中国当代文学的情报资料。作为例证,现今美国等海外的一些图书资料机构中收存的中国 50 至 70 年代的文学资料,并未因隔绝而空缺,相比国内,似乎更为全面和丰富。

在海外,对政治隔绝状态之下的这段红色时期的中国文学的研究,非但没有中断,反而非常活跃。比如 1960 年纽约圣约翰大学出版霍华德(Howard Boorman)编《中国当代文学与政治》(Literature and Politics in Contemporary China);1963 年纽约 Praeger 出版白之编《中共文学》;1965 年出版弗克马(Fokkema D. W)《文学教条在中国与苏联的影响(1956—1960)》;1968 年华盛顿大学出版夏济安(Hsia T. A)编著《黑暗的闸门:中共左翼文学运动研究》以及《中共小说中的英雄与英雄崇拜》(Heroes and Hero-Worship in Chinese Communist Fiction)等。对"文革"时期中国文学的研究也很多,代表性的有 1971 年香港大学亚洲研究中心 Pickowiez Paul G 的《人民共和国的文学与人民》(Literature and

People in the People's Republic);1976 年 Pengiun 出版 Hsu Kai-yu 的《中国文坛:一位作家对中国的参访》(*The Chinese Literature Scene:A Writer's Visit to the People's Republic of China*)等。显然,这些研究中充斥着强烈的意识形态批判色彩,不乏偏见和攻击。而对于"文革"结束后的新时期之初的文学运动研究,比如"四五运动"、地下诗歌写作与绘画、伤痕和反思文学思潮等,由于中西壁垒的拆除,则表现得非常及时和活跃,比如 1981 年德国慕尼黑 Simon & Magiera 出版费立民(Flemming Chistiansen)《中国的民主运动——社会主义中的革命?》(*Die demokratische Bewegung in China-Revolution in Sozialismus?*);Marion Boyars 出版古德曼(David S. G. Goodman)《北京街头的声音:中国民主运动的诗歌和政治》(*Beijing Street Voices:The Poetry and Politics of China's Democracy Movement*)等,都表现出那种惯常的西方式的政治热情。

在所有的海外政治评判中,夏志清 1961 年在美国出版的《中国现代文学史》是一个无法绕过的存在。这本开启西方中国现当代文学研究并在海内外产生巨大影响的个人著作,作者自述其写作动机竟然是赤裸裸的"反共"。夏志清秉承英美人文主义的"大传统"(Great Tradition),以新批评(New Criticism)的方法细读文本,自称一切从文本出发,强调文学的审美意识和人生观照,但事实并未如此。这本书对"五四"以来的中国文学的解读,充满了政治敌对的眼光,比如对作家的评价,除了对鲁迅还有所收敛之外,对像丁玲、郭沫若、茅盾、赵树理这一类左翼作家,充满了政治的偏见和攻击;而对于那些远离中国无产阶级革命,或与革命政治不协调,甚至对立的自由主义或右翼文人,比如沈从文、钱锺书、张爱玲和林语堂等,则大为称赞,甚至溢美。其露骨的政治眼光与中国红色年代"左倾"的政治评价,思路如出一辙。1963 年,捷克的汉学家普实克曾就此对其予以批评:"只要读一下此书的章节标题,什么'左翼和独立派''共产主义小说''遵从、违抗、成就'等等,就足以看出,夏志清用以评价和划分作者的标准首先是政治性的,而不是基于艺术标准。"进而批评其"在谈到丁玲及一般左翼作家时怀有恶毒的敌意"。①

夏志清开创欧美一代文风,流风被及后人。如李欧梵所说:"夏志清的书至今已是公认的经典之作。它真正开辟了一个新领域,为美国作同类研究的后学扫除障碍。我们全都受益于夏志清。"②自李欧梵至王德威,思路依旧。王德威坚称:"文学永远是地理的、政治的,即有politic 的",并认为正是"中外意识形态的差异造成(他的)阅读兴趣"。③ 王德威的中国现当代文学研究,充满了政治视角,比如他的《革命时代的爱与死——论阎连科的小说》,发表时虽已被杂志社删除两千字,其中的政治热情仍然溢于言表。④ 从历史来看,夏志清的这种政治化文学研究,对中国当代文学产生了两方面的功用:一是文学补救。沈从文、钱锺书、张爱玲的被重新发现及其在海内外的巨大影响,正是得力于夏志清的大力发掘和肯定。二是政治反省。这既是对我们过"左"的文学纠偏,同时也是以美国为首的西方世界对中国文学政治敌对的一份历史见证。

80 年代以来,在改革开放的文化背景之下,大批的国内学者移民海外。在异域文化和新的政治空间的激励下,他们对中国当代文学的研究,也倾向于从政治角度入手。比如移民美国的唐小兵主编的《再解读:大众文艺与意识形态》、陈建华的《"革命"的现代性:中国革命话语考论》、刘禾的《跨语际实践》、刘康的《美学与马克思主义》、刘剑梅的《革命与情爱:20 世纪中国小说史中的女性身体与主题重述》等;移民香港的许子东的"'文革'小说叙事"、黄子平的《革命·历史·小说》等。由于他们都有着双重的文化体验和文化身份,既能避免西方读者那种生硬的皮相的政治解读,又能摆脱内地学者那种"欲言还休"的言说禁忌,因而他们的政治解读往往能够触及问题本质,令人耳目为

---

① 普实克:《中国现代文学史的根本问题——评夏志清〈中国现代小说史〉》,《普实克论中国现代文学》,湖南文艺出版 1987 年版,第 212—213 页。
② 夏志清:《中国现代小说史》封底页,复旦大学出版社 2005 年版。
③ 参见刘江凯博士论文:《认同与"延异"——中国当代文学的海外接受》,2011 年,北京师范大学。系作者对王德威的访谈,未发表。
④ 王德威:《革命时代的爱与死——论阎连科》,《当代作家评论》2007 年第 5 期。

之一新。但不可否认,其中也有不少过度阐释甚至哗众取宠,以取悦于海外读者。他们的研究,拓展了中国当代文学在海外的传播,但也强化了其在海外的政治存在。

80年代之后,中西关系回暖,与之相应,海外对中国当代文学的研究也日渐多元化,艺术因素增强,意识形态色彩淡化,但政治仍然是他们观察中国当代文学的惯常视角。生硬的政治解读是中国当代文学海外传播过程中常见的遭遇。以作家池莉为例,她的作品在国内大多被视为市民通俗写作,并不被主流文坛看好,但在法国却颇受欢迎,比如《云破处》《你是一条河》《预谋杀人》等,都很畅销。这些在国内被认为比较勉强的作品,在法国却被做了异样的政治解读,被视为表现了"后毛泽东时代"中国特定的社会政治现实。她的成名作《烦恼人生》内容上几乎与政治绝缘,但在法国却被强行贴上了政治标签。在《烦恼人生》法译本的编辑导言中,编者就这样写道:"一个普通人的普通的一天——池莉力图紧紧抓住最真实的当代中国人的生活。她所描写的工人已经和战无不胜的毛泽东主义所歌颂的劳动英雄毫无关联。她的小说首先是一份令人心碎的证词,证明了这些微不足道的生命的存在,各种地缘政治学专栏无视他们的存在,然而未来中国的命运正寄于他们身上。"①中国人从中读出的是中年人的生存之累,而法国读者从中看到的则是文学与政治的决裂,是作家的自由创造精神。池莉由此也被法国读者视为中国的知识精英。这种解读的思路确实开人眼界、令人叹服。2000年法裔华人作家高行健以《灵山》获得诺贝尔文学奖,招致政治非议,但不管事实真相如何,仅就获奖作品本身而言,包括作家本人的获奖演说,政治色彩不容否定。以至连抛出了"中国当代文学垃圾论"的德国汉学家顾彬也认为:"诺贝尔文学奖更多的是政治。"②2005年,作家阎连科发表于广州《花城》的中篇《为人民服务》,表现小公务员和欲火难耐的师长夫人争相以亵渎领袖毛主席画像来向

---

① 池莉著,〔法〕何碧玉译:《烦恼人生》(法文版),法国南方书编出版社(ActesSud)1998年版。
② 《中国新闻周刊》2007年4月2日。

对方表达所谓的忠贞,并裸身在领袖画像上疯狂交媾、爱欲狂澜。这样恶俗的书写可以说饱含着极度阴暗的政治想象。这部作品在国内被禁在海外却深得赏识,其中的原因何在不言自明。联系阎连科目前在海外受宠的事实,其中的奥秘似乎不难理解。海外读者的这种接受心理,借用美国翻译家葛浩文的一句话来概括——"美国人喜欢唱反调的(中国)作品"①,再准确不过。

二、文化

文化的差异是不同民族文学交流的前提。通过文学作品来认识和了解中国文化,是海外读者考察中国当代文学的一个常见视角。由于文化的外延非常宽泛,几乎包罗一切,上面所说的政治因素其实也是一种文化,但这里所谈的文化,指的是跟中国社会历史和现实紧密相关,反映其民族性格及时代特征的内容成分,主要包括两个层面:一是历史层面,指的是中国的民族传统文化;二是现实层面,指的是当下的中国经验问题。

由于在20世纪50至70年代,中国文学以反传统为特色,与传统文化断裂,所以这段时期的文学中传统文化意识极其匮乏,在海外自然也无声响。西方读者对这段时期的中国文学的解读,兴趣更多地集中在其社会史料价值。80年代上半期中国社会出现了一次明显的文化复兴运动,由最初的全社会性的"文化热",蔓延至文学领域,最终演化成一场轰轰烈烈的带有强烈民族主义情绪的寻根文学运动,并借助影视的推波助澜,掀起了文学中的文化热潮。相应地,海外也掀起了中国文化热。

最早祭起文化大旗的是老作家汪曾祺,1982年,他在《北京文学》上发表《回到现实主义,回到民族传统》一文,倡导向民族传统文化回归。由于汪曾祺穿越两个时代的京派文人的身份、开阔的文学视野、精致优美的小说艺术,他的作品在国外也受到好评。法国作家安妮·居

---

① 〔美〕葛浩文:《美国人喜欢唱反调的作品》,《新世纪周刊》2008年第10期。

里安女士就非常欣赏汪曾祺作品中"水"的意象,认为汪的作品"笔下浸透了水意"①,并将汪曾祺的作品与法国"新小说"进行比较;而香港作家施淑青则欣赏汪曾祺小说的抒情色彩,将其称为"作为抒情诗的散文化小说"②。1983年,陆文夫的《美食家》享誉国内外,被译成法文《一个中国美食家的生活和激情》(Vieet Passion d'un Gastronome Chinois,1988)。该作品对中国传统菜肴文化的介绍,通过餐饮行业的变化来反映中国社会历史的变迁,引起海外读者的强烈兴趣。"有许多国外的读者,正是从他的小说开始了解中国,爱上中国的。他的小说在欧洲的影响之大,出乎许多出版商和翻译者的意料,尤其是他的《美食家》,巴黎的餐馆老板都十分熟悉。"③1989年,他也因此获得法兰西文学骑士勋章。1984年,阿城的《棋王》问世。该作品对中国传统道家和儒家文化的宣扬,极大地激发了海外读者对中国传统文化的热情。王德威如此评价:"《棋王》一出,先在大陆引起瞩目,继之流传海外,成为人人争相一读的作品。"在台湾,甚至还因此掀起一阵"大陆热"。④ 80年代上半期,一些朦胧诗诗人,如江河、杨炼、北岛、顾城、舒婷等,创作了大量具有丰富文化意蕴的诗歌,在国内通常被称为"文化诗歌",其实是代表了朦胧诗的一个发展向度——由政治启蒙向文化启蒙。由于朦胧诗在国内引发论争,通常被视为80年代中国思想解放运动的先驱,在海外也成为西方人考察当时中国的一个窗口。再加上其中的一些诗人移民海外,长期游走于西方世界,因此,他们的诗歌创作和交流,可谓身体力行地推动了中国文化的海外传播。比如以酷评和苛刻著称、抛出了"中国当代文学垃圾论"的德国汉学家顾彬,在否定了几乎所有的中国作家后,却对朦胧诗情有独钟,声称"都喜欢",是他所认可的"世界文学的一部分"。⑤ 余秋雨的以《文化苦旅》为标志的系列历

---

① 〔法〕安妮·居里安:《笔下浸透了水意》,《湖南文学》1989年第9期。
② 汪曾祺、施淑青:《作为抒情诗的散文化小说》,《汪曾祺全集·八》,北京师范大学出版社1998年版,第76页。
③ 《人民日报》2005年7月14日。
④ 王德威:《世俗的技艺——阿城论》,出自《当代小说二十家》,三联书店2006年版,第303页。
⑤ 季进、余夏云:《我并不尖锐,只是更坦率——顾彬教授访谈录》,《书城》2011年第7期。

史文化散文,在海外掀起了中国文化的热潮。这些作家们的创作和文学交流,从积极层面向世界传递着"文化中国"。

还有一种具有消极意义的海外文学文化传播,就是那种具有后殖民后现代色彩的文化输出。同样是在80年代上半期,北京作家邓友梅写出了《那五》《烟壶》等被视为体现了北京文化特色的"京味"小说,而天津作家冯骥才则写出了《神鞭》《三寸金莲》《阴阳八卦》等被视为体现了天津文化特色的"津门文化"系列小说。这两位作家对于中国"国粹"的现代书写,比如男人的辫子、女人的小脚、八旗子弟等,由于都采用了通俗传奇的写法,故事情节生动,并借助影视的推动,赢得了广大的读者。虽然这些作品都有着批判性,但由于批判性让位于故事性,因而都有着负面的宣传效果。这些作品流传海外,一些海外读者正是从这些"国粹"中,形成了对中国文化的片面认识。类似的情况还出现在部分新历史小说和由此改编的电影中。莫言的《红高粱》(1987)经由张艺谋改编成同名电影在海内外播出并获得国际电影大奖,苏童的《妻妾成群》(1989)也被改编成电影《大红灯笼高高挂》在海外热播,两位作家因此迅速在海外走红。尽管这些作品都有着丰富的文化意蕴,在文化诉求上各有不同,但在对老旧中国文化的表现上则大致一致。在这些作品中,中国文化大多被表述成封建、封闭、专制、保守、愚昧、落后,并最终体现为张艺谋改编电影中的那种质朴、混沌、拙重、苍茫的红色底蕴。这些,在实现中国文学走向世界的同时,也误导了世界对中国文化的想象。在今天看来,这对于中国国际文化形象的建构,似乎多少是有些负面影响的。

除了传统文化外,急遽变化中的当代中国社会现实也让海外读者非常关注。由于近些年来中国经济的快速崛起,世界已经不得不正视中国的存在,海外读者比任何一个历史时期都更想深入了解中国。作家刘震云说:"中国文学虽然还没有真正走向世界,但世界已经走向了中国。"[①]也正是因此,一些具有即时性和现场感的中国当代文学作品,在海外都较受欢迎。这方面最具代表性的莫过于余华的《兄弟》。作

[①] 文化中国—中国网,culture.china.com.cn,2010-08-17 09:26。

者自称这部作品对中国社会现实采用的是"正面强攻"的方式,用一对患难与共的兄弟命运遭际连接起中国的两个特别的时代——"文革"和当下,用中国人的四十年来浓缩西方人要四百年才能完成的经历,用荒诞夸张的笔法表现了当代中国社会所发生的戏剧性变化。也正因此,《兄弟》虽然在国内受到很大非议,但在海外却受到高度评价:"法国读者所知的余华最为伟大的作品",当代中国的"史诗"[1],获得法国首届"国际信使外国小说奖",并在国外入选为汉学专业大学教材[2]。虽然《兄弟》在国外受到欢迎有多方面的因素,比如批判性和政治性的题材、拉伯雷式的狂欢化叙事风格、简洁明了的叙述语言等,但作品所展示的"毫不做作的生活和赤裸裸的中国"[3],却是吸引西方读者的一个重要原因。同样在法国畅销的池莉,她的《烦恼人生》《冷也好热也好活着就好》等新写实小说,则成为西方人了解"后毛泽东时代"中国普通人生存状态的文本。在这方面值得一提的还有卫慧、棉棉等所谓的"美女作家"的创作。卫慧的《上海宝贝》、棉棉的《糖》在海外都热销,在国内这两部作品都因为过分的"性"书写被禁,但在海外,"外国读者在她们的作品中看到更多的则是和官方传媒披露的迥异的中国都市流行时尚和'新新人类'的边缘生活写真:摇滚、吸毒、性和疯狂"[4]。这样的传播例子还有很多,比如王安忆的《长恨歌》和苏童的《河岸》等。这种当下的中国经验表达,正吸引越来越多的海外读者的关注,特别是年轻的一代。

还有一种文化表达似乎具有超国界、跨文化的普遍性意义。比如阿来的《尘埃落定》和迟子建的《额尔古纳河右岸》,都写到了特定的民族文化的式微,具有文化人类学的意义,为全世界读者所喜欢。还有姜戎的《狼图腾》,宣扬力量、勇敢和智慧相结合的强者生存哲学,在海外一直卖得火热,具有超民族的普遍性文化意义,体现出陈思和教授所说

---

[1] 王侃:《〈兄弟〉在法语世界——法语书评翻译小辑》,《文艺争鸣》2009年第2期。
[2] 《余华小说〈兄弟〉入选国外教材》,上海《青年报》2006年5月24日。
[3] 转引自杭零、许钧:《〈兄弟〉的不同阐释与接受——余华在法兰西文化语境中的译介》,《文艺争鸣》2010年第4期。
[4] 黄茁:《中国"美女作家"风潮在法国的遭遇》,《粤海风》2008年第4期。

的"世界性文化因素"①。

三、性

"性"是世界文学交流中的润滑剂,也是衡量社会思想开放与否的晴雨表。对中国这样一个长期禁欲的国家来讲,尤其如此。20世纪50至70年代的中国文学是无性化的文学,所以也就不存在"性"的海外传播;80年代之后,中国当代文学中的性别意识开始觉醒,"性"意识也随之萌动,在一些作家笔下,"性"在客观上构成对高度集中的政治威权的挑战和解构,并在海外开始引发关注。90年代之后,中国当代文学中的性描写逐渐走向泛滥、粗俗,而海外对中国当代文学的性接受也逐渐变得理性和务实,政治不再是唯一的视角。"性"的发展演变,折射着当代中国社会思想文化的变迁,在海外,则成为读者观察当代中国社会的一个特定窗口。

张贤亮自诩中国当代文学写"性"第一人。80年代初,他以《绿化树》和《男人的一半是女人》两部自传性的中篇小说,首开新时期文学"性"描写的先河。由于作者将"性"描写的背景置放于贫困压抑的中国60年代的西北地区,并和扣上"右派"帽子的知识分子身份相结合,因而,这种"性"描写在具备感官挑逗意味的同时,还具有特定的政治文化内涵。也正因此,这种"性"描写在国内引发热议,让张贤亮爆得大名,在海外则受到热捧,因为西方人从中能够嗅出一些他们感兴趣的"知识分子遇难"的味道。早在80年代,张贤亮的作品就被翻译成二十七种外国语言在海外传播,"甚至就连人口只有七百万的以色列,《绿化树》的发行量也达到一万多册"②。特别是在当时刚刚开始向中国开放的欧洲,张贤亮备受欢迎。"性与政治"是张贤亮知识分子题材写作的全部内容,1989年出版的《习惯死亡》和1993年的《我的菩提

---

① 陈思和:《我对20世纪中国文学世界性因素的思考和探索》,《中国比较文学》2006年第2期。
② 《张贤亮:传奇在于和国家命运同步》,《人民日报海外版》2008年7月25日。

树》都是如此。充斥于其中的大量的性描写，成为历经历史磨难的作家心灵的自我救赎，这与后来获得诺贝尔文学奖、"文革"期间也被强制劳动改造的高行健的创作思路如出一辙。高行健的《灵山》和《一个人的圣经》都诉说了特定历史时期知识分子所受到的精神戕害，也满篇皆"性"，借助肉体的自由来释放精神上的受压抑。其中的"性"已成为一种独特仪式，是对受伤心理的抚慰和对政治惊悚的救赎。

为什么张贤亮、高行健等人将知识分子受难和"性"相结合的写法在海外会受到如此关注和肯定呢？答案很明显，"性描写"的政治化，或曰政治化的"性描写"，既能满足海外读者阅读时煽情式的感官刺激的需要，又能满足他们秘而不宣的政治批判心理。这就又回到了上述第一个因素话题：政治。说到底，性在本质上其实就是一种政治。当代不少作家都在做着这方面的努力，比如铁凝的《棉花垛》、苏童的《罂粟之家》、张洁的《红蘑菇》、毕飞宇的"玉米"系列，乃至陈忠实的《白鹿原》等，但在这方面最有悟性的显然还是阎连科。他的《坚硬如水》和《为人民服务》在海外都受到欢迎，两部作品都采用极致化的叙事方式来写"性"，且都以"文革"酷烈、压抑的年代为背景，将"性"与政治压抑以及疯狂的人性相结合，把"性"当成泼向政治的脏水，获得亵渎的快感。这样的写作思路以及海外传播方式，与张贤亮、高行健们在骨子里其实是一致的。区别在于，张贤亮是在认同主流话语的前提下写作，高行健则走到了主流意识形态的对立面，而阎连科正在"以头撞墙"①，做着话语突围的努力。

"性"的海外传播与接受，因国别文化、接受心理差异而不同，并反作用于国内。典型的例子莫过于贾平凹的《废都》获奖事件。1993年，贾平凹的长篇小说《废都》出版，引发中国文坛地震，不久就被查禁，原因据说是因为其中有着大量的性描写。但这应该只是表面原因，该书对当时腐化、堕落的社会现实的揭露、讽刺，似乎才是招致禁令的主要原因。四年之后，该书经由法国安博兰女士翻译成法语在法国斯托克出版社出版，并获得1997年度的法国费米娜外国文学奖。费米娜文学

---

① 阎连科：《一部书的命运与撞击》，《坚硬如水·序一》，台湾麦田出版社2009年版。

奖又被称为法国女评委奖,由十二位资深法国女评委选举产生,是法国三大奖项之一。在国内,《废都》因为以男性为中心的大量放纵式性描写,被视为对女性的不尊重,但在法国,却获得了众多女评委们的一致认可,被认为恰恰体现了作者对女性的欣赏与尊重。在国内这部作品因"性"而被禁,而在国外却因"性"而获奖,而且是由外国女性来认可颁奖,这不能不说是一次绝妙的反讽。当然,《废都》的"被禁"和"获奖"应该都还与作品对中国社会现实的负面书写有关,但在"性"的问题上海内外所持的截然相反的态度,无疑是这部作品不同命运遭际的重要原因。《废都》的获奖,让贾平凹闻名法国,同时也动摇了国内的禁令。时隔十七年之后,当年被禁的内容都已经成为普遍的现实,2009年《废都》终于被解禁。毁于性,成于性,《废都》的命运遭际,折射出中国当代社会"性"观念的变迁。在这方面,来自海外的"性"评价起到了积极的推动作用。

  90年代之后,欲望化社会大潮兴起,当代文学中的性描写也逐渐走向泛滥、粗俗。"身体写作"成为这个时代最具争议性的文学现象。在海外,对这一文学现象的关注,主要集中在卫慧、棉棉、木子美等所谓的"美女作家"身上。她们把90年代以来女性回归自身的身体叙事推向极端化,变成公然的"隐私写作"或者"裸体写作"。卫慧的《上海宝贝》(1999)、棉棉的《糖》(2000)、木子美的《遗情书》(在国内首印十四万册,二十一世纪出版社,2003,但是尚未正式上市即被禁),都因为过于赤裸、泛滥、粗俗的性描写,在国内被视为"黄色书籍"而被查禁,但这在海外恰恰成为这些作品最好的推销广告,迎合了部分海外读者逆反和猎奇的阅读心理。这些作品在海外经过出版商的包装和炒作,销售都很火爆。比如法国 Philippe Picquier 出版社在卫慧的美貌上大做文章,希望能制造出"美女(作家)"的轰动效应:法文版《上海宝贝》以三张作者的美人照(一张娴静、一张性感、一张张扬)做成三个不同的封面。广告词是"一个女人,一部小说,三种容颜",并随书附赠宣传海报。① 棉棉的《糖》法文译名为《中国糖》,被包装成"中国制造"在法国

---

  ① 《夜上海可怕的双生花》,《每周书报》2001年2月23日。

倾销。木子美的《遗情书》被法文译为《一个中国姑娘的网上性日记》(2005),以充满色情挑逗意味的标题招徕读者。卫慧本人甚至还穿着泳装签名售书,袒胸露背地推销自己。在美国、日本、韩国等地,《上海宝贝》都掀起热潮。"性"是这些作品的卖点和看点,但"性"所折射出的中国社会现实和文化,才是海外读者的关心所在。对这些作品,海外读者出现了不同的解读声音:一种是"镜像式"的阅读,用文本来观照现实,从中看到的是中国大都市中所谓"新新人类"的边缘生活写真:摇滚、吸毒、酒精、畸恋、城市孤独症、自杀、性和疯狂等。出版商 Philippe Picquier 称:"《上海宝贝》和以前的中国文学有一种断裂,体现了一种新的文学态度,一种西化的风格和内容,是第一部反映中国当代都市流行风尚的作品。"①这是一种比较单纯的文学鉴赏。另一种是习惯性的政治解读。由于这些作品中所反映出的"另类"的中国真实,"故事发生的大背景是社会主义制度下改革开放的中国,大环境是共产党领导的'精神文明、物质文明两手抓,两手都要硬'的现代化国际都会"②,这种"中国特色",让一些西方人可以生发出无穷的独异的政治想象。棉棉的《糖》就被解读为"一个后毛泽东时代让青年迷失的城市"③。"让青年迷失"的城市很多,国内外都有,但冠以"后毛泽东时代"的修饰语,则凸显出无处不在的浓厚的政治意味。无论是哪一种解读,文化"他者"都是中国当代文学短期内在海外难以改变的地位和宿命。但比较起以往单一的政治批判视角,不同声音的出现,终究可算是一种进步。

四、人文主义及其他

在围绕着中国当代文学海外传播的论争中,有学者认为,"人文主

---

① 《夜上海可怕的双生花》,《每周书报》2001 年 2 月 23 日。
② 黄茳:《中国美女作家风潮在法国的遭遇》,《粤海风》2008 年第 4 期。
③ 见〔法〕Philippe Paquet:《一个后毛泽东时代让青年迷失的城市》,《自由比利时报》2002 年 8 月 16 日。

义和本土经验"是中国当代文学海外传播的两块基石①。其中所谈的"本土经验",接近于上文所谈的文化。至于"人文主义",我在此想进一步指出的是,人文主义视角的植入,是近年来中国当代文学海外传播进程中涌现出的新现象,是一种前所未有的进步。因为长期以来,中国当代文学在海外一直都被当成了解中国社会状况的文献资料,连文学都算不上,何谈"人文主义"?但近些年来,中国当代文学中人文主义精神的凸显,逐渐改变了西方人的这一顽固立场,人文主义成为中国当代文学海外影响力的一个重要因素。

50至70年代的中国文学由于"人"的意识的全面失落,人文主义精神也非常淡薄。80年代之后,"人"的意识的回归使文学中的人文主义精神迅速崛起。而海外对中国当代文学中人文主义精神予以关注和接受,则主要是在90年代之后。其中的原因主要有两点:一是90年代后中国当代文学中出现了很多人文主义的深刻之作,流传海外,造成较好的反响;二是90年代之后,海外对中国当代文学的评判,逐渐摆脱了单一的政治视角,出现多元化。

人文主义视角的植入,扩大了中国当代文学海外传播的接受空间。随着中西意识形态对抗色彩的淡化,在更年轻的海外读者那里,中国当代文学中的人性书写、共通的人生经验等,相比于政治,更能引起他们的共鸣。在谈到自己的作品为什么在海外受到欢迎时,"冯骥才认为,恐怕有两个原因:首先是人性的因素,有许多东西是人类共通的;其次是他的小说表现了中国文化本身所具有的魅力。1995年他在维也纳开画展,一个女读者说喜欢《高女人和她的矮丈夫》,她本人就比丈夫高"②。莫言作品的日本译者吉田富夫译到《丰乳肥臀》中母亲赤着上身打铁,潸然泪下,他说:他的母亲就是这样打铁的。另外,莫言的《透明的红萝卜》中有个孩子叫黑孩子,而吉田说他小时的外号就是黑孩子。吉田不止一次说过:我感到自己真实的生活被莫言虚构的生活唤

---

① 张清华:《人文主义与本土经验》,《文艺争鸣》2010年第3期。
② 《中国当代文学在国外》,《中华读书报》1998年11月11日。

起来了。①池莉的小说在法国受到欢迎,她在总结原因时认为:"他们普遍认为我的小说揭示了人类灵魂中共同的难以言喻的痛楚,唯有阅读才能获得抚慰——这也是他们最关心的话题,总是觉得我的小说写到他们心里去了。"②这些都是人性的共鸣而不是政治的接受。相较于生硬的政治解读,这种人文主义的审视更富于人性温度。

人文主义视角的植入,对于扩大中国当代作家在海外的影响具有积极意义。以余华为例,余华是一位海外知名度很高的作家,但真正最初建立起其在海外地位和影响的,主要还是《活着》《许三观卖血记》两部作品,后来的《兄弟》和最新的海外发行作品《十个词里的中国》更是推波助澜。在此之前,余华的一些先锋实验性的中篇和短篇小说虽也结集在海外出版,但发行量很小,不足以引人注意。自法文版《活着》(1994)和《许三观卖血记》(1997)出版之后,余华在海外的知名度迅速飙升。1998年《活着》获得意大利最高文学奖——格林扎纳·卡佛文学奖,意大利《共和国报》(1997年7月21日)称之为"一部教人如何不死的书";德国的《柏林日报》(1998年1月31日)说:"此书的价值无法用任何的评论词语来形容,'伟大'这个词在本书面前也显得渺小。"《许三观卖血记》是余华在海外发行量最大的作品,2000年被韩国《中央日报》评为"百部必读书"之一,2004年获得美国巴恩斯·诺贝尔新发现图书奖。其中的许三观和一乐之间的"虽非亲生,胜过亲生"的亲情描写、许三观与许玉兰夫妇的"患难见真情",都具有丰富的人性内涵,成为打动读者的主要力量。《兄弟》的法文版2008年面世,获得法国各大报刊媒体一致的高度评价,《自由比利时日报》(2008年5月30日)称之为"一部叙述中国的庞大的流浪汉小说",同年10月23日荣获法国"国际信使首届外国小说奖"。《兄弟》的法文版译者法国何碧玉女士认为,余华的作品实现了现实性和超越性的结合,它们一方面以极端真实的方式还原了中国的面貌,另一方面又将读者卷入魅惑、恐惧和激情之中,与自身的生存境遇产生共鸣。这也就是为什么余华

---

① 《中国当代文学逐鹿日本图书市场》,《北京晚报》2006年11月6日。
② 《太多因为,于是所以》,《城市快报》2007年3月2日。

的作品能够摆脱被当作了解中国的资料来阅读的危险。① 余华的作品通常被认为政治色彩比较淡,是什么让余华的作品改变了海外读者并征服了他们?答案很明显:人文主义。博大的人文关怀是余华艺术成功的法宝。同样的情况也可见于莫言、苏童等人身上。

人文主义评判其实是一种艺术审美,深刻的人文内涵与优美的艺术表现相得益彰,密不可分。在人文主义审美推动下,当代文学海外影响力的又一个因素——艺术性,也正日益突出。长期以来,中国当代文学艺术面貌整体西化,对海外读者而言缺乏新鲜感。90年代后,日渐成熟起来的中国作家,正在以卓越的艺术表现赢得海外读者的认可。莫言、余华、苏童等人的作品,都因为高超的艺术表现受到海外读者的肯定,而这种艺术性又是与其深刻的人文内涵相统一的。莫言的小说在海外通常被认为最具"中国特色";余华的小说被认为"内容丰富、风格幽默"、叙述"激动人心"②;而苏童"是一个具有实验精神,在叙述技巧上有独特追求的作家"③。莫言在分析自己的作品在海外的传播时,总结道:"总之,小说艺术上的原创性和深刻的思想内涵,是打动读者的根本原因。"并认为他的《丰乳肥臀》《酒国》《檀香刑》等作品虽未被改编成电影,影响却能超过被改编成电影而在海外大红大紫的《红高粱》,原因就在于艺术性和人文内涵的高度统一,获得了西方人的认可。④ 而作为反面例证,卫慧和棉棉的作品在法国昙花一现,艺术粗糙和人文精神空虚是其致命的原因。⑤

中国当代文学的海外影响力因素是一个非常复杂的系统,除了上述几种因素之外,还有很多,限于篇幅,不能一一论述。以上所列,算是抛砖引玉。面对着这些影响力因素,中国当代文学该作何种反应,以更好地走向世界,是每一位有志于国际化的中国作家都必须正视的问题。在国际化过程中,我们出现过一些投机性的写作现象,比如曾经红火一

---

① 参见杭零、许钧:《兄弟的不同阐释与接受》,《文艺争鸣》2010年第4期。
② 〔美〕唐娜·里夫金德文,美国《巴恩斯——诺贝尔书评》2009年3月13日。
③ 参见杭零、许钧:《翻译与中国当代文学的接受》,《文艺争鸣》2010年第6期。
④ 《莫言、李锐:"法兰西骑士"归来》,《新京报》2004年4月15日。
⑤ 参见黄荭:《中国美女作家风潮在法国的遭遇》,《粤海风》2008年第4期。

时现已基本过时的后殖民主义写作、正在风行的"汉学心理"写作等,都有所偏失。对这个问题的最好回答就是,我们要提高自己的水平,拿出为世界公认的艺术精品。这里,我想借用莫言的一段发言作为本文的结语,莫言说:"我知道有一些国外的读者希望从中国作家的小说里读出中国政治、经济等种种现实,但我也相信,肯定会有很多的读者,是用文学的眼光来读我们的作品,如果我们的作品写得足够好,我想这些海外的读者会忘记我们小说中的环境,而会从小说的人物身上,读到他自己的情感和思想。一句话,好作品能让海外读者摘下'眼镜'。"①

---

① 《莫言:好作品让海外读者摘下"眼镜"》,《人民日报》2010年3月29日。

主体的自觉与中国当代文学的再认识

洪治纲

"历史地看待问题"与"看待历史的问题"

大约从上世纪80年代中期以来,几乎每隔一段时间,中国的学术界都会自发地对当代文学进行一次重新梳理和评估。而且,在具体的评估过程中,常常离不开两种思维:"历史地看待问题"与"看待历史的问题"。前者强调将评估的对象置入具体的历史环境之中,分析并确定具体创作的历史坐标,包括它们在特定历史时空中的价值和意义。后者则突出当下的价值观念和评价系统,立足于人文理论的发展所取得的最新成果,对以往的文学实绩进行重新评估。

应该说,这两种思维都有自身的局限。由于过度依赖历史特定的文化境域,强调重返历史现场的重要性,"历史地看待问题"往往会排斥当下观念的必要介入,在所谓的尊重历史的过程中,形成历史至上的价值误区。它不可避免地造成了"文学史价值"与"审美价值"出现分裂。这种情形,在中国当代文学史的建构过程中,表现得特别突出。

与此同时,也有不少学者开始选择"看待历史的问题"之思维,试图以当下的理论观念和价值标准对以往的作家作品进行重新评估。这一思维的理论依据也很充分——既然"一切历史都是当代史",那么,用当下的眼光来重新梳理一切文学创作和思潮,不仅是必需的,也是必然的,因为文学史的最终目的还是要为文学的未来发展服务。但是,这种"当下的观念"也未必就很科学。譬如,从夏志清、李欧梵到王德威,这些海外学者常常以"现代性"作为评判依据,对中国的现当代文学创作进行了诸多独特的价值重估,虽然这也给我们提供了不少启迪,但令人不满之处依然存在。更重要的是,用当下的眼光来评判时间不长、未经必要沉淀的当代文学,很容易得出厚古薄今的虚无主义结论。南帆先生就曾感叹道:"群殴中国当代文学是一件轻松而解气的活计,谁都有资格顺手掴一巴掌。"

如果将这两种思维进行比较,"看待历史的问题"或许更有冲击力。它毕竟融入了我们业已获得的一些价值观念和理论谱系,能够更大程度地迎合当下人们的审美期待,同时也更多地留下了学者们在"今天"的思想印痕。文学总是在向前发展,重新评估也将是一个持续不断的学术行为——尽管人们总是渴望实现一种永恒的价值定位。

良好的方法当然是将两种思维进行有效的整合,既能尊重历史本身,又能体现当下的价值观念和理论高度。但是,这又涉及一个最基本的问题:如何选定并保持一种有效的评价标准?选定一个相对科学、具有共识性的价值标准,或许并不难;难的是,如何在评估的过程中确保它对历史表示了应有的尊重。因为"历史地看待问题",在本质上需要一种"因史而变"的法则。或许有人会说,"文学性"可视为评判的不二法门,因为它隐含了对文学经典律动的基本维护。但我对此仍然充满了疑虑。且不说有没有恒定不变的"文学性",单就文学的本质主义与建构主义之争看,包括日常生活审美化问题,都已预示着既有的文学观念依然处于流动之中。

置身于变动不居的文学理论和价值观念之中,我们无论对当代文学进行怎样一种"科学的"评估,都会不可避免地出现判断的分歧。因此,有些人认为,真正的评判属于历史本身,我们没有必要过多地介入其中。但我对这种逃避主义态度不能认同。面对历史,当代人同样需要有"在场"的思考和智慧,需要有"求真"的基本诉求。重新评估当代文学的意义,或许不在于它颠覆了什么、确立了什么,而是在于在这一价值思考的过程中,体现了当今学者怎样一种学术眼光和精神姿态。

批评主体的"在场"姿态与求真意愿

由于长期置身其中,缺少必要的时空距离,我们对当代文学进行重新评价时,时常会变得迷离不清;又因为当代文学的发展走过了不少弯路,曾深受非文学因素的干扰,我们在判断某些作品的艺术价值时,同样会显得过度"警惕"。也就是说,当我们带着明确的主体意识,不断地介入当代文学的历史进程中,试图以"在场"的姿态和求真的意愿为当代文学绘制价值图谱时,总是会有一些难以剔除的潜在因素在干扰自己的判断。

  从目前来看,不承认这种局限是不行的。有例为证的是余华的长篇小说《兄弟》。它在国内引起的大面积非议已成为一个历史事件,众多评论家都对之持否定的态度,甚至认为它是一部粗俗低劣的作品。但它在国外却广获好评,日本、法国、美国、德国、英国、意大利等国家的很多主流媒体上,都以大量版面积极地评介该小说,甚至不乏"杰作""长河小说""史诗性作品"之类的盛誉。在《文艺争鸣》2010年第4期上,法语翻译家许钧教授就撰文指出,中国作家的很多作品被译成法语后,其影响力仍然局限于小众范围,而《兄弟》在法国的出版将余华从汉学界的小圈子一下推到了主流阅读群面前,在主流媒体掀起了一阵评论热潮,还获得了文学奖项,这无论是对于余华个人而言还是对于中国当代文学而言都是不常见的现象"。许钧详尽分析了《兄弟》在法国成功的各种原因,同时也多次引用了法语译者何碧玉的评介。"何碧玉认为余华的作品实现了现实性和超越性的结合,它们一方面以极端真实的方式还原了中国的面貌,另一方面又将读者卷入魅惑、恐惧和激情之中,与自身的生存境遇产生共鸣。这也就是为什么余华的作品能够摆脱被当作了解中国的资料来阅读的危险。"在何碧玉看来,在《兄弟》中,余华"所做的一切都是为了向我们讲述一部大历史,讲述几十年来中国社会的变迁,而他采用的方式是独一无二的,余华式的"。说实在的,我觉得作为译者,何碧玉对《兄弟》的理解非常透彻。

  为什么会出现这种"墙内开花墙外红"的现象?我至今没有看到学术界有人对此进行过认真的思考。即使有些思考,其言辞也多半停留在各种非文学的因素之上,或者干脆以"媚外心态"来进行吊诡式的辩护,就像当年有人评价张艺谋的电影那样。至于它是通过怎样一种独特的叙述方式,"将读者卷入魅惑、恐惧和激情之中",从而"摆脱被当作了解中国的资料来阅读的危险",却没有多少深究。

我无意于在此重评《兄弟》,更不想借洋人的气势去进行"翻案",而只想通过这个例子,反思我们当前的学界在面对当代文学时所存在的各种潜在的局限。我相信,很多中国的学者在研读《兄弟》时,批评主体的审美感受和艺术心智都深入其中,他们的评判也是其真实意愿的表达,也都彰显了其"求真"的勇气和智慧。但结果却是天差地别。不错,任何误读都是可能的,也是合理的,一千个读者有一千个哈姆雷特,评判结果的截然相反无可非议,但是,我们国内众多有影响的学者所做出的评价却与国外众多评论存在着如此巨大的鸿沟,不能不让人思考。

这种"身在庐山而不知其真貌"的情形,不仅仅局限于余华的《兄弟》。像王小波的很多小说、莫言的《檀香刑》、苏童的《米》、艾伟的《爱人同志》、阎连科的《受活》,这些作品也都没有得到充分的阐释,甚至常常出现两种极端的评价。如果撇开最近的创作不说,单就当代文学中的"十七年"文学来说,在80年代曾出现过大面积的否定声音,而在新世纪之后,它们又被视为"红色经典"而成为研究热点。这种"抑扬之间"的急速变化,究竟隐含了当代学者怎样一种美学立场,实在是不得而知。

只要稍稍回顾一下中国学术界对当代文学研究的变化轨迹,认真梳理一下某些当代作品在学术界所引起的一些戏剧性的结论,或许我们应该思考:我们是在"求真",还是在"为善"?我们是在潜心建构当代文学在审美价值上的艺术图谱,还是在试图寻找文化张力网络之中的最佳平衡?

作家的主体自觉与当代文学的实践

文学作为一种人类精神活动的特殊形式,乃是作家个体精神劳作的产物。离开了作家个体的精神独立,离开了作家个体的心灵自由,文学创作要想取得开拓性的进展是很难的。这也意味着,我们在审视中国当代文学时,不能回避作家的主体意识——作家只有首先成为一个独立自治的精神个体,才有可能在具体的创作实践中尽情挥洒自己的艺术才情,也才有可能进入天马行空的大境界,从而创作出富于原创性的丰厚作品。

倘若以此来观照中国当代作家,我觉得有两个极端情形值得关注:一是精神的极端禁锢,一是精神的极端放纵。就像余华在《兄弟》中所传达的两个时代一样:前一个时代因压抑而扭曲,最终导致暴力横行;后一个时代则因放纵而扭曲,最终导致欲望横流。它们通过短短的几十年时间,对中国人的主体意识进行了颠覆性的改造,以至于我们很难确立一种理性而正常的精神轨道。我虽然不敢说中国当代作家的精神主体也呈现出这两种扭曲现象,但在总体的社会环境中,他们的主体意识仍然值得质询。

这种质询,首先要面对的是极"左"思潮横行时期的文学创作。就整体的创作境域而言,作家无法把持自己独立的精神空间,也无法追求自由的审美表达。因此,对这一时期的作品进行重新评估,无论将它们提高到怎样一种经典化的地位,都值得商榷。不错,那个时代有不少民间的写作,或者说"地下的文学",它们值得我们去钩沉、去研究,但如何进行重新评估仍是一个需要怀疑的问题。

也许有人会以苏联的文学创作来进行反驳。譬如,在思想高度禁锢的苏联时期,虽然作家根本没有什么自由可言,但他们依然为人类贡献了大量优秀的作品,似乎创作与思想禁锢并无多大关系。但我认为,这种类比是很难成立的,其核心因素在于:中国作家在精神人格上并没有形成一种独立自治的良好传统,也没有完成现代知识分子的角色转变,所以面对各种非文学因素的钳制,中国当代作家能够独立发声的人微乎其微。

其次,是面对90年代之后的多元文学格局。经过80年代轰轰烈烈的思想开放和文化启蒙,一大批当代作家脱颖而出,开始了艰难的精神探索和艺术开拓,使我们当代文学在90年代之后出现了《白鹿原》《活着》《许三观卖血记》《九月寓言》《心灵史》《长恨歌》等等标志性的作品。但与此同时,我们也应该看到,随着"60后""70后""80后"作家群的陆续涌现,作家的主体意识越来越明显地受制于文化消费与大众传媒的规约。

对这一问题,已经有很多学者进行了深入研究。我认为,被消费主义和大众传媒所劫持了的作家主体意识,已直接影响了当代文学的艺术实践,并导致了很多作品只是在"表意的焦虑"中滑行,包括很多"底层写作"和"网络小说"。可以说,新世纪以来,在很多青年作家的创作中,文学并没有真正地回到主体的内心深处,没有回到对生命存在意义的深度追问,而只是他们谋生的手段或娱乐的方式。

在这种大背景下,重新认识中国当代文学,我们或许可以摆脱在一部部作品之间反复纠缠的尴尬,而将思考的重心移到作家的主体意识上,从深层结构中探析当代文学发展的有利因素和不利因素。譬如,当代作家究竟有没有、需要不需要形成一种现代知识分子的角色意识?当代作家在主体自觉的层面上,究竟隐含了哪些吊诡的价值形态?当代作家的思想建构与美学趣味存在着哪些误区?当代作家的本土经验与艺术视野又存在着哪些问题?如果每一次的重新评估,都能够通过一系列作品的深度诠释与评价,进入创作主体的精神内部,微观而又实证地厘析创作主体内心深处的各种潜在动因,那么,我们的每一次重估都将是一种进步。

现代性逻辑与文学性危机

张清华

"现代性"逻辑与评价眼光是考察新文学的根本价值体系,但对这个体系必须要做出反思。因为现代性逻辑是在时间维度上构造的价值体系,按照彼得·奥斯本的说法,"现代性是一种将时间总体化的逻辑,由此派生出现代、后现代、先锋等概念",由此来建立一种影响并且引导世界的价值体系(见《时间的政治》一书)。"新"变成了根本标志,启蒙、革命、政治成为其基本的意义诉求(虽然就思想性质来说,启蒙与革命和政治有可能是对立和逆反的,但从联系性思想逻辑看,又是一致的或殊途同归的)。

这一逻辑作为最强大的外部力量,在现代以来"挟持"或"绑架"了新文学,构造了它诞生以来变动不居的、以"新"与"变"为标志的运行轨迹,但对于传统意义上的"文学性"——即文学内部的文化、美学、叙事、结构、形式等诸要素来说,则是终结和不断背离的状态。换句话说,按照我们原有的文学观念,文学中的一整套固有的规则、经验、结构模式甚至语言系统,都被终止了,文学变成了"新知""新思想""新的不断革新的形式",这就使得它固有的文学性变得相对虚空、漂浮和贫乏。

因此,本文要提出这一问题,并从两方面做一个简单的阐述。

本文讨论的主要是三个问题:第一,"文学性"与"现代性"的矛盾关系、传统的内在支持作用;第二,现代性逻辑与传统的消长、中国当代文学的成功与失败;第三,传统与中国当代文学的文学性重建。

还要解释一下概念:简单地说,"现代性逻辑"是指现代性价值所引导下的文化趋向,这一逻辑中包含了一个历史演化,所谓启蒙与革命都是其演化的形态与产物。而中国不是现代性价值或观念的原发地,在我们祖先的时间与历史观念中,不存在"发展"或者"进步论",也就不存在"现代性"思想。现代性思想在近代中国的出现,是由于对西方进化论思想的译介而出现的,严复翻译赫胥黎的《天演论》之后,才算是有了"科学"意义上的现代性思想与话语,进而在此基础上出现了康梁具有启蒙目的的"新民论"或"新文学"的概念,梁启超说"欲新一国之民,须先新一国之小说",提出了以新的文学观念来改造国民的理想;同时在政治上也出现了激进的"革命"学说,邹容的《革命军》中说,"革命者,天演之公例也",认为革命是进化论的普遍原理和必然手段。从上述例证看,现代性逻辑是一个历史范畴,它既包含了启蒙主义、进步论思想,也纠结了现代中国的革命观念与历史。从现今来看,现代性逻辑的最新表现就是"全球化",以西方的资本、技术、文化与文学为权力中心的一种席卷全球的力量。

彼得·奥斯本说,"现代性是一种将时间总体化的逻辑",这种逻辑的力量,对于中国当代文学的影响如何,对其文学性的消长有着怎样的作用?这是我所要讨论的。

第一个问题:**文学性与现代性在中国现代以来的矛盾关系**。现代性给现代中国的文学带来了什么?当梁启超说"欲新一国之民,必先新一国之小说"的时候,中国小说的文学功能其实是在走向衰落。他把小说的功能解释为关乎国家兴亡的大事,只是注重了文学的传播(现代性、启蒙思想)功能,就娱乐与审美而言则是迷途。晚清民初的小说繁盛,同晚明时代的小说繁荣没有太大的区别,它们与国家兴亡自然没有什么太大关系,而歌德也只是因为看到了一两部中国晚明清初的才子佳人小说(《玉娇梨》或《好逑传》),才感叹中国小说之美,并预言"世界文学的时代已经来临"。当中国的小说开始"新"的时候,它的教育、认知的启蒙功能是被扩展了,但"小说"却并未兴盛起来。而且新文学的文学性的建立,依然有赖于中国传统叙事的内在支撑。鲁迅的小说之所以成功,就叙事而言是因为它们融入了更多中国传统的手法,传达出了中国式的人物神韵;一些比较激进的左翼作家,像早期的巴金,他的《激流三部曲》的文学性恰恰是靠中国传统叙事结构(《红楼梦》式的叙事)来支持的,就其他方面来说,《家》其实相当粗糙,是它内部的传统结构挽救了它的文学性。至于沈从文、钱锺书等具有自由主义倾向的作家,他们的文学性则与他们作品或思想中的某种"反现代性"或"反启蒙性"有密切关系。这是小说,就诗歌而言,则是以李金发、戴望舒等人为代表的象征派、现代派诗人结合了中国传统的审美因素之后,才使中国新诗获得了美感与诗性。散文就更是如此了。

革命意识形态其实是现代性话语的演化结果和激进形态。但当代革命意识形态对于文学的文学性来说,几乎是一个灾难。陈思和认为,是民间文化因素的劫后余存才使一些作家葆有了一定的文学性,在这里,我愿意扩展这个说法,对所有的作家来说,几乎都是因为中国传统的结构原型与叙事方式作为"无意识结构"或"种族记忆"而挽救了他们的作品:类似武侠与旧传奇的写法挽救了《林海雪原》《铁道游击队》《红旗谱》《红岩》;类似才子佳人英雄美人的老模式挽救了《青春之歌》《三家巷》;是"笔记小说"的笔法支持了孙犁那样的作家;是民间文化挽救了赵树理、周立波甚至柳青等等。而相反,现代性话语(包括它的时间观、历史总体化想象、断裂性叙事、进步或成长假设等等)对于文学性的建立来说,则是破坏性多于建设性。它强迫作家在书写历史的时候要展现"进步""成长""胜利""前进""光明""觉悟""断裂"等等,致使当代文学经历了一个文学性相对稀薄的时期。

第二个问题:现代性逻辑与传统之间的消长,同中国当代文学的成功与失败之间的关系。这个问题也应该仔细辨析,很难笼统地说。这里我将其分为两个时期与现象来谈。

首先是80年代,现代性逻辑的表现比较复杂,毫无疑问在思想的"变革开放""西风东渐"方面,它起了根本的推动作用。但在文学性诉求方面,它则主要化身为一个技术性问题(即"写什么"不如"怎么写"重要,必须要采用以西方现代文学为载体的各种新的观念与写法),技术变革给中国当代文学注入了关键动力,复杂化的书写、专业与技艺在文本中的含量变得日益重要。应该说,这是成功的和很关键的。但当我们回想这段时间,真正使文学开始获得文化与审美品质的,则又是一场诉求暧昧的"文化民族主义思潮",即"寻根文学运动",是使用了"现代眼光"之后对中国传统文化的再度发现,才使文学在1985年前后变得丰富和成熟起来。当然,此后"怎么写"的问题一直贯穿在新潮小说、先锋小说、先锋戏剧等写作实践中,但技术上的翻新也使有的作家陷入了迷途,丧失了写作才华,如马原、孙甘露等就是例子。同样使用"暴露虚构"或"元小说"手法的马原与扎西达娃,真正成功的还是扎西达娃对于传统文明的挽歌和对现代性的反思。整体上说,上述现象所合成的"先锋文学运动",是以对西方现代以来文学形态的集中借鉴和模仿为手段的,它更新了中国人的文学经验方式,使中国当代作家掌握了复杂的文学书写,具备了从技术上与西方作家相对话的能力。但另一方面,真正使他们的文本获得文化与美感价值的,还是他们对于中国文化本身的再体认,比如莫言的《红高粱家族》、张炜的《古船》等,还有先锋小说中以历史和传统为书写对象的那些作品,以及新历史小说。

其次,90年代以来文化的复杂性使上述问题更难分析,但总体上来说,经历了从意识形态社会到消费性社会的转换,现代性逻辑逐渐丧失了"文化启蒙"的现实根基,变成了一个由消费文化主导的时尚潮流。正是在这个过程中,一方面文学性渐渐获得了浮现,出现了汉语新文学以来最重要的收获期,出现了《活着》《九月寓言》《白鹿原》《丰乳肥臀》《许三观卖血记》《长恨歌》《檀香刑》《人面桃花》等大量具有"总结性意义"的长篇小说,这些作品中,传统作为文化、美学或结构要素起了巨大的支撑作用;另一方面是出现了以时尚型消费文化为主导的"青春写作"、市场化的伪先锋写作,按照丹尼尔·贝尔的说法是,"现代主义的衰落,要归因于它的被广泛接受和随之而来的陈腐化",即中产阶级化;按照卡林内斯库的说法是"强迫性消费现象","将艺术既视为游戏也视为炫耀",以各种方式"促成了媚俗艺术",而"媚俗艺术是现代性最典型的产品之一"(见《现代性的五副面孔》导论,12—14页)。这可以说是继五六十年代意识形态操控下文学性的危机之后新一轮的、也是最大的文学性危机。这种危机在进入21世纪之后可以说是日益明显了。

第三个问题:**当代文学文学性的重建**。这个问题也很难有结论,但是提出很必要,很现实,也很有意义。

首先是如何彻底医治中国人"关于现代性的创伤记忆"的问题。中国人关于现代国家与文化的想象,最初是被给予的,即被"坚船利炮"打开的,传统社会与传统文化的破碎是现代化的起点。最初这是迫不得已的;后来我们把这变成了自觉自愿,但内心深处的"失乐园"的创伤以及文化上的自卑感始终伴随。无论是加入WTO,还是举办奥运会所做的一切,对"全球化"的梦想与热衷,都是试图医治这一创伤的努力,即"我们已经——或者至少将要——与西方(世界)完全一样",或者要努力呈现"我们与世界之间并无两样"。80年代以来的中国文学在这方面也有同样的趋向,一定要与世界文学"接轨",要获得诺贝尔奖才能证明达到了世界水平……这种诉求我认为只能够起到表面的医治,骨子里是对自己的文化仍然没有进行真正的现代性转换处理,仍然没有真正的自信心。从文学上来说,我们应该坚信自己民族的本土经验足够支持我们的文学走向世界。当然,这不是现在的"起点",而是一个应该长期努力的目标。在整体评价中国当代文学、思考中国当代文学的价值评判与努力方向的时候,我们尤其不能被顾彬式的西方中心主义观点所吓倒——刚才顾彬教授的发言基本上又再次从语言修养出发,用"逻辑推论"的方式否定了中国当代文学的价值,他的逻辑是:在西方,好的作家都懂得两三门外语,因此他们对语言和文化都非常敏感;中国当代的作家都不懂外语,所以对语言和文化不敏感,所以就不是好的作家。

　　文学性应该是一个比较恒定、稳定的东西,审美与文化经验,几千年中很多东西并无变化,在不同的民族之间也没有什么不可逾越的差距。歌德为什么读了中国的才子佳人小说之后说世界文学的时代已经来临?为什么巴赫金分析的古代希腊小说的叙述模式与中国式的才子佳人小说完全一样?为什么结构主义理论家在不同民族的神话或民间文学中找到了共同的叙述方式?为什么好莱坞电影的趣味可以风靡世界?为什么西方最伟大的作家在历史观方面其实都是反进化论者?这说明文学性的基础不在于所谓的交流,也不存在具有"先进性"的文学经验,我们应该相信自己的基本人性和民族性,这就是人类性的一部分和文学性的唯一基础。而且我们中国也有自己独一无二的东西,那就是我们的永恒循环或者轮回的认识论方法,《三国演义》中说得好,"天下大势,分久必合,合久必分",并不存在"进步"和"发展";《红楼梦》

说得也好,"好便是了,了便是好","没有不散的筵席",人生和历史并不会只有一维的光明前景(还有《水浒传》"聚久必散",《金瓶梅》"色必至空"),应该在文学性价值方面相信恒久的经验与方式。不必瞄准追逐西方,那样的话,我们也许永远找不到自己,更谈不上追赶别人。说到这里,我们评价90年代以后中国那些代表性的作品,也就找到了真正的依据,那就是,属于中国人自己的生命经验与审美经验,属于中国固有的结构,在《废都》《长恨歌》《活着》《白鹿原》《丰乳肥臀》《檀香刑》《人面桃花》《山河入梦》《生死疲劳》等等小说中都有了程度不同的复活和重现,这就是中国当代文学成就和成熟的显在标志。

90年代以来当代中国文学的成功例证,也显现了上述问题,中国经验支持了它们的文学性,使它们变成了具有"世界文学"意义的作品。我认为,真正具有艺术家眼光的人最终会读懂它们。

身份困境与价值迷局:
中国当代文学的世界处境

张清华

作为前东欧的"流亡作家"的米兰·昆德拉,在上世纪80年代前往以色列领取一个文学奖项时,曾这样赞扬以色列的文化传统与民族属性:"正是那些伟大的犹太人,超越于民族主义激情之上",一直表现出对于作为"文化的欧洲"的敏感和重视,虽然他们历史上曾饱受欧洲人的欺凌,但是仍然"忠诚于这个国际性的欧洲",并且也因此获得了自身的重要性。"以色列……在我眼中俨然成了欧洲真正的心脏,一颗奇特的、处于身体之外的心脏。"①

昆德拉的这番话显然有特殊的"现场效应",但刨除"人情"因素,他说出了一个奇异的文化关系:以色列,这个自罗马帝国时期以来便被欧洲强权不断毁灭和驱散的民族,历经磨难,但在文化上依然固执地认同欧洲,认同这块与它既血肉相连又恩怨纠缠的土地,并且在这样一种关系中延续和创造着它的文明,创造出共属于整个西方世界的许多核心价值。当然,这番话也同样隐喻着昆德拉自身的文化身份与命运:作为一位前社会主义阵营的捷克籍作家,他在留居法国并最终成为一个"世界公民"之后,似乎是在刻意显示他对于自己的国籍与民族身份的"不在意",然而事实上他的这种权利和荣耀的获得,背后除了他文学创作的成就以外,难道就没有背景和出身、民族与政治的潜在作用吗?

举出这个例子,是为了引发人们对于中国作家"文化身份"的思考,以及对于中国当代文学同西方文学、与西方文化之间的一种关系的

---

① 〔法〕米兰·昆德拉:《耶路撒冷演讲:小说与欧洲》,《小说的艺术》,董强译,上海译文出版社2004年版,第197页。

思考,对于"世界语境中的中国文学"价值几何的思考。因为所谓"中国文学的海外传播"的一个最大的问题,便是解决"中国文学"与"西方文学"之间沟通和交流时阻隔与障碍的问题。中国人与以色列民族的命运固然有很大不同,但同样也有一个遭受西方欺凌的近代历史,特别是与东欧国家近似,还经过了一个与西方阵营的意识形态对峙的时代,因此,中国作家的某些身份背景和中国当代文学的生长处境,与某些东欧国家甚至东方国家便有诸多可比附处。

从"现代文学"这一角度看,"中国文学"无疑是在"西方文学"的启示下生长发育起来的。而所谓"世界文学"在中国人的想象里,基本上也即是"西方文学"的同义语。它们之间既是"整体与个别"的关系,某种程度上也是"母体与派生物的关系"。然而这一关系并不稳定。在20世纪中国文学的历史中,我们先后从取法欧美文学的价值与思想("五四"文学时期),到返回民族传统和本土文化(50至70年代的革命文学时期),再到重新找回西方启蒙主义思想价值(80至90年代的新潮文学运动时期),眼下,似乎新一轮的民族主义文化与美学思潮又暗流涌动。这些大幅度的摆动表明,在中国文学与西方文学的关系中间,一直有一种深刻的犹疑。而且,它不仅表现在文学中,还广泛地表现在文化与政治的各个领域与方面。

很明显,中国作家在对待欧美文化与文学的价值观方面,并非像昆德拉所赞美的以色列知识分子那样"专一"和无愧无悔,而是很容易就被国内的启蒙主义和人文主义或是民族主义的思潮所左右——过去这种游移曾被解释为"启蒙与救亡的双重变奏",今天则是"全球化"与"本土经验"的恩怨纠结。这两年,关于中国文学究竟价值几何,在中国学者之间、在西方汉学家与本土批评家之间发生的争论,也都是同一种价值游移的表现。相应地,我们对精英文学的评判尺度便随之剧烈地摆动。之所以会这样,原因恐怕很多,但根本原因是因为我们和欧美文化之间有完全不同的历史与传统。犹太民族的文明自"公元"前后就开始与西方文化相融合了,而中国文化直到黑格尔的时代,"还在世界历史的局外",当然,他所说的"世界"只是西方中心主义的世界,而非全人类的世界。黑格尔说,在这个"最古的、同时又是最新的帝国"

中,"一种终古如此的固定的东西代替了一种真正的历史的东西"。①正因为这样一种亘古流传的传统,中国与西方观念的对话如此艰难。这当然也与中国人在接受西方文化的过程中充满痛苦的被强迫和被侵入的创伤记忆有关,在许多时候,"现代""现代化""全球化"都同时意味着中国人对亘古无疆的"天下"概念的丧失,其"中央大国"地位的湮灭,其在全球资本配置与分工中的"被边缘化"……在业已跨入新文化一百年以来,中国的文学仍然在"西方"和"本土"两个庞然大物之间摇摆,中国作家的文化身份依然暧昧不明——是昆德拉式的"世界公民"呢,还是索尔仁尼琴式的不肯离开本土的"异见人士"? 或者是当下中国的"民族文化的代言人"?

某种意义上,关于"传播"的焦虑来自同一种文化矛盾。

但文化之间的不平等关系,仍然是西方知识界评价中国作家与中国文学的依据。这样说不是"控诉",而只是"陈述"。具体的例子是,欧美知识界对于第三世界和集权国家的文学的看法,从来不纯然是"经验的异质性"和"美学上的独异性"——这种评判尺度名义上是一个所谓"越是民族的就越是世界的"的包容性的定理,但从来就不能真正落实;而从来都首先是出于其价值观的衡量和比照——是否是本国文化的批判者和政治上的异见人士,是他们取舍的首要依据。将诺贝尔文学奖评给法籍华裔的高行健便是一个明证。事实是,假如以高行健的"文学成就"为标准的话,那么中国至少有十位以上的作家应该获得该奖。而为什么西方的评委们宁愿把诺贝尔奖授予在文学成就上并不具有充分代表性的高行健,而不愿意授予更多生活在中国、有更好的文学才能和书写了更为生动的"中国经验"的作家? 究其原因,是他们不愿意持有像歌德那样的评判尺度,歌德那样的"世界文学"理想,在他们这里仍旧是一种西方价值中心论的观念和标准。

因为这种观念的差异,我们便不难看出一个趋势,那就是,眼下中国作家们正由于他们某种程度上的成熟、对于中国本土经验的生动书写、对于中国传统美学的自觉承接和体现,而不幸与"诺贝尔文学奖"

---

① 〔德〕黑格尔:《历史哲学》,王造时译,上海世纪出版集团2001年版,第117页。

渐行渐远。其原因,正是"文化身份"的一个微妙变化。顾彬教授之所以坚持认为"中国当代文学不是好的文学",而相较之下"诗歌要好于小说",其实是同样的根据,他想象中国的诗人们可能与中国的"现实"之间有更多的不和谐性,比如他对于北岛诗歌的推崇。然而事实上北岛诗歌为当代中国诗歌所提供的思想与美学财富非常有限,论诗艺也并非最突出者,他之所以在国际上被视为最重要的中国诗人,便是隐含着这样一种看法。另外还有更接近的例证,便是诗人西川最近在美国也被询问"为什么不流亡"。

当我们不带偏见去思考这些现象的时候,便会发现"当代中国文学"与"世界文学"之间自90年代以来一个最明显的偏差:西方人所希望看到的中国当代文学中类似苏联那样的作家和文学创作,正在变得越来越不可能;中国作家希望以自己"本土经验"的丰富书写,还有"美学上的独特贡献"来进军西方的愿望,也终究很难得到真正的承认。这一方面有文化差异所导致的理解力的匮乏,另一方面更多的则是价值的"傲慢与偏见"。在我看来,中国当代最优秀的一批作家,就其作品所书写的中国经验的丰富性与生动性、就其作品的艺术格局和技术含量看,并不比高行健差,甚至他们的作品所包含的对于中国现实与历史秉笔直书的勇毅和智慧,与近十年的诺贝尔文学奖获得者相比还可能是更突出的,他们的创作中所体现的人类性的普遍价值、其人文主义精神的含量都可以说是充沛和饱满的,但这也同样不能得到西方知识界的承认和重视,因为他们更重视的是西方概念中的"写作的政治"——即作家文化身份的符号化。这种分歧正越来越明显,如果说在过去的若干年中,中国的作家还曾经有可能"取道斯德哥尔摩"(诗人王家新的一本书名)的话,那么今天则几乎是南辕北辙了。

这当然并不绝对是坏事,对于中国作家来说,能不能成为"世界文学"也许并不是最急迫的,因为急也没有用,他们已不大可能靠身份的符号化——成为异见人士或流亡者——来获得国际声誉或维持自己的文学影响,中国历史在最近十几年的变化微妙地改变了这一逻辑。至于其中究竟发生了什么,不是本文要探讨的内容,我在这里要强调的是,中国作家和中国文学恰恰是在最近的若干年中渐渐开始正视自己的处境和身份了,他们更多考虑的,除了渴望与西方文学"对话",还有对本土经验的书写和体现。而我以为,这也许是真正"走向世界文学"的基础,尽管它暂时离得"远"了一些。

假如撇开上述问题来单向度地审视中国当代文学的话,问题就变得简单得多,当代文学已经比80年代和90年代更为丰富,也更本土化。有人用语言风格与"美学"上的粗鄙化和对"中国经验"的复杂书写,来判断它"向下走"的趋势,但据我看来,这并不表明书写者和知识分子本身的堕落,因为某种程度上简单的善恶二元对立的时代已经结束了,作品本身所反映的道德状况与作家个人的道德水准也并不是一回事。在当下的中国,我以为表现出当代中国历史的剧变,以及现实的"壮观的时间流动"(萨特语),比表白作家自己的道德观念更为重要,除非写作者极尽可能、生动地体现出了我们时代的"经验的异质混合性"(诗人欧阳江河语),否则,仅仅传达写作者的道德取舍是没有力量的。

显然,"中国文学的海外传播"也正面临着两个深刻的矛盾:一个是"承认的政治"在其中所产生的障碍力;另一个便是对中国当下写作转向的判断也出现了困难和分歧。更要命的是,连汉学家也参与其中,根据中国作家"人品的低下"和"语言的粗糙"(顾彬语)来判其死刑,这更使判断陷入了一个复杂的"道德迷局"。

我们要追问的是,中国的作家们如何面对这样一种处境,一种命定的待遇?——这里有一组并不一定确切的数据:2008年以来,在美国出版的英译汉语文学作品一共有二十九种,其中当代中国内地作家的长短篇小说仅十九种,且无一进入大众视野。最近三年在美国出书最多的中国作家是莫言和毕飞宇,各出英译小说两种。亚马逊北美店销售榜2011年1月11日的排名显示,销售排名最靠前的是姜戎的《狼图腾》(硬皮精装本),排到了第84187位,余华的《兄弟》(纸皮平装本)是排在了第206596位,毕飞宇的《青衣》排在第288502位,《玉米》排在第325242位,而莫言的《生死疲劳》和《变》,排位均在600000名之外。① 这是中国当代文学在"西方"传播情况的一个缩影。

---

① 《中国当代文学在美国:一少二低三无名》,《中华读书报》2011年1月12日。

不过反过来看一下,在国内精英文学的发行传播情形又怎样呢?事实上也同样是在萎缩之中。这是一个奇怪的对比:中国当代文学在空前成长,但它的影响力和市场占有率却在空前下滑;中国作家的成就和技艺正前所未有地成熟,但离西方世界的关注和认可却更加遥远。

这当然有来自其他方面的干扰:比如网络大众文化的急剧蔓延,消费趣味与娱乐精神对于精英文学所生成的"阻断效应",使受众与传统的严肃文学与精英作家之间出现了无法穿透的互为屏蔽。这种情形带来了中国当下自身文学价值观念的调整,比如最近几年中"悬疑"或"谍战"的故事元素的侵入,类似麦家一类作家的走红,便表明了这种价值的微妙转换。虽然出生于五六十年代的一代业已经典化的作家,基本还坚持着他们的精英主义写作,但那是因为他们业已拥有一批与他们年龄相仿的固定读者,暂时还不必担心被挤出图书市场,但是,出生于70和80年代以后的更年轻的作家们,则无法不面对这个市场的严酷逼挤和挑战。这些问题当然也是世界性的,西方的作家也同样面临这样的挑战。因此,也许最终在这一点上东西方文学的差异会得到消除——但究竟这是一个喜剧还是一个悲剧呢?现在似乎还不好说。

还有一个问题便是暗藏在精英作家们中的"主体危机"。回到文章开始的"文化身份"的主旨,我们必须清楚,除了在东西方文化关系中的尴尬地位,中国最优秀的作家们也面临来自中国和自身现实的考验。在最近的若干年中,这些业已成名的作家,大都成了有广泛影响的"公共人士"——这样说是因为他们只是在公共领域频频"露面",而并非意味着他们都成了"公共知识分子";相反,他们成为公共知识分子的可能性似乎正变得越来越小,因为他们身上的"知识分子性",比起他们身上的"中产阶级趣味"甚至"富豪化的气味"来,可能正越来越趋于稀薄。原因是,在一些作家那里,他们身上早期的人文主义情怀,如今更多地正被一种"职业意识"所取代。我现在从作家那里听到最多的,是他们关于自己海外版权的获益情况,在哪里又得了个什么奖,政府或单位又给了什么待遇等等;而另一方面,则是看到他们和眼下的"现实"正如胶似漆如鱼得水打得火热。虽然他们的技艺确乎更加纯熟,也不能说他们作品中的现实感与经验含量就变得比过去稀少了,但是无疑,它们总体的感染力正处于下降的趋势。假如我们按照中国古老的"道德文章"或"知人论世"的要求,他们的作品中人格力量的见证性确有越来越稀薄的趋势。

假如从内部看,这应是目前中国文学的最大危机了。光从外部找原因是没有用的,我们必须要着眼自身的问题。皮之不存,毛将焉附?如果作家作为人文知识分子的身份变了,其作品的人文价值和世界意义也必然变得可疑。假如这个问题不是西方世界的意识形态强加给我们的话,那么认真地追问一下是确有必要的。

辑二 世界语境与中国当代文学的评价之争

中国当代文学的评价与创新的可能性

陈晓明

一、如何评估当代中国文学六十年的历史经验？

反思中国当代文学的困境,并非意味着对我们的历史采取虚无主义态度。在反思的同时,或者说在反思之前,我们也要反思我们的反思。罗素说,笛卡尔的怀疑主义怀疑一切,但从不怀疑怀疑本身。也就是说,我们反思的依据是什么？我们根据什么来下断语要反思中国当代文学？我们根据什么说当代中国文学出了严重的问题,或得了不治之症？

当然,媒体有关批评及争论的报道,对中国当代文学几乎是众口一词的否定批评,这是一种重要的参照。

对中国当代文学的批评,其实是自80年代后期以来就存在的言论,1988年,王蒙先生就发表过文章《文学失却轰动效应之后》。那时认为文学走向低谷,是因为文学再难有振臂一呼的效应。但也是在那时,中国文学向内转,出现了马原、残雪、莫言以及更年轻的先锋派作家群——苏童、余华、格非、孙甘露、北村等人的写作。迄今为止,我还认为他们在那个时期创作的作品把汉语文学创作推向了一个崭新的艺术高峰。90年代,中国媒体兴起,晚报、周报和各种小报铺天盖地,那时这些报纸突然间有了一些言论空间,骂别的不行,骂文学的自由则是绰绰有余的。于是,一哄而上,形成势力强大的骂派批评。

在海外有一些中国作家和诗人(这里我就不一一点名了),基于另一种立场,在那时对90年代初及以后的中国大陆文学有一种贬抑的评价,其后面的潜台词就是:1989年以后,中国大陆不再有文学,中国大陆的文学从此在海外。他们的理由主要是：在中国大陆公开发表的作品不算文学。我有理由推测他们的观点在相当程度上影响过某些汉学家。

近些年网络兴盛以来，否定当代文学的论调达到高潮。言论上大规模的民主化模仿运动，充分表达了类似舍勒所说的"现代性怨恨"，而所有的怨恨中，对文学的敌视是最容易也最自由却又高雅的怨恨，因为在文学这个问题上谁都可以说上几句话，谁都可以以自己个人的主观感受表达极端观点。要是不骂，就不是批评；谁要是不把中国的文学现状说得一团漆黑，谁就是缺乏良知，就是缺乏艺术眼光。只要贬低现在的文学，所有不懂文学的人，从来不读作品的人，都可装做自己的艺术欣赏水平无比高超。

这也就是为什么，一个根本懂不了多少中国当代文学的德国人，可以对中国当代文学大放厥词并引起轰动效应，然后背后跟着一大群起哄者和喝彩者，甚至还有些挺身而出的打手。这就是在需要人咬人的时代新闻所热衷于炮制的奇观现场。

恰恰是这些批评，促使我们思考：到底我们应该如何评价中国当代文学？中国文学到底存在什么问题？哪些是真问题，哪些是伪问题？那些提问的依据是什么？

这就不只是要去评价当今的中国文学，对于90年代以来或者说21世纪以来的文学，甚至是"社会主义中国"创建以来的文学，今天都要重新审视，只有这样，才能理清我们今天的问题，才能看清他们的依据和我们自己的道路。

因此，我们今天来清理或评价中国当代文学，就要有清醒的学理的立场，也应该有中国自己的立场。

为什么说要有中国的立场？多年来，我对中国人只能做中国的学问、人文学科和社会科学也要本土化、用中国方法做中国的学问等说法，深表怀疑。但历史发展到今天，我们评价中国文学，却没有中国理论批评研究者自己的观点立场，这又不得不让人有所反省。二十年来——今天我们当然不能这样说：所谓"重写文学史"其实是在夏志清等人海外中国研究的观念的阴影底下匍匐前行。无疑，夏志清的《中国现代小说史》的观点,即重新发掘张爱玲、沈从文以及钱锺书的文学史地位,无疑有其价值,"重写文学史"也在80年代后期至90年代打开了中国现当代文学研究的新的空间。但我们毕竟要看到,"重写"只是把被压抑、被放逐的作家重新召回、抬高;而把原来的主流意识形态确认的文学压抑下去,给予政治性的封闭,这与此前的封闭相比不过是调了一个包。在"重写文学史"的纲目下,解放与封存几乎是平分秋色。中国现有的文学史写作观念无法阐释社会主义主流革命文学的正当性和合理性。不管是延续过去的"左"的红色神圣性,还是用"右"的障眼法,除了将其抬到政治的祭坛上,没有别的去处。只是驱魔太困难,一方面是因为咒语还不够强大有力;另一方面则是因为"魔鬼"实在还有生命力。赞颂和贬抑都是一场魔法大赛,老一套的魔法其实也是妖魔化了五六十年代的社会主义革命文学;新的魔法也难以缚住这条苍龙。还是要依凭于新的理论视野——它不再是魔法,而是在当下的学术视野语境中,在汇集了更多的知识构形的基础上来重新审视这段文学史,并且能给出一点中国自己的立场态度。其实,重新解读50至70年代的文学,也是海外及国内更年轻一代研究者的举措。但总体来看,还未找到更加中性化的中国的阐释方式,其依据的主要还是西方马克思主义或"新左派"的路数,理论的内在张力并不充足。

当然,到底是基于理论、新的知识谱系,还是基于一种立场?我想立场当然要寄寓于前者,没有理论,没有知识谱系,那种蛮干的立场只会沦为自说自话的仪式。但信念总是要有的,没有对自身历史的认识,没有一种肯定性的认识,我们的历史将一片空白,最多就是一些边边角角的货色,或者使研究热衷于翻烙饼,或者捕捉一些漏网之鱼。这样的历史是成不了大气候的。我们怎么去理解毛泽东创建社会主义文化的理想?那种乌托邦的理想,要在现代性的激进方案的框架中去阐释,才能理解为什么那么多的知识分子、作家投身于那样的文化创造。它虽然夹杂着太多的挫折,夹杂着太多的谬误,但那种创造的欲望,那种创建一种为广大民众的文学的梦想,创建一种包含着社会主义理念而又和中国民族风格相结合的文学——确实是一种全新的现代性梦想,确实是在西方现代性之外,另搞一套的雄心。那是值得我们去重视的世界现代性体系之内/之外的中国现代性的经验。

　　作为研究中国文学的学者,我们面对世界文学的框架时,有没有对中国当代文学的价值的发言权?中国文学六十年的历史,我们有没有办法在世界文学的框架中来给它确立一个价值?我们有没有办法去看待和评价它?我们在这一世界性的语境中的立场是非常混乱的。我们没有办法在世界文学的价值体系中解释这六十年。我们把这六十年分为前三十年、后三十年。前三十年分为"十七年"和"文革"十年;后三十年还要再切一刀——80年代和90年代,而21世纪不知道怎么办才好。我们没有办法进行历史的通盘考察,我们贬抑一些阶段,或抬高一些阶段,但运用的价值参照和理论框架是不统一的,由此我们的观点是混乱的。2009年我出了一本文学史(即《中国当代文学主潮》),也是试图在这么多的文学史中再找到自己的立场。但找到对六十年文学史的界定是很困难的。我觉得那几部非常重要的文学史,如洪子诚先生、陈思和先生以及顾彬先生出版的文学史,都对90年代以来的文学史写作提供了新的经验。顾彬先生对中国现代文学的研究无疑有其独到之处,也下了相当的功夫,有很多论述令人佩服且值得赞赏,尽管对他的立场和观点我依然有批评,但我对他在中国现代文学研究方面的认真精神是敬佩的。他对中国当代文学的评价我是不太同意的,甚至很不同意。这也触发我去思考,到底什么是我们对中国文学的研究,中国学者对中国的20世纪或者六十年来的文学史有多大的阐释能力?到底要持有什么样的观点和立场?我这里用四个关键词来把握这六十年来的文学史:开创、转折、困境与拓路。这是对中国文学六十年的历史进行整体梳理,在整体中看到阶段性的差异,在阶段的转折中看到变异的内在逻辑。

　　评价1949年(或更早些,1942年)以后的中国当代文学,关键是如何给出文学史和文学价值的评价,这是我们不能回避的难题。中国在那个阶段的文学,同样包含着社会主义政治建制与运动、古典传统直至"五四"的文学遗产、西方资产阶级的文学影响、个人的生活记忆及文学风格等多项关系之间的紧张冲突,并非"政治"二字可概括的。而我们如果仅仅是用"政治化"来概括这个时期的文学,用"集权专制"底下意识形态的附属品的文学来给予定位,就完全忽略了那个时期的文学依然具有的复杂性。现在重读《三里湾》《红旗谱》《创业史》《野火春风斗古城》《青春之歌》甚至《艳阳天》等作品,我觉得它们的意义不仅仅是"政治"二字可以封存住的。在那样的语境中,中国作家对文学的一种想象和表达依然有其独到之处。并不是说,有阶级斗争观念,就能成功贯穿到小说具体叙事中。按照"无产阶级革命"的理想性要求,"十七年"那些表现"阶级斗争"的经典之作,几乎无一幸免,都被打成毒草,其罪名,恰恰是资产阶级人道主义、人性论。尽管说这是"文革"过激政治运动所致,但那些大批判罗织的罪名五花八门,最容易上纲上线的就是资产阶级人性论。这也说明"十七年"的文学并未彻底清除"人性论"。其中最为普遍的情感表现,就是家族伦理(《红旗谱》《三家巷》)、母子关系(《野火春风斗古城》)、父子关系(《创业史》《艳阳天》)、邻里亲友关系(《三里湾》《三家巷》《创业史》《艳阳天》)。那些所谓表现个人在革命斗争和运动中成长的故事,其个人的情感也同样表现得相当充分,《三里湾》《青春之歌》与《小城春秋》这类作品的意义,显然不是"革命"或"政治"二字可以全部涵盖的。这些作品不只是在资产阶级普遍人性论的意义上加以表达,它们同时具有中国家族家庭伦理文化的深厚蕴涵。这也就是为什么那种表达今天读起来还是有令我们激动和佩服的地方。

当然历史背景不一样的,有很多被"政治"这个概念完全遮蔽的东西,我觉得今天可以用新的理论理解和阐释它,打开另一个空间。并不是回到左派旧有的立场,或者政治上正确的老路,而是要在更广大的现代性的视界背景中看这段历史:在这一时期,毛泽东的文艺思想对马克思主义的当代化做出了多少贡献?毛的创新体现在什么地方?这并不是我们现有的理论解决了的问题。有这么多的作家和理论家在1949年之后,回应毛泽东的《讲话》表达的文艺思想,企图创建一个中国社会主义的现代文化,这是一个很大的野心。虽然它最终是失败的,还造成了很多的悲剧,但毛泽东提出的社会主义文化的想象,一方面给中国的民族国家的建构提出了宏大的形象,另一方面试图与中国民族传统风格联系起来,创建人民群众喜闻乐见的中国气派的作品——这一理想是西方现代性所不能概括的,只有在现代性的中国激进化方案中才能得到解释。历史选择了赵树理,开始是确立了赵树理方向,但他先是承担起来,后来却难以继续。在世界现代性的文化谱系中,中国的文化/审美现代性,是要重新或者单独给予定位的,这个定位谁来完成?只有中国学者自己来完成,我们自己不能定位,不能完成此项任务,就是对历史的不负责。

80年代后期及90年代,"重写文学史"的口号是有积极意义的,今天当然不能简单地说它是追逐了夏志清如何如何,而是说夏志清在一定程度上解放了我们的想象。但真理长期停留于此就会出现问题,因为如果抱着夏志清不放就是我们的不是了。他已经给了我们一定的想象,在八九十年代他领跑,带着我们看到另一片风景,这是应该肯定的;但今天还要跟着他跑可能就要有所警惕了。改革开放三十年了,我们应该长大了,我们应该感激西学为我们与世界知识和思想文化的融合提供了宏大而开放的平台,但现在总要找到我们自己的道路。这并不是拒绝西方,而恰恰是在广博地吸收西方的知识和思想的基础上,为世界贡献出中国的思想。至少在对中国文学的评价上,在一个如此富有民族语言特性的文化样式上,发出中国的声音。

西学东渐已有近两百年的历史,这种交融是任何一个西方的民族都不能比拟的。进入现代以来,实际的情形是,中国人非常开放、非常激进、非常乐观;并不像西方某些汉学家所形容的,说中国人保守狭隘、不思进取。世界上哪一个民族像中国人这样,以这么大的胸怀、这么大的气魄广泛地吸收西方呢?没有。面向西方开放和学习的胸襟,也要开始在汲取西方理论的基础上,对中国的经验给予更加独特而深入的阐释。也就是说,总是要阐释出中国现代性的异质性——不是被同一性所统摄的那种现代性,而是开掘出中国的现代性的面向。在把中国的社会主义经验纳入西方的现代性,纳入世界现代性的范畴的同时,释放出中国社会主义文学的现代性的异质性意义。这样的异质性,不只是亦步亦趋地按照西方的现代性文学给出的标准,而是由中国历史经验和汉语言的文学经验,以及文化传统的三边关系建构起来的异质性。尤其是在社会主义的政治文化与社会主义文化之间也要建构起异质性。并不是在社会主义的正当性的前提下,来论证社会主义文学的正当性。如此,不过是重复黑格尔的"存在的就是合理的"而已。

二、如何应对西方现代以来的文学经验?

现代以来的中国文学一直是在西方文学的引导下展开自身的现代性实践。现代时期的民族国家建构超越了其他的需要,内在性的自我无法完全建立,迅速被民族国家想象所压制。五六十年代创建民族国家共同体的经验达到登峰造极的地步,当然也有正反两方面的经验教训。

"文革"后的80年代是一个转折,这是我们文学史的普遍看法,但在哪一个根本的意义上去认定这一转折,是非常需要一个理论的切入点的。其实我们的文学并不是仅仅修复了文学和现实的关系,我觉得它有很多新的点,我想说它重建了文学和现实的关系,这是五六十年代的乌托邦关系解体之后更具有直接性的现实关系。如果说五六十年代是乌托邦式的想象,毛泽东一直都不满意五六十年代的文学,终于在"文革"期间将那些作品视为"毒草"。我们要思考,与"五四"文学的联系在50年代并不都是断裂的,包括《青春之歌》。80年代"文革"后的文学重新建立和现实的关系,我认为有两个要点是富有开创性的,因而,转折也是开创。这就是一个"创伤性的自我"和"可能性的自我"的问题。80年代一直在困难地书写这两个"自我"。为什么我强调"创伤性自我",这是因为中国现代以来都是现实主义占据主流地位,而五六十年代文学创建的革命历史叙事的乌托邦体系,实际上是试图建立一个革命的浪漫主义。也就是说,中国的浪漫主义重建被革命"篡夺"了,革命在浪漫主义还没有建立时,就匆忙急切地建立了"革命的浪漫主义"。这使中国进入现代时期后缺乏浪漫主义文化。而以赛亚·伯林则把17世纪以来的浪漫主义看成是西方进入现代的最重要的转变基础,启蒙主义不过是其中的一个环节,甚至现代主义也只是其转折的一个环节。此说非常有启示意义。中国现代从1919年的"五四"以来,是浪漫主义和现实主义的激烈抗争时期,结果是现实主义占据了上风。文学走向了民族/国家想象,关于个人的自我的情感未得到充分发展,或者说没有比较深刻地建立起来。所以中国试图以一种革命文学的关系来建立浪漫主义,这和西方17、18世纪的浪漫主义开创的启蒙历史就很不一样。但在中国,这个历史还是要继续下去,或者说要重新开创,它必然要非常困难地展开。在80年代,我觉得有一些新的基础出现,"创伤性的自我"和"可能性的自我",正是历经历史创伤后自我重建的两个要点。我觉得这两点也是80年代的中国重建和"五四"以及和西方现代关系的关键点。

关于"困境"问题,这里有内与外之分。内,是指中国现实条件内部和文学内部;外,是指来自外部的一直起规范作用的世界性语境。关于"世界性语境"问题,这里做简要阐述。我们面对着西方给我们提供的美学标准,不管是汉学家的还是主流的西方语境的,西方现代性的美学实际上既引导着当代中国的文学前行,也对其构成强大的压力。

80年代以后的中国文学,虽然包含着断裂、反叛与转折,但并不能完全归结为回归到世界现代性的体系中去,并不能简单理解为回到世界现代文学的语境中就了事。还是要牢牢记住中国的文学经验,没有这一点,我们就无法在自己的大地上给中国文学立下它的纪念碑,永远无法给出中国当代文学的价值准则,因为如果依凭西方的文学价值尺度,中国的文学永远只是二流货色。但谁来依凭西方的尺度呢?是我们吗?我们为什么只有这一种尺度呢?是否汉语言文学的尺度会有一点例外呢?仅就这一点例外,它是否永远无法为西方文学规训呢?

西方给予中国的美学尺度,无疑引导、敦促着中国现代文学的进步,使其成长、壮大。从文学革命到革命文学,都是西方现代性引导的结果,后者不过加入了苏联的队伍。它是世界现代性在中国的激进化的表现,在文学上也同样如此。

中国现代白话文学追逐西方一个多世纪,自梁启超1906年创刊《新小说》,发表所谓"欲改良群治,必自小说革命始,欲新民自必新小说始"(《论小说与群治之关系》)的观点,中国作家奉西方小说为圭臬。西方的现代美学语境,一直是中国文化走向启蒙现代性的参照物。但中国自现代以来,其实一直走着自己的激进现代性之路,在文学上也同样如此。中国的小说终至于以宏大的民族国家叙事为主导,从文学革命的现代性文化建构到建构起中国革命文学,文学与民族国家建立的事业完全联系在一起。这其实是西方的现代性文学所没有的经验。这一经验一直偏离西方,它其实并不能完全以西方现代文学的经验为准则,只要一以西方现代世界性或人类性文学经验为准则,中国的现代文学就会陷入尴尬,尤其是走向共产革命的文学。夏志清和顾彬等就不愿承认这样的历史也是文学的历史,他们宁可把它看成中国作家受政治压迫的历史的佐证(这可以从夏志清的《中国现代小说史》和顾彬的《20世纪中国文学史》中读出)。

西方的小说根源在于它的浪漫主义文化,现代主义、后现代主义依然是与这个传统发生关联,反叛也是关联的一种方式,它在这一基础上。我们没有这样的文化根基,也就永远无法生长出西方浪漫主义传统下形成的现代小说艺术。这就是为什么直至今天,一写到城市,我们的文学就力不从心,要么空泛,要么虚假。但我们在乡土叙事一路却有独到之处。所以,如何适应他们的标准是我们最大的困境,如果没有对自身文学的认识及其美学准则建构,我们的文学就永远只能是二流货。所以我认为困境是一个内与外的体现,内和外到今天都面临着极限,西方给我们施加的美学标准也压得我们喘不过气来,我们用那样的标准看自己的小说永远是差了一大截,永远是不对称的。但我们没有想到差异性的问题,没有勇气、没有魄力建构异质性。

以赛亚·伯林说:"浪漫主义的重要性在于它是近代史上规模最大的一场运动,改变了西方世界的生活和思想……它是发生在西方意识领域里最伟大的一次转折。发生在19、20世纪历史进程中的其他转折都不及浪漫主义重要,而且它们都受到浪漫主义深刻的影响。"[①]

现代中国文学的浪漫主义一直受到现实主义的压抑,直至被清除。中国没有经历一个漫长的浪漫主义阶段,这看起来是中国的现代性最致命的软肋。中国的浪漫主义文化运动由"革命"来完成,"革命的浪

---

① 〔英〕以赛亚·伯林:《浪漫主义的根源》,吕梁译,译林出版社2008年版,第10页。

漫主义"一直附属在社会主义现实主义底下,它如同幽灵,又如同魂魄。许多年之后,我们仔细想想,可能社会主义现实主义只能用"革命浪漫主义"来加以解释。浪漫主义几乎是被社会主义现实主义强行征用,然而,这样的征用不可避免,又显得紧迫。历史发展到今天,革命要以理想化、集体化的方式进行,它要建立另一种浪漫主义运动——革命的浪漫主义运动。它不是植根于个人的自我和理性概念,而是革命的集体想象。一旦集体解体,这样的浪漫主义运动也要终结。

显然,这样的浪漫主义概念与中国文学上经常使用的浪漫主义有些不同。例如,德国古典主义哲学在伯林和哈贝马斯那里,都被理解为主导的浪漫主义传统。

伯林说:"浪漫主义是统一性和多样性。它是对独特细节的逼真再现,比如那些逼真的自然绘画;也是神秘模糊、令人悸动的勾勒。它是美,也是丑;它是为艺术而艺术,也是拯救社会的工具;它是有力的,也是软弱的;它是个人的,也是集体的;它是纯洁也是堕落,是革命也是反动,是和平也是战争,是对生命的爱也是对死亡的爱。"①

中国的现实主义小说总是追求强大的悲剧性,因此,中国当代小说习惯用力,我们总是在历史叙事中来表现人物,长篇小说总是写历史中的人和事,而短篇小说却又试图写人。但西方的小说经验有些相反,长篇小说写情,现实主义小说的永恒主题,如福楼拜所说,所有的名著只有一个主题,那就是"通奸";现代派则只写作一个人的故事,那就是"局外人"的故事;而后现代的开山之作——纳博科夫的《洛丽塔》的故事,不过是"乱伦"。

但是西方的小说确实有它的独特经验,从浪漫主义的自我文化绅绎出来的那种从内在自我迸发出来的经验,由这种经验再投射到历史中去。

这里我尝试简要分析一下帕特里克·罗特(Patrick Roth,

---

① 〔英〕以赛亚·伯林:《浪漫主义的根源》,吕梁译,译林出版社2008年版,第24—25页。

1953—)《泄密的心》①。这篇小说当然不能代表西方小说的全部,但某种意义上,它是一篇极为典型的西方现代小说。

小说讲述一个十五岁的德国男孩与英国女家庭教师的故事。他们一起阅读爱伦·坡的小说《泄密的心》。小说把这两个故事联系在一起,坡的故事是讲一个疯子谋杀一个邻居老人,罗特的故事则是一个小男孩爱上了这个英国女教师。女教师的名字是 Gladys Templeton,但后来发现它隐藏着一个尾随的姓——她的丈夫的姓哈维,这其实隐藏了她的婚姻,当然包括婚姻的不幸,但最重要的隐藏的秘密/真相则是这个女教师是个吸毒者。这些隐藏的事实是如何相互发生关联的?坡的"泄密的心",疯子的"跳动的心","我"的心跳动,小说最后一句话,当目击了那个血淋淋的针头时,"我的心静止了"。这篇小说利用互文本关系展开叙述,利用他文本,叙述变得异常紧张,心理的细致投射到叙述节奏上。表面写一个不谙世事的小孩对一个大他十岁的英国女人一见钟情,深层则是写当今时代的青年男女的社会问题。

这篇仅二十页的短篇小说至少可读解出这些层面:

第一,少年的视角展开的微妙叙述。如此美好的青春感觉,纯真之爱,一步步展示出另一个世界。这个世界意味着什么?少年的未来与 Gladys Templeton 的过去联系在一起?小说中隐藏着丰富的修辞系统。学习英语,女老师引领的阅读,对书本和第一次对人生的阅读。一个字一个字阅读,一页页翻下去。如此细致、精细的感觉,如此多的隐秘一点点读出。例如,少年去到女教师家才发现门牌上写着:坦普尔顿-哈维,"'哈维'那只隐形的兔子"。小说确实从少年的视角写出了一个富有感观和心理变化层次的世界。

第二,极其出色的心理描写。想象和感觉,细微、细微再细微,这样的叙述往内在经验推进。

第三,互为文本的小说艺术。隐藏着爱伦·坡的小说,或者说恐怖的谋杀。一个少年面前的世界,其实危机四伏。与坡的小说建立起反

---

① 〔德〕克利斯托夫·彼得斯等:《红桃 J:德语新小说选》,丁娜等译,上海译文出版社 2007 年版。

向的关系。美好与凶恶在暗中较量,甚至是两个文本的较量。从坡的经历来看,也是在暗喻坡的少年时代爱上一位成熟妇人吗？坡的身世和命运凄凉,少年的美好也要面临破裂。世界始终如此吗？如此这样的延续吗？坡的文本由此构成的互文关系,却是一个发人深省的提问。现代的历史在哪里出了问题？这是人们不得不由此展开的追问。一个美好的感觉背后的预示,那么美妙的少年初恋,却隐藏着另一颗心(芯)——另一个故事。

第四,在青春、爱、家庭、婚姻背后,隐藏的一代青年的真相。小说点明了文中人物为"68代"的青年,开头一句话说"这应该是1968年秋的事……"法国的"五月风暴"刚过去不久,一代青年的革命梦想破灭,左派激进主义运动完结。就这一句话,直至小说结尾才揭示出它的意义,原来小说与"68代"有关。

但为什么有谋杀？而且是爱伦·坡式的谋杀？到底谁谋杀了谁？泄密的心泄露了什么？把地板撬开,心就在那里。小说一直隐藏着不安的情结,这一切都在少年对女老师的美好感觉中开始渗透出来。

小说结尾这样写道:

> 我又一次感觉听到了她的耳语,但是我听不懂。我的心跳得太响了。
> ……
> 我跪在床上,触摸她的手。她没有害羞,让我的手把她的手包起来。
> 我想吻这只手,这只害羞地向我打过招呼的手,现在任我摆布。我面对她弯下腰,马上就要碰到她的时候,才看见了床单上血淋淋的针头。
> 就像在梦里,我充满恐惧,呆呆地跪着。
> 我的心静止了。

如果考虑到小说中女老师的名字 Gladys Templeton,会发现其隐藏的秘密十分惊人。这个名字居然与公元63年古罗马庞培征服耶路撒冷有关。我还无法考证出作者是否是犹太人,如果是,那么这部作品还隐藏着宗教方面的问题,即天主教与犹太教的关系问题。这是对现代世界的信仰危机的批判。批判的也不只是当下的现代性,而是整个西方历史。

确实,一部短篇小说写得如此精致,却又包含了如此丰富的问题,如此深远:一个少年的故事,却是"68代"的故事。一种历史的选项,"68代人"可以领导现代欧洲走向未来吗?甚至这样的问题都会跃然纸上。小说的艺术确实令人惊叹!

如此的文学经验,都是从个人的内心向外发散的文学。一切来自内心的冲突,自我成为写作的中心,始终是一个起源性的中心,本质上还是浪漫主义文化。读后现代主义的一些典型之作,巴思的《路的尽头》、纳博科夫的《洛丽塔》、门罗的《逃离》、库切的《耻》、帕慕克的《我的名字叫红》《雪》《黑的书》等,都可看到小说中的人物,如何在内心与自我及他人之间发生内在的复杂冲突。

很显然,中国的现代性文学走了另外的路径,那是一种把握外部世界的文学,历史、民族国家的事业,改变现实的强大愿望……所有这些,都与西方现代性文学明显区别开来。西方现代文学发展出向内行/自我的经验;而中国的现代以来的文学则发展出向外行/现实的经验。

如此历史地形成的差异,本身也是历史之条件规定之结果。我们何以不能看到另一种文学的历史呢?看中国现代以来的文学,其实一直在进行着中国的激进文化变革,从而未尝不是开创另一现代性的道路。一方面要依循西方现代性的美学标准,另一方面要有中国自己面对的现实条件,这二者的紧张关系,借助政治之力,后者要强行压制前者。直至"文革"后,这一历史被翻转。但其实西方的现代小说在60年代就面临困境,如巴斯以及苏珊·桑塔格所言,小说已死,先锋文学或实验文学再也难有花样翻新,等等。这一美学已枯竭,中国何以今天还要遵循?

现在,一百多年过去了,这样的规训和尺度已经到了极限。也就是说,中国臣服于它已经够久的了——我们姑且承认这些臣服是必须的。但今天,一方面是客观,西方文学本身给出的可能性已经极其有限了;另一方面是主观,中国文学累积的自身的经验也已经有一些了,仅就这些也难以为西方汉学家和翻译家识别了。中国为什么不能开辟自己的小说道路？法国当年有它的新小说,中国为什么不能有另一种新小说？不能有汉语的新小说？这一紧张关系也达到极限,二者要产生更大的裂缝。这是外部的极限,在这样的极限下,历史实际表明,中国的文学仅参照西方现代小说的经验,永远不会达到令人满意的状态。

有人认为,汉语有其独特性,有着非透明性的语言特征,有着如此悠久的传统,但现代白话何以没有继承中国传统的语言？这显然是不实之词的指控。利用中国古典来贬抑中国当代,这与用西方的绝对标准来贬抑中国如出一辙。

南美的文学受到西方的承认,并不是因其语言文化的独特性,说穿了,是因为马尔克斯、博尔赫斯们受的都是西方现代文学教育,他们都用西方的语言(西班牙语、法语或英语等)写作。帕慕克虽然用的是土耳其语,但他的西方语言和文学修养完全融进了西方文化。只有中国这些"土包子"作家,半土不洋,他们的文学经验完全超出西方的经验。如此独异的汉语,如此独异的现代白话文学,何以不会有自己的语言艺术呢？何以要变成另一种语言让外人评判才能获得价值呢？

内的压力也到了极限,它包括：数字化的生存和大量机械复制的文化,网络的写作和娱乐至死的形势,原创力与阅读枯竭的现实,以及小说或诗性的修辞方法的枯竭。今天汉语小说花样翻新的可能性在什么地方呢？我也说过,那就是"向死而生的文学",尤其是"向死而生的中国文学"。

三、如何评价当代中国文学的艺术能力或创新能力？

我以为今天的中国文学中有一部分作品是有相当强的艺术表现力或创新能力的;放在这六十年的文学史的历史框架中来看,文学的历史并不是一个衰败的历史,今天的文学并不是"垃圾"二字可以概括的,也不能像顾彬那样前四十年用"政治"来概括,后二十年(自从1993以来)用"市场化"来概括,而是相反,我以为,这六十年以来的文学发展到今天,当代文学——至少在小说这一方面,达到了过去未曾有的高度。我希望与我展开对话的人能牢牢记住,我说的是当代文学,限定在这六十年的历史框架中。我要再次强调的是:当代文学的历史不是一个衰败的历史。这就是我要看到当代文学达到过去未曾有的高度的动机。看一个时代,并不能说所有的作品都是优秀作品,因为95%的作品注定是普通平常之作,这在任何时代、任何国家都是如此。托尔斯泰的时代到底产生过多少杰出作家?留下了多少优秀作品?当今的德国、美国、法国、英国、意大利、俄罗斯有多少优秀作家?也只是数得着的几个,五六个最好的作家,十几个二线的作家,三四十个三线的作家,而后便是几百几千的写作者,每个时代都是如此,每个国家都是如此。何以要求中国当代所有发表和出版的作品都是优秀之作?这现实吗?只针对大部分的庸常之作来抨击一个时期的文学,这毫无意义。这样提问本身就是违背常识。唐诗宋词数万首,也只各选三百首。如果盯着那几万首平常之作,如何评价那样一个时期的文学水准呢?如果不能发掘出那数百首精彩之作,则是评家的有眼无珠。当今中国文学的问题同样在于,我们当代中国是否可以拿得出几个作家、几部作品,放在世界文学的平台上来评价,是不是有中国自己的特色?是不是可以与世界上最好的那些作品相提并论?是不是对当今世界文学有汉语言文学自己的贡献?

我如此评价,并非泛泛而论,而是有我所提炼的艺术标准。这些标准,我以为是在对现代小说的艺术经验理解的基础上作出的归纳。

1. 汉语小说有能力处理历史遗产并对当下现实进行批判,例如阎连科的《受活》。

这部小说讲述一个残疾人居住的村庄极其艰难困苦的生活状况。从未有过一部小说,对当代社会主义革命历史的继承、发扬、转型问题做过如此独特的洞察,尤其是把革命的"遗产"与当代中国的市场转型结合起来。《受活》无疑是一部"后革命"的神奇悼文。对革命遗产的哀悼祭祀,采取了市场化和娱乐化的方式——这是革命最为痛恨的两种形式,然而,革命的存留与复活却依赖它曾经最敌视的形式。存在的倔强性是从残缺不全的生活、残缺不全的身体中延伸出来的。从残缺的叙事中透示出诡异之光,乡土中国的历史诡变却在文学中闪现着后现代的鬼火。

2. 汉语小说有能力以汉语的形式展开叙事,能够穿透现实、穿透文化、穿透坚硬的现代美学,例如贾平凹的《废都》与《秦腔》。

我们在贾平凹的《秦腔》里,看到了乡土叙事预示的另一种景象,那是一种回到生活直接性的乡土叙事。这种叙事不再带着既定的意识形态主导观念,它不再是在漫长的中国现代性中完成的革命文学对乡土叙事的想象,而是回到纯粹的乡土生活本身,回到那些生活的直接性,那些最原始的风土人性,最本真的生活事相。对于主体来说,那就是还原个人的直接经验。尽管贾平凹也不可能超出时代的种种思潮(甚至"新左派")及其影响,他本人也带有相当鲜明的要对时代发言的意愿,但贾平凹的文学写作相比较而言具有比较单纯的经验纯朴性特征,他是少数以经验、体验和文学语言来推动小说叙事的人。恰恰是他这种写作所表现出的美学特征,可以说是最具有自在性的乡土叙事。

引生的自我阉割是一个出人意料的动作:

> 我的一生,最悲惨的事件就是从被饱打之后发生的。我记得我跑回家,非常地后悔,后悔我怎么就干了那样的事呢?……我掏出裤裆里的东西,它耷拉着,一言不发,我的心思,它给暴露了,一世的名声,它给毁了,我就拿巴掌扇它,给猫说:"你把它吃了去!"猫不吃,猫都不肯吃,我说:"我杀你!"拿了把剃头刀子就去杀,一下子杀下来了。血流下来,染红了我的裤子,我不觉得疼,走到了院门外,院门外竟然站了那么多人,他们用指头戳我,用口水吐我。我对他们说:"我杀了!"染坊的白恩杰说:"你把哈杀了?"我说:"我把 X 杀了!"白恩杰第一个跑进我的家,他果然看见 X 在地上还蹦着,像只青蛙,他一抓没抓住,再一抓还没抓住,后来是用脚踩住了,大声喊:"疯子把 X 割了!割了 X 了!"(《秦腔》,第46页)

在一次现实中也可能是迷狂中,引生又见到白雪,这是一个精彩且惊人的细节,引生与白雪在水塘边遭遇,引生掉到水塘里,而白雪给引生放下一个南瓜。引生抱起南瓜飞快地跑回家里,把南瓜放在中堂的柜盖上,对着父亲的遗像说:"爹,我把南瓜抱回来了!"我想,他爹一定听到的是:"我把媳妇娶回来了!"引生开始坐在柜前唱秦腔。

这些叙述,把日常生活的琐碎片断与魔幻的片断结合在一起,使小说在日常生活的场景中也是飞扬跳跃的。叙述人引生不能建构一个完全的历史,也不可能指向历史的目的论,他的叙述只能是一些无足轻重的贱民的生活与一个疯子的迷狂想象。

引生的自我阉割行为,不只是小说中的一个关键的细节,还影响了引生这个人物一生的行动和思维方式,也是贾平凹要为汉语叙事做出的去除方法的一个行动。它把这篇小说变成了一个要去听的小说,大量的叙述是引生趴在墙上偷听到村干部说话,他没有主动挖掘生活事相,那些无法概括的生活原生态,汉语的小说叙事不再需要去构思,不再需要掌握那些视点,构造那些巧合或戏剧性因素,也不再需要几个心灵撞击在一起,往内心的震颤里走去。那种生存事相,那些存在的事实,足已显示存在本身的异质性。生活不可规训,也不可驯服,叙述的主动性也被阉割了。让生活说话,让他们说话,他们在文学之外。

3. 汉语小说有能力以永远的异质性,以如此独异的方式进入乡土中国本真的文化与人性深处,以如此独异的方式进入汉语自身的写作,按汉语来写作,如刘震云的《一句顶一万句》。

这部小说开辟出了一种汉语小说的新型经验,它转向汉语小说过去所没有的说话的愿望、底层农民的友爱、乡土风俗中的喊丧,以及对一个人的幸存历史的书写。这是一种文学经验与汉语的叙述,一种无法叙述的叙述,叙述总是难以为继,总是要从一个故事转向另一个故事,一个句子总是向另一个句子延异。这似乎是汉语言才有的书写特点,从汉语言的特质中生发出来的文学的特质。从杨百顺变成杨摩西再变成吴摩西,最后却不得不变成一个他从小就想成为,却永远没成为的喊人——罗长礼。这就是乡土中国的一个农民在20世纪的命运,没有中国宏大历史叙事惯常的历史暴力,却有着乡土中国自己的暴力,这样的暴力最终还是避免了,杨百顺、杨摩西、吴摩西……罗长礼,最终成为一个幸存者。剃头的老裴、杀猪的老曾、传教的老詹、吴香香、老高、牛爱国、冯文修、庞丽娜、小蒋、章楚红……都是幸存者。他们是友爱的剩余,又是暴力的幸存者,也是汉语无法自我书写的幸存者。正因为汉语一直陷于歧义的叙述,使这些人物一个个不得不被拖出,被汉语的命运拖出。不再是作者想讲述的故事,作者预谋的故事,而是汉语自己讲述的故事,不得不讲述的汉语自己的故事。

4. 汉语小说有能力概括深广的小说艺术, 如莫言的《酒国》《丰乳肥臀》到《檀香刑》《生死疲劳》。

莫言的小说叙事吸取了西方现代小说的多种表现方式,同时回到中国的传统艺术资源中去获取养料。他能进入历史,而又不为历史所囿,能从外面看到历史的种种戏剧性和倔强的延异力量。他能揭示出历史的变形记,建构起一个小说艺术的变形记,汉语小说永不停息的变形记。如莫言自己所说,"制造出了流畅、浅显、夸张、华丽的叙事效果"。确实,莫言的小说具有强大的艺术张力,西方小说的那种艺术元素,最大可能地与中国传统资源结合在一起,迸发出小说叙述艺术的强大能量,这对世界文学是一个不小的贡献。

我强调要有中国的立场和中国的方式,并不是要与西方二元对立,更不是要抛开西方现有理论知识及其美学标准另搞一套,而是在现有的、已经深入吸收了西方理论及知识的基础上,对由汉语这种极富民族特性的语言写就的文学、它的历史及重要的作品,作出中国的阐释。这与其说是高调捍卫中国立场,不如说是在最基本的限度上,在差异性的维度上,给出不同于西方现代普遍美学的中国美学的异质性价值。

2010 年 3 月 12 日改定

(原载《上海文化》2010 年第 3 期)

"对中国的执迷":放逐与皈依

——顾彬《20世纪中国文学史》评述

陈晓明

2008年年底,顾彬的《二十世纪中国文学史》在中国大陆出版,立即引起学界的高度热情。前两年,顾彬以"垃圾论"引发国内学界的激烈争议,那当然不是一次预谋式的炒作,我想更有可能是"爱之弥深,恨之愈切"的态度使然。所谓"恨铁不成钢",其根源在于对"铁"怀有同质化的期望。作为一个德国的汉学家,对中国的文学研究投入了他毕生的精力,这是难能可贵的。这本书的中文版序的第一句话,也是本书的第一句话写道:"四十年来,我将自己所有的爱都倾注到了中国文学之中!"用本书的翻译者范劲先生在《译后记》中的话来说:"顾彬对中国对象的凝视是如此投入,这让人感动和好奇。"确实,拿着这本厚重的文学史,谁会不对顾彬先生肃然起敬呢?如果不是"对中国的执迷"——套用书中的一个关键词来说,一个外国人怎么会如此认真虔敬地写作一部如此丰富生动的文学史呢?

"对中国的执迷"在顾彬的《二十世纪中国文学史》中用来描述中国现代作家对中国的想象,它是一个招致怀疑的概念。不过,我借用这个词来描述顾彬先生对中国文学研究的态度,无疑是肯定其专注而又孜孜不倦的精神。事实上,"对中国的执迷"确实是中国现代作家客观存在的一种现代态度,在中国本土的主流的文学史叙事中,这当然是一种值得赞赏和肯定、对民族国家富有责任的现实意识。就此而言,90年代以来的本土文学史写作也多有反思。顾彬基于他的文学观念对此持有鲜明的批判,这当然无可厚非。只不过,顾彬的批判基于他同质化的欧洲文学观念,对这种"对中国的执迷"所依据的中国本土历史语境持过度贬抑的态度,这就影响到顾彬叙述中国20世纪文学史的周全性。我感兴趣的还在于"对中国的执迷"在顾彬的文学史叙事中所起到的特殊作用:它既被贬抑被放逐,又时时被召回借用。因为它被放逐,中国的现代与当代也无法整合,当代不得不断裂,对当代的叙述也变成了一项无法召回的放逐事业。

一、"对中国的执迷":被放逐的原罪

"对中国的执迷"的说法来自夏志清,它构成了顾彬思考20世纪中国文学史的一个基础性的重要概念。他认为夏志清用此说法言简意赅地命名了这个对于中国作家来说如此典型的态度——也向文学提出了关于中国现代性特征的问题。① 很显然,顾彬的文学史叙述就"对中国的执迷"表示了他的警惕和批评:

> "对中国的执迷"表示了一种整齐划一的事业,它将一切思想和行动统统纳入其中,以至于对所有不能同祖国发生关联的事情都不予考虑。作为道德性义务,这种态度昭示的不仅是一种作过艺术加工的爱国热情,而且还是某种爱国性的狭隘地方主义。政治上的这一诉求使为数不少的作家强调内容优先于形式和以现实主义为导向。于是,20世纪中国文学的文艺学探索经常被导向一个对现代中国历史的研究。现代中国文学和时代经常是紧密相联的特性和世界文学的观念相左,因为后者意味着一种超越时代和民族,所有人都能理解和对所有人都有效的文学。而想在为中国的目的写作的文学和指向一个非中国读者群的文学间做到兼顾,很少有成功的例子。②

这一段概括显然包含着过多的矛盾:首先,以偏概全。顾彬说:"以至于对所有不能同祖国发生关联的事情都不予考虑",这显然极为片面地理解了中国现代作家,绝大部分中国作家即使"对中国执迷"也未见

---

① 〔德〕顾彬:《二十世纪中国文学史》,范劲等译,华东师范大学出版社2008年版,第7页。
② 同上书,第7页。

得如此极端,更不用说鲁郭茅巴老曹。某些文学革命与革命文学的激进主张有偏颇之嫌,但也并非普遍性问题,而顾彬在这里概括为"中国作家"的倾向,就更难周全了。如此这般的"对中国执迷"在中国现代文学史中乃是一项似是而非的指控。其二,真有一种超越时代与民族的"世界文学"吗?它又是如何生产出来的呢?他先验地把中国文学放逐出世界文学的场域。似乎中国文学的特性是在世界文学之外,即使中国现当代作家限于时代之局限,有此类观念,顾彬今天来论述中国文学,发掘其独特经验时,何以还视二者之间为对立呢?其三,作家所持有的文学写作的目的,与文学实际产生的功能(社会的、审美的)之间能够等同吗?深谙现代文学理论批评的顾彬何以一论述中国的文学史,就会有如此简单的观点呢?本文并不想与顾彬讨论现代理论批评的基本问题,还是节省篇幅还原到文学史语境中去讨论"对中国的执迷"在顾彬的文学史叙述中的运作形势。

来自夏志清的这一学说,其实也是关于中国现代文学中的政治性的决定作用问题,这一问题长期以来也是海外汉学挥之不去的困扰。夏志清就此问题早就与普实克有过交锋。夏志清在《中国现代小说史》中表示他更偏爱普实克曾经批评的那种"无个人目的的道德探索"(disinterested moral exploration)的文学,认为"这种文学比那种心存预定的动机,满足于某些现成观点而不去探索,不从文学方面作艰苦努力的文学要好得多"①。他进一步解释说:"当我强调'无个人目的的道德探索'时,我也就是在主张文学是应当探索的,不过,不仅要探索社会问题,而且要探索政治和形而上的问题;不仅要关心社会公正,而且要关心人的终极命运之公正。一篇作品探索问题和关心公正愈多,在解决这些问题时,又不是依照简单化的宣教精神提供现成的答案,这作品就愈是伟大。"②夏志清先生这样的观点显然是理想化的文学主张,文学是如此深地沉浸在个人感情的世界中,如果没有深挚的个人记忆和

---

① 〔美〕夏志清:《中国现代小说史》,刘绍铭、李欧梵等译,复旦大学出版社2005年版,第328页。
② 同上。

情感冲动,没有带有"个人目的"的喜怒哀乐,难以想象可以写出具有生命蕴涵的作品。而现实的关怀,始终是个人情感的直接出发点。当然,夏志清先生主张作家应关注更为普遍的公正和哲学问题,这无疑也是正确的。问题在于,这二者何以一定就是矛盾的,一定是排他性的呢?"对中国的执迷"不是在寻求一种中国当时的"公正"吗?其"公正"已然具有了历史与阶级的意识。如果要进一步追问是否有脱离历史实际的超出阶级与民族的更为普遍的公正,当然也有,但历史之紧迫性与普遍性并非不可调和,这是另一个老生常谈的问题,本文不想涉及。只是夏志清这一明显带有另一种"政治执迷"的观点,却深刻地影响了顾彬,成为顾彬叙述中国现代以来文学史的一项重要参照。

当然,我并不是说,顾彬就不可质疑"对中国的执迷",只是认为,贬抑"对中国的执迷"使顾彬的 20 世纪文学史叙述变得不够周全。但反过来,顾彬的文学史叙述的秘诀也就是建立在放逐"对中国的执迷"这一手法上。顾彬通过反思"对中国的执迷",给他的文学史叙述开辟出新的论域。这一论域,把中国现代文学史嫁接到欧洲的现代语境中,从而淡化了 20 世纪中国本土的经验。这一招确实是扬长避短:顾彬赋予了中国现代文学以世界现代的语境,而又避免了他多少有些距离的中国本土经验。问题在于,这个论域真的就能剥离"对中国的执迷"吗?而且贬抑"对中国的执迷"在何种状况下使他的文学史叙事难以为继?

顾彬这部文学史是下了工夫的,而且应该承认,有不少论述是非常富有才情的。可以看到,顾彬以他的这一手法另辟蹊径,在某种程度上开启了中国现代文学史叙事的新的空间。他放弃了过去被强调得极其充分的"民族国家"与"启蒙救亡"叙事;他要打开的是中国现代文学在何种情况下展现了现代人的内心经验。他的现代性落实在这一层面。就此而言,顾彬的文学史叙事是有其独特卓异的贡献的。

顾彬这部文学史最大的亮点就在于:在历史、文本与作家的自我意识之间建立了相当丰富、细致而有内在差异的叙述。现代性理论在中国近年的现当代文学界也是一个热门的学说,甚至其过分流行还导致了人们的厌烦。究其缘由,现代性理论并未与中国现当代文学史叙述建立起恰切和有内在性的叙述机制。在主流的中国现代文学史叙事中,那些作品的阐释总是被固定在一些主题上,对个人内心经验发掘得不多。

贴近中国现代的现实境遇来展开文学史叙事,这当然是文学史叙事的一个基本前提,但是,中国本土的文学史叙事,长期以来并没有在这个前提下展开反思,我们认定所有关切民族国家的叙事都是正确的,都具有伟大的"历史意义";并且,只在这个意义底下缩减了我们叙事的场域。我们并不否认这样的"历史意义",然而,在这样的意义与现代文学的审美追求方面,是否还可能有紧张的甚至是分离的关系,国内主流的文学史则追问得不多。这就使本土的文学史叙事空间显得单一和平面。而对于文学开掘现代人的内心经验维度,塑造现代人的自我意识,探索现代社会中的人的关系,尤其是现代语言与文学审美形式的表达等方面,难以给出更大的阐释空间。而这些方面,正是顾彬展开叙述的新领地。

顾彬在其序言里写道:"我本人的评价主要依据语言驾驭力、形式塑造力和个体性精神穿透力这三种习惯性标准。"[1]这三个方面在顾彬那里就是一个"现代"的问题。也就是中国近世以来的文学,在何种意义上、在何种程度上是"现代的"?以现代意识来看中国现代文学,这里给出的阐释空间要大得多。他是从西方现代性来反观中国现代性,但也给予中国现代的现代性以更为丰富和充实的内容。他也直言不讳地说:"20世纪中国文学并不是一件事情本身,而是一幅取决于阐释者及其阐释的形象。"[2]这就是说,20世纪中国文学史说到底是一种阐释,也就是一种叙事。站在何种角度,就意味着看到何种样式的20世纪中国文学史。

顾彬用了齐格蒙特·鲍曼关于现代性的暧昧性的观点,他认为,现代性从根本上说是"暧昧的",它预示了自由和进步,但同时也在理性

---

[1] 〔德〕顾彬:《二十世纪中国文学史》,范劲等译,华东师范大学出版社2008年版,第2页。

[2] 同上书,第9页。

化过程中制造了类似韦伯所说的"钢壳"(Staahlharte),这大约就是理性的严密限制。顾彬写道:"不仅是在具体的中国背景下,而且在近代的发展趋势的基础上,现代性都和苦闷最紧密地结合在一起。因此,'五四'时期现实主义和浪漫主义绝非偶然地成为了中国新文学的发展趋势,更确切地说,现实意识和情感体会是同一枚硬币的正反两面。"①顾彬把中国现代文学史叙事中惯常被压抑的"情感体会"那一面向发掘出来,甚至成为他叙述中国现代文学史的现代性之更有活力的面向。

当然,这一"情感体会"面向并不是与"现实意识"对立的,在主流的文学史叙事中,情感体会必须与现实意识协调,必然归顺于现实意识。这实际上是消解了"情感体会"。很显然,顾彬的策略就是对现实意识的优先性进行质疑,而后才开掘情感体会的深度和广度,当然,还有情感体会与现实意识构成的更为复杂的关系。

就此而言,顾彬也未能远离他前面试图讨伐的"对中国的执迷",既然是一枚硬币的两面,没有对现实的意识,也就是没有"对中国的执迷",中国作家就不可能有那么深的"情感体会"。只不过,中国本土文学史叙事过分强调了"现实意识",现在顾彬则偏向于强调"情感体会"而已。顾彬在这方面的开启毋庸多言,对作家的情感心理、对文本的叙述修辞的分析多有精当独到之处,是这部文学史的闪光点。然而,我更感兴趣的在于,顾彬的文学史叙述是如何浸含了他的文学观念与价值立场?

但在顾彬的具体叙述中,他还是以双重态度来处理"现实意识"与"情感体会":一方面,他知道二者不能分离,互为表里;另一方面,他又把作家个人的情感体会的深化,视为对现实意识的疏离的结果。这就是说,他把"对中国的执迷"作为一个反思性批判的参照物来展开叙事。在他看来,"对中国的执迷"构成了中国现代作家要克服和超越的障碍,所有那些取得成就、具有真正的现代性意义的作家作品,都是以

---

① 〔德〕顾彬:《二十世纪中国文学史》,范劲等译,华东师范大学出版社2008年版,第25页。

其个人对时代的疏离来建立的。也就是说,"对中国的执迷"仿佛就是中国现代以来作家的障碍,那些杰出的作家只是因为对这项障碍的克服——对"中国"保持了疏离——才写出了那些名篇佳作,才写出了自己个人的内心经验。

在这样的视野下,顾彬以一种"疏离"的眼光看待鲁迅。可以看出他发自内心的对鲁迅的喜爱和尊崇,鲁迅被作为中国现代文学的重要标志加以论述。他把鲁迅的《呐喊》视为"救赎的文学"。诚如顾彬所看到的,这部作品"一直以来都充当了'五四'启蒙精神的明证"。然而,顾彬却认为,"值得称赞的,是作者与自己以及他的时代的反讽性距离"。在我们整合性的现代文学史叙事中,鲁迅是众多的现代作家体现现代启蒙精神的代表,这些作家之间其实没有质的区别,只是在体现启蒙精神的"量"方面,他们各自有不同的程度,而鲁迅通常被作为最强烈呼唤自由民主的启蒙精神的代表。顾彬现在为鲁迅另辟蹊径,在这种"反讽性距离"中去呈现鲁迅在20世纪中的"独异"。鲁迅"是少数对写作的局限性有反思的作家","能看透文人作用的渺小"。鲁迅一方面投身于启蒙批判国民性的事业;另一方面又对此有相当的反思。鲁迅这么一点个人性,反倒成了他可以担当现代文学高峰角色的原因。离开了前者,后面一点"反讽性间距"的意义真的那么巨大吗?

不过,顾彬很难把自己的态度理顺,因为他的立足点会摇摆移动。顾彬似乎也试图建构一个无所不能的鲁迅形象:鲁迅身处于时代激进的前列,猛烈地批判国民性,批判封建的过去和专制的当代;但他并没有沉醉于新文化运动,而是与自己的作品及自己所处的时代保持距离,这构成了《呐喊》的现代性。顾彬一直在困难地把鲁迅从"对中国的执迷"的境况中剥离出来,他认为鲁迅的小说是"五四"时期最重要的文学范例,标志着中国新文学的开端,其意义有三重性质:"分别在于新的语言、新的形式和新的世界观领域,这已被普遍地认可为突破传统走向现代的标志。"① 在这一观念支配下,顾彬所理解的《狂人日记》则具

---

① 〔德〕顾彬:《二十世纪中国文学史》,范劲等译,华东师范大学出版社2008年版,第39页。

有划时代的意义。他认为,它的现代性不仅体现在采用了从西方引进的日记体,而且也体现在十三篇日记之间紧密的秩序结构,在互为衔接的情节和解释的层面上,"这种现代性扬弃了在传统中国小说中占主导地位的简单的事件串连"。顾彬作为一个汉学家,要论证中国现代文学的"新的语言"当有一些困难,但在把握"新的形式"方面,却显示出他的敏锐和准确。他总是孜孜不忘给文学史的"现代性"开掘出更为纯粹的文学性或美学的面向。

在顾彬放弃了他的所谓"纯粹文学性"观念时,他的论述反倒显示出真正的洞察力。他以为鲁迅在通过《呐喊》表现"乡绅与民众"的关系上,显示出对现代特别独到且深刻的表达。他从《阿Q正传》中看到的,并不只是鞭挞"精神胜利法",批判国民性,而是看到鲁迅"破天荒地给一位农民作'传',给这位受侮辱者竖起了一方纪念碑"①。鲁迅的这种精神,难道不是一种"现实意识"吗?不也是一种"对中国的执迷"吗?我们看到,顾彬通过压抑中国本土主流的"鲁学"评价,另辟鲁迅的个人经验,在那么多关于鲁学叙述的文学史中,其叙述确实很有些不同寻常之处。但在鲁迅的"疏离"中,他不是更贴近"中国"吗?他不是在呈现一个更为真实和丰富的中国吗?

二、"世界的"现代思想史的语境

当然,顾彬对中国现代性面向的独特开掘,并不仅限于强调中国现代作家的内心经验或个人情感;顾彬还有另一个手法,通过作家个人与时代的间距/疏离,使作家重新与"世界性"的现代精神嫁接,来凸显中国现代作家的现代性,显然,这也使之远离"对中国的执迷"而获得一个世界性的现代精神。不只是鲁迅,在对郭沫若、郁达夫、茅盾、丁玲等人的叙述中,也可以看到顾彬在发掘作家个人经验的同时,使之嫁接到西方现代的思想史语境中去的努力,这样的中国现代性,就与世界构成

---

① 〔德〕顾彬:《二十世纪中国文学史》,范劲等译,华东师范大学出版社2008年版,第39页。

一种对话。这有点奇怪，仿佛"对中国的执迷"是一项原罪，只要抹去了"中国性"，就抹去了原罪，就有了皈依的世界性，于是就产生了"有意义的""有价值的"现代性。

对郭沫若、郁达夫的叙述就是如此。顾彬会给予郭沫若很高的评价，还真有点出乎我的意料。郭沫若因为50年代直到"文革"期间过"左"的色彩，"文革"后遭到人们的严重怀疑。实际上，人们对那么多左派红人最终都进行了豁免，唯独对郭沫若依然耿耿于怀。我以为，郭沫若的身上投射了中国知识分子太多的崇敬，他的才华与学识让中国知识分子很长时间里把他视为"文化偶像"，时过境迁，这个偶像带有了道义上的"不纯粹性"，因此知识分子们难以释怀。顾彬没有此类困扰，他以为今天的人们嘲笑郭沫若早期作品的伤感、浮夸是不公正的。他要把郭沫若《女神》中的《天狗》这种作品，看作现代性的文本，其实质在于作为自我提升、自我指涉、自我褒扬和自我庆典与世界的现代性联系在一起："中国现代性的核心文件也是任何一种现代性的重要见证。"他认为，从"神的显灵"向"自我的显灵"过渡不是从宗教向世俗化的简单转移，而是新观念利用了旧传统的象征之物，由此使自己成为一种新宗教。确实，从一个西方汉学家的角度，顾彬显示出更宽广的视野，他从郭沫若的"我是……"中看到《旧约》的渊源。郭沫若作为最早的尼采《查拉图斯特拉如是说》的中国译者，从尼采那里找到了一种反福音的"新福音主义"的精神资源，那是对"新人类"的赞颂。从《女神》赞颂民众到后来赞颂新中国缔造者毛泽东，这里面有着一脉相承的精神实质。顾彬在这里倒并未拘泥于政治上的评判，而是从西方精神史来看其所具有的现代普遍有效性。他指出：自我的提升以及旧秩序的破坏者需要新的表现形式，为了频繁说出"我"字，必须要打破迄今为止固定死了的格律和语言形式。或许也是因为其知识根基的丰厚或视野的开阔，很难说顾彬的那些阐释性联想是否有过度阐释之嫌，他从当时的世界的现代精神出发理解郭沫若的作品时，一方面高度评价郭沫若的《女神》这类作品表征的现代性的高度，另一方面也试图指出这种致力于创新的精神向"法西斯和社会主义思想都敞开了怀抱，在领袖的崇拜上被推向高峰"①。一种思想的形成,是否是如此一脉相承或者具有周延性,也还是值得推敲的。思想的转折与变异也应该是另一个可以考虑的侧面,顾彬似乎更多地以整合性的眼光去理解作家诗人的精神内涵与思想脉络——其语境的建构倒是全然现代性的。当然,文学史叙述不是学术论文,不过,对郭沫若在中国现代革命的各个阶段不同的思想变化也应该有所陈述。试图建构一个从《女神》到毛泽东诗词阐释一脉相承的郭沫若的形象,当然是值得钦佩的;但郭沫若思想的复杂性变异,是一个同样值得关注的问题。因为中国历史经验的欠缺,顾彬建构了一个"世界的"郭沫若形象,一个由《旧约》和尼采以及无政府主义托起来的颇为神奇的郭沫若形象。

郁达夫作为中国现代文学中的浪漫主义代表人物,在中国本土主流的文学史叙事中,其文学史意义也是一味在民族国家的现代意识上被阐释的。至于他的颓废、忧郁的另一面向,大都涵盖在浪漫主义的美学气质中,并且总是通过对"祖国"认同克服了颓废消极的情感,从而使浪漫主义美学具有了升华的意义,因为最终都抵达一种关于祖国的"豪情"。确实,我们也要承认,本土的主流叙事把郁达夫过于直接地融入启蒙叙事中,有简单化之嫌。顾彬则是把郁达夫的作品纳入世界文学的语境中,给予郁达夫的那些个人消极气质以特殊的"世界现代性"涵义,也因此拓宽了郁达夫所体现的现代文学的精神维度。郁达夫阅读面甚广,通多种语言,才气过人,在顾彬的论述中,世界文学通过郁达夫这个通道进入中国。同时顾彬也看到,西方人用了几个世纪所发展的一切流派和理论都同时涌入中国,在很短时间内中国人就对它们进行了加工处理。顾彬分析说,在郁达夫的作品中,有着大量对黑暗的强调,他的主人公总是处于无聊、空虚、感伤、痛苦之中,时常还有沉沦与颓废,被称为"多余者"和"零余者"。主流文学史对郁达夫的叙述,只有在这类描写被理解为是招致郁达夫的批判和克服时才获得了现代意义。但顾彬还是更乐意从中看到郁达夫有能力描写他们那个时

---

① 〔德〕顾彬:《二十世纪中国文学史》,范劲等译,华东师范大学出版社2008年版,第48页。

代的内心危机。这种心理危机或许在某种程度上投射了作者个人的心理感情,但正是因为作者敏感的艺术感受力,才使其体验到时代内心深处的困扰。顾彬以为,"五四"文学可以分为理性和感性两个发展方向,郁达夫属于主观主义者。不过,顾彬最终还是把郁达夫对这类情感的表达看成贯穿着分析和批判态度的行为,结果把郁达夫归入理性的代表者一类。这反倒使他对郁达夫的分析变得有些模棱两可,似乎顾彬也不愿意冒险在郁达夫的作品与他的内心情感之间建立一个相互诠释的通道。在大多数情况下,作家和艺术家的内心深度也就是时代的内心深度,反之亦然。顾彬由此建立的郁达夫的形象,并不能与"中国"疏离,他的那些顾彬眼中的内心危机,也同样投射着时代的和民族的危机。顾彬还是不断借用关于"中国"的想象来展开那些"个人内心"的分析,因为二者始终存在着一种互动的结构。在这类阐释中,顾彬与中国主流的文学史叙事如同走向相反的两极:本土主流叙事要克服的是属于世界资产阶级的情感态度;而顾彬要克服的则是"对中国执迷"的现实意识。

  茅盾在中国现代文学史上的地位近年受到了一些质疑,但远不是顾彬所认为的那样,他的文学史地位已经被颠覆,被看成一个政治活动家。只是有些论者指出,建国后茅盾的作品乏善可陈,但即使从个别研究者的结论中,也不能说新一代的中国文学批评家会轻率地把茅盾贬抑为概念化写作的代表①。中国迄今为止最重要的文学奖项还是以茅盾命名就足以说明茅盾在当今的重要地位。不过,中国现代文学的叙述在处理茅盾这种"巨匠大师"时,确实没有表现出多少新的突破。顾彬显然不愿在中国语境中再谈茅盾,他又一次借助世界文学的语境来审视茅盾,来看茅盾在他的时代所抵达的"现代"高度。茅盾关于女性的描写早在三四十年代就颇遭非议,在新文学史的主流叙事中,也不会得到多高的评价。但顾彬却把茅盾小说中对女性的描写看成他超出同代作家的现代意识最重要的体现。甚至茅盾小说中一再描述的女人的

---

① 顾彬的这类判断似乎深受葛红兵那篇所谓《为二十世纪中国文学写一份悼词》的文章影响。实际上,葛红兵的观点只是极为个别的极端观点,当时就遭到学界颇为激烈的批评。

乳房,顾彬都能从中看到微言大义,认为它"体现女性的性的宿命性力量。不是引诱,而是破坏,一种对旧世界的破坏"①。这就有点本末倒置了。当然,顾彬有些见解是富有建设性的,例如,他认为:茅盾小说开辟了一个大都市的和资产阶级的空间,他的小说里聚居了如此多的"资产阶级"阶层的青年人物,这些都显现了茅盾对中国现代的独特贡献。顾彬乐于强调茅盾深受左拉和托尔斯泰的影响,而对他的社会主义思想的展开与深化则轻描淡写。对于顾彬来说,在世界文学语境中的茅盾似乎更有意义。显然,顾彬关于茅盾的研究受到普实克和葛柳南以及高利克的影响,他认为,这些欧洲汉学家的成果至今无人超过。顾彬的这些判断建立在他对汉语文献的有限阅读的基础上,其可靠性还值得推敲。

其实,顾彬的研究主要是建立在西方汉学的基础上,其理论依据和引述的材料,都是出自西方汉学。前面提到的夏志清、普实克、葛柳南、高利克以及李欧梵和王德威等人的著作对本书的影响较大。当今西方中国现当代文学研究的大量成果都在顾彬的这部文学史中得到表现。也由此可见,顾彬这部文学史的西方汉学研究的学术含量相当丰厚。但顾彬对中国大陆的当代研究资料涉猎很少,甚至可以说几乎没有涉猎。虽然他在参考文献中列出一些,但从引述来看,几乎没有实际运用。甚至他经常假想一些大陆学界对某些问题的"普遍看法",作为他的对立面的观点来反衬他的论述。这当然便于他写出另一种与中国大陆不同的文学史,但也使他的中国现当代文学史叙述几乎与中国大陆割裂开来。这样的世界的文学史语境固然是顾彬打开的一个更加宽广深远的视野,不过,此一世界的文学视界刻意疏离了中国的语境,似乎隐含着太多的欧洲学术特权。两者是否是水火不相容的,或者说它们是两套语码、两种视界,未必尽然。"创见"得益于偏颇,这未尝不是"创见"的宿命。

---

① 〔德〕顾彬:《二十世纪中国文学史》,范劲等译,华东师范大学出版社2008年版,第112页。

三、无法整合的中国当代文学史叙述

顾彬对20世纪中国文学的开掘在1949年以后遇到严重的障碍,尽管他在论述中国现代文学时对"对中国的执迷"保持着警惕,暗中也一直在借用中国作家的这一"特点",因为只有把握住这种特点,才能把中国现代作家的情感体验的独特性表达出来,由此揭示出中国现代作家的根本特征,也才能在"世界文学"的语境中,凸显出中国现代的问题及其"价值"。不管如何,对于中国现代文学的叙述,顾彬还是怀着积极的和发现的态度。然而,"对中国的执迷"延续到中国当代,却再也难以展示出与其相对的内心体验的另一面向。在他看来,民族国家的政治诉求的特权似乎压倒一切,没有给作家留下任何个人内心体验的空间,同时也没有给文学留下多少空间。

在海外的中国研究中,中国"当代文学"历来是一个烫手的山芋,似乎除了从左倾的政治角度肯定它外,没有别的理由去正面理解它,更无法在现代与当代之间找到一种叙事上的联系。现代开启的是个人的内心体验,这种体验与民族国家的诉求有一种微妙的紧张关系,正好可以体现文学的丰富性与复杂性。然而现在外部强大的力量已经不再给"原罪"挣脱的可能,也不能皈依世界文学,中国作家何以得救?大众化、民族化、为工农兵服务,等等,这些关键词无法在世界文学中找到同质化的主题,顾彬陷入了困局。

顾彬在叙述中国当代文学时找不到方向,找不到理解的参照系,他面对的完全是异质性的中国当代文学,难免会感到困惑不解。他一开始就试图把握的三个面向(语言、形式和个体精神),现在再也俘获不住中国当代文学。他一直是犹豫不安地展开他的当代叙述。五六十年代的那些"红色经典",如《太阳照在桑干河上》《暴风骤雨》《红日》《红旗谱》《青春之歌》《野火春风斗古城》《三家巷》《铁木前传》等,顾彬先生几乎没有论述到,有些只是轻描淡写一笔带过。在论述到《三里湾》《山乡巨变》《百合花》《红豆》时,还是显示出顾彬颇为独到的眼光。但他依据的依然是"例外"的原则,因为这些作者"并不是按照给定的文件塑造其主人公",而是"真正倾听了大众的声音"。在这些描写中,"传统的叙述代替了意识形态","作者自身的经验自然而然地流露于笔端"。① 即使按照顾彬这样的立场和视角,中国当代的大部分"红色经典"都有可能超出当时文艺政策文件的教条框框,都有可能有自己的情感流露,以及有民族的传统的叙事植入其中;这就是文学与文字始终有超出客观的政治及作家主观意图的能动性。② 因而,五六十年代的中国当代文学,并非只有顾彬提到的那几部、几篇作品才有值得重视的文学性,它们也并非什么"例外",大多数的"红色经典"都有其独自存在的文学性。如果说顾彬先生在叙述现代文学史时还是显示出他的手笔不俗,有他独到分析和阐释,那么叙述到当代中国文学时,就有些局促,显得力不从心了。

根本缘由在于,在顾彬的现代性谱系中,中国当代文学无法找到安置的处所。他所理解的中国当代,在与中国现代断裂的同时,也与世界现代脱离,是被区隔的异质性的文学。1949年以后的中国,被悬置于现代性之后,封存于"专制""集权"的密室内(顾彬先生当然也深谙中国国情,没有去正面触及政治话语)。而文学,则只能以"被压制""被规训"两种标志加以识别——这又是同质化的叙事;作家艺术家都只能看成是被动的,他们当然没有任何创造历史的主动性,没有激情,也没有创造。当然,异质性的概念只是在个体性上才有真实的意义,但相对于更为普遍主义的世界性而言,20世纪中国本土的文学经验还是可以作为异质性来处理的。我不认为异质性的概念就有本土的优先权,就有政治上的豁免权;但我也不认为,异质性只能在被贴上"东方""专制"或者别的什么"主义"时才有真实的含义。在文学这一维度上,恰恰不能以政治的咒语驱魔。

当然,顾彬并不是一个激进的左派或右派,他确实是一个对文学怀着虔诚态度的执着认真的研究者——也是一个对中国文学"执迷"的

---

① 〔德〕顾彬:《二十世纪中国文学史》,范劲等译,华东师范大学出版社2008年版,第207页。
② 这一观点可参阅拙作《个人记忆与历史的客观化》,《当代作家评论》2002年第3期。

人。问题在于,在他的文学观念中,无法处置异质性的中国当代文学经验。就对中国当代的情况而言,关于民族国家的政治性诉求大到如此严重的情形下,文学还存留下多少东西?显然,在顾彬看来,所剩无几。循着顾彬的思路,50至70年代的中国文学乏善可陈。对这一时期的否定看来是德语汉学研究的通行观点,瓦格纳教授也持此观点。他们都认为:那段被描述成"黄金岁月"的文学史,其实只是"日益严重的思想驯化"时期。① 但是这一时期在中国文学史上,那么一个"新中国"的历史,文学与民族国家的关系,文学与人民的关系,作家主体自身的激情与投入——不管后来被证明有多么幼稚和谬误,但这么多创造历史的热情——无疑是一段声势浩大的历史,何以只是"思想驯化"而无法论述呢?这无疑是要回答的问题,20世纪,"对中国的执迷"既然构成了中国作家的普遍特征,不解释这一"执迷"及其后果所包含的历史意识、所具有的精神意义和力量,就无法真正展开20世纪中国文学史的叙事。

50到70年代,中国作家以何等的热情投入历史,以怎样的矫健戴着脚镣舞蹈,那是以血肉之躯书写的文学,何以会毫无价值呢?我们并不认为五六十年代的中国文学可以被称为"黄金岁月",绝大部分"文革"后出版的文学史以及有关研究论文在论述这段文学时,也不再认为那是"黄金时代"。只是试图不再简单地从政治立场出发去肯定或反思这段文学史时,普遍面临阐释的困难。对于中国本土的文学史叙事来说,大多数还是保留着对"现实主义"的肯定性;虽然人们不再会推之为"黄金岁月",但肯定和赞扬所依据的文学观念和艺术准则还是五六十年代延续下来的套路;反思与批判显得不足,是因为没有找到更为全面的文学史叙事方式。

实际上,在面对当代中国文学史叙事时,本土的文学史经验与顾彬的观念虽然南辕北辙,但本质上都一样的,中国当代文学史总是被非文学的东西遮蔽或封存。如何阐释"新中国"含义之下的中国当代文学,

---

① 〔德〕顾彬:《二十世纪中国文学史》,范劲等译,华东师范大学出版社2008年版,第279页。

确实是一个文学史叙事的难题,中外双方都深陷于尴尬之中。即使是最近十年来颇受好评的文学史,如洪子诚的《中国当代文学史》、陈思和主编的《中国当代文学教程》等,也依然存在着如何在宏观的文学史叙事观念下来做出更为合理化和深刻性的阐释的问题。

一个现代的中国,最终演变为一个"红色的中国",在民族国家层面上,这当然是西方资本主义世界不得不接受的事实。然而,"红色中国"在文化上一直被排除在现代性之外,这是一个资本主义现代性无法概括的异质性的"他者",其政治的现代合法性一直招致怀疑。如果说现代文学的"对中国的执迷"只是在探求和想象一个现代中国的话,那么50至70年代的中国文学则在致力于建构"红色中国"——"新中国"的合法性。前者尚遭到怀疑,后者的文学价值则更要遭到否弃。

当然,顾彬是在书写文学史,不是政治史,不是通史。他有权就自己的文学趣味做出选择和判断。我们也深知,一部作品的文学史意义与其单纯的文学意义并非一回事,顾彬似乎专注于文学作品本身的文学性价值,但其背后也是强大的欧洲中心主义的文学观念在支撑,其政治无意识还是若隐若现的。而面对中国的当代文学史,又如何不能从其历史本身的发展、变异、断裂来做出论述呢?威廉斯曾经这样论述主导文化与新兴的文化之间的关系:"文化的复杂……也体现在那些业已发生或将会发生历史变化的诸因素之间的动态关系中。……从那些通常被抽象为某种体系的事物中找出一种运动的意义来。"他认为:"最有必要的是应当在每个阶段上都认识到那存在于特定的,有效的主导之内或之外的各种运动、各种倾向之间的复杂关系。"[①]我们对五六十年代激烈的政治运动,对肃反、迫害胡风、大规模的"反右"、直至"文化大革命",等等,无疑都有切肤之痛,但是,我们也依然要把文学的复杂性考虑在内,文学的书写总有在政治之外的东西,文本总有其不可规训的语言特质。

历史有转折与断裂,从启蒙主义的文学观念来看,1949年以后的

---

① 〔英〕雷蒙德·威廉斯:《马克思主义与文学》,王尔勃、周莉译,河南大学出版社2008年版,第129—130页。

文学向着另一个方向迸发；但从文学对现实的意识来看，"对中国的执迷"不过从原来相对个人的经验，变成更加强大的集体经验，变成显性的民族国家的规训。在理解这种"现代性的激进化"时，也要看到它在世界资本主义文化体系之外所具有的独特性。它无疑有太多的不成熟、片面或荒谬，但也具有一种创造的冲动和想象。这无论如何都是一项现代的"创举"，它一开始就具有异质性，何以就不是开创一种新型的现代文化呢？何以就不是一种异质性的现代性呢？何以就不是现代性的文学呢？

我当然不是说顾彬先生一定要肯定中国当代文学，计较顾彬先生轻视当代中国文学，因为这其实不过是一个态度问题。但中国当代文学史叙事的难点在于：其一，如何有可能把"新中国"以来的文学经验视为一种新型的异质性的现代性经验；其二，如何在政治与文学的紧张关系之间来叙述中国当代文学史。这种经验虽然在文学品质方面不如资产阶级的文学成熟，但它意指着另一个面向，从文学与生活现实的关系，从语言、叙述、文本中的人物、作家的态度等方面，都提示了一种新型的经验。当然，人们只能在既定的历史条件下创造自身的历史，中国这种所谓新型的"社会主义文学"也不可能是从天上掉下来的，不可能全然是中国的独特的、神秘的经验。我并不是设想在文学史叙事中要有一种中国当代文学的本土的优先性，也从来不认为中国当代文学被命名为"社会主义文学"就可以完全拒绝西方现代的文学观念及其标准。我只是说，总有某些最低限度的异质的可能性留给中国当代文学，这种可能性就是它有能力展开自己的开创，并且这种开创是对世界现代文学的贡献。对于中国现代文学，顾彬一直在寻求西方现代精神作为参照语境——总是要在与西方的同质化的重构中，才给中国文学一席之地；现代文学，或许本质上就是一项欧洲的特权。也只有在这种规训下，才有特许经营权。对于中国当代文学来说，在那样区隔的时代，仿佛是非法经营。是否需要重建一种语境？那就是中国当代异质性的语境，这个语境依然是在西方"世界精神"的"隐喻"下来展开，但却可以有，也必然有中国自身的异质性。

为什么不能把中国当代看成是现代性的"开创"呢？社会主义一

直被看成是与资本主义你死我活的斗争,冷战时期的思维一直要以驱魔的态度来对待社会主义及其文化。新中国,或者说社会主义中国,在政治制度上和文化开创上无疑有其前进中的偏颇,但它的"开创性"无疑属于异质性的现代性范围,无疑也是现代性的一种表现。其政治上的合法性和合理性,我暂时无法展开评价,但在文化/文学上,不从现代性的"异质性"上去理解"新中国"的文化创造,就不能得出恰当的公允的认识。

中国当代文化及其文学,只有在现代性的激进化的意义上来理解才能够得到积极的阐释。中国现代文学中左翼文学最终占据了重要的地位,经过1942年毛泽东的《在延安文艺座谈会上的讲话》的推动,中国左翼文学有了长足的发展。历史发展到这一步,已经无法评说文学的历史本来应该如何,文学历史实际上就只能面对它给定的历史条件,在这样的条件下去建立新型的文学。为工农兵服务的文学、为政治服务的文学、书写阶级斗争的文学、叙述革命历史神话的文学,所有这些,无疑都与资产阶级创立的现代文学范式相去甚远。但文学与民族国家的合法性建构息息相关,与普通民众(工农兵)的教育密切相连,它的民族化和本土化的尝试,都为现代性的文学的多样化提示了另一种可能,也为文学的现代性提供了异质性的经验。不管是放置在世界的现代语境中,还是要把中国作为一个现代的"另类""他者"来处置,它都有自己从20世纪之初"对中国的执迷"就展开的异质性精神,并非只是"被规训"这一视角所能概括的。

"对中国的执迷"并非不可被质疑,过去的主流文学史叙事无条件地肯定中国现代文学的这一特质,固然造成僵化的体系;但完全弃绝这一特质,也未必就真的能建构起真实的现代中国文学,特别是,通过贬抑这一特质,建构起所谓内在心理特权的中国现代文学[①],可以勉强充当世界现代文学中的二三流角色,却并不能真正获得自身的特质,也无

---

① 柄谷行人在论述日本文学的现代性起源时曾经指出:现代性文学的显著特征就是在心理特权和民族国家诉求二方面展开有效的社会实践。参见〔日〕柄谷行人:《日本现代文学的起源》,赵京华译,三联书店2003年版。

法在中国当代维持下去。在顾彬的叙述中，这样的断裂一开始就埋伏在那里，等待"当代"的到来，在某一"神圣"时刻，现代性的中国文学开始崩塌。"对中国的执迷"本来是中国作家行走的一条道路，顾彬却宁可把它处理为一项原罪，那些有独立人格的中国作家，仿佛都背负着这个十字架，只有如此才能在疏离的间距之外打开个人内心世界。但到了当代，这个赎罪的游戏再也难以为继，因为原罪已经变成了一桩"驯化"的政治丑闻。

确实，顾彬以这种眼光来看中国当代文学史，看到的只能是荒凉与颓败。相对于中国现代的234页篇幅，当代近六十年的历史只有其一半（117页）的篇幅。以至于对"文革"后的"新时期"文学，顾彬也不再有激情。当代史一直在崩塌，最后这是一个颓败的文学史神话，最后的可悲的定位是"20世纪末中国文学的商业化"。就一些具体的评议来看，多是一些失望与厌倦的论调。张贤亮在新时期红极一时，固然有值得怀疑的地方，但我还是以为顾彬仅仅把张贤亮看成一个只会"对女性怀有荒唐想象的男作家"有失偏颇。顾彬对汪曾祺的分析是值得称道的，但对高行健的《灵山》则有失公允。如果说关于"寻根派"的轻描淡写还可以原谅的话，那他对中国先锋派小说的偏见则让人难以理解。在他看来，苏童"追随着世界范围的'粪便和精液的艺术'潮流"，并且是一个敌视女性的作家，"敌视女性表现了先锋小说的一个基调"……这类观点，已经很有些荒谬了。人们完全有可能从先锋小说中读出对妇女命运的关切，尤其是苏童的小说。我不知道顾彬是否真的读过《罂粟之家》，否则把这篇小说称为"绿林小说"就让人匪夷所思了。看来顾彬是完全无法体会苏童小说的精妙之笔，不少中国的批评家都认为，《罂粟之家》是当代中国最优秀的小说之一，顾彬却把它说得一塌糊涂。关于莫言和贾平凹这两位当代中国最优秀的小说家，顾彬的论述也差强人意，给人的印象，这两位与其说是作家，不如说是大老粗。我们都知道莫言和王朔的小说在国外的译本都不理想，顾彬应该也知道，以他的汉语水平，如果读读莫言、王朔和贾平凹的汉语原著，应该可以体会到其中的大气与妙处的。或许是因为篇幅的限制，他对他所擅长的当代新诗的论述也显得浮光掠影。例如，对北岛和欧阳江河，我以为是当代汉语诗歌最出色的诗人,顾彬翻译过很多他们的作品,何以未能深入论述?

我想顾彬先生写作这部文学史时所依据的材料,主要是海外的汉学研究材料,阅读的作品也主要是翻译文本。海外的中国当代文学研究水平要远逊于现代文学研究水平,这就拖累了顾彬先生对中国当代文学的评价。顾彬先生又不能俯身读读中国本土的当代文学研究资料,最终只能呼喊:"中国当代文学都是垃圾!"我不知道这句话是结论,还是一个早已有之的托词?不过据说是媒体的误传,也有报道说,顾彬只是说"卫慧和棉棉都是垃圾"。就是这二位,尽管在中国文坛也一度被看成兴风作浪的不速之客,但的确反映了中国当代文学点滴的时代特征。这使我有理由同意某些人的观点,即认为顾彬先生关于中国当代文学的判断,主要是依据道听途说。

不过,他山之石,可以攻玉,我们还是可以从顾彬的文学史叙述中看到很多我们所不能论及的话题和精妙之处,他的启示是毋庸置疑的。本文提出这些问题,只是想揭示:身处于不同的文化场域中的人们,书写文学史所具有的政治的和文化的烙印。其中所包含的问题,也会促成中国本土文学史写作与欧洲文学史叙述的对话。总而言之,顾彬先生的认真和虔诚历来令人钦佩。我说过,他是一位让人感动的"对中国执迷"的人。我欣赏他的文学史著作中的最后一句话,那是他引述的一句北岛的诗:"回来,我们重建家园。"

需要提醒的是:家在中国。

2009 年 3 月 1 日

垃圾与黄金：中国当代文学评价的两个极端

张　柠

两种貌似对立的评价

短短两年之内，对中国当代文学（1949—2009）的评价，出现了两个截然相反的观点。一个由著名汉学家、德国波恩大学汉学系主任顾彬提出，说中国当代文学是垃圾（简称"垃圾说"）；另一个由著名批评家、北京大学教授陈晓明提出，说中国当代文学"达到了前所未有的高度"（简称"高度说"或者"黄金说"）。由于事涉当代，与每一位活着的人多少都有点瓜葛，关注的人自然会很多。所以观点一出，立刻引来了大量的围观者。面对两种针锋相对的评价，人们难以取舍。两位学者都自称研究中国文学三四十年，对自己的研究对象有独特的情感，恨不得把中国当代文学看作自己的儿女。但他们俩用截然相反的形式表达着自己的情感：一个像严父，恨铁不成钢，面对缺点，厉声责斥；一个如慈母，越看越喜爱，只看长处，袒护有加。"垃圾说"和"黄金说"，两种观点表面上南辕北辙，但深层逻辑却是同一的。它们就像生长在同一胎盘中的一对龙凤胎。在精神分析的视野中，黄金是粪便（垃圾）的升级形式，所以人们常常会视黄金为粪土；粪便（垃圾）是黄金的堕落形式，所以人们面对它总是会哈哈大笑。"垃圾说"和"黄金说"，就这样成了中国当代文学评价中两个既互相拆台，又相互依赖的奇怪景观。

顾彬"垃圾说"的遭遇

顾彬的"垃圾说"，因其明快和粗暴的双重属性，给公众带来了强烈的刺激和乐趣,也为公众释放对中国当代文学的不满情绪提供了机会。报纸和网络等大众媒介的大肆报道,暗含着公众对顾彬的支持,但反对者也不少。根据不同的动机,可将反对者分成两类,一类是心态上的不接受,一类是事实上的不接受。心态上的不接受,就是死要面子,活不认账,但内心还是有点发虚;事实上的不接受,则是要找理论上的借口,用理性思维做工具,把死的说成活的。

先说心态上的不接受:敢于公开说出真相的为什么不是我们而是你洋人?连垃圾都不认识,我们的思维、视觉、嗅觉是不是真的有毛病?为了回避自身的问题,我们转而向汉学家发起进攻:你了解中国当代文学垃圾的组成元素和生产环境吗?其实这是一种弱势文化面对强势文化的自然心理反应。近代以来,面对洋人,中国人的"义和团情结"从来就没有消失过,经常摆出一副刀枪不入的样子。中国当代文学是不怎么地,但你顾彬先生说它是"垃圾",我们偏偏不爱听,就好比自己家人有缺陷而不接受外人责斥一样。其实我们一直很讨厌那种腰里缠着红布,光着膀子嗷嗷叫的义和团,更喜欢"五四"先辈引进的文学"洋枪洋炮"。面对"文学义和团"时,我们摆弄着"洋枪洋炮";面对洋人的批评,我们情不自禁地脱光上衣,将红布往腰里一缠,摆开架势哇哇地冲了上去。这是根深蒂固的民族自卑情结在个体人格中的可悲投影。

再说事实上的不接受。这是"心态上不接受"的变异形式,或者说是它的升级版。这种思维认为,顾彬先生对当代文学事实的判断有问题,或者说他的西方"知识谱系"不适应中国语境。当我们用"中国方法"来研究中国文学的时候,突然发现它很好,"达到了前所未有的高度"。陈晓明先生持这种观点,参见2009年11月7日的《羊城晚报》B05版和他的"网易博客"文章。这是一个令人匪夷所思的断语。据我所知,陈晓明先生不是心血来潮地偶尔一说,而是通过多年的认真研究得出的结论。可是他一直在瞒着我们,直到今天才"斗胆"说了出来,说完之后把自己吓了一跳。所谓"斗胆",是弱者向强者进言时的卑词。说出一种与主流价值观念高度一致的观点,不需要"斗胆"。需要"斗胆"说出来的,是那些与强权不吻合的观点。

陈晓明"高度说"的逻辑

陈晓明先生对中国当代文学的重新评价，源于他对自己多年来所操持的西方"知识谱系"的疑问。他深感歉疚的是，自己至今还没有创造出一种全新的、综合古今中外的知识谱系，来与西方知识谱系相抗衡，以致让"达到前所未有高度"的中国当代文学"蒙冤"多年。他认为："如果没有我们自己对自身文学的认识及其建构美学准则，我们的文学永远只是二流货……西方给我们施加的美学的标准也压得我们喘不过气来，我们用那样的标准看自己的小说永远是差了一大截。"为了迅速摆脱外来标准"施加"给中国当代文学的"二流货""差一截"的不公正待遇，陈晓明先生在来不及建立新的知识谱系和评价标准的前提下，直接将"前所未有高度"的结论端了出来。通过放弃个人趣味和迁就权力的趣味，通过为宏观决策提供资讯的"专家身份"这一中介，知识谱系的逻辑顿时转变为权力秩序的逻辑，中国当代文学的"垃圾说"顿时转变成了"黄金说"。

在推出"黄金说"的过程中，陈晓明先生一方面在努力寻找一种与国际知识谱系接轨的言谈方式，为中国当代文学辩护，由此产生了一系列全新的判断。比如：在"反抗现代性"的理论前提下，重新肯定1949年至1965年文学的价值；通过学生的阅读反应，来肯定《创业史》《红旗谱》等作品的传播意义；将最前沿的理论资源，用于为当代文学研究的"去政治化"服务；用"再解读"的方法，为当代文学寻找新的"美学标准"；最后推出"前所未有的高度"的结论。另一方面，他有意无意地用了一种暗含威胁的口气——"有人要唱衰中国文学"，仿佛当代文学的读者和批评者中有敌对势力似的。尽管这不是他的本意，但这种句式，透出一种我们熟悉的杀气。当他遭到国内"文学买办"骚扰的时候，他还使出了一招太极推手："保持文学的差异性。"如果将文学和非文学的"差异"合法化，那么"差异说"是取消价值判断最省事的一招。这种说法，近几年在政治、经济、文化等各个领域里都很流行，我们在主流媒体上每天都能看到。

当代文学的斯德哥尔摩综合症

面对中国现当代文学,无论用国际视野中的文学标准,还是用咱们老祖宗的文学标准衡量,它都疑问重重。白话文文学诞生才九十多年,在文学史长河中好像一个新生儿,其成长过程历尽磨难,身体中既有来自母体的"胎毒",也有交叉感染的"病菌"。面对这样一个发育尚不完全的对象,唯一可做的就是设法让它自身的机能健全起来,而不是像溺爱孩子的母亲一样找各种借口盲目夸耀。

王蒙先生说,中国当代文学的创作环境处于"前所未有的宽松"时期。在当代中国六十年的历史之中,按照有中国特色的标准衡量,这个说法没有疑问。如今配上了"前所未有的高度",两个"前所未有"加在一起,我们于是产生了前所未有的困惑。表面上看,中国当代文学的形式和构件,包括语言和叙事技巧,似乎都达到了一定的水平,"肌肉"很发达似的,仔细检查,发现它缺心眼儿,也就是缺少作为文学基因的"自由心境"。

机能健全的两个条件,一是好的外部环境,一是个体内在的生长能力,或者说造血功能。尤其是对文学而言,作家的内在生长能力特别重要。自由心境的丧失,是不宽松和禁锢的结果。禁锢的解除,可以让行动的自由立刻得到恢复,但不一定能让自由心境立刻恢复。因此,在恢复自由心境的过程中,有一种症候特别值得注意,那就是对解禁和自由的不习惯,迷上了先前的禁锢,甚至对宽松和自由产生逆反心理。这是一种典型的"斯德哥尔摩综合症"在文学中的反应。

斯德哥尔摩综合症(Stockholm syndrome)这一心理现象或许古已有之,但这个心理学术语则源于1973年斯德哥尔摩的一次劫持人质事件。心理学家发现,人质会对劫持者产生一种心理上的强烈依赖感。他们的生死控制在劫持者手里:要么合作而活着,要么反抗而死去,没有别的选择。劫持者让人质活下来,人质便产生感恩之心。渐渐地,他们与劫持者同呼吸共命运,甚至还会爱上劫持者。最终,他们和劫持者一起,将解救者视为敌人。这种"自我劫持"的心理现象,在文学创作和文学研究中越来越明显。他们对宽松自由特别反感,沉浸在当年被劫持之时的禁锢和受虐情境之中不可自拔。因此,在"前所未有的宽松"环境里,当务之急是解救那些因"自我劫持"而导致的变态心理,让他们恢复正常。

中国当代文学评价中的思维误区

张 柠

一

针对顾彬先生的"当代文学垃圾说"和陈晓明先生的"当代文学高度说",我在《垃圾与黄金:中国当代文学评价中的两个极端》一文中,已经将自己的主要观点表达完毕,本来不准备再饶舌。由于报纸字数上的限制,三千字无疑只能说出一个大概的意思,但我认为三千字也足够了。面对公众,"批评"要及时表达最基本的判断,而不是用所谓的"学术"话语来将评判的底线标准搅浑。如果读了三千字的文章之后,还对它的字面和背后的意义视而不见,甚至断章取义,那么我只能说,他们不是故意的,就是思维出现了障碍。人与人之间的交流,默契的少、误解的多,这是"语言"的宿命。如今,媒体再一次挑起话头,希望达到"真理越辩越明"的效果,依我看只会"越辩越乱"。社会生活的某些领域需要"明晰",比如政治经济军事领域;另一些领域"混乱"一点没有关系,比如文学艺术领域。为了不要再一次出现一统天下的单一评判标准,我接受了杂志的邀请,再一次来"添乱"。但是,我不会将自己的观点看成是代表"国家的""民族的",我负不起这个责任,我只代表我自己,我只对我个人的思考和言论负责。

从总体上看,当下的文学创作"环境"和作家的"技术",是中国当代文学的前三十年所不能比的。这说明我们的精神生活已经开始走向正常轨道,开始回到正常人的起点上,但仅仅是"起点",离我们的期待还很远,问题还很多,其他领域也如此,这成了常识。我们不能将说出这个常识当作文学批评的主要任务。将这个常识公之于众的工作,应该由相关职能部门内的专业人士(综合不同文学种类外聘专家的意见)来做。他们会告诉上级主管部门和公众,我国每年生产了多少部长篇小说,是此前的多少倍,增长了百分之多少,其中多少是上等的,多少是中等的,多少是下等的,哪些作品翻译成了外文,国际接受程度和传播效果如何,等等。如果学者或者批评家,整天惦记着那些数据和账目,不说他们越俎代庖吧,那也是一件很费劲的事情,他们的条件和精力都不够。当他们试图"如数家珍"一般向公众列举中国当代文学的辉煌成就时,总是显得丢三落四,厚此薄彼,结论勉强。更重要的是,他们不知不觉地跻身于中国当代文学的"账房先生"行列,定期向上级和公众展示账本数据和仓库存货。

长期做"账房先生"的结果,就会产生一种"账房思维":迷恋存货的数量,混淆数量和质量的关系,认为自己仓库里的东西都是好的,对别人的批评反感。当然,他们在自己的仓库内部也分等级、贴标签,但分级的目的是先找出一批好的,然后在好的中间再找出最好的,排排坐分果果。关起门来鉴别,也会产生专业人士,"账房先生"升级为"鉴宝专家"。"鉴宝思维"是"账房思维"的升级版,也可以简称为"账房2.0"。"账房先生"式的批评家,可以毫无障碍地在"账房思维"和"鉴宝思维"这两种思维模式之间切换,像双频手机一样。久而久之,他们终于养成了一种"荐宝思维",成为"荐宝专家"。"鉴宝专家"是极端的、苛刻的,他们会像电视"鉴宝"节目中那样,将赝品当众敲碎。而"荐宝专家"是中庸的、变通的,他们的主要工作是"荐",并根据各种权力的需要来选择自己所荐的对象,郑重其事地向国内国际市场推广。而且他们从来也不砸碎什么,因为他们吃不准下一步什么宝贝会得宠。

二

资深外籍中国文学专家顾彬先生,主要是一位"鉴宝专家",偶尔也充当"荐宝专家"。他一辈子在中国文学的仓库里辛勤工作,令人敬佩。他的《二十世纪中国文学史》《中国文人自然观之发展》等著作,是国际汉学研究的重要成果。但谁也没想到他会对自己管理的货品中的当代部分产生疑惑,进而感到厌倦,接着突然"反水",发出"垃圾"的感叹,这让人始料不及。其实,对中国文学有着深厚感情的顾彬先生,最不愿意听到的就是对其"垃圾说"的附和与肯定,而是希望出现有效的反对声音。否则,他一辈子的工作就成了研究"垃圾"。尽管顾彬先生后来对自己的观点做过补充说明,但批评还是来势凶猛。对顾彬先生的批评无疑不能简单化,比如,你说差我就说好,你说"垃圾"我就说"黄金",你说好的只有百分之五,我就说好的有百分之九十五,像故意跟人较劲似的,其实骨子里依然是"账房思维"或者"荐宝思维"。

我在此前的文章中已经谈到,"垃圾说"与"黄金说",或者"低度说"与"高度说",在深层思维逻辑上是同一的,是一种极端思维的两种相反的表达形式,就像"爱极"和"恨极"两端情感合二为一的一对"冤家",钱锺书喻之为"冰炭相憎,胶漆相爱"。我不认为顾彬先生对中国当代文学的判断,属于"立场"问题,我认为是属于"方法"问题。以顾彬先生为代表的这种观点的持有者,以及他的反对者,都是将文学研究和批评的某一种方法当作了方法的全部,也就是把"账房"—"鉴宝"—"荐宝"当作了全部。当他遇见了不合所谓"宝"的标准的东西时,便当作"垃圾"抛弃。这种只认"宝贝"不认"人"的研究方法,并非文学研究或者人文科学研究的全部,只能是方法的一种。

文学研究和批评者身份的合法性,首先当然是要成为"鉴宝专家",对词语组合、叙事结构、意义指向、历史价值等问题,有敏锐和准确的判断。在这个前提之下,判断一部作品是不是"宝贝",其实并不困难。但是,当我们说一件作品是"垃圾"的时候,就会遇到老式"鉴宝法"无法解决的新困难。什么是垃圾?是按照一件物品存在时间的长短来判断,还是根据物品的功能和结构来判断?假如按照时间来判断,那么越久远的越是"宝贝",越当代的越是"垃圾";古代文学全是宝贝,当代文学全是垃圾;而且古老的垃圾在今天也会变成宝贝,就像一块"三星堆"出土的瓦片,要比一幅当代的水墨画更宝贝一样。从这个角度看,研究当下正在发生的文学现象及其文学作品,无疑就是在研究"垃圾"。研究的基本方法当然还是一样,分析它的结构和功能,以及这种结构产生的精神背景及其精神症候。

当代文学的结构和功能的多样化,对传统的"鉴宝专家"的方法,构成了巨大的挑战。我们应该迎接这种挑战,而不是简单地将它们扫进垃圾堆。它要求"鉴宝专家"的鉴定方法,不能局限在对品相的直觉和对表面纹理的观察层面上,而是要达到"分子"水平,达到显微镜的观察水平,达到碳 14 的分析能力。这样,我们就有可能发现一个全新的五彩缤纷的语言世界和精神世界,也就是"垃圾"的微观世界,进而将"垃圾"放在生成环境之中进行考察。我们既要看到"宝贝"和"垃圾"的诞生,也要发现那些想成"宝贝"而不得的心灵挣扎过程。

文学研究和批评,作为"人文学科"(或者叫"精神学科")的一个分支,以"人"为起点和终点,而不是以"榜样"和"模范"为起点和终点。它指向"总体的人"及其精神现象的生成机制和表现形式,并通过对这些"机制"和"形式"的再阐释,实现经验交流的目的。如果说人的心理、意识、精神现象,还有道德和审美水准等存在等级的话,那么它们的呈现形式的确也是有等级的。但是,这种等级的划分("荐宝思维"、排座次思维)是暂时的而非恒久的,是变化的而非凝固的。在这里,对复杂的心理经验或者精神现象、产生这些现象的社会和历史根源,以及它们的表现形式(无论它是"垃圾"还是"黄金")进行重新阐释,是文学批评迫切而重要的工作。所谓"重新阐释",不是放弃价值判断,而是改变思维的惯性,寻找更为有效的分析方法,目的在于让更多的人增加感知的复杂性,承认精神生活的多样性,提高公众判断的自觉性,提高"自我启蒙"的可能性。它首先要具备科学的分析能力,所谓的"价值判断"不过是一种附加的工作,甚至是让读者看完"分析报告"之后自然而然会产生的判断。文学批评家不要抱定一种"荐宝师"甚至"文学拍卖师"的身份不放。

三

近期,批评界流行一种观点,说中国作家和批评家不必"仰西方之鼻息",要描写和研究中国经验。我非常赞同这句正确的废话。是不是中国作家和批评家从来就没有独立自主精神呢? 2010 年 1 月 14

日,在北京师范大学召开的"本土经验和中国文学海外传播"国际研讨会上,作家莫言、格非、阎连科、李洱等人一致表示,他们描写的从来都是中国经验、本土经验,他们也写不了别国和别处的经验。既然作家已经本土经验化了,那么谁在仰人鼻息呢?剩下来的当然就是批评家了。我看也是如此。从结构到解构,从殖民到后殖民,从西方中心到东方中心,从文学性到现代性,说的是西方流行的名词,唱的却是南辕北辙的反调。在一种"理论依附"的大前提之下,其深层逻辑无疑是一致的,同样是"冰炭相憎,胶漆相爱"的格局。批评要做的,不是像文学的奴才一样为主子争宠,而是做独立的、有效的、文学的分析和研究工作,写出属于文学自身的文章,批评文章要对得起文学,而不是别的什么。

文学经验的本土性或者说民族性,似乎吻合了"越是民族的越是世界的"这样一句流行的真理。世界文学经验的确是以民族经验的形式呈现出来的。但民族经验不一定必然会成为世界的共同经验。既然中国作家写的都是本土经验,那么为什么在成为人类的共同经验这一点上遇到了尴尬呢?让我们来找一大堆借口吧:翻译的意识形态问题、西方中心观念问题、作家创作问题、批评家的局限性问题,等等。我只好中庸地说,是所有这些问题综合作用的结果。实际上,批评家能够做的,只能是提高研究和写作能力,而不是找意识形态的借口。所谓的"本土经验"或者"民族经验",不是去写一些人家不懂的怪癖,而是通过本土(民族)经验的独特性,去传达人类能够感同身受的、人同此心、心同此理的东西。题材研究要向经验研究逼进,主题研究要向母题研究逼进,风格研究要向意象演变史研究逼进。

简单地举几个例子。比如莫言的创作,带有强烈的本土经验色彩,但也无疑包含着许多人类经验。莫言笔下那位著名的"黑孩",生活在"文革"时期的恶劣环境之中。令人震惊的是,他的痛觉经验完全丧失,听觉经验出奇地发达。他笔下的"母亲",全都是"饥饿艺术家",是饥饿经验的传递者。《食草家族》中的呕吐经验,既带有共同性,更有本土性;那些人见到美丽的绿色就呕吐,这是长期在饥饿中吃草产生的"呕吐经验"。他笔下人物的"成长经验",不是向上、向强壮长,而是像野草一样横长,长出六个指头,歪脖、罗锅,等等,甚至直接就长成了动物。类似的经验,我们在《小城畸人》《铁皮鼓》、福克纳的小说中也见识过。最近出了一位"打工诗人"叫郑小琼,引起了批评界的关注,被命名为"底层写作"的代表之一。这种无效命名,降低了写作的艺术性,增加了它的意识形态色彩。郑小琼的诗歌的最大特点,是改写了当代中国诗歌史中"钢铁"和"机器"意象的意义和走向。她将"钢铁"和"机器"这个在五六十年代代表火红的、社会进步的意象,改写成了一个冰冷的、人性倒退的意象。打工妹用手触摸机器和钢铁,被它的冰冷撕去了皮肤。触摸经验如此强硬和残酷!形式史、经验式、意象史,它们与社会表层的进步与倒退无关。它们自成一体,为世界经验体系增加了新的内涵。文学自有它不可替代的意义,我们用不着往政治、经济、道德、民族这些空泛的概念上蹭。我们应该检视我们的批评史和研究史,是不是在狭隘的"民族主义"和狭隘的"世界主义"之间左右摇摆,而从来也没有进入过批评的自觉自主的时代?

四

对中国当代文学前三十年的评价和研究,同样需要做得更细致和多样,不要局限在"账房思维""鉴宝思维"乃至"荐宝思维"之中。这种思维导致了一种评价的拉锯战:原来说它"好得很";后来又说它"糟得很",没有什么文学性;今天,苍蝇一样绕了一圈又回来了,又有人开始说它"好得很"。我觉得很无聊。前三十年的文学究竟是"黄金"还是"垃圾"这样的问题,已经变得毫无意义。但不能否定的是,它曾经存在过,是整整一个时代好几亿人的说话方式乃至精神历程的记录。它的形式史、话语史所承载的精神演变史,就摆在我们面前。它的词语排列组合之中、叙事和抒情之中,究竟包含着什么样的精神秘密?换句话说,那个时代的精神,是以什么样的方式化妆出场的?毫无疑问,它并不是一目了然的,而是需要再解读和再阐释的。这种解读和阐释,不能局限在对作品的品相直觉和表象观察的层面上,同样要求达到"分子"水平,达到显微镜的观察水平。更重要的是,我们根本用不着"审美快感"或者"阅读愉悦"来诱惑年轻一代读者,而是通过形式史与精神史的相互阐释发现它们的叙事秘密,提供破解精神秘密而产生的解放式的感受。

比如,对《三里湾》这种小说的评价,昨天说好,说它通过描写一个小村的变化反映了时代的大变化;今天又说不好,说它概念化、意识形态化;明天又发现一个新理论可以论证它很好,反反复复变色龙一样。不能根据个人的情绪变化来评价作品,也无需用"荐宝思维"来给它确定等级和价位。我们必须要客观地考察它的分子构成、叙事指向、历史功能。小说《三里湾》讲述的是一个组建"新家"(合作社)的故事。封建社会的崩溃,在长篇小说中经常表现为"家族崩溃"的主题,从《红楼梦》到《家》和《财主底儿女们》都是如此。不同之处在于崩溃之后的选择,有的选择出家(宝玉),有的选择离家出走(高觉慧),有的选择革命(蒋纯祖)。那么革命结束之后(新中国)怎么办?《三里湾》的结论是组建新的家族:合作社和人民公社。小说叙事冲突的背景是家族体系和行政体系的冲突、家族情感(亲情、爱情、友情)与行政情感(爱社如家)的冲突,以后者取胜为目的。《三里湾》叙事的总体指向是:单干的互助了,互助的入社了。"旧家族"分裂了(年轻人要分家),"新家族"建成了(全部入社)。私人的驴卖到市场上了,市场上的驴又回到了合作社。如果不入社,和睦的闹崩了,结婚的离婚了;思想转变同意入社,离婚的结婚了,闹崩的和好了,坏事变成好事了,后进的变为先进了。入社的样样都好,不入社的寸步难行。

再如《青春之歌》,也无需用"审美快感"来诱惑读者,而是要发现它的叙事秘密。这部小说总的来说是一个"成长故事"。它由两条交错的主线构成,一是主人公林道静的自我确证线索,二是林道静的性格发展线索。前一条线索中出现了"三个林道静":抛弃父亲(剥削阶级,白骨头)、选择母亲(劳动阶级,黑骨头)的林道静;抛弃家庭(大家和小家)、选择自我(启蒙)的林道静;抛弃自我、选择集体(革命)的林道静。于是,第二条线索的成长故事顺理成章地出现了。但它是在一个革命加恋爱的模式中展开的:先拒绝胡梦安,选择余永泽;然后是抛弃余永泽,选择卢嘉川;最后将卢嘉川(有"五四"精神痕迹的革命家)"处死",而选择了江华(坚定的革命战士)。女性革命之路,伴随着爱情和欲望叙事展开。

那个时代的诗歌也是如此。通过阐释我们能够发现诗歌意象体系和象征关系建构的诸多秘密。比如,在早期的颂歌体中,歌颂的对象与铺陈的事物之间的对应关系:太阳、月亮、星星、江河、高山、大海,这些巨大的自然物象,对应的是崇高的现实主题、政治事件和政治人物,"风暴—革命—战争""太阳—领袖—党""大海—人民""土地—母亲—民族""高山—青松—英雄",等等。新的颂歌就是重构一个"事物—词语—象征物—意义"之间的新的链条,将某一事物和某一词语之间的关系固定下来,构成一种等级森严的全新的意向体系和象征关系。在政治抒情诗中,原来简单的"物象—词语"序列变得更多样,然后将这种多样性,归结在一个"词语等级体系"之中。这个"词语等级体系"对应于"社会等级体系",从而构成两个相互对应的词语"星云图"。

一个时代的文学,能够为我们解读那个时代的叙事秘密和精神演变提供典型文本,这就足够了。我们用不着通过"鉴宝思维""荐宝思维"为文学作品定等级判高下,将此当作工作的全部内容,更不要说什么"垃圾""黄金""最低""最高"。我相信,精细的分析和解密工作,是今后文学评价和研究的方向,而不是那种意气用事、非此即彼的争执,以及面对"伪问题"的聒噪。

顾彬不值得认真对待吗？

肖　鹰

在2007年3月26日《汉学视野下的20世纪中国文学》圆桌会后，北京大学教授陈平原多次对媒体宣称"顾彬对当代中国文学的批评是哗众取宠，根本不值得认真对待"，"不是学者的发言"，"因此，中国作家也没有必要太在意"。另外一位中国学者则帮腔说："顾彬只是一个中国文学的旅游者，而学术旅游不能解决任何学术问题。"（《新京报》等）这两个论调，一阴一阳，相荡相摩，大有一定乾坤之势。

顾彬是真正的汉学家，还是只是一个"中国文学的旅游者"？顾彬自1968开始主修汉学，自1995年任波恩大学汉学系教授、系主任。发表过上百篇汉学论文，出版过《论杜牧的诗歌》《空山——中国文学的自然观》《中国古典诗歌史》《中国古典散文史》《中国二十世纪文学史》等学术专著，翻译出版六卷本的《鲁迅选集》和二十余位中国诗人的作品，目前正在撰写《中国古典戏剧史》。试问，这些业绩只是一个"旅游者"能做到的吗？进而言之，以这些业绩，相比于当今中国文学研究界的千百教授、博导，甚至于"长江学者"，顾彬有何不及？

顾彬对当代中国文学的批评是"哗众取宠"吗？认真分析顾彬在中国的多次讲话和他的《二十世纪中国文学状况》一文，我们可以发现，他的批评有三个前提：第一，他一再表示，他对当代文学的研究受到西方汉学界和中国文学界许多学者的说法的困扰，因为许多人告诉他"中国当代文学是垃圾，不值得研究"，这是他的痛苦，他的问题；第二，当代文学，尤其是90年代后期以来，在西方世界声誉下降，遭受冷落，"中国文学热已经过时了"；第三，他三十年来阅读和研究当代文学的结论。他多次表示，对当代文学的批评结论，是痛苦而遗憾的。尽管如此，他并非完全否定当代文学，他接受中国媒体访谈中多次谈到对当代中国诗歌的高度赞赏,也谈到对王蒙、王安忆等小说家前期作品的赞赏,还专门指出老舍的《茶馆》是非常难得的杰作。

顾彬毫不隐讳地向中国读者指出,与现代文学相比,当代文学整体水平不高——即所谓五粮液与二锅头之间的差别。在这个整体判断下,顾彬是有具体分析的,他提示了当代文学的病根所在:第一,当代作家普遍缺少对文学坚定执着的信念,以功利和游戏之心对待文学,他们的文学生命短暂如蜉蝣;第二,当代作家普遍缺少外语能力,在这个国际化的时代,只能靠翻译获得国际文学资源,没有真正的国际视野;第三,当代作家普遍不重视写作语言的提炼和升华,没有达到一个作家应有的专业水平,因此是"业余写作";第四,当代中国作家普遍缺少关注现实的勇气,回避问题,重复历史题材,不能成为当代中国社会(民众)的代言人。如果我们平心静气地分析顾彬这些批评意见,难道不会认为他是切中了当代文学的要害问题吗?为中国文学的健康发展计,难道我们不应当认真对待吗?

陈平原指责顾彬把对当代文学的批评的重心放在语言问题上,是避重就轻。顾彬的确特别强调当代中国文学的语言问题,他也向中国媒体表示"我是唯一总是强调语言的汉学家"。为什么顾彬要抓住当代文学的语言问题不放?原因有三:第一,文学是语言的艺术,文学的价值和作家的个性都是在语言中实现的,专业作家必有高于普通人的语言水平,伟大的作家必有独特的语言风格;第二,在20世纪中国文学中,现代作家普遍有很高的语言水平而且在写作中勤勉于语言修炼,鲁迅、周作人、沈从文、张爱玲等,哪一位现代文学大家不同时是语言大师?第三,当代作家,尤其是晚近的作家,普遍轻视语言修炼,以写得多、写得快为得意,因此去年有知名作家以四十六天写一部四十九万字的长篇小说为卖点;第四,当代文学的语言问题至今没有引起中国批评家的关注和严肃批评,相反,许多批评家还为之叫好,导致其恶性发展。

当前中国文学的低俗化趋向,无疑与当代作家轻视语言和滥用语言的态度有关,更重要的是,在背后深藏的是对文学本身的轻浮心态。顾彬抓住当代文学的语言问题不放,难道不是标本兼治的精辟之见?对这样的见解,沉迷于自负的作家们不以为然,是可以理解的。何以在现代文学研究中卓有建树的陈平原教授也要如此抵制,呐喊着要作家们不要在意呢?难道陈平原教授真不知道语言对于文学的根本意义,反而视之为尚不如"体制"和"文学场"的皮毛吗?对此,我是不敢相信的。

(原载《文汇读书周报》2007年4月13日)

中国学者的"大国小民"心态

——写在北京"2007世界汉学大会"上

肖 鹰

3月26日晚,在"2007世界汉学大会"的"汉学视野下的20世纪中国文学"圆桌会上,作为主角的德国汉学家顾彬教授再次表达了他对20世纪中国文学的看法。他说,1949年以前的中国文学是五粮液,1949年以后的中国文学是二锅头。会饮酒的中国朋友知道,五粮液是中国酒中精品,不仅口感美妙而且余味悠远,而二锅头只是粗酿的大众酒,劲猛但无余味。顾彬用它们作比喻,显然表明了他对1949年前的中国文学和1949年后的中国文学的不同感受。

顾彬的讲话出人意料地激怒了在场的北大教授陈平原。他厉声指责顾彬对中国文学做这样的评价,是海外汉学家对中国学术问题的越界,是不严肃的,是搞娱乐、哗众取宠,蓄意引起媒体的兴趣,迎合中国人"外来的和尚会念经"的心态。末了,他还质问顾彬:"你知道吗,当你的声音转向中国后,给当代作家造成了多大的压力?"

去年12月,由一家中国小报的"恶搞"发端,在中国媒体上顾彬蒙受"炮轰中国文学,称中国当代文学是垃圾"的不白之冤,招致许多著名中国学者和作家的横加指责,至今未得到中国学术界公允的澄清。本来,这次圆桌会的主题就是要通过顾彬与中国学者的当面学术对话,澄清事实,并将相关问题引向学术讨论的轨迹。关于顾彬对20世纪中国文学的评价,有三个方面的问题需要探讨:第一,顾彬对中国文学的评价的真实内容是什么?第二,他的评价是不是正确的,或有道理的?第三,我们应当怎样对待西方学者的批评,尤其是被我们视作错误的批评?

陈平原对顾彬的斥责,在充满怒意的滔滔话语中,并没有针对顾彬的主要观点本身作质询和批驳,而是非常粗暴地予以彻底否定,并且进而"取消"了顾彬对20世纪中国文学的发言权,即所谓"这不是学者的发言"。然而,陈平原的话语表明,他至少在三个方面严重误解了顾彬:第一,他对顾彬的基本观点的理解是受媒体的影响而先入为主的,从其愤怒可见他显然将顾彬说的"当代文学是二锅头"视作"当代文学是垃圾"了;第二,他没有分清哪些观点是顾彬自己的,哪些观点是顾彬做"替罪羊"转述他人的,而是一概都算在顾彬账上;第三,他没有注意顾彬讲话中特有的幽默风格,将顾彬反讽的话语作字面理解。由此可见,陈平原并没有认真倾听和理解顾彬的讲话,而是意气用事地把全部注意力放在对顾彬的"不客气的回击"上。

同时,陈平原斥责顾彬,还对人对己使用双重标准。究竟怎样评价1949年前后的中国文学?从学术方法上讲,有没有可能将20世纪中国文学以五十年为一个单元做对比研究?对此,20世纪后期以来,中国学术界内部就是有争论的,也是应当继续探讨的。实际上,任何方法都是有局限的,因此,对20世纪中国文学的认识和评价,应当采取多种方法,多种视野。陈平原指责顾彬对20世纪中国文学前后两个五十年分别作整体评价,是哗众取宠,而且犯了"整体主义"的错误。然而,陈平原是否忘记了他有今天的学术声名,不正是开始于他在20世纪80年代初与钱理群和黄子平共同提出了"打通现代当代"、以一百年为一个单元、整体地审视中国文学的"20世纪中国文学"概念呢?他之于顾彬,为何要以自己一百步而笑他人之五十步呢?他指责顾彬搞文化霸权,自己却又对西方学者如此蛮横武断。

显然,陈平原对顾彬的回应采取了完全非学术的态度,不是学术批评,而是以中国20世纪文学研究的权威专家身份,"不客气地"与顾彬进行他所谓的"中西话语权之争"。从陈平原的讲话,听众可得出的一个结论是:不仅外来的和尚不会念经,而且外来的和尚不准念经。他武断地把一个学术争议问题转化为民族文化对立问题。正由于他的武断转向,这次圆桌会的主题落空,而且被演变为去年12月的"中国当代文学是垃圾"事件的后续节目,用他的话说,是被"娱乐化了"。

坦率地说,陈平原教授这次是失态了,他是面对包括顾彬在内的十数位国外汉学家失态了！陈平原是中国学术界有口皆碑的北大名牌教授。就我既往对他的了解，在面对国内学者的时候，他总是从容四方、刚柔有度，呈现出一代学人风范。我相信，参加这次圆桌会的近百位中外学者、研究生及媒体人士，都对陈平原的与会抱有很大的希望，期待他理性深刻的分析将问题的探讨引向深入。而他这次的表现，不仅令不少在场的中外学者腹诽，而且使许多慕名而来的学生失望。为什么陈平原会如此内外有别，判若两人？

我以为，陈平原教授这次的失态，不是判断力的错误所致，而是其心态错误所致。他过敏地用民族文化对立的眼光来看待顾彬的讲话，实在是因为他完全被一种"大国小民"的心态支配着。多数中国学者骨子里是有"大国"心态的，虽然在20世纪后期一度被中国经济落后的现实压抑了，但现在中国经济势力增强了，这种"大国"心态又写在多数中国学者的脸上了。然而，恰恰是这些怀着"大国"心态的中国学者又患着"小民"心态的暗疾。

当今中国学者的"大国小民"心态，出自两个原因：第一，由于20世纪以来持续不断的"文化革命"（现在时常以"创新"的面目出现），实际上完成了对中国文化的彻底破坏，因此，今天的中国学者的内心普遍是没有真正的母族文化认同感的；第二，在面对国际学术界，尤其是西方学术界的时候，当今中国学者自我创造力的匮乏和学术话语力量的微弱，也使之缺少个人自我认同感。因为缺少母族文化认同感，在诸多中国学者的心中，所谓"大国"，只是一个残存的脆弱的历史幻象，现在被眼下的经济增长孤立支撑起来，并没有扎实可靠的文化根底。然而，又因为面对国际学术界缺少个人自我认同，对于这些中国学者而言，"大国"不仅是神圣不可侵犯的避风港，而且还是其攻城略地的根据地。

我以为中国学者的"大国小民"心态有两种表现：一种是凡关于这个"大国"的看法都极力寻求西方学者的认同和首肯，只要西方学者点头了、欣赏了，就是镀了金身、得了真经；另一种是视"大国"为"民族家私"，西方学者不得"说不"，"说不"就是越界，就是霸权，就必须坚决予以"不客气的回击"。陈平原这次的失态，实在是因为"大国小民"心态在他心中作祟,属于这种心态的第二种表现。的确,以陈平原素有的见解和气度,本来是不当有这样的失态表现的。由此足见,面对西方学者时,尤其是面对西方学者"越界"批评自己治下的学术领地时,"大国小民"心态是会颠覆学者的心智的。

这次世界汉学大会的主题是"文明对话与和谐世界"。毫无疑问,如果中国学者继续以这种"大国小民"的心态面对西方学者,是不可能有真正的"文明对话"的,也不可能对创建"和谐世界"做出贡献。自从去年12月以来,中国绝大多数学者(包括反对者和支持者),都没有倾听和理解顾彬,顾彬至今仍然被严重误解。准确讲,对于绝大多数中国学者,"顾彬"至今仍然只是由媒体误导产生的一个诡异的幻影——这个"顾彬"只属于中国媒体。这次陈平原教授的失态表现,不过是"迎战"这个幻影时用力过度却又用心不够。

(原载2007年4月3日《新京报》,发表时有删节)

王蒙、陈晓明为何乐做"唱盛党"？

肖 鹰

在10月间，著名老作家王蒙在欧罗巴的法兰克福以一句"中国文学处在它最好的时候"的现代汉语，在异国打破了中国文坛创作沉寂平淡的局面。这"中国文学处在它最好的时候"，在出口转内销之后，在11月又由著名批评家陈晓明在本土高调翻唱为"今天的中国文学是达到了前所未有的高度"。两位之说，在当下中国文坛，掀起了"唱盛"新高潮。

勇于立论，是当下某些批评家成名行世的不二法门。他们立论的路径，虽然常因借助了舶来的物件而花样翻新，但总不出这一道：立论以惊悚着眼，不怕把你吓着，就怕吓不着你。因为有了这些批评家们坚毅果敢的立论壮举，所以，我们就不能逃避这样的"当下中国文学经验"：新世纪以来的中国文坛，虽然没有惊人的作品，却充斥着惊人的立论。

王蒙的"最好论"是开中国文学的国际玩笑

"中国文学发展很快，读者的口味发展得也很快，但不管对中国文学有多少指责，我只能说，中国文学处在它最好的时候。"（《羊城晚报》2009年11月7日）王蒙此话转回到国内，在网上招致了一边倒的抨击。王蒙很委屈，深怨同胞大众受了媒体"标题党"的误导，对他的抨击是"闭着眼睛瞎诌"。他向媒体辩解说："我是在法兰克福作的演讲，面对的是德国人。我所指的，是作家的生存环境、写作环境，否则的话，不存在时期好坏的划分。你说唐诗好还是《诗经》好？你说中国诗歌最好的时期，是唐朝还是《诗经》的时期啊？《红楼梦》好，能说晚清是中国文学最好的时候？莎士比亚的剧本好,莎士比亚时期就是最好的时期？只有大外行才去评论。"(《北京青年报》2009年11月1日)

我们应当接受王蒙的补充说明,因为它不仅让我们明确了所谓"中国文学处在它最好的时候",不是指别的,而只是"讲作家的生存环境、写作环境",而且,它还让我们懂得"只有大外行才去评论"不同时期的创作(作品)是否"是最好的"。

但是,王蒙在法兰克福的原话的确难免被人理解是从创作(作品)立论的,因为除非特别说明,除了王蒙自己心中明白,他人是不可能将王蒙的"最好"论断理解为"只是"在就"作家的生存环境、写作环境"说事的。听王蒙老人的讲话,不要在A时听了,就在A时下判断,一定要耐心等待老人家在B时的补充申辩出来之后,并且捱到C时再作判断——如果王老在C时没有新的言论了;否则,就必犯"闭着眼睛瞎诌"的判断热急病。这是我们应当吸取的"教训"。

"作家的生存环境、写作环境"如果真让"文学处在它最好的时候",应当最有利于作家的创作,最可产生文学精品。但是王蒙确实不能以自己和同行的创作业绩来说服人们认可"这最好的时候"。身为个中人,王蒙的"最好"论是否暗含了当下中国作家自我批评的意味呢?应当是没有的,因为王蒙自己回国后的申明讲得很清楚,他只讲"中国作家的生存环境、写作环境"。实际上,当今不少在生活上"中资化"和"权贵化"的中国作家,不仅不能出精品,反而以趋炎附势和吹捧媚俗败坏中国文学的历史盛名。

当然,处在"最好的时候"未必就应当创作"最好的文学",因为反例是,王蒙提及的莎士比亚和曹雪芹都无幸生活在这"最好的时候",他们的创作却是人类不朽的杰作(依照王蒙的说法,我们也不用"最好的"来判断莎、曹)。换言之,作家生活环境的好与坏,与作家创作成果的好与坏无因果关系。晚年王蒙是以幽默行世的,无论置身庙堂还是江湖,老先生的举手投足都富含幽默精神。但他不从创作与作品立论,而只着眼于当下中国作家们的"生存环境、写作环境",如此论说"中国文学处在它最好的时候",不仅不切题,而且立意之低,竟然堂皇地向国际社会宣讲,实在是在庄重的场合开中国文学的国际玩笑——远离国人能接受的幽默了。以王蒙在中国当代文坛之尊,开这个国际玩笑,实在是不慎重、不严肃。

陈晓明的"高度说"是有惊无险的"水平蹦极"

不知是因王蒙言论引起的是非触发了灵感,还是两心相印而和谐共鸣,陈晓明继王蒙之后,在其余音未绝之际,以"前所未有的高度"与其"最好的时候"唱和。

陈晓明近来发言和撰文均宣称:"我以为今天的中国文学是达到了前所未有的高度。"他举了四点"高度"的标志定义。让我们试析之:其一,"有能力处理历史遗产并对当下现实进行批判",这不就是说作家具有批判现实主义的叙事能力吗?有这个能力就达到了"中国文学前所未有的高度"?难道说此前自《诗经》以来的数千年中国文学都是在批判现实主义的水平线下挣扎吗?其二,"有能力以汉语的形式展开叙事;能够穿透现实、穿透文化、穿透坚硬的现代美学",前半句不过是指作家能用汉语写小说,这也是当下中国作家的一个"标高"?而且还是中国文学"前所未有的高度"?(当然,在世界范围中,更多的作家不能用汉语写小说,因为他们根本就不会使用汉语!)后半句用三个"穿透",细想起来不过是指某些作家可以写一些非现代非现实的非古董的文学。其三,"有能力以如此独异的方式进入乡土中国本真的文化与人性深处,以如此独异的方式进入汉语自身的写作",这句话中的两个"如此独异"是与什么相比较、如何得出来的?陈晓明没有说,我们就不妄加揣测了,只是"独异"怎么就能树立为"前所未有的高度"呢?比如,鲁迅笔下的阿Q是独异的,他就比曹雪芹笔下的刘姥姥高了吗?其四,"有能力概括深广的小说艺术","深广"的尺度是什么?中国尺度?西方尺度?世界尺度?"概括"又如何实现?把作品搞成"概括"世界或中国的"写作大全"的"中药铺"?(上文引"陈四点"见《羊城晚报》2009年11月7日)

与王蒙出身作家不同,陈晓明是中国新时期的文艺学博士出身。陈晓明虽然后来以文学批评家为业,但远在求学时代就对始自康德、黑格尔,至海德格尔、萨特,而终于德里达一线的西方现代大哲下过深功夫(《中华读书报》2009年11月11日)。他能在王蒙自我否定之后再唱"今天的中国文学是达到了前所未有的高度"的高难绝调,靠的不是文学的底子,而是这一线哲学的底子。因此,陈晓明有能力直接拿当下中国作家的作品说事。然而,陈晓明对"今天的中国文学"所达到的"前所未有的高度"的四点概括,在其看上去很美很理论的表面下,却留下了给人彻底扑空的大缺陷(这是陈晓明挑战学界智力的"陷阱"?)。

坦率说,陈晓明为了赶在"六十大庆年"结束之前抛出这个文学批评界"前所未有"的"高度论",实在无暇顾及其无论中或西的"学术谱系"了。他对"前所未有的高度"的四点界定,实在是一个忽中忽西忽古忽今的急就章。这个"陈四点",既构不成标准,也形不成解析;既让人找不到其立论的立场何在,又让人把握不住其论说的方法为何物。

近来陈晓明高调主张中国文学批评必须要有"中国的立场"和"中国的方法",强调要看到中国当代文学与西方文学的差异性。因为当代文学批评家主流长期以来执迷于"西方的方法",陈晓明的主张给人以矫枉的希望。但是,陈晓明从自己的新主张中获得的好处却只是可以毫无过渡地(无论从时间上,还是从学理上)将"今天的中国文学"定位在数千年中国文学"前所未有的高度"上。这个定位不仅枉顾今天中国文学创作力和影响力极度低落的事实,而且完全是黑格尔式的历史主义理念论的产物。陈晓明本来长期是服膺德里达的解构学说的,但现在站在"前所未有的高度"上的陈晓明的"立场",显然不是德里达的,而是黑格尔的。陈晓明的立场转换了半天,虽然高调标榜"中国的立场",实际上还是没有跳出"西方"这个魔阵,只不过是从德里达到黑格尔,完成了一次有惊无险的"水平蹦极"。

如果真要讲"中国的立场"和"中国的方法",中国文学传统讲原道征圣宗经,讲自然天才论,讲南北差异,讲文体盛衰,但绝不讲进化论,更不会讲"前所未有的高度"。这是自南朝的钟嵘至清末民初的王国维均不变的传统。王国维在《宋元戏曲考》开篇就说:"凡一代有一代之文学:楚之骚,汉之赋,六代之骈语,唐之诗,宋之词,元曲,皆所谓一代之文学,而后世莫能继焉者也。"这是典型的中国文史观,在这个文史观中,陈晓明能钻研出"今天的中国文学是达到了前所未有的高度"吗?

在进化论框架下,以黑格尔式的理念主义历史观"唱盛当下中国文学",不仅与当下中国文学的现实殊绝天壤,而且根本违背文学的运动规律。为什么声称研究当代中国文学三十年的陈晓明会提出这样"前所却未有的"论调?我倒不敢相信他的文学判断力真是低下到不及常识的地步了。他能从这个沉寂平淡的文学现实中捏造出"中国文学前所未有的高度"的惊人奇观,绝不是基于他的文学判断,而是基于他附和于当下"盛世"意识形态的"唱盛的立场"。

鲁迅先生说:"其实,中国人并非'没有自知'之明的,缺点只在有些人安于'自欺',由此并想'欺人'。譬如病人,患着浮肿,而讳疾忌医,但愿别人胡涂,误认他为肥胖。妄想既久,时而自己也觉得好像肥胖,并非浮肿;即使浮肿,也是一种特别的好浮肿,与众不同。如果有人,当面指明:这非肥胖,而是浮肿,且并不'好',病而已矣。那么,他就失望,含羞,于是成怒,骂指明者,以为昏妄。然而还想吓他,骗他,又希望他畏惧主人的愤怒和骂詈,惴惴的再看一遍,细寻佳处,改口说这的确是肥胖。于是他得到安慰,高高兴兴,放心的浮肿着了。"(《"立此存照"(三)》)

依陈晓明所持的"唱盛的立场",是绝不容许有人出来指明当下中国文学的"浮肿"的,否则,陈晓明就诉你以与媒体和汉学家合谋"唱衰当下中国文学"之罪(《羊城晚报》)。当然,陈晓明的志向还不止于此,他还要以"中国的立场"相要挟,要人们跟着他将这"浮肿"直接"唱盛"为具有"中国文学前所未有的高度"的墓碑。陈晓明这样的气魄,是鲁迅时代那些只满足于以"浮肿"为"肥胖"的中国人所没有的,原因应当是他们没有机会处在这个"中国文学最好的时代"。

"唱盛"而得其"党"

本文以"唱盛党"为题,恐有人对此题名有误解,需要解释。"党"

有多义,在本题名中所谓"党",取义于孔子所说"辨说得其党""辨说失其党"(《礼记·仲尼燕居》)。"党",类也,意气相投者也。当代文学批评家中的"唱盛"人物,不仅在"唱盛"路线上相引为同志,而且意气也真是相投的。

　　王蒙与陈晓明,两人不仅在今年的"唱盛当下文学"运动中先后做了峰极上的标兵人物(好像尚未出现第三者),而且在三年前,他们携手联名将一位曾经抄袭且拒不认错但市场身价不菲的青年写手(郭敬明)推举进了中国作协。现在王蒙和陈晓明又同为"唱盛当下中国文学"领风气之先,而且登峰造极而无第三人可及,真可谓:唱盛而得其党也。

(原载《羊城晚报》2009年11月21日)

评中国当代文学批评家的"长城心态"

肖 鹰

日前在京召开的一个学术讨论会上,有当代文学批评家宣称:中国当代文学六十年在现代性的历史上的定位,"必须由中国自己的学者来完成"。此话并非孤鸣独发,而是当代文学批评在近年来渐成声势的一个代表性的论调。

在我看来,该论调不是空穴来风,而是伴随着"崛起的中国"意识形态而生的。这个论调的倡导者认为,开放三十年来,由于西方学术(汉学家)对中国文学史叙述的话语霸权的影响,中国本土学者丧失了对中国文学的话语权,而将"定位中国当代文学六十年"收归为本土学者的文学史权力,则是重建本土学者的"文化立场",恢复其话语权的必然之举——这是当代中国文学研究者的历史使命。我认为,这表达了当代文学批评家的"长城心态"。

为什么"定位中国当代文学六十年"是"中国自己的学者"的特权呢?这个论调的依据之一是,因为"只有中国人才能理解中国(人)"。在某些专治当代文学的本土学者们的眼中,汉学家的中国文学研究绝不能逃避"老外"的宿命,西方汉学家则还要加上一重"西方中心主义"的宿命。

"只有中国人才能理解中国(人)",翻译成古汉语,就是惠施式的"子非鱼焉知鱼"之说。这种论调落实于文化实践,就是一种封闭和拒绝的文化意识形态。重温两千多年来的中国文化史,我们会发现,中国文化体系的建构和发展,都是得益于以"天下"观念为核心的开放和融合的文化精神实践。中国文化之所以生生不息而历久弥新,正是因为它从内容到形式均具有超强的开放性和融合力。可以说,我们今天之所以有幸来谈"中国文化",应当感谢我们的先人在两千多年的文化建构中实践地否定了惠施式"子非鱼"的封闭文化意识,而且发扬了庄子式"磅礴万物以为一"的开放文化意识。这种开放文化意识是作为文化基因活跃在中国传统文化血脉中的元素。

此外,一些当代文学批评家认为,"现在是一个中国崛起的时代","崛起"的中国文化应当重申自己的文化主体性;由"中国自己的学者"来掌握"中国当代文学六十年"的"定位权",就是在文学史叙事中体现"中国文化"的"主体性"。用这些批评家的话说,是否掌握这个"定位权",是坚守民族文化立场与否的表现。因此,在他们看来,文学研究不是单纯的文学研究,存在而且应该进行"文化主权"之争。试问,在人类文化的历史运动中,曾经有过这样的"文化主权"吗?这样把民族国家的"领土主权"意识挪用到文化(文学)研究,不仅错误而且荒谬,它令人联想到两千多年前的秦始皇同时进行的两大创举:建筑长城和焚书坑儒。这两大创举的共同效用就是禁锢与拒绝。中国已经告别帝国时代一百年了,但百年之后,大地上的长城早已成为一个单纯的历史象征,一些当代中国学者建筑"文化长城"的心态却又"愤然崛起"!

当代中国文学批评研究方法论的"去西方化"思潮的代表性表达,是晚近从西方归来的学者甘阳今年在一个访谈中提出的"用中国的方式研究中国,用西方的方式研究西方"论调。姑且不论这是20世纪之初中西碰撞开始时就出现的旧调重弹,不可回避的问题是,在20世纪以后,在全球化背景下,怎样去厘定"中国的方式"?而且,"中国当代文学"就只是"中国的"吗?用"中国的方式",尚且不能解析鲁迅那一代人,更何况20世纪后期以来的中国作家?当代女作家刘索拉有一部小说,题为《剩下的都属于你》。对于一位当代文学批评家而言,剔除了"西方",当代中国文学,尤其是那些曾以"某某手法""某某叙事"和"后某某"而成名的"后新时期写作"还剩下什么?

在全球化语境下,在中西冲突中,究竟应当怎样重建中国学术的文化身份?我认为,20世纪早期的国学大师为我们提供了重要的思想借鉴。近百年来,我们都承认王国维、陈寅恪作为国学大师的中国学术身份,然而,他们开辟的国学路线就是中西对话和交流的路线。王国维说:"余正告天下曰:学无新旧也,无中西也,无有用无用也。凡立此名者,均不学之徒,即学焉而未尝知学者也。"(《国学丛刊》序)陈寅恪将王国维的学术研究概括为"三证法":"把地下的实物和纸上的遗文互相释证""外来的观念和固有的材料相互参证""异国的故书和吾国的古籍相互补正"(《王静安先生遗书序》)。这个"三证法",既肯定了文化差异,又肯定了文化互补。相对于"只有中国人理解中国(人)"的文化自闭意识,"三证法"揭示了本土学术不可避免的盲点,它的学术理念是"中国人不能通过自身理解中国(人)"。这就确定了文化开放和学术交流对于"国学"研究的本体意义。承认文化盲点,尊重文化差异,以差异修正盲点,是上世纪国学大师们给予我们发展中国学术的重要启示。

应当明确指出的是,"中国当代××六十年"是一个特定的意识形态概念,而非文学史概念。在我看来,中国当代文学,自1942年以来,经历了近七十年的历程,而非六十年。如果我们承认当代文学的历程并未终结而且将继续发展,那么,以之为学术事业的学者和批评家们,就不应当附和当下的(暂时的)需要,热衷于做应景工程,而是应当放弃"子非鱼"式的文化排斥意识,深入当代文学仍然在展开的历史进程,在中国学者和汉学家的跨文化对话中,把"中国当代文学"的历史叙事实践为一个不断展开和深化的动态过程,而不是在某个预定的时间由某个特定群体完成的意识形态工程。

认真说,中国当代文学亟需的不是"××年的历史定位",而是真正深刻而有尊严的文学批评。这种深刻而有尊严的文学批评,是坚持"长城心态"的文学批评家不能实践的。

(原载《中华读书报》2009年11月18日)

中国文学批评怪象批判

——兼驳"当下中国文学高度论"

肖 鹰

一

如何重新评价中国当代文学,怎样重估它的价值,在近期沸沸扬扬地争论了起来。本来,重写文学史和重评当代作家作品一直就在进行着,也一直有着不同程度的争议,但像今天这样论争双方以"高峰"与"低谷"、"辉煌"与"低落"、"高度"与"低度"、"唱盛"与"唱衰"、"最好"与"最坏"来评价当代文学,两相对立互不买账到了尖锐的程度,甚至还冠以"前所未有"等醒目的修饰词,还没出现过。面对同一个文坛,为何人们对它的评判"差别就如此大呢"?显然,这种"阐释的焦虑"与评价的对立情形,本身便形成了一个现象,观点的龃龉和观点本身反倒并不重要。正如程光炜指出的那样,"简单地评价这个文学时代好还是不好,是没有意义的。这是一个永远都可以不断重复的探讨"①。

既然人们评价当代文学的结论本身没有特别的意义,那么我们真正应该关心什么呢?我们应该探究争吵背后的动因、话语背后的指向以及观点交锋背后隐藏的思维习惯、推论方式和逻辑理路,进一步反思和清理这些年来研究界更为潜在的问题,甚至回到文学基本价值、当代文学与当代生活的关系等最根本的问题上重新讨论,这恐怕才是最有意义的。在我看来,这一争论现象不啻是近年来文学研究领域潜隐的

---

① 王研:《不能把所有问题都推给时代》,《辽宁日报》2010年3月4日。

许多深层次问题和潜在危机的一次引爆。它首先表明的是我们的文学史观是多么"无形",二十多年来我们"重写文学史"的热情是多么"无力",我们的话语谱系是多么"没谱",而我们评价文学的标准又是多么混乱。

从大的文学学术语境看,研究界常常处于一种有观点没思想、有结论没方法、有论证没逻辑的状态,在深层面上则表现为思想上对立有余统一不足,价值多元泛滥而欠普世,尤其是立场游移不定,甚至是无立场,造成了文学阐释的表象化与浮泛性。从当下争论的各种言论看,有些学者对"高峰"派与"低谷"派各自存在的问题均有所涉及,有时候是"各打五十大板",但仍不免被争论者牵扯着鼻子走,甚至仍然因循着旧有的思路来理解这一现象,仍然不能解决一些必须解决的根本问题。正如洪子诚等先生所批评的,"现在谈论文学问题总是'一锅烩'。有的人很喜欢做'整体性'判断,并且把许多其实有差异的想象'同质化'"①。这类判断不免以偏概全,使结论架空。然而,诚如大多数人深深感受到的,不管中国当代文学多么复杂多元,多么良莠并存,在深层次上,它的确存在着一些共通的缺陷,有着某种"时代病"。一些病灶既存在于普通水准以下的创作中,也存在于最活跃最优秀最具有"大师气象"的作家中。

因此,具体的分析固然重要,但这并不意味着拒绝"整体性"的判断。比如,19世纪欧洲文学不可谓不复杂,但勃兰兑斯仍然要勾勒出一个"整体性"的"文学主潮",我们并不能因为勃兰兑斯笔下的主潮中存在着某些轻率的论断就否定其伟大的价值。一方面,一个民族、一个时代的文学本身便存在着"整体性"的本质,这是一个客观事实;另一方面,文学的发展、研究的深入也需要整体性的判断。尽管我们不能准确地对当代文学做整体性判断,但不能缺少整体性判断的意识,即使这种判断不可避免地存在着缺陷,也不能因噎废食,主动走向对"整体性"的失语,进而丢掉知识分子应有的立场。

由此而言,我不认为陈晓明先生强调研究者的立场并由立场出发

---

① 王研:《不能把所有问题都推给时代》,《辽宁日报》2010年3月4日。

进行整体判断有什么不对。他对立场的追求是必要的,而且我感觉他站在他的立场对于中国当下文学的整体性判断是符合自己的逻辑的,他为中国当下文学感到骄傲并不令人费解。问题在于他追求的立场是值得质疑的,而且是值得引起我们警惕的。以"中国立场"来评判中国文学,评判当代文学,在逻辑上是荒唐的,在根据上是错误的,这也正是我强调我们应该回到根本问题上来的原因。

二

这里应该首先明确一个前提,立场与价值意识、价值标准紧密相连,与方法、问题、经验不是一个层面上的概念和问题。汉语写作应该有也必然有民族的审美经验和美学方法,中国文学应该有也必然有中国的生活经验和思维方式,中国文学研究应该有而且必然有本土化的研究对象和研究方法。在"汉语"和"中国"前面加上"当代"或者"当下"这一定语,同样如此。然而这些都还没有深入到立场和价值层面。在重估和判断中国当代文学价值的时候尤其不能被"当代""当下"和"中国""民族"混淆了问题的视域。因为学术研究无论中西,理想价值不论古今。具体到研究方法、思维方式、问题意识,等等,可以强调古今中外之别,但价值、立场、标准等绝不应强调中国化、本土化,那样必然会走上相对主义的歧途。问题可以是本土的,方法可以是中国的,但弘扬的价值、坚守的立场却不应强调中西之别、古今之辨。尤其是普世价值无中西,永恒立场无古今。在马克思主义看来,好的文学创作应该通过描写体现在具体人物身上的"每个时代历史地发生了变化的人的本性",表现出"人的一般本性"[①]。这里所说的"具体人物""每个时代""历史地""发生了变化的",即与民族经验、本土问题息息相关;但这里强调通过描写体现出的"变化的人的本性""人的一般本性"却是属于人类的。前者是问题、方法、途径,后者才是立场、价值和标准,对于文学史家、文学评论家而言,既要梳理前者,更要评判后者,关键还要不能

---

① 〔德〕马克思、恩格斯:《马克思恩格斯全集》第23卷,人民出版社1972年版,第669页。

彼此混淆,乃至相互取代。

不同民族对于人类历史的贡献绝不在于从语言符号、话语方式到思维方式、逻辑方法,再到思想体系、价值立场,通通完全出于某个民族,而在于不同民族、民族文学之间同中有异、异中有同、途径有异、价值相通。在全球化的今天,这样的自觉意识显得尤其必要。表现在文学史叙述和文学评论中,我们就长期存在着一种类似"两张皮"的问题,即对偏向于"左"与偏向于"右"的两种文学史现象存在着不同的评判标准与价值参照。这些年来"重写文学史"所取得的成功之处大多体现在过去被批判被贬低的作家作品与文学现象的重新评价上面,与现代文学史极力"抬高"张爱玲、沈从文、钱锺书、徐志摩的文学成就一样,当代文学史将"十七年"间"干预生活"的作品,甚至包括反映个体精神的"潜在写作"凸显出来。在这一方面,文学史研究在"回归现象"上的确取得了切实的效果。但对于那些"红色"创作、"左"倾思潮的评判却没有取得突破性的进展,原因即在于文学史写作者没有使用与切入前一类创作现象时相同的标准进行叙述,以一种模糊的"历史的同情"掩盖了立场与标准的换位。或者说,文学史写作对前一类创作倾向于"审美的批评"或"人性的批评",而对后一类创作又倾向于"历史的批评",从而造成历史叙述的内在分裂。一个明显的例子就是,对于个性意识强烈、人性化倾向明显的创作常以"坚持人道主义""追求个性解放""主体性突出"的话语彰显其文学史意义;而对于弘扬集体意识、描写个人如何经过自我改造及被改造从而融入历史大潮的创作,却又以"个人奋斗的局限性""小资产阶级的软弱性""只有解放了全人类,才能解放自己"等理论资源加以判断。

再如洪子诚在写作新版《中国当代文学史》时,就承认"'审美尺度',即对作品的'独特经验'和表达上的'独创性'的衡量,仍首先应被考虑。但本书又不一贯地坚持这种尺度。某些'生成'于当代的重要的文学现象、艺术形态、理论模式,虽然在'审美性'上存在不可否认的阙失,但也会得到应有的关注"。应该说,当代文学史研究的这种"两张皮"现象不能不说是需要突破的一个瓶颈。

现在的问题不是能否找到一个统一的标准,而是作为独立的文学研究者有没有自己的标准意识。文学研究在本质上也应该属于"个体写作",许多研究者要么追逐着别人的标准,要么使用着连自己也说不清楚的所谓独创性的标准,更有等而下之者几乎从来不考虑标准问题,或者跟着感觉走,或者根据评价对象的不同而随意转移价值立场及角度。一个很突出的现象就是,这些年来,无论现代文学史或者当代文学史,极少有学术型的专著,绝大多数是"集体作战"的"结晶",不同文本之间除了视角、作家作品的选择有所差异外,在价值判断、文学史观等更深层次的结构上大同小异。究其根源,与研究者自身的文学史意识的浅薄、价值标准的游移是分不开的。

上述问题构成了当代文学史写作的一大症结,它反映了文学史家"文学史观"意识的匮乏。其实从"朦胧诗""伤痕文学""反思文学"一直到近年来的"现实主义冲击波"等说法,都是如此。严格说来,直接将当时评论界流行的概念照搬下来,这不属于"文学史叙述",而是史家主体缺乏"史"的整体意识、"史"的叙述能力以及"史"的哲学观的表现。我认为,好的文学史必须具备一些起码的底线:它的标准——包括艺术标准、思想标准、人性标准,等等——必须具有统一性;其"史"的线索——按照文学史叙述者的标准重新梳理的文学进程——必须明晰,体例则必须以"史"为本体。比如,"伤痕文学"与"先锋文学"两个当代文学史叙述的关键词就不是基于同一个标准,将两者并列就缺乏历史感和统一性,而现有的"思潮史 + 文体史 + 作家论"的拼凑式写法更是一种偷懒的做法。

三

回到更为针对性的"陈晓明之问"(即"评价当代文学有一点中国立场如何")的问题上,我认为,我们可以追问中国问题,但必须坚持人类立场。问题意识可以是中国的、本土的,乃至是个体的、唯一的;但价值立场则必须是人类的、人性的。在这里所讲的"人类立场"的家族概念中,包含不同层面的价值和立场,包括范畴相对更为集中一些的道德立场、美学立场、人性立场乃至终极价值、终极关怀等,但这些都与"中国立场"相去甚远。正如有学者指出的:"所谓的'本土经验'或者'民族经验',不是去写一些人家不懂的怪癖,而是通过本土(民族)经验的独特性,去传达人类能够感同身受的、人同此心、心同此理的东西。题材研究要向经验研究逼进,主题研究要向母题研究逼进,风格研究要向意象演变史研究逼进。"①

如果我们可以按中国标准、中国立场评价中国文学,以当代的标准判断当代文学,那么我们是不是还要以"文革"的标准判断"文革"文学,以新中国的标准判断"十七年"文学,甚至还可以出现看起来很有道理的"'文革'立场""十七年立场"了,其荒唐之处恐怕不言自明。我们的文学还受着一系列"阶级立场""民族立场"的制约,就是因为有了这些"正确"的立场,我们的文学遭受摧残的教训还不够沉痛吗?"中国立场"只有在存在国家民族利益之争的时候,乃至以丛林法则为特征的国际环境下,才有它的必要性,这时候它就是"国家利益",就是"政治立场"。在这个意义上,坚持中国立场其实就是要让评论家、让言说主体把自己像过去追求的那样变成"国家机器上的一颗螺丝钉"。当我们说马克思主义就是站在无产阶级立场上的时候,不能忘掉它的前提,即马克思主义坚信无产阶级解放就是全人类解放,在这个意义上讲,马克思主义的根本立场也是人类立场。

陈晓明认为,上世纪80年代以后的中国文学,不可以简单理解为回到世界文化的语境。没有中国立场下的中国文学经验,就无法在自己的大地上给中国文学立下它的纪念碑,"也就是我们永远无法给出中国当代文学的价值准则,因为,依凭西方的文学价值尺度,中国的文学永远只是二流货色"。他提出的担心虽然容易引起共鸣,但是并不符合逻辑。西方理论成为强势话语、强势方法,又成为强势思想与强势立场,恰恰是因为它们的立场价值是人类的、人性的,才被广泛接受使用、流传借鉴。中国当代文学真正走入世界,也必须经过这一路径,而绝非在中国经验和中国立场里面兜圈子所能够实现的。

近年来,创作界、批评界、理论界都有不少呼唤"中国立场"的强势

---

① 张柠:《中国当代文学评价中的"账房思维"》,《北京文学》2010年第3期。

声音,但其中的逻辑比较杂乱。有的情况是像陈晓明那样明确倡导中国立场,甚至有的趋近于民族主义的立场;而有的情况则陷入话语本身的混乱。有意思的是,当有的作家或论者强调我们的文学需要有中国立场的时候,其潜意识里强调的恰恰是相反方向的"人类立场"。比如贾平凹,他在弘扬中国文化立场的时候说"当我们要面对全部人类,我们要有我们建立在中国文化立场上的独特的制造,这个制造不再只符合中国的需要,而要符合全部人类的需要,也就是说为全部人类的未来发展提供我们的一些经验和想法","我们的文学应该面对全部人类,而不仅仅只是中国"。① 从这个意义上说,贾平凹强调中国立场与陈晓明以贾平凹为例强调中国立场完全是两码事。他所谓展现中国的形象,提供中国的经验,这些都很有道理,但这些都不是立场,而是通往立场的途径。文艺理论界也力倡应该有自己的核心价值和立场,但常常谈来谈去要证明的却是强调中国的文艺学"不能仅靠解读和阐释西方思想家的文本过日子,而要有自己的思想体系和话语系统,要有自己的研究方法和言说方式",以及不能丢掉"关注现实的学术责任"②,等等,显然这些根本不是价值和立场的问题,只不过是强调了文艺学应该从中国问题入手和从中国需要出发的途径问题。

正如百年前王国维所言:"中国今日实无学之患,而非中学西学偏重之患。"如果过分强调"中国立场",它对于中国文学学术的潜在影响是很令人担心的。在"中国立场"下,许多的创作现象会被无限放大或缩小,价值则被曲解和误导。比如革命志士郑权 1903 年写的《中华独立未来记》(即《瓜分惨祸预言记》)描写满人入关时杀得汉人血流成河,奸淫汉人妇女;革命后的英雄志士们也把他们杀得片甲不留,也同样奸淫满人妇女。这样的民族恐怖主义情绪无疑也符合"革命立场",甚至也是"民族立场"。同样,当代文学中的许多战争文学,在以正义的战争反对非正义的战争的中国立场下,歌颂英雄人物的牺牲精神,极力渲染杀敌复仇的快感乃至浪漫,而全然不顾生命丧失之痛感,更毫无

---

① 贾平凹:《我们的文学需要有中国文化的立场》,《中华读书报》2009 年 11 月 13 日。
② 张保宁:《文艺学应有中国立场》,《人民日报》2009 年 11 月 12 日。

对战争本身的反思,这自然也符合"民族立场"和"中国立场"。

有了这样的"中国立场",对于有些令人惊讶的言论就很好理解了。王蒙在国外的一场演讲中说:"中国文学发展很快,读者的口味发展得也很快,但不管对中国文学有多少指责,我只能说,中国文学处在它最好的时候。"待到人们纷纷指责他"唱盛"当代文学的时候,王蒙又解释说:"我的意思是说作家的生存环境、写作环境处在最好的时候。根据报道争半天,有闭着眼睛胡乱瞎蒙的意思。"其实,王蒙的解释更反映了其立场的实质。王蒙的逻辑是:因为当下作家的生存环境、写作环境处在最好的时候,所以说中国文学处在它最好的时候。这也就是说,他判断当下文学好不好的根据不是文学本身,而是文学之外的中国作家在中国的生存环境。作家的生存环境、写作环境好不好与文学好不好难道有必然联系吗?王先生难道忘了"愤怒出诗人""诗穷而后工"吗?这显然是非文学立场,是标准的"中国立场"之一种。进而言之,当下作家的生存环境、写作环境真的好吗?而且是"最好"?这个"最好"的感觉是怎么来的?这个感觉能代表更多的作家的感觉吗?……再问下去,恐怕这里不仅仅是"唱盛"文学,更像是"唱盛"现实了。这样一来,王蒙的"中国立场"也就自然而然地更明朗为中国政治立场。这自然也是强调"中国立场"者很难走出的思维怪圈。

雨果在《九三年》中说得好:"在绝对正确的革命之上,还有一个绝对正确的人道主义!"仿此,我们可以说,重估当代文学价值,在绝对正确的中国问题之上,还有一个绝对的人类立场。

"憎恨学派"的"眼球批评"

——关于当下中国文学评价的辩论

孟繁华

2009年岁末,关于中国当下文学的评价问题,又一次通过大众媒体成为争夺眼球的焦点"事件"。事情的起因与王蒙先生在法兰克福书展上的一次讲话,以及陈晓明先生对当下文学的评价有关。他们对当下中国文学的评价完全可以讨论,毕竟只是一家之言。但是,不久我就看到包括肖鹰、林贤治、张柠等批评家对王蒙和陈晓明的高调批评:

> 肖鹰:"当代文学在走下坡路","最近十年,我很少读作品,可以说从2000年以来,我不是一个严格意义上的中国文学读者,我现在只是作为一个对当下中国文学有所关注的学者表达我对当下文学现状的看法"。[①]
>
> 林贤治:"中国文学处在前所未有的'低度'。"[②]
>
> 张柠:"表面上看,中国当代文学的形式和构件,包括语言和叙事技巧,似乎都达到了一定的水平,'肌肉'很发达似的,仔细检查,发现它缺心眼儿,也就是缺少作为文学基因的'自由心境'。"[③]

肖鹰既然很少读作品,没看过几本像样的作品,怎么得出的"走下坡路"的结论?在林贤治那里果真"最低"的话,你还编哪门子"金库"?又是"最低",又是"金库",你到底看到了什么?这种所谓的"批评家"不是信口开河吗?"自由的心境"需要张柠指认吗?懂得自由理念的

[①] 肖鹰:《当代文学在走下坡路,中西对话中完成定位》,《辽宁日报》2009年12月16日。
[②] 林贤治:《中国文学处在前所未有的"低度"》,《羊城晚报》2009年11月28日。
[③] 张柠:《垃圾与黄金:中国当代文学评价的两个极端》,《羊城晚报》2009年11月16日。

人首先要懂得责任,是对自由负责,自由不是为所欲为。他们就是这样用"唱盛""唱衰""最低""缺心眼"这种典型的媒体或极端化的语言,用"眼球批评"的方式来讨论问题,既像群殴又像批评界的赵本山或小沈阳的滑稽演出。

事实上,对当下文学的评价问题,早已展开。只不过任何学术讨论都不可能像媒体那样"事件化",它的影响也只能限于批评界。因此我不得不旧事重提。2004年,《小说选刊》第一期上刊载了作家韩少功的一篇千字文,他在文章中说:

> 小说出现了两个较为普遍的现象。第一,没有信息,或者说信息重复。吃喝拉撒,衣食住行,鸡零狗碎,家长里短,再加点男盗女娼,一百零一个贪官还是贪官,一百零一次调情还是调情,无非就是这些玩意儿。人们通过日常闲谈和新闻小报,对这一碗碗剩饭早已吃腻,小说挤眉弄眼绘声绘色再来炒一遍,就不能让我知道点别的什么?这就是"叙事的空转"。第二,信息低劣,信息毒化,可以说是"叙事的失禁"。很多小说成了精神上的随地大小便,成了恶俗思想和情绪的垃圾场,甚至成了一种谁肚子里坏水多的晋级比赛。自恋、冷漠、偏执、贪婪、淫邪……越来越多地排泄在纸面上。某些号称改革主流题材的作品,有时也没干净多少,改革家们在豪华宾馆发布格言,与各色美女关系暧昧然后走进暴风雨沉思祖国的明天,其实是一种对腐败既愤怒又渴望的心态,形成了乐此不疲的文字窥视。

韩少功虽然也词不达意地批评当下文学,但还有一点具体分析。然而,2006年,一股强大的否定潮流使当下文学遭遇了灭顶之灾,这个领域已然一片废墟。除了人所共知的德国汉学家顾彬的"垃圾"说之外,还有《思想界炮轰文学界:当代中国文学脱离现实》的综合报道,"思想界"的学者认为:"中国主流文学界对当下公共领域的事务缺少关怀,很少有作家能够直面中国社会的突出矛盾。""最可怕的还不只是文学缺乏思想,而是文学缺乏良知。""在这块土地上,吃五谷杂粮长大的小说家中,还有没有人愿意与这块土地共命运,还有没有人愿意关注当下,并承担一个作家应该承担的那一部分。"①思想界对当下文学创作几乎做了全面的否定,而且言辞激烈。其次是中国社会科学院文学研究所所长杨义先生为该所"文情双月评论坛"所写的开场白:"为当今文学洗个脸"。杨义先生对当下中国文学的批评,是一个没有被歪曲的"中国顾彬"。他说:

> 当今文学写作正借助着不同的媒介在超速地生长,很难见到哪一个时代的文学如此活跃、丰富、琳琅满目。这是付出代价的繁荣,大江东去,泥沙俱下,不珍惜历史契机,不自尊自重的所谓文学亦自不少,快餐文学、兑水文学,甚至垃圾文学都在不自量地追逐时尚,浮泛着一波又一波的泡沫,又有炒作稗贩为之鼓与吹。于是有正义感的文学批评家指斥文学道德滑坡和精神贫血症,慨叹那种投合洋人偏见而自我亵渎,按照蹩脚翻译写诗,在文学牛奶中大量兑水,甚至恨不得把文学女娲的肚脐以下都暴露出来的风气。我们不禁大喝一声:时髦的文学先生,满脸脏兮兮并不就是"酷"。在此全民大讲公德、私德、礼仪的时际,我们端出一盆清凉的水,为当今文学洗个脸,并尽可能告知脏在何处,用什么药皂和如何清洗。我们爱护这时代,爱护其文学,爱护时代和文学的声誉及健康,故尔提出"为当今文学洗个脸"的命题。②

我不知道杨义先生对"当今文学"究竟了解多少,他那"永远正确"的说法本身就是相当时尚化、媒体化的流俗与空疏之论,与社会流行的陈词滥调并无区别。更何况,在杨所长的带领下,"端出"的也未必是"一盆清凉的水",他的言论只能将评价当今文学的水搅得更混。从2004年到2009年将近六年的时间,对当下文学否定的声音一直没有终止,反而越演越烈。那么当下文学究竟发生了什么使这些人如此不快并从南到北形成了一个"憎恨学派"?当下文学真的是万恶之源,是十恶不赦和罄竹难书的吗?

我很不同意这些人的看法。当今文学的全部丰富性和复杂性,用

---

① 见《思想界炮轰文学界:当代中国文学脱离现实》,《南都周刊》2006年5月20日。
② 杨义:《为当今文学洗个脸》,《光明日报》2006年12月23日。

任何一种人云亦云的印象式概括都会以牺牲这个丰富性作为代价。文学研究在批评末流的同时,更应该着眼于它的高端成就。对这个时代高端文学成就的批评,才构成对一个批评家眼光和胆识的真正挑战。这就如同杨义先生熟悉的现代文学一样,批评"礼拜六"或"鸳鸯蝴蝶派"是容易的,但批评鲁迅大概要困难得多。如果着眼于红尘滚滚的上海滩,现代文学也可以叙述出另外一种文学史,但现代文学的高端成就在鲁郭茅巴老曹,而不是它的末流;同样的道理,当今文学不止是杨所长所描述的"快餐文学、兑水文学,甚至垃圾文学",它的高端成就我相信杨义先生并不了解。而思想界"斗士"们愤怒的指责,其实也是一个"不及物"的即兴乱弹,是不能当真的。他们对当下文学的真实情况,也不甚了了。包括肖鹰、林贤治、张柠等之所以义愤填膺地指责或批评当下的文学,只不过因为这是一件最容易和安全的事情。

事实上,无论对于创作还是批评而言,真实的情况远没有上述"批评家"们想象的那样糟糕。传媒的发达和文化产业的出现,必然要促生大量一次性消费的"亚文学"。社会整体的审美趣味或阅读兴趣就处在这样的层面上。过去我们想象的被赋予了崇高意义的"人民""大众"等群体概念在今天的文化市场上已经不存在,每个人都是个体的消费者,消费者有自己选择文化消费的自由。官场小说、言情小说、"小资"趣味、白领生活、玄幻小说甚至"吸血鬼"形象的风靡或长盛不衰,正是满足这种需要的市场行为。但是,我们过去所说的"严肃写作"或"经典化"写作,不仅仍然存在,而且就其艺术水准而言,说它们已经超越了过去是没有问题的。80年代成名的作家不仅在艺术上更加成熟,而且超越了80年代因策略性考虑对文学极端化和"革命化"的理解。比如文学与政治的关系,比如对语言、形式的片面强调,比如对先锋、实验的极端化热衷等。而90年代开始写作的作家,他们的起点普遍要高得多。80年代哪怕是中学生作文似的小说,只要它切中了社会时弊,就可以一夜间爆得大名。这种情况在今天已经没有可能。他们之所以对当下的创作深怀不满,一方面是只看到了市场行为的文学,一方面是以理想化的方式要求文学。只看到市场化文学,是由于对"严肃写作"或"经典化"写作缺乏了解甚至了解的愿望,特别是缺乏对具体作品阅读的耐心;以理想化的方式要求文学创作,就永远不会有满意的文学存在。真正有效的批评不是抽象的、没有对象的,它应该是具体的,建立在对大量文学现象、特别是具体的作家作品了解的基础之上的。

一方面是对当下文学的不甚了了,一方面则是对文学不切实际的期待。假如我们也质问一下这些批评者:你们到底需要什么样的文学?我相信他们无法回答。即便说出了他们的期待,那也是文学之外的要求。事实上,百年来关于文学的讨论,大都是文学之外的事情。那些对文学的附加要求,有的可以做到,也有的难以做到。在建立现代民族国家、需要民族全员动员的时代,文学确实起到过独特的、不能替代的巨大作用。但在后革命时期,在市场经济时代,再要求文学承担这样的重负,不仅不可能,而且也不必要。即便是在大变动大革命的时代,文学所能起到的作用也仍然是辅助性的,主战场还是革命武装。文学不能救国,当然也不能亡国。大约十七年前,谢冕先生在为《20世纪中国文学丛书》所写的总序《世纪末:中国知识分子的思索》中说道:"中国文学的创作和研究受制于百年的危亡时世太重也太深,为此文学曾自愿地(某些时期也曾被迫地)放弃自身而为文学之外的全体奔突呼号。近代以来的文学改革几乎无一不受到这种意识的约定。人们在现实中看不到希望时,宁肯相信文学制造的幻想;人们发现教育、实业或国防未能救国时,宁肯相信文学能救民于水火。文学家的激情使全社会都相信了这个神话。而事实却未必如此。文学对社会的贡献是缓进的、久远的,它的影响是潜默的浸润。它通过愉悦的感化最后作用于世道人心。它对于社会是营养品、润滑剂,而很难是药到病除的全灵膏丹。"[①]许多年过去之后,我认为谢冕先生对文学的认识仍然正确。而当下对文学的怨恨或不满,更直接缘于对文学及其功能不切实际的期待。

我所看到的当下文学,与那些批评者们竟是如此的不同。我有理由为它高端的艺术成就感到乐观和鼓舞。在市场化的时代,由于市场

---

① 谢冕:《新世纪的太阳·总序》,时代文艺出版社1993年版。

利益的支配和其他原因,长篇小说一直受到出版社的宠爱,这个文体的优先地位日见其隆,从每年出版一千余部可见生产规模之巨。出版数量不能说明艺术问题,但我们在重要的长篇小说作家那里,比如张洁、莫言、贾平凹、铁凝、刘震云、王安忆、格非、阿来、阎连科、周大新、黄国荣、范稳、迟子建、孙惠芬、陈希我,等等,读到他们新世纪创作的长篇小说,应该说已经达到了一个相当高的水平。特别值得我们注意的,是中篇小说所取得的巨大成就。在我看来,自80年代到现在,中篇小说可能代表了这一时段文学的最高水平。80年代的王蒙、张贤亮、冯骥才、张一弓、宗璞、张洁、谌容、张承志、王安忆、韩少功、铁凝、张抗抗、张辛欣、古华等,他们良好的文体意识和尖锐鲜明的社会问题意识,将中篇小说推向了一个相当高的水平。他们的创作为新世纪中篇小说的创作提供了丰富的经验,为其日后的发展奠定了扎实和稳定的基础。而中篇小说的容量和它传达的社会与文学信息,使它具有极大的可读性;大型文学期刊顽强的坚持,使中篇小说生产与流播受到的冲击降低到最小限度。文体自身的优势和载体的相对稳定,以及作者、读者群体的相对稳定,都决定了中篇小说获得了绝处逢生的机缘。这也使中篇小说能够不追时尚、不赶风潮,以守成的文化姿态坚守最后的文学性。"守成"这个词在这个时代肯定是不值得炫耀的,它往往与保守、落伍、传统、守旧等想象连在一起。但在这个无处不变、无时不变的时代,"不变"的事物可能显得更加珍贵。这样说并不是否定"变"的意义,突变、激变在文学领域都曾有过革命性的作用。但我们似乎从来没有肯定过"不变"或"守成"的价值和意义。不变或守成往往被认为是"九斤老太",意味着不合时宜和落后潮流。但恰恰是那些不变的事物走进了历史而成为经典,成为值得我们继承的文化遗产。在这个意义上,中篇小说很像是一个当代文学的"活化石"。当然,从来没有一成不变的"不变",这个"不变"是指对文学信念的坚持和对文学基本价值的理解。在这个前提下,无论中篇小说书写了什么,都不能改变它的基本性质。

于是,我们在毕飞宇的《青衣》《玉米》、北北的《寻找妻子古菜花》《风火墙》、晓航的《一张桌子的社会几何原理》《断桥记》、须一瓜的

《回忆一个陌生的城市》《大人》、刘庆邦的《到城里去》《神木》、熊正良的《我们卑微的灵魂》、陈应松的《望粮山》《马斯岭血案》《松鸦为什么鸣叫》《豹子最后的舞蹈》、吴玄的《西地》《谁的身体》、马秋芬的《蚂蚁上树》、孙惠芬的《致无尽关系》、葛水平的《地气》《喊山》、荆永鸣的《北京候鸟》《外地人》、胡学文的《命案高悬》、温亚军的《地软》、鲁敏的《纸醉》《取景器》、鲍十的《我的脸谱》、袁劲梅的《罗坎村》、李铁的《工厂的大门》等作品中看到的情形，与"憎恨学派"是如此的不同。这些作品从不同的侧面表达了这个时代的社会生活和心灵生活。需要质疑的是，这些作品"憎恨学派"们读过吗？

我为当下文学做如上辩护，并不意味着我对当下创作状况的无条件认同。恰恰相反，我是希望能够面对小说创作的具体问题，并且能够在具体分析的基础上作出判断，而不是以简单的"盛"与"衰"了事，或以"抖机灵"的粪便"黄金说"的伪逻辑趟浑水。还需要指出的是，不要说中国的小说创作已经很难获得普遍的认同和满意，近些年来，获诺贝尔文学奖的作家作品在中国的反应也在不断降温，文学界过去普遍认同的西方大师尚且如此，我们有什么理由不切实际地要求中国的当代小说。大师的时代已经成为过去，试图通过文学解决社会问题的时代也已成为过去。文学在这个时代尚可占有一席之地已实属不易。我确如肖鹰在他的文章中转述的那样，批评立场越来越犹豫不决，这是因为我手执两端莫衷一是，还难以判断究竟哪种小说或它的未来更有出路。但是，看了否定当下文学的几个批评家的文章后，我认为需要保卫当下的文学，捍卫当下小说高端的艺术成果和它们在文学高地上的坚守。

漫议顾彬

王彬彬

毫无疑问,作为一个欧洲人,德国的汉学家沃尔夫冈·顾彬对中国现当代文学的把握,远不能说是全面的,甚至也不能说是很深入的。顾彬对中国现当代文学的理解和评价,有许多让我们不能认同和接受的地方,这其实很正常。顾彬首先是中国古代文学的研究者,他对中国古代文学的把握和评说,与我们几乎没有什么重大差异。这原因,就在于古代文学已经经典化了。对古代作家的评价已经定型,不存在什么严重的争议。古代文学的各种思潮、现象和发展脉络,都已十分清晰,没有那种众说纷纭、言人人殊之处。既如此,顾彬也就不可能在中国古代文学领域,发出什么令中国人震惊的观点。古代文学是凝固的、静态的、已完成的。而现当代文学就不一样了。如果把现当代文学作为一个整体,那么可以说,它在流变着、发展着,它是动态的、开放的、未完成的。中国的现当代文学研究者,相互之间就有许多分歧。对同一个作家、同一种现象,在中国现当代文学研究界,就往往有截然不同的评价。作为欧洲人的顾彬,在理解和评说中国古代文学时,有坚实的、权威的、不容置疑的观点可借鉴、可依傍。而中国的现当代文学界并没有给欧洲的顾彬提供这样的观点。他在很大程度上,只能依据自己的文化修养和文学趣味,独自对中国现当代作家作出评价。这样一来,他的某些观点令我们震惊,就十分正常了。作为一个欧洲人,顾彬在研究中国现当代文学时,自有其明显的局限,因而有些观点无疑是荒谬的。有些观点荒谬得可爱;有些观点荒谬得可笑;也有些观点,荒谬得有几分可恶。然而,作为一个欧洲人,顾彬在观察中国现当代文学时,又时而有一种特有的敏锐和深刻。这种敏锐和深刻,是中国的研究者很难甚至不可能具有的。

顾彬在中国文化界的广为人知,起因于对中国当代文学的所谓"炮轰"。顾彬因对中国当代文学的激烈否定而招致中国文坛许多人的不满甚至痛恨,读有些人对顾彬的"反批评",切齿之声可闻。这其实是颇有几分可笑的。有人为了证明顾彬的批评一钱不值,甚至把"江湖郎中"的帽子戴到顾彬头上,这就更不应该了。顾彬数十年间以德文、英文和中文三种语言著述,已出版学术著作多种。哲学和神学是顾彬本来的专业,他花费过很长时间学习拉丁文和古希腊文。在学习中文和研究中国文学前,顾彬学习了日文并研究过日本学。在研究中国现当代文学前,顾彬研究过中国古代文学,获博士学位的论文是《论杜牧的抒情性》。对中国古代诗歌,顾彬有浓厚的兴趣和长期的研究,出版过《中国古代诗歌史》。在进入中国现当代文学领域后,顾彬热情地从事着将中国现当代文学翻译成德文的工作,已在德国出版过十数种中国现当代作家的翻译作品。其中特别值得称道的一种,是六卷本的《鲁迅选集》。顾彬同时还是一个一直坚持文学创作的"作家",尤其在诗歌创作上热情不衰,有多种诗集出版……当代中国,有几个人有资格说这样的人是"江湖郎中"呢?所以,顾彬对中国当代文学的批评,我们不应完全以"胡说八道"视之。我以为,面对顾彬的"炮轰",我们应该平心静气地思考两个问题:一、顾彬为什么这样激烈地否定中国当代文学?促使他作出如此判断的根据是什么?二、顾彬的批评在哪些方面抓住了我们的软肋、击中了我们的要害?顾彬的批评究竟能给我们怎样的启示?

先说第一个问题,即顾彬为何如此激烈地否定中国当代文学。任何评价都会依据某种尺度,都不能不有某些参照。顾彬评价中国当代文学时,当然也有着他的尺度和参照。不过,在辨析这一问题之前,应该先说明:顾彬并未对中国当代文学进行整体性的否定,实际上,他对最近几十年的中国诗歌,评价是极高的。他甚至不惜用"世界一流"来赞许欧阳江河、翟永明、王家新、西川这些中国当代诗人。这就意味着,当顾彬激烈地否定中国当代文学时,最近几十年的诗歌是不包括在内的。实际上,顾彬激烈否定的,是1949年后的中国小说。那么,顾彬据以否定中国当代小说的尺度和参照是什么呢?我以为细辨起来,有四种。

第一种,是欧洲的经典作品,这又以德国的经典作品为中心。作为欧洲的德国人,顾彬对欧洲的经典作品当然是很熟悉的,对德国的经典作品当然更熟悉了。当他研究、评价中国当代小说时,以此为尺度和参照,是自然而然的事情。

第二种,是中国的古代文学。顾彬在研究中国现当代文学前,致力于中国古代文学的研究,并以对杜牧的研究获得博士学位。中国古代文学成为他评价中国当代小说的尺度和参照,也是顺理成章的事情。

第三种,是中国现代小说,即1949年以前以鲁迅为代表的现代小说创作。顾彬对鲁迅情有独钟,当他以中国现代文学为尺度和参照来评价和否定中国当代小说时,这种尺度和参照实际上常常就具体化为鲁迅个人。

第四种,也是不为人注意却又最耐人寻味的一种,是以欧阳江河、翟永明、王家新、西川等人为代表的最近几十年的中国诗歌。顾彬所推崇的这些诗人,与他所鄙夷的那些小说家,是生活在同一时空的,是在同样的政治、经济、文化条件下进行文学创作的。他们面临的困境和诱惑是相同的。顾彬对这两类人一褒一贬。褒扬时以"世界一流"称许;贬抑时用"垃圾"形容。而当他用"垃圾"来形容那些他所不喜欢的当代中国小说时,那些"世界一流"的当代中国诗歌,无疑是一种尺度和参照。

当然不是说,这四种尺度和参照,是独立地存在于顾彬的头脑中,每次都独立地起作用。它们应该是交融着、纠缠着、混合着,共同构成顾彬理解、接受中国当代小说的文学修养、文学基线和价值标准。以欧洲经典作家为尺度和参照,来否定中国当代小说家,中国当代最狂傲的小说家,大概也只能沉默。在当代中国的小说家中,应该暂时还没有人敢跟歌德、荷尔德林、托马斯·曼、里尔克这些人耍脾气。以中国古代文学为尺度和参照,来否定中国当代小说家,中国当代最自负的小说家,恐怕也只能隐忍。在当代中国小说家中,应该也暂时还没有人敢与李白、杜甫、苏东坡、曹雪芹叫板。但以中国现代文学为尺度和参照,来否定中国当代小说,中国当代小说家中,就会有人虽不公然抗议但有强烈腹诽，也会有人毫无顾虑地表示不服气。即便是鲁迅，当代中国小说家不放在眼里者，也并非无人。王朔就公然表示过对鲁迅小说的不屑。至于以同时代的诗人为尺度和参照，来否定中国当代小说家，被否定者的心态，就会非常复杂了。

尽管顾彬在评价和否定中国当代小说时，有四种尺度和参照，但却有一个核心：语言。这是顾彬的关键词。顾彬激烈地否定中国当代小说。要问他凭什么如此激烈地否定中国当代小说，他列出的第一条理由就是：中国当代小说家"中文不好"！坦率地说，对域外的中国现当代文学研究者，我一向是不太看重的。但当这个叫顾彬的德国人以语言的名义说许多当代中国小说是垃圾时，我不禁对他刮目相看。一个快三十岁才开始学习现代汉语的外国人，一个以汉语为外语的欧洲人，居然敢以"中文不好"为由否定中国当代小说，岂非咄咄怪事？如果顾彬的判断与我的感觉相背离，如果我并不认为语言不好是中国当代小说普遍存在的问题，我一定会对顾彬的观点嗤之以鼻。我一定会说：这是一头猪在说一群豺狼不懂得撕咬；这是一头牛在说一群狮虎不懂得搏杀；这是一头驴在说一群猿猴不懂得攀援。但要命的是，顾彬对中国当代小说家的这种指责，与我长期以来对中国当代小说的感觉一致。我曾说，许多当代小说家，采取的是一种"水龙头"式写作法，即写作就像是拧开了水龙头，语言水一般哗哗地流出。而从水龙头里流出的语言，当然也如水一般寡淡乏味。这样，顾彬以语言的名义对中国当代小说家的指责，就很自然地引起了我的共鸣。在《语言的重要性——本土语言如何涉及世界文学》一文中，顾彬说："一个中国作家没有去探究语言本身的内部价值，他或她只不过随意取用随处看到、读到、或听到的语言。这是日用语言、街头语言，当然，也是传媒语言。"作为对中国当代小说家的一种总体状况的观察，这无疑是准确的。我以为，顾彬所谓的日用语言、街头语言、传媒语言，就是我所谓的"水龙头语言"。

在以语言的名义否定中国当代小说时，顾彬频频提及中国现代作家。现代作家的杰出代表则是鲁迅。当顾彬以中国现代作家为尺度和参照来评价和否定中国当代小说时，通常就是以鲁迅为尺度和参照来评价和否定中国当代小说。在《我们的声音在哪里？——找寻"自我"

的中国作家》这篇文章中,顾彬说:"自1911年封建帝制终结后,中国文学曾取得了举世公认的辉煌成就。从1919年起,它找到了适合自己的语言体系、表达形式及思想内容。就连汉斯-克里斯多福·布赫(Hans Christoph Buch)和汉斯-马格努斯·爱森伯格(Hans Magnus Enzensberger)这样知名的德国当代作家也有可能是从中国作家的最杰出代表鲁迅(1881—1936)那里受到鼓舞和启发。可现在呢?我曾不止一次地在翻译和写作中进行自我欺骗。带着会得到丰厚回报的错误企盼,我用动人的言辞对一些平庸作家的作品进行了译介。"尽管有些当代中国作家对鲁迅或明或暗地有着不屑,认为自己早已"超越"鲁迅者也未必无人,但一个不可忽视的事实是:鲁迅几乎是唯一对外国作家产生了影响的中国新文学作家。鲁迅在亚洲地区的影响,这我早已知道。在日本,在韩国,几代作家中都不乏鲁迅的崇拜者和仿效者。至于东南亚国家的华人作家,鲁迅更是其中许多人最重要的精神资源。现在顾彬又告诉我们,一些欧洲的知名作家,也可能已经和正在从鲁迅那里得到滋养。我以为,这一现象,是值得当代中国作家好好想一想的。中国的新文学肇始以来,作家们一代又一代,前仆后继地学习外国作家,学东方也学西方,学大国也学小国,但真正以自己的思想、精神、技巧对外国文学进行"反哺"的,首先还是鲁迅。特别耐人寻味的是,这个几乎是唯一能对外国文学进行"反哺"的鲁迅,却又属第一代向外国文学学习的中国新文学作家,是站在中国新文学原点的人物,是中国现代小说的开创者。如果用鲁迅曾经信奉过的"进化论"来解释这现象,那这现象实在难以解释。对这种现象最觉悲哀的,还应该是鲁迅本人。鲁迅生前是把自己当作"历史中间物"的。无论在思想上、精神上,无论在文学上、学术上,鲁迅都希望自己只是一个过渡、一座桥梁。鲁迅热切希望着后来者能踏着自己的躯体奋然前行,而自己则以被否定、被超越、被淘汰为乐。如果他知道,直至今日,还是只有他被作为中国新文学的"杰出代表",直至今日还主要靠他为中国新文学挣得一点声誉,怎能不悲哀不已呢?我不知道是否已经或将要出现这样的现象:外国作家学习鲁迅,中国作家学习外国作家;而那被中国作家所学习的外国作家,又正是从鲁迅那里获得了滋养……

顾彬认为，以鲁迅为代表的中国现代作家，在语言能力上，远远强于中国当代作家。这方面的一个很重要标志是：现代作家往往懂一门或数门外语，是"多语作家"；而当代作家则少有人具有此种能力，他们几乎都是"单语作家"。在顾彬看来，一个作家是否能以多种语言进行文学阅读，对他自己的文学创作很重要。仅仅以原文阅读外国文学，在顾彬看来还不够。一个以母语从事文学创作的人，最好还能同时进行外国文学的翻译。中国现代作家中，许多人就是创作与翻译一身而二任的。顾彬显然认为，以原文阅读外国文学和以母语翻译外国文学，对提高一个作家的母语表现能力至关重要。在理论上，顾彬的这种观点既不新奇，也完全能成立。中国当代作家热衷于从外国作家那里找灵感、寻技巧。但他们只能在翻译成汉语的外国作品里找寻。如果能以原文阅读外国文学，如果能亲自动手翻译外国作品，那对外国作家的学习效果，就会大不一样。每种语言都有自己独特的表现功能，而只有真正懂得这种语言，才有可能将这种语言独特的表现功能，一定程度嫁接到自己的母语上，从而丰富和强化母语的表现能力。这些，本是毋庸置疑的常识。但中国当代作家，似乎并不认可这种常识。他们会左手举着一把很优秀但不精通任何外语的作家，右手举着一把很平庸但精通一门甚至几门外语的作家，来说明不懂得外语照样可以很优秀，而精通外语也照样会很平庸。要反驳他们其实也很容易，只需让他们明白这样的道理就可以了：那些作为例子的优秀作家，如果懂外语，会更为优秀；那些精通外语的平庸作家，如果不懂外语，会更为平庸。

顾彬值得中国作家认真思考的，还有关于重新学习汉语的观点。在这个问题上，顾彬是从德国说到中国的。在《语言的重要性》中，顾彬告诉我们，二战以后，德国作家意识到必须重新学习德文，"因为德国历经十二年与世界文学的断裂，而其语言在这期间已被政治错误使用"，而"中国的语言曾经，绝大部分，在1949至1979年间遭到破坏，就如德语在1933至1945年间遭到毁坏。因此中国作家有必要从头学中文，就像德语作家有必要重新学他们的母语。中国人有比他们的'德国同行'做得更成功吗？我不相信"。实际上，汉语被破坏的程度，可能远远超过德语被毁坏的程度。汉语被"破坏"的时间，大大超过德语被"毁坏"的时间。更重要的是,对汉语的破坏,并没有完全终结。"文革"时期,是汉语遭破坏最严重的时期。在汉语发展史上,"文革语言"绝对是一个饱含毒液的怪胎。几代中国人其实都是一开始就是通过这种有毒的语言思考人生、认识世界的。更糟糕的是,"文革"式话语方式,并未在我们的生活中绝迹。在我们的政治生活、经济生活和文化生活中,"文革"式的话语,还时时可见。顾彬所谓的"日用语言""街头语言"和"传媒语言"中,"文革"式话语就不罕见。这就意味着,对于中国作家来说,清除和抵制语言中的毒素,是一种日常的抗争和斗争。中国当代作家的重新学习中文,显然比战后德国作家的重新学习德文,要艰难得多。当顾彬以德国作家为标准来鄙夷中国作家时,他显然没有意识到这一点。

顾彬说,中国小说家,过去被政治所左右,现在则被市场所摆布。作为一种宏观的估价,也没有什么不妥。被政治所左右时的文学姑且不论。上世纪90年代以来,市场对中国当代小说家的宰制,是不争的事实。小说,尤其是长篇小说的创作,相当程度上被市场这"看得见"的手所操控。而相比之下,诗歌创作则真正是远离市场的。市场让诗人走开。诗人在文化的边缘地带寂寞地劳作着。正因为不可能被市场青睐,诗人们也就干脆背对着市场。这样,反而能够专注于语言,专注于艺术价值。他们的诗歌成就如何也可暂不理论。他们背对市场,在边缘地带执著地坚守诗歌创作,这种精神无疑是值得敬佩的。明白了这一点,就明白了顾彬为何褒中国当代诗人而贬中国当代小说了。

至于顾彬在评说中国现当代文学时的荒谬之处,当然也不少。例如,他这样评说丁玲:"从其作品内容来看,她是一个了不起的作家。我同意有的批评家的看法,她的文字可能有问题,可能她的语言差一些。我也同意有的批评家认为我老从内容来评价她,是个缺憾。但在德国,一个男人评论一个女人,很困难。如果否定一个女作家的话,可能会通不过。我从她的内容出发,在德国就不成问题了。另外,我觉得她提出的问题非常丰富深刻,特别是延安时代的那些作品,我觉得她最好的作品都是在延安1942年以前写的,到现在还没有人敢研究她对延安的批判,她很厉害。她提出的好多问题到现在很多人可能都不敢讲,因为她对理想的社会有怀疑。从思想内容来看,她很丰富,直到现在德国还有很多读者,《莎菲女士日记》在德国卖得很好,已经过了三十年了,还要再卖下去,我们的女性读者都觉得是她们自己的作品,真的是这样。她写的《母亲》,我学生翻译,我写后记,一年之内就卖光了。鲁迅的作品在德国文人界也能卖得很好,但丁玲的作品不需要什么文人界,女性都喜欢看。我自己也觉得《母亲》写得很好,非常有意思。但是1942年她受到毛泽东的批判以后,走上了另外一条路。这是我个人的看法。她的《太阳照在桑干河上》比不上她以前的作品,但她客观地写了农民,所以今天看她的小说还是有意义的,因为她写得客观。"这一番对丁玲的评说,有准确之处,但更多的是荒谬。说丁玲的语言差,这是准确的。丁玲的语言不是一般意义上的差,而是非常差。在丁玲的文学作品里,人们很难找到一句很富有文学性的话。《莎菲女士的日记》的语言简直不及格。而《莎菲女士的日记》这样的作品之所以在德国"卖得很好",首先是因为德语很好的顾彬把它翻译成了很好的德语。顾彬让丁玲用优美的德语表达莎菲女士的那种情绪,自然受女性主义者的青睐。对语言十分挑剔甚至常常表现出语言至上的顾彬,却对语言很差的丁玲如此恭维,也是其自相矛盾之处。丁玲"在延安1942年以前写的"那些作品,中国现代文学研究界已研究得很多了,顾彬似乎并不知道。"到现在还没有人敢研究她对延安的批判"云云,并不合实情。顾彬说丁玲"很厉害……因为她对理想的社会有怀疑。从思想内容来看,她很丰富"。这就是在思想上拔高丁玲了。《我在霞村的时候》《在医院中》这几个短篇小说,确实表达了对"解放区"生活的某种困惑、疑虑,但远没有到顾彬认为的那种程度。丁玲的这几个短篇,与50年代王蒙的《组织部来了个年轻人》属同一性质的东西。顾彬之所以认为丁玲思想内容"很丰富",无非是把很多"思想内容""强加"给了丁玲。丁玲九泉有知,应该不会认可这样的拔高。顾彬又认为丁玲的《太阳照在桑干河上》"写得客观","客观地写了农民"。其实顾彬是没有资格作出这种判断的。必须对当时"解放区"的农民和"解放区"的"土改"有真正的了解,才有资格说丁玲写得是否"客观"。但顾彬并不具备这一条件。这番对丁玲的评说,其实某种程度上体现了顾彬评说中国现当代文学的基本风格:敏锐而迟钝、深刻而肤浅、清晰而混乱、公正而偏颇。

要从顾彬关于中国现当代文学的言论、著述中,找出那些迟钝、肤浅、混乱和偏颇之处,是太容易了;要对这些痛加批驳,也自能理直气壮、义正词严。但我以为,这并无太大的意义。认真地对待顾彬那些敏锐、深刻的观点,才是更值得我们去做的事。

传媒意识形态与"世界文学"的想象

——以"顾彬现象"为视点

张 莉

现在,任何一位对中国当代文学有所关注的人,都不会对顾彬这个名字感到陌生了。2006年年底,这位来自德国的汉学家接受"德国之声"的采访时,对中国当代文学进行了点评。其批评之声经由《重庆晨报》转述为"中国当代文学是垃圾"的判断后,引起舆论哗然,顾彬自此开始了他在中国媒体上的持续"走红"。

对中国当代文学的批评之声并不自顾彬始,中国批评家的批评以及中国作家的自我批评甚至比顾彬还要激烈,但是,为什么只有顾的声音最终演化为"文化事件"而广为人所关注?是哪些社会环境的、文化媒体的、民族身份认同的因素促成了这一事件的发生?对顾彬言论追捧背后是否暴露了长期以来中国社会文化媒体中固有的"世界文学秩序"的想象?中国媒体的世界文学想象是如何被建构的?在这样的想象中,中国作家和学人的反应如何?在收集和整理相关资料的基础上,本文试图考察"顾彬现象"中媒体所充当的角色、相关学人应对这一事件的行为方式和话语逻辑,希望辨析出其背后所隐含的文化意识形态、东西方学者的民族认同,探究形成当代文学界普遍存在的"世界文学秩序"想象的原因。

我要特别说明的是,作为读者,我愿意对这位四十年来热爱中国的国际友人表达敬意。本文讨论的对象是"顾彬现象",而非顾彬先生本人。本文关于媒体中"顾彬形象"的解读也不意味着对顾彬先生本人的解读。正如顾彬所言,"20世纪中国文学并不是一件事情本身,而是一幅取决于阐释者及其阐释的形象"①。因而,对"顾彬现象"的梳理,也意味着对中国媒体、中国文学读者以及中国作家与学者如何面对"阐释和被阐释"的际遇的梳理。本文的缘起,不过是希望通过解读一种当下中国社会饶有趣味的文化现象,为中国当代文学重新审视民族化与世界性、借助"他者"之眼审视"自我"提供一种视角和方式。

来龙与去脉

之所以把"顾彬"作为一种现象,缘于他在中国媒体空间引发的持续高热长达两年。在文化期刊如此持续的曝光率,对于一位外国学者而言并不多见。另一方面,顾彬的言论引发的关注度也波及各个层面,网络、媒体、文学期刊,学者、作家以及读者都有过不同方式的发言和讨论。这样的讨论,显示了公共空间里对中国当代文学的关注,呈现了中国当代文化社会之于中国文学以及世界文学的想象。

2006年12月11日的《重庆晨报》上,刊载了题目为《德国知名汉学家顾彬称中国当代文学是垃圾》的报道,列举了顾彬在德国接受采访时的几个重要观点:中国作家相互看不起;中国作家胆子特别小;中国作家不会外语,世界视野不够……对上世纪末在国内红极一时的"美女作家",顾彬认为那"不是文学,是垃圾"。该家媒体把顾彬言论总结为"中国当代文学是垃圾"的判断,这不仅在境内媒体引起强烈反响,境外华文报纸也都纷纷给予转载。12月14日,《成都晚报》采访了严家炎、张贤亮。12月16日,《羊城晚报》以《中国作家、批评家集体反击顾彬》为题,采访了刘醒龙、李敬泽、艾伟、洪治纲、陈希我等人。12月18日,《羊城晚报》发表了李建军的《顾彬对中国文学的傲慢与偏见》。12月22日,《羊城晚报》的同城媒体《南都周刊》对顾彬事件进行专题报道,采访了宇文所安、近藤直子、葛浩文、林培瑞等汉学家,也采访了残雪、董启章、朱天文等当代作家。就专题策划本身而言,刊物

---

① 〔德〕顾彬:《二十世纪中国文学史》,范劲等译,华东师范大学出版社2008年版,第9页。

的追踪报道是尽职尽责,专家学者的声音也获得了还原。但是,杂志使用的标题令人吃惊——《汉学家集体批判中国文坛》,而事实上,这些汉学家都是被动地接受了采访,并不是主动对中国文坛表达意见,态度也并不是偏激和愤怒的,何来"集体批判"之说？这种题目实在有"建构冲突"、吸引眼球之嫌。

2007年1月18日,北京《青年周末》以八页的篇幅对顾彬进行了专题讨论。3月,在"世界汉学大会"上,顾彬发表演讲,他把中国当代文学比喻为二锅头,把中国现代文学比喻为五粮液;认为基本上中国作家是业余的,而不是专家。顾彬指责包括莫言在内的许多中国作家是"蟑螂"。著名学者陈平原当场对顾彬的说法表示不满,他接受《新京报》记者采访时说:"顾彬对当代中国文学的批评不是一个学者对中国当代文学进行研究分析之后做出的学术判断,而是一种大而化之的,凭感觉说出来的话。因此,中国作家也没有必要太在意。"陈平原还指出:"顾彬所采用的发言方式是媒体所乐意见到的,这件事情从一开始到现在就是娱乐化的。"之后的《新京报》上,肖鹰发表了《中国学者的"大国小民"心态》,对陈平原之于顾彬的批评进行反批评。

新闻报道引发中国学者的思索。2007年间,一些学者开始发表自己的看法。2007年第3期《中国图书评论》刊发了李大卫、洪治纲和郜元宝就"顾彬现象"的讨论文章。4月22日,《文汇报》发表了蔡翔的《谁的"世界",谁的"世界文学"》。也有学者对顾彬的看法给予支持。诗人王家新认为中国学者"已接受不了批评。人们的心理还过于脆弱"[①]。肖鹰在《顾彬不值得认真对待吗?》则表示,顾彬的说法并不武断。2007年第10期《文艺争鸣》的"视点"栏目,刊发了张清华的《关于文学性与中国经验的问题——从德国汉学教授顾彬的讲话说开去》。2007年第6期《长城》杂志上,陈晓明组织了笔谈《西风吹皱一池浑水——"顾彬言论"笔谈》,一些北大博士生从各自角度谈了他们对顾彬事件的理解。除了相关学术杂志的讨论之外,《南方周末》《南

---

① 王家新:《顾彬的批评对中国文学有益——也谈顾彬的批评及反批评》。王家新认为语言问题包括外语问题当然不是唯一的问题,但这却是切入文学问题的一个角度。

方人物周刊》《中国新闻周刊》《中华读书报》《新京报》等在中国有重要影响力的报刊都对顾彬进行了人物专访。

在2007年的访问告一段落后,2008年2月,顾彬在澳门接受《瞭望东方周刊》采访,尖锐之声再次引发争论。9月,顾彬著《二十世纪中国文学史》由华东师范大学出版社出版,新书与顾的尖锐之声同时登场,难怪读者认为顾彬此前的"狂言"颇有"暖场"之嫌。10月,顾彬与《收获》杂志副编审叶开在湖南卫视进行对话,这家在中国颇有收视率的电视传媒分两期播出了此次对话,同时,名为《顾彬、叶开:需要重新审视的中国现当代文学》的谈话记录也在网络流传。11月,北京外国语大学举办了"顾彬与中国文学研究"讨论会。11月底,《南方周末》继一年前《顾彬:不反思吃人,鲁迅就过时了》的专题之后,又以《德国准牧师顾彬》为题,对顾彬的生活细节给予报道。两年来,关于顾彬的专访中,题目赚足了眼球——媒体不约而同地使用了顾彬+中国作家或中国文学为关键词,特别突出顾彬的严厉态度和对中国作家集体性的负面评价。比如《顾彬:中国作家害怕面对真正的问题》[①]、《顾彬:我和中国作家无话可说》[②]、《顾彬:中国当代作家写得太快,鲁迅就没有废话》[③]、《顾彬:余华、莫言的语言能力不够》[④]、《顾彬:中国作家应该沉默二十年》[⑤],等等[⑥]。

在媒体空间中,顾彬以"世界权威形象"出现。"他太累了,不停地参加世界各地的学术会议,每天只睡五个小时。2007年底,他在澳门参加'现代中国文学的个人与社会'国际学术研讨会,看来满脸倦意。

[①] 《南方都市报》2006年12月14日。
[②] 《瞭望东方周刊》2008年2月21日。
[③] 《中华读书报》2008年10月15日。
[④] 《长江商报》2008年11月17日。
[⑤] 《中国新闻周刊》2007年第11期。
[⑥] 虽然前后所述有所差异,但顾彬对中国文学的批评基本可以概括为几点:一、中国作家外语不够好,视野小,没有世界意识;二、中国作家胆子小,不能发出中国声音;三、中国作家在一起聚会只谈生活不谈写作;四、中国作家很多人去写剧本了,缺少对文学的热爱;五、中国作家不与像他这样的汉学家对话;六、中国作家写小说太快了,质量不能保证,德国作家从来不会这样;七、莫言和余华小说写作手法不先进,是落后的……因此种种,中国文学是令人失望的,有疑似"垃圾"的嫌疑。

但为期三天的会议日程,坐在第一排的永远是他,听得最认真的也永远是他……他就是德国波恩大学汉学系主任顾彬教授。"①毫无疑问,在采访手记中,"顾彬"是被"建构"的,这种认真负责的形象潜在地为其言论被公众接受提供了认同基础。在对顾彬的定位中,媒体也使用了"传教""准牧师""医生"等称谓——"权威形象"的勾勒、不计报酬的学术奉献精神与顾彬对中国的严厉批评相混杂,一幅图像也在众声喧哗中得以完成:这是一位中国文学的"勇敢批评者",这是一位对中国当代文学"爱之深恨之切者",这是一位当代中国文学的"拯救者"。

"我用的标准是世界文学的标准"②

当记者询问顾彬对中国作品使用的评判标准是什么时,他回答说:"但我的标准最后肯定是世界文学的标准。"在回答《南都周刊》关于贾平凹等人的看法时,他说:"所以,从德国的角度来看,他们不是一流的作家。他们的英文水平是很有问题的,他们的叙说方法是落后的。非常落后。要我来说,他们根本脱离了现代文学,他们的文学作品基本上没有现代性格。所以从德国的角度来看,他们的思想不行,他们的语言不行,他们作品的形式不行,他们的作品写给谁呢?是写给市场,还有电影公司。"③他认为中国作家不懂"世界文学":"中国当代作家最缺乏对自己的了解。如果你去问一百个中国作家'谁有可能得诺贝尔文学奖',他们肯定都说自己。你问一百个德国作家,他们肯定会说其他人。德国作家很少有中国作家这么骄傲的。中国作家为什么骄傲?因为他们没有标准。为什么没有标准?因为他们不懂外语,根本不知道世界文学是怎么样的。"④对中国当代小说家"落后"的判断与其对中国当代诗人已走向"世界"的推崇相混杂,顾彬在媒体空间里仿佛是"世界文学"标准的执行审判官,是"世界文坛"的"代言人"。以至于《新

---

① 《瞭望东方周刊》2008年2月21日。
② 《顾彬:中国作家应该沉默二十年》,《中国新闻周刊》2007年第11期。
③ 《南都周刊》2008年11月28日。
④ 《顾彬:余华、莫言语言能力不够》,《长江商报》2008年11月17日。

京报》不无意味地在顾彬的一幅图片下写道:"顾彬站在'世界'前面,他已取消了中国当代文学在'世界文学'中的户籍。"①如果说媒体有夸大其词之嫌,在《二十世纪中国文学史》中,顾彬则更明确地使用了"世界文学"的说法。只是,无论是在访问还是在著作中,顾彬几乎未曾给"世界文学"严密定义。有意无意间,他举"世界文学"标准时用德国作家和德国文学做参照,在顾的语境里,似乎这具有不言自明的意思。

在顾彬那里,某种程度上,他把个人的审美趣味等同于"世界文学"标准,并将其视作一个固定的毋庸置疑的意义所在,他将"世界文学"当作一个可以用来衡量中国文学是否先进的唯一根据,而不是把中国文学当作一个可以产生它自身意义及价值的历史过程去研究和讨论。问题不在于世界上是否存在"世界文学标准",不在于顾彬对其个人的"世界文学"说法的熟练使用,不在于他以德国读者的眼光批评中国作家作品,更重要和更隐蔽的问题在于顾讨论"世界文学"标准时"无意间"与"德国文学"的混用,这是对"世界文学标准"的潜在改写,是西方中心主义或德国中心主义在作祟。诸多中国学者或作家都敏感地意识到了顾的"混用",但在中国媒体和公众那里却未曾遭遇抵抗——后者的"束手就范",正显现了顾彬德国/世界身份的强大和"不容质疑":在中国公众和媒体眼中,来自西方世界的汉学家可能就意味着"世界"。

歌德说:"如果我们德国人不把眼光转出环视我们的狭小圈子之外,我们就太容易沦为冒充博学而又自高自大的人了……"②"这段话如果当场念给顾彬先生听一听,不知他该会作何感想。反过来,如果歌德地下有知,听到顾彬的这番高论还不气得吐血。"③听完顾彬在2007年汉学大会上的演讲后,张清华写下了这样的看法,这恐怕也代表了很多中国学者的内心感慨。顾彬之于中国期刊上的诸多言论,令人很容易联想到萨义德在《文化与帝国主义》中讨论全球化语境里的文化与

---

① 《顾彬只是中国文学旅游者》,《新京报》2007年3月30日。
② 伍蠡甫主编:《西方文论选·上卷》,上海译文出版社1979年版,第469页。
③ 张清华:《关于文学性与中国经验的问题——从德国汉学家顾彬的讲话说开去》,《文艺争鸣》2007年第10期。

认同时所说的:"更充满同情、更具体、更相对地考虑他人,要比考虑自己更有益,更困难。但这也同时意味着不去企图统治他人,不去把别人分类,分高下,特别是,不去不停地强调'我们'的文化和国家是天下第一(或者在这一方面,不是天下第一)。对于知识分子来说,放弃了这点,还是有极具价值的工作可做的。"①尽管世界上有更多优秀的学者和知识分子对西方文化的霸权主义有着清醒的认识,但要求顾彬成为他们其中的一员并不现实。作为个人,顾彬有发表"偏见"的权利,但中国媒体传达其看法时应该有所辨析。

可是,在许多媒体那里,顾彬的言论没有被辨别,没有被质疑。尽管他的言谈常常有可讨论和反驳的地方;当顾彬说"中国作家是骗子"②时,记者并没有追问:他与多少个中国当代作家交往,才得出如此结论?顾彬说,如果有中国朋友告诉顾彬哪部小说不好看他就不看③,记者也未曾追问顾彬作为研究者的独立判断品质在哪里?顾彬说"如果你去问一百个中国作家'谁有可能得诺贝尔文学奖',他们肯定都说自己"④时,记者也未曾问如此精确的数字从何而来,他是否做过问卷调查……尤其是,顾彬《二十世纪中国文学史》中关于苏童小说的评价和看法:"苏童的主人公们是作为已定型了的人物上上下下。生物性完全支配了他们,以致情节进程带有一种必然性,第一事件都是可以预料的。无论男女,生活仅仅演出于厕所和床铺之间。苏童追随着世界范围的'粪便和精液的艺术'潮流。在此以外,则又悄悄地潜入了程式化的东西如:乡村是好的;女人是坏的而且是一切堕落的原因;邪恶以帮会黑手党的形式组织起来;一个多余的'闹鬼'故事和一个乏味的寻宝过程最终圆满地达成了这个印象;这里其实是为一部卖座影片编制电影脚本。"⑤对苏童小说有所了解的人都会对这样的评价持保留态

---

① 〔美〕萨义德:《文化与帝国主义》,三联书店2003年版,第478页。
② 《顾彬:我希望我是错的》,《南风窗》2007年第8期,5月25日。
③ 《南都周刊》2008年11月28日。
④ 《长江商报》2008年11月17日。
⑤ 〔德〕顾彬:《二十世纪中国文学史》,范劲等译,华东师范大学出版社2008年版,第356页。

度。顾彬所说的"粪便和精液的艺术"与苏童小说有着不小的距离,这样笼统而印象式的解读出现在文学史中,令人生疑。但是,与之对话的媒体对此并没有讨论也没有疑问,反而热衷于以各种方式邀请顾彬给中国作家排座次,比如迟子建与萧红谁写得好。这也潜在地表明媒体对顾彬权威身份的无限认同和判断标准的确信。

部分媒体对顾彬的"西方汉学家/世界权威"的热情建构,令人想到上世纪末魏微的小说《乔和一本书》。来自香港的乔凭借英文版《生命中不可承受之轻》一书征服了诸多燕园女生。乔的高高在上的优越感,完全来自他手中的英文书。当丢失了那本作为人物重要身份的"英文书"时,乔也委顿了。那些燕园女生们,是真的喜欢作为男人的乔,还是更看重那本书带来的"西方"光环?乔之所以能引起注意,是因为他本人的魅力还是他的英文书带来的"世界"幻觉?在当下的文化语境里读来,这小说不只是一个男人如何骗女人上床的故事,它分明象喻的是"世界"之于"东方"的"虚幻强大","东方"之于"西方文化标准"的盲目认同。

谁的"世界",谁的"世界文学"

"以他者作为理解自我的工具,作为建构自身的方式,是任何主体性形成所不可缺少的过程。"①当汉学家顾彬在对"中国当代文学"和"中国当代作家"进行严厉批评并使用"先进"和"落后"的判断字眼时,他是借"中国"这个"落后"的"他者"确立/确认一个与"世界权威"有关的站在"先进"阵营里的"自我"。正如顾彬从中国这个他者中获得"自我"确认,中国学者和作家从顾彬那里,也必然会反观"自我"。中国学者的反应几乎都聚集于中国作家不懂外语和顾彬劝说中国作家要学好外语这一问题上——语言问题,其实不只是关乎文学场域,它牵涉的是民族身份的认同,隐含了"第一世界"与"第三世界"之于"世界文学"的想象与建构。这是"顾彬现象"最为核心的冲突。

---

① 于治中:《全球化之下的中国研究》,《读书》2007 年第 3 期。

顾彬强调的是一种不言自明的以西欧文学为正宗的世界文学标准,中国学者和批评家谋求的则是多样性标准。李大卫认为顾彬强调"世界文学",其背后隐藏着"势利眼":"今天中国作家的确应该向鲁迅学习,因为他明白,在最终意义上,人是平等的,一切国家及其文化也是平等的。总而言之,我们不能老是那么势利眼。"①洪治纲在《傲慢、奴性及其他》②中对来自西方世界的傲慢和中国媒体、公众中弥漫的"奴性"表示了愤怒,他认为顾彬的声音被放大,与"全球化"语境下对"西方文化价值"观念的认同有很大关系。他认为,保持文化的多元性,并非是狭隘的民族主义心理的体现。"因为只有从差异的统一性原则出发,我们才能真正走向文化对话的目的,才能持久维系民族文化身份的认同,也才能在全球文化多元竞争格局中找到属于自己的一元。"

郜元宝在《中国作家的"外语"和"母语"》③中强调语言多样性对于世界的重要意义。他引用了别林斯基的话:"各民族的语言文字与衣饰、习俗等好比各民族的脸,各民族的文学更是如此。"在他看来,"中国语言文字和中国文学,无论在古代、现代还是当代,都是中国人唯一的精神之脸。这张脸也许真的已经和垃圾差不多了,但它仍然是一张脸,仍然最自然地流露着我们中国人的各种灵魂的表情,若要它一夜之间妖娆动人,成为某种理想的'世界文学'标准件(比如诺贝尔文学奖授奖辞每回必提的人类共同的理想主义),除非上帝亲自插手,否则谁也办不到。如果真有'世界文学'这回事,那也应该是各民族众多不同的精神之脸并存与共在,而不应该是用某一张脸或某几张脸去代替去覆盖其他众多的脸。"

肖鹰在《中国学者的"大国小民"心态》中谈到了如何对待他者的批评问题。他把陈平原认为顾彬"哗众取宠"和"娱乐化"的批评上升到文化心态层面。他认为,当今中国学者有"大国小民"心态,在他看来,中国学者的"大国小民"心态有两种表现:"一种是凡关于这个'大

---

① 李大卫:《顾彬、鲁迅和我们的世界文学想象》,《中国图书评论》2007 年第 3 期。
② 洪治纲:《傲慢、奴性及其他》,《中国图书评论》2007 年第 3 期。
③ 郜元宝:《中国作家的"外语"和"母语"》,《中国图书评论》2007 年第 3 期。

国'的看法都极力寻求西方学者的认同和首肯,只要西方学者点头了、欣赏了,就是镀了金身、得了真经;另一种是视'大国'为'民族家伙',西方学者不得'说不','说不'就是越界,就是霸权,就必须坚决予以'不客气的回击'。"①他认为陈平原对顾彬的批评是"大国小民"心态作怪,属于他说的第二种表现。无论是陈平原强调顾彬对中国当代文学的解读应该有严肃的学术态度,还是肖鹰极力批评中国作家面对文学的心态不对,都自有其逻辑。肖关于"大国小民"心态的批评文章也的确发人深省。可是,当肖鹰直接把陈平原扯进来对号入座时,作为坚决捍卫顾彬并在不同场合给予支持者,读者是否可以把他当作第一种情形对号?必须认识到,这种对号入座的方式显然对肖鹰先生本人也不公平。

蔡翔对顾彬提出的"外语"的具体所指和"世界文学"的确切含义提出质疑:"首先我没弄懂他的'外语'究竟指的是哪一种语言,揣测了半天,觉得顾彬先生不像是在要求中国作家努力去学习伊拉克语或者阿富汗语,很可能顾彬先生所谓的'外语'指的就是欧美语言,比如英语、法语当然还有德语,也就是'西方语言'。另外,顾彬先生的'世界'或'世界文学'也不好懂,这个'世界'或'世界文学'到底意指何在,包括'第三世界'或'第三世界文学'吗?看了半天,没有读出'全世界'的意思,倒更像是指的'西方'或'西方文学'。所以顾彬先生所谓的'外语/世界(文学)'的真正表述也许应该是'西方语言/西方文学'。因此,顾彬先生的'世界文学'更像是他的自我表述,似乎和歌德的'世界文学'不完全是一个意思。"②

张清华在《关于文学性与中国经验的问题》③对顾彬的标准和推理依据进行了归纳:"首先,西方的文学是'好的文学',这是前置的结论;为什么它是好的文学呢?因为他们的作家懂得外语;为什么懂外语就能写出好作品呢?因为会对语言和文化更敏感,对写作的体验更

---

① 肖鹰:《中国学者的"大国小民"心态》,《新京报》2007年4月3日。
② 《文汇报》2007年4月22日。
③ 张清华:《关于文学性与中国经验的问题——从德国汉学家顾彬的讲话说开去》,《文艺争鸣》2007年第10期。

深……"张的问题是,"第一,在现今世界,是国际化的文学才更具有价值吗?第二,什么样的文学才符合国际化的标准?第三,靠什么建立其国际性价值?第四,中国当代文学在这方面做得怎么样?"张清华的文章在讨论中国与"世界文学"时显示了某种潜藏的矛盾与复杂:他一方面质疑西方中心主义,另一方面也强调"中国经验"及其国际价值,前者是敏锐地企图消解西方中心主义带来的阴影,后者又显示了中国学者既不想认同西方的标准,但又不得不在这样的标准面前思索中国文学发展的无奈。与其说这是文章本身的矛盾,不如说这是中国学者面对"世界文学"时无法逃离的处境使然。这是由民族国家身份带来的无法摆脱的内在焦虑。

矛盾而复杂的处境和态度也出现在2008年6月召开的"华语文学与世界文学:2008渤海大学文学高峰论坛"①中。论坛并不以顾彬的言论为目标,也不牵涉到对其著作的讨论,但是,2006年年底以来持续的"顾彬现象"不可避免地成为论坛讨论的隐形背景。"东方想象"被以具体经验的方式讨论。李洱提到了西方读者的"中国想象"。在他看来,真正反映我们喜怒哀乐的小说,反倒很难被西方的市场接纳。阿来则以他的作品在西方世界的传播为例。他觉得在中外文学交流当中是不完全对等关系。国外中国文学读者和出版商,有其"独特"的阅读趣味和倾向,"一个是有偏见,包括东方想象,西藏想象,那么他们预先有一个筛选,他们在看的时候也是一个不断筛选的过程";其二,"西方的人偶尔在《华盛顿邮报》讨论,但大部分时间还不是把它当作文学来讨论,不是把它跟辛格放在一起,跟索尔·贝娄放在一起,或者说用讨论他们的方式来讨论,而是把它看成揣测中国的方法,他们在小说中分析中国当代社会,带有一些意识形态,而且非常强烈的"。

那么,应该如何理解"世界文学"?作家尤凤伟说:"世界上任何文字的文学作品,不论是否翻译出去,都是世界文学的一部分,如同任何国家的河流、山脉的'籍贯'都同属地球的道理一样。"作家王小妮说:

---

① 此次论坛的谈话见当代中国文学网 www.ddwenxue.com。李洱、阿来、尤凤伟、王小妮、徐敬亚、施战军等人的发言均出于此,不另注。

"从来没有'世界文学'这样一个界定。它从来就不是,也不可能形成一个整体。"在她看来,"以汉语写作的中国作家不能因为被自己民族以外的人的确认、了解,或者被翻译而迷惑,真的误以为自己进入了一个比原来伟大得多的、覆盖面更广阔的荣耀的群体,那个所谓的群体根本不存在。一个只有1000人所掌握的小语种的写作者,并不比1亿人中的写作者卑微渺小,被众多的人知晓常常不是什么好事,衡量一个语言的伟大和掌握这种语言的人群总数之间肯定没有关系。所以,在文学的角度上,永远没有'大国',也不会有'崛起'。"王小妮和尤凤伟的看法有力地消解了"世界文学"中暗含的西方中心主义,戳穿了"世界想象"的幻觉。但是,这样的"戳穿"虽然美好,却也并不能改变中国当代社会固有的世界想象。这是无奈的事实。

即使对"世界文学"固定而不言自明的含义表示质疑,但它潜在的影响力依然存在。在此基础上,徐敬亚和施战军对当代中国文学与世界文学关系的分析是确切的。徐敬亚说:"我们今天所说的'世界文学'并不是指亚非拉,也不是说寒冷的南极。中国当代作家没有几个会说我在非洲有广大读者,非洲给我什么奖了。我们心中暗指的,盯得更多的是西方主流的地盘,欧洲、北美西方发达国家的读者、批评界和汉学界。"人们如此在乎某一位汉学家的批评或表扬,分明是深刻的内在心理动因使然。施战军认为,这种心理动因,"就是关于中国文学在世界文学中的份额的焦虑。……中国作家普遍上是愿意以有更多作品被译介到国外为荣的,现在翻开很多作家的简历就会看到有这种以荣耀为表征的焦虑在"。

学者和作家们都深刻认识到以西方为中心的"世界"标准的强大阴影,他们对此表示质疑和抵抗;但讨论问题时又不得不以他们的标准为参照。既想逃避东方主义,又不得不在全球化中考虑如何强调自己的"独特"。既然满足西方的"东方主义"是西方中心主义使然,那么,试图强调自我经验是不是潜在迎合了西方世界的东方想象?这是两难的处境,这种面对西方话语时既尽力排斥又不自主地被吸纳的处境,是包括中国电影在内的中国文化的处境,也是全球化语境下整个中国社会的处境,恐怕也是全球化语境下第三世界国家共有的宿命。

应该认识到,在以顾彬现象为背景的思索中,中国当代文学创作不尽如人意,不能构成媒体、公众和顾彬对中国当代文学发表粗暴判断的合理理由。不能由于自己的眼光和标准对当代文学创作现状不满意,就用全称判断的方式尽情发泄,这既不是对待文学和创作应该有的理性表达方式,也并没有给予研究对象和批评对象以尊重。事实是,即使是与顾彬进行讨论的中国学者那里,他们也对当代文学的现状表达着自己的不满意。但对顾彬的标准和语言方式的质疑依然是必需的——"只有把自身与他人都视为多样性,共同作为历史的主体,才能发展出一个不被西方垄断以及开放与共享的普遍性场域"①。

我以为,诸多中国学者和作家对"世界文学"标准的质疑,是对其从西方中心主义出发的粗糙判断的对抗,这不应该仅仅视作出于民族主义立场,而应视作对视西方价值判断为唯一标准的话语霸权的质疑,是对媒体中弥漫的"娱乐化"的批评方式的不满,也是对作为主体的中国文学身份的确认,这恐怕是这位汉学家在中国学术界遇到抵抗的最根本原因。只是,颇为吊诡的是,顾彬在中国作家和学者面前遇到的抵抗,在媒体空间里完全被忽略了。媒体使其言论畅通无阻,不仅进行了扩大化,并且还将其对中国当代文学的不满情绪进行了渲染,从而在两年的时间里使顾彬构成了"现象"。那么,这里的问题便是,媒体之所以渲染和添油加醋的原因是什么?仅仅是希望制造话题、吸引公众眼球吗?如果不是,是什么使各地的文化媒体都如此不约而同?

被建构的文学趣味与媒体背后的话语权力

"文学是千变万化的。它们与环境和大大小小的政治联系在一起……阅读和写作文字从来不是中立的活动。不管一部作品只是如何具有美学价值,使人赏心悦目,它总是带出利益、权力、激情与欢愉的成分。媒体、政治经济和大众机构——总而言之,世俗的力量和国家的影

---

① 于治中:《全球化之下的中国研究》,《读书》2007 年第 3 期。

响——都是我们所说的文学的一部分。"①因而,分析是什么造成了媒体对中国当代文学的极端情绪、是什么构成了媒体不满情绪的潜在动因时,也将牵涉到与文学有关的"政治":中国新一代文学读者阅读趣味的建构以及媒体自身所处的舆论环境。

新时期以来,中国文学经历了"遭遇世界"和"遭遇现代文学"的历史过程,中国新一代读者的阅读趣味由此建构而来。戴锦华在《隐形书写——90年代中国文化研究》分析这一时期的文化现象时说,"中国"与"世界"的再度会际与遭遇,构成了某种深刻的震惊与创伤体验。80年代的主流话语重构,是参照西方中心重构中国在现代世界上的边缘位置,并有力呼唤着一场朝向中心的伟大进军。这幅新的世界想象的图景,勾勒出美妙的黄金彼岸的同时,也构造了中国人的"西方"饥渴。②

就文学角度而言,80年代后,中国先锋派作家对西方化写作手法的模仿和追求改变了新一代读者阅读趣味——来自中文系或者对中国文学感兴趣的青年都经历了西方小说对中国文学的"启蒙"。正是在此一时期,中国文学开始了它重写现代文学史的工作。夏志清《中国现代小说史》流传到内地,产生深远影响——沈从文、张爱玲、钱锺书等人的文学贡献被重新理解和书写——以西方文学标准对中国现代文学作家做出的评判受到重视,也成为中国读者阅读中国作品时的重要参照体系。这一事实为汉学家声音受到热情欢迎提供了历史背景。马悦然是在顾彬之前颇受媒体欢迎的另一位汉学家。他"钦点"某位作家进而使其为中国公众所识的方式典型地说明了中国当代文化界以汉学家判断为重的风尚。德国之声中文网的记者在《试探顾彬事件的几个"看点"》中讨论顾彬事件"为什么没有发展成'辱华事件'"时认为,顾彬的汉学家身份很重要:"顾彬之流是对中国有大贡献的人。是他们把中国文学介绍给世界;中国文学要靠他们走向世界。"第二个原因

---

① 〔美〕萨义德:《文化与帝国主义》,三联书店2003年版,第452页。
② 戴锦华:《隐形书写——90年代中国文化研究》,江苏人民出版社1999年版,第168页。

是"作家们自然也不愿意轻易'得罪'他们"。① ——从夏志清、马悦然到顾彬,三十年来,中国文学界及读者以"汉学家"标准为然的心态一直存在,这几乎成为文学界的"下意识"。

如果不把媒体看作是冷冰冰的机器,而将它视为由不同媒体人组成的群落,就会发现,在当代中国,进入主流文化媒体的工作人员恐怕都是60年代后、70年代后乃至80年代后出生的人。若是对这些编辑记者的个人成长史与阅读经验进行推想,他们的文学阅读品味无疑是20世纪80年代以后建立起来的。这是一个不争的事实——进入文化媒体的从业人员,几乎无一例外地都出自中国新时期文学三十年发展而来的读者群,他们对当代文学抱有过热情和期待,渴望"追赶世界",以西方文学标准为标准、尊崇汉学家的看法几乎成为这些人阅读中国文学作品时习焉不察的文学习惯。

那么,回顾新时期三十年来中国当代文学的成就时,或许我们应该重视这一时期文学价值判断标准的变化和读者群潜在趣味的变迁。三十年来,中国文学重要贡献之一就是培养了一群西方文学的狂热爱好者,它建构并强化了中国读者头脑中的"世界文学"想象;它以西方文学判断标准重新改写并普及了许多文学青年对现代文学史的理解。换言之,这些操纵/主导着对中国当代文学批评方向的媒体人,多半是中国当代文学转型三十年培养起来的文学读者们。

这也是顾彬现象出台的必然原因。问题不在于顾彬说的是否有常识逻辑,顾彬对中国当代文学的阅读量到底是多少,而在于他对世界文学标准、对现代文学的态度与媒体人对中国文学的认识找到了"契合点"——对顾彬的认同是媒体长久以来被建构的文学阅读趣味使然。顾彬的看法很多时候是随性的、不具系统分析,甚至也只是私下看法,但媒体利用自身长于煽情和鼓动的优势,使之成为了权威的公众话语,以此表达对中国当代文学"追赶世界"步伐缓慢的既怨又怒的心理。顾彬现象中,如果说顾彬是站在"前方"的主人公,那么媒体则是幕后的隐形发言人。尽管顾彬是一个人在媒体间发声,但他代表的并不是

---

① 平心:《试探顾彬事件的几个"看点"》,德国之声中文网站,2006年12月24日。

一个人的看法。顾彬现象深刻显示了新时期文学三十年间当代文学/文化是如何培养了中国当代读者头脑中的"世界文学秩序"的;显示了被建构和熏陶的文学阅读趣味又是如何强大而潜在地影响着当下的文化媒体"集体无意识"地使用其话语权力;显示了世界文学秩序/世界文化格局如何深刻进入了我们当下的日常生活。这是目前中国当代文学界和文化界在回顾改革开放三十年成就时不得不正视的现实。

顾彬事件"为什么没有发展成'辱华事件'"?《试探顾彬事件的几个"看点"》中分析了第三个原因,评论者认为是最主要的:"民心来得如此快如此汹涌。还没等专家们作家们做出反应,网上已经是一片拥护之声。人民日报的一篇文章查了一下百度,发现相关链接达到了21万个,这个反响是太大了。"① "民心汹涌"的形容可能并不夸张,但其中的"民心"如何理解恐怕需要辨析。正如上文所分析的,除了中国当代文学读者已然建立了一个完整的坚固的阅读趣味之外,中国人内在的"厚古薄今"和"远来的和尚会念经"的心理似乎评论者并未注意到,这种传统的心理把很多人引向对顾彬事件的盲目追随。在我看来,顾彬事件在网上的传播速度如此迅猛的"民心"基础迎合了中国公众的"世界文学想象",也依然是"顾彬"的身份在起作用。

当然,这也是时代语境使然。这是一个众声喧哗,崇尚"大声"的时代,这是发表多么偏激/愚蠢/不符合逻辑的看法都不用担心没有人赞美的时代。在当下的媒体空间里,发表偏执的惊世之语远胜过中正平和的讨论。网络媒体的发展更催化了这一时代特点——"大众传播的发展大大扩大了意识形态在现代社会中运作的范围,因为它使象征形式能传输到时间与空间上分散的、广大的潜在受众"②。一个例子是,在对顾彬言论追捧的群落里,有很多人不是中国当代文学的读者,他们一方面宣称自己不读当代作品,但另一方面凭借内心中对"世界文学"的想象去理直气壮地对某位小说家发出强烈的批评之声。当新

---

① 平心:《试探顾彬事件的几个"看点"》,德国之声中文网站,2006年12月24日。
② 〔英〕约翰·B.汤普森:《意识形态与现代文化》,高铦译,译林出版社2005年版,第287页。

一届诺贝尔文学奖名单出台后,网络媒体中关于中国作家离诺贝尔奖有多远的讨论便会持续不断,而当中国作家对获奖者的小说表示不认可时,马上就有读者/网友批评说中国作家没有资格批评——当读者擅自剥夺中国作家作为读者的资格并在网络上获得叫好时,它显现了一切以"西方"为是的价值理念在当代中国的根深蒂固。在顾彬现象中,需要检讨的还应该包括越来越喜欢简单直接的判断、喜欢跟风起哄的公众以及这个喜欢把一切"娱乐化"的时代。

对中国当代文学不满情绪的集中发泄也是时下特殊舆论环境造就。整体而言,对于中国文学及中国作家进行严厉的、激烈的批评对于媒体来说意味着"安全地带"——它不涉及权力,不涉及经济资本,不涉及敏感话题,更不涉及政治领域。这几乎是无奈中的必然选择——在虚弱的没有任何"资本"依靠的中国文学面前,媒体可以寻找到"正义""良知"和"善良"的立场,可以表达他们随意要表达的而不必顾忌会有"严重后果"。因而,采访顾彬的文章中会有那么多的标题离"公正"和"客观"甚远,尤其是到了网络上,更是断章取义和煽风点火;这让人吃惊地看到媒体如何片面、狭隘地去"处理"与顾彬有关的选题(而这样的"处理"根本不影响此类文章顺利出台与发行,也不会收到读者的不满和反对)。"挟顾彬以令中国当代文坛"的说法可能是偏激的,但是,在某个层面上未尝不能成立。顾彬现象显现了媒体对中国当代文学的刻薄心态,这种心态最终体现为对顾彬拯救者形象的过度阐释与对中国当代作家群体的"情绪化"批评。在有隐含立场的媒体空间里,无论是被阐释者还是被批评者,其实都潜在地被书写者和编辑者建构①——媒体在最不可能对它构成反击的领域里毫无顾忌地使用了

---

① 在关于中国学者就此事件的反映中,媒体处理也是微妙的。比如在采访完陈平原之后强调他的话"你哗众取宠,让我不太高兴",这种强调其实把一个严肃的话题娱乐化和粗俗化了,事实上,在这个访问中,陈平原主要谈的是顾彬应该有严肃的证据来证明其结论,而不应该如此大而化之地发言。对个人生活语言的强调是因为记者希望吸引读者注意,但另一方面却建构了中国学者不谦虚的形象。在传媒或网络中常可看到借顾彬现象的"借题发挥":《作家们,请别把顾彬的批评当笑柄》《中国作家为何不谦虚?》,等等。这与媒体中出现的中国学者与国外学者的形象有一定关系——媒体把双方的话断章取义变成了简单的批评与反批评,潜在凸显出了批评者的勇敢。

"锋利"。某种程度上,顾彬现象是媒体通过倚重顾彬西方/国外汉学家身份尽情表达对中国当代文学及体制不满的案例。

  诚如戴锦华在分析90年代以来的全球化与民族表象时所指出的,从近代到今天的中国文化与意识形态表述中,世界主义的胸怀、西方中心主义(或曰崇洋媚外)的文化心理与本土文化身份的指认、自觉的民族反抗及不无病态的民族主义狂热始终复杂纠缠在一起。[①] 2006年年底至今,媒体对顾彬的推崇掺杂着文化媒体与读者对文学体制及当下文学的厌憎、对当下文学体制的不满以及渴望自我文化被"世界"认知的焦灼心态,它跟崇洋心理和国人渴望与"世界"接轨有极大关系。这最终体现在当代文化媒体对待中国当代文学现状时不能心平气和。因而,顾彬言论之所以成为一种现象,是当下"文学场"/"文化场"复杂作用的结果,是西方中心主义的文化心理与本土文化身份的指认复杂纠缠在一起,也是在全球化语境中成长起来的、经历新时期文学三十年的读者内心潜在的对中国文学的期许:既渴望受到"世界"嘉许、与"世界"接轨,又渴望拥有"中国精神"和"主体性"。

---

① 戴锦华:《隐形书写——90年代中国文化研究》,江苏人民出版社1999年版,第201页。

在世界性与本土经验之间

——关于中国当代文学走向及评价纷争问题

张清华

进入新世纪以来,关于中国当代文学的成就到底怎样,应该如何评价,发生了持续的争论。这些争论的基本分歧,可以看作是一个价值立场的矛盾。否定论者所坚持的是一个普遍的"世界性标准",是从西方文学、"诺贝尔文学奖"的水准抽象出来的绝对性尺度;而肯定者则是以对中国"本土经验"的处理和表达,来阐述其历史和现实的变化及合理性。尽管双方都并未声称自己是在一个"特殊视角"或特定意义上来谈论中国当代文学,但透过其论述可以看出,这仍是"世界视野"与"本土经验"、"现代性"与"民族性"之间的基本对立。

这并非是无意义的争论。虽然从普遍原理上说,世界性与本土性未必是对立的,民族性与人类性不但相通,而且还有着互相包容的关系,但是两者之间在特定条件下也会发生错位,两种立场本身会分别形成不同的价值本位。因此,必须要予以认真关注和思考。从最低限度上说,目前的这场论争,可以说重新展开了关于中国当代文学的两个基本的评价尺度,打开了关于如何认识中国当代文学的问题空间;从长远看,则有可能会深刻地影响到中国文学的未来。因此,我以为有必要对其分歧的历史渊源和内涵做一番深入的分析,对于中国当下的文学究竟应该如何看待做一番辨析探讨。

一、一个命定的矛盾:"走向世界"与"弱国心态"

上世纪 80 年代,在相对封闭将近三十年之后,中国的知识界和作家们不约而同地提出了"走向世界"的口号。1985 年,北京大学的三位青年学者黄子平、陈平原、钱理群在《论"二十世纪中国文学"》一文中，明确提出了在"世界文学的总体格局"中构造"二十世纪中国文学"概念的想法，指出，"20世纪中国文学是在一种充满了屈辱和痛苦的情势下走向世界的"，"20世纪中国文学的每一个创造，都必须置于这样的坐标系中加以考察"。① 1986年7月，由曾逸主编、王富仁等二十余位学者参与的《走向世界文学》一书由湖南文艺出版社出版，该书导言部分由曾逸撰写，其中明确提出了"处于世界性文学交流时代的任何作家，惟有在与他民族文学的交流之中，才可能成为独创性的民族作家，才可能成为世界性的文学天才"的说法。② 但几乎与之同时，中国的作家们却发动了文学的"寻根运动"，强调"文学有根，文学之根应该深植于民族传统文化的土壤里"，而不是"模仿翻译作品来建立一个中国的'外国文学流派'"，"五四"以来要么学习外国，要么闭关锁国，"结果带来民族文化的毁灭，还有民族自信心的低落"。③ 上述例证强烈地表明，中国当代文学在"走向世界"这个神话式的过程中，经历着欢愉和痛苦、犹豫和摇摆。他们在兴奋的同时也心有余悸地为"现代主义"的变革寻找着合法保护。很显然，"朦胧诗"在七八十年代之交所遭受的批判给了作家们以教训，提醒他们必须在"现代"与"民族"平衡中、在"世界"与"本土"的二元命题中表述其探索冲动，方能取得合法性。因此我们看到，在早期的"意识流小说"和"现代派"（以王蒙、高行健等为代表）之后，便有了文化民族主义倾向明显的"寻根文学"；在有了80年代后期西化倾向明显的"先锋小说"的形式主义与哲学探求之后，又有了90年代初具有浓厚本土意味的回归现实主义的"新写实"；在历经了二十余年的西向学步之后，又在新世纪之初大谈"本土经验"。这一悖论似乎宿命性地纠缠着中国的作家，纠缠着20世纪以来的中国文学。

不过，这些纠结与矛盾，大抵并未越出"五四"以来中国文学的基

---

① 黄子平、陈平原、钱理群：《论"二十世纪中国文学"》，《文学评论》1985年第5期。
② 曾逸主编、王富仁等著：《走向世界文学》，湖南文艺出版社1986年版，第53页。
③ 韩少功：《文学的"根"》，《作家》1985年第4期。

本格局,没有越出近百年来"现代性"与"民族化"之间的持久错位与矛盾,说到底,与"启蒙与救亡的双重变奏"这一传统表述也仍然有着深刻关联,是它的持续延伸。虽然早在鲁迅那里即有了"有地方色彩的,倒容易成为世界的"认知,但多数情况下,地方性或本土性还是会与世界性、人类性之间产生龃龉。其中除了政治因素的干扰,最深层的东西则是源于中国人现代化进程的悲剧性开端是被强加其身的,这个过程中充满了痛苦与屈辱的记忆,否则就不会有1949年以后将近三十年封闭的历史走势。而民族主义情绪的持续高涨,与近代历史的这种记忆的驱动有着基本的内在关系。对此,借用台湾诗人和学者余光中的解释或许是更能说明问题的,他说,"机器对于西方人的威胁,似乎只是时代的",是"因为机器声压倒了教堂的钟声",但"对中国人而言,还是民族的,因为它意味着西方文化对中国文化的挑战"。① 显然,80年代关于现代主义的恐惧情绪,所有关于西方思潮的论争,包括关于朦胧诗的论争、关于现代主义的讨论,都与这个大的历史逻辑的主导有关。所谓"文化寻根"某种程度上也是民族主义情绪的一种外化,它表明,现代主义或者西化意义上的"走向世界",很难单独获得合法性,它只有在本土与西化、民族与现代的二元命题中才能获得意义。因此,它一方面是在获得了"世界性眼光"之后对自身历史的重新打量,同时也是为了使"世界性"获得意义而做出的一种解释,甚至是一种"装饰"——面对80年代始终比较强大的政治保守主义情绪,要想使"世界性眼光"变成可行的现实,必须要借助"本土性"的表述,来规避政治与文化上的风险。

上述矛盾在90年代出现了延续中的转机。一方面,90年代初期中国经历的政治与文化紧张,使80年代激进的西化思潮遭到了抑制,这个年代蓬勃发展起来的现代主义与先锋派文学也遭受了批判;但很快,随着中国经济上的持续开放,在"全球化"和加入"WTO"的合法名义下,文化紧张迅速得以消除。到90年代后期,文学来自外部的压力已经日渐消退,市场这只看不见的巨手已经将原来的一切命题都"中

---

① 余光中:《中国现代文学大系·总序》,台湾,巨人出版社1972年版。

性化"了。关于中国文学向何处去——是西向学步还是立足本土的争论,被彻底悬置了,失效了。不过,就文学本身而言,90 年代倒是经历了一个真正的"黄金时代",如果说 80 年代中国作家更多的还是流于激进和西化的形式探索的话,那么 90 年代则是以日益成熟的形式深入地书写和凸显了现实中的"中国经验"。《废都》《长恨歌》《活着》《许三观卖血记》《丰乳肥臀》等长篇小说都是例子。可以说,中国作家经历了 90 年代政治与文化气候的变化,到"新世纪"之初已实现了一个文学观念的超越,那就是:他们逐渐放弃了类似前苏联作家通过使"身份的政治化"——将自己变成"流亡者""异见人士"而"走向世界"的道路。这样的道路虽然在中国作家中也有高行健式的先例(他在 2000 年获诺贝尔文学奖),但随后中国现实与历史的奇妙转折,却使得这条道路变得不再现实和可能。中国作家越来越相信要依靠真正的文学品质、依靠对本土经验的生动书写,而不是身份政治的优势。虽然这个转化中也隐含着问题,但就文学本身来说则是一个进步——某种程度上说它标志着中国文学"自信力"的获得也不为过。

  然而到 2006 年,随着一位名叫顾彬的德国汉学家的介入,关于世界性与本土性的争论再度浮现出来,并演化成为了一场旷日持久的争论。而且,由于争论主体的身份戏剧性地加入了西方人的角色,还使问题被空前地"国际化"和变得敏感起来。2006 年末,一张地方报纸刊登了《德国汉学家称中国当代文学是垃圾》[①]的报道,结果引得舆论一片哗然。2007 年春在中国人民大学召开的"世界汉学大会"上,当顾彬教授同样以比较简单的方式,批评中国当代文学和作家"很差""非常差"的时候,作为主持人的北京大学教授陈平原当场批评他是"用了一个全称判断"来概括中国当代文学的总体状况,是"比较不严肃"的;但马上就有支持顾彬观点的来自清华大学的肖鹰教授,批评陈平原的观点

---

① 《重庆晨报》2006 年 12 月 11 日。

是"弱国心态"。① 由此引发了一场报告会上的激烈争论，以及随后余波不断的书面讨论。② 有关这些讨论，这里不拟展开评述，而我从中所体察到的一个最敏感的问题，是有关于"弱国心态"的话题。或许肖鹰对陈平原的批评是有道理的，但如果我们反过来质疑肖鹰的观点是否就一定是"强国心态"？恐怕也很难说。这暴露了一个对于中国作家和中国文学而言的命定处境：无论你对一个西方学者的批评是持怎样的态度，都逃脱不了"弱国心态"的宿命。因为很显然，在既定的东西方文化关系的理解和认知中，中国作家无论怎么写，都很难获得西方学者的承认——如果得不到承认，我们会陷入一种"他者"的尴尬与焦虑；如果受到了批评，我们便会为自己选择什么样的态度——是拒绝还是接受——而感到纠结；即便得到了承认，我们也会怀疑自己是否有效地传达了属于我们自身的独特经验，是否获得了文学的本土内涵……这一切麻烦就像赛义德所揭示的"东方主义"的秘密一样，"东方主义作为作为欧洲-大西洋统治东方的权力符号，比它作为有关东方的一种真实的话语更具有特殊的价值"③。显然它是一个"被赋予"的悲剧宿命的文化符号与角色，无论是应和还是抵制西方学者的看法，都同样体现了"他者"和"弱者"的处境与性质，无论我们是按照"世界性"的标

---

① 因为笔者是参与会议的在场者，故可以对以上叙述负责。顾彬谈话的大意是：他没有说过"中国当代文学都是垃圾"，但意思是差不多的，他认为中国的作家素质低下，不能代表中国的声音，而且大都"不懂外语"，"德国的作家至少会懂得几门外语"，因此中国当代文学不可能是好的文学。"如果中国现代文学是'五粮液'的话，那么中国当代文学就是'二锅头'。"但他环顾了坐在旁边的几位中国诗人王家新、唐晓渡等，则又补充说，"中国当代诗歌是好的，但那已是'外国文学'了——不，是'国际文学'的一部分了"。

② 肖鹰、陈晓明、王彬彬、蔡翔、张柠、赵勇，甚至作家李洱等都有文章参与了论争。参见肖鹰：《顾彬不值得认真对待吗？》，《文汇读书周报》2007年4月15日；肖鹰：《王蒙、陈晓明为何乐做"唱盛党"》，《羊城晚报》2009年11月21日；陈晓明：《再论"当代文学评价"问题——回应肖鹰王彬彬的批评》，"左岸文化网"http://www.eduww.com；陈晓明：《中国文学达到了前所未有的高度》，《羊城晚报》2009年11月7日；陈晓明：《世界性、浪漫主义与中国小说的道路》，《文艺争鸣》2010年第12期；蔡翔：《谁的"世界"，谁的"世界文学"——与德国汉学家顾彬先生商榷》，《文汇报》2007年4月22日；张柠：《"垃圾"与"黄金"：中国当代文学评价的两个极端》，《羊城晚报》2009年11月14日；等等。

③〔美〕爱德华·赛义德：《赛义德自选集》，谢少波、韩刚等译，中国社会科学出版社1999年版，第6页。

准,还是持守"本土经验"的书写,都很难真正被这个由西方人建构起来的"世界文学"所接受。我们唯一能做的,便是对这种悖谬与期待焦虑的挣脱和反抗。

二、如何看待"顾彬式的批评"

或许这种挣脱和反抗,就是从对待顾彬的批评开始的。这是一个戏剧性的开始,当然也是一个不会有结局的开始。但至少这一次,为我们重新思考一种文化关系提供了机会。

任何批评当然都是一种权利,任何合理的批评都应该受到重视。顾彬教授作为一个汉学家,一个著述甚丰、为推介中国文学做出了贡献的学者,当然更有理由批评他"深爱的"中国文学,也理应受到我们的尊重。但尊重并不是"客气",唯有平等讨论问题才是尊重,仅仅因为他是一个外国人就不同意或不允许反对他的批评,那就不是尊重了。

从上述大的文化关系与文化逻辑角度看,我以为顾彬教授的一些具体的批评观点还是可以、也应该细加辨析的,但更重要的是通过他的观点,来思考这些批评背后的文化关系、批评标准等更大的问题。虽然后来顾彬对他的说法作了一些补充和限定,指出了他"垃圾说"的特定对象,是指姜戎的《狼图腾》,还有卫慧、棉棉、虹影等一类市场化作家。但他关于余华、莫言、王安忆等作家的基本评价,也是"非常差"。据我在场所见,他在2007年"世界汉学大会"上的发言确乎是整体性的判断——"如果说中国现代文学是'五粮液'的话,中国当代文学就是'二锅头'"。他的基本理由是,中国当代之所以没有好的文学,主要原因是中国当代的作家不懂外语,而德国的作家都懂几门外语,中国现代的作家也是懂得外语的,所以中国当代的作家对外国的文学不了解,对语言没有敏感性,视野狭窄……所以不会写出好的文学。后来在2009年,当作家李洱在德国杜塞尔多夫当面问及顾彬时,所得到的信息也是他基本不读这些人的小说。李洱问,"你说莫言的小说和王安忆的小说写得很差……你能不能告诉我,莫言的王安忆的小说,哪一部写得很差,哪一部写得不太差,哪一部写得不差,我只有了解了这些,才能够知道你的评判标准。顾彬先生的回答是:都很差。……我问顾彬先生都看了王安忆的哪些小说,顾彬先生明白无误地说,他已经不读中国小说了"①。

假如从顾彬教授的具体观点看,他的多数说法基本是站不住脚的。他批评"中国作家胆子特别小"是有道理的,"基本上没有(代表中国的声音)。鲁迅原来很有代表性。现在你给我看看有这么一个中国作家吗?没有"②。这点似乎是说到了痛处,中国当代作家中确乎缺少如鲁迅一样冲锋陷阵的人物,但是据此整体性地否定中国当代文学则是武断的。事实是,当代文学中并不缺乏鲁迅式的批判主题,一批代表性作家恰恰是自觉地传承了鲁迅作品中的批判主题——"人血馒头"的主题,围观与杀戮、权力与暴政的主题,精神胜利的主题。如果认真读过《许三观卖血记》《丰乳肥臀》《花腔》《檀香刑》《生死疲劳》《兄弟》《受活》等小说,就不难看出其中尖锐的、并不亚于鲁迅式的批判性意图。像《檀香刑》一类小说中所传达的,正是对鲁迅式伟大主题的再度展开:小说中被施于刑罚的人、行刑者和围观的人民,可以说是共同合谋演出了一场"檀香刑大戏",它对中国文化的病根可以说有更具象和更尖锐的揭示。不知顾彬先生是否认真地读过,假如读过的话,是否还会坚持他的说法?他不会幼稚到一定要让作家成为政治上的流亡者,才会认为他有代表性吧。说到底,文学还是要靠独立的思想与艺术力量立足,作家不一定要在任何时候都跑到前台,来直接地表述他的立场。

"印象式"的判断与顾彬教授的某些个人好恶与私下经验联系在一起,这似乎情有可原。但他接下来的逻辑推论便很可疑。他说:"德国的作家都至少要懂得好几门外语,而中国作家不懂外语,所以对语言不敏感,所以不是好的作家。"③这个判断是失之简单的,一个作家懂得外语固然是好事,但这些须由历史条件来决定,中国当代的作家很少懂得外语,是因为他们小时候没有机会学习外语。但这并不能直接和完

---

① 李洱:《关于赵勇教授〈顾彬不读中国当代小说吗?〉一文的回应与说明》,《作家》2010年第7期。
② 《重庆晨报》2006年12月11日。
③ 顾彬和柯雷两位在2007年"世界汉学大会"作上述发言时,笔者是在场者。

全地决定他们作为作家的优劣。因为说到底,掌握多门外语和成为好的作家,完全是"两种不同的才华",中国有许多人外语很好,有的也涉猎文学写作,但他们并没有成为好的作家。中国作家虽然大都不懂外语,但并不妨碍他们通过翻译文本大量阅读外国作家的作品,不妨碍他们对世界文学、特别是欧洲文学有深刻的认识和感悟。曹雪芹并不懂得外语,但他仍然是汉语文学的大师,顾彬所提到的"代表德国说话"、会好几门外语的德国作家(包括他自己在内——他强调自己也是一位诗人)却不见得能够与曹雪芹相比。用欧洲文学的经验来判断中国文学的优劣,并不灵验。尤其是以一种不经意的"欧洲中心主义"的眼光来看待的时候,就更可能会出现偏差。

所以蔡翔的批评是有道理的,"历史并未终结,我们仍然活在我们自己的历史之中","我并不反对'世界文学'这一说法,这一世界文学应该是'全世界'的文学,而不仅仅只是'西方'的文学"。① 确实,假如从黑格尔的历史哲学的眼光看,今天的世界不过是生命世界与宇宙漫长时间中的一个阶段,他关于世界历史的整体观告诉我们,欧洲既不是世界历史的起点,更不是它的中心和全部。"'精神的光明'从亚细亚升起,所以'世界历史'也就从亚细亚开始。"② 仅仅从最近几百年的历史看待世界历史,这个中心主义及其价值判断也是短视的。所以我以为,在"尊重"顾彬教授的同时,也要对他判断的出发点和思考问题的方式予以追问——追问的目的不是要建立另一个"中心",而是要保持对于某种文化权力的警惕性。难怪同处在顾彬先生演讲现场的另一位汉学家、来自荷兰莱顿大学的柯雷教授,就毫不客气地拒绝了顾彬的认同诉求,"得了老顾,不要跟我说'我们西方',不存在你说的那个'我们西方',我和你不是一回事"③。

从具体的文学观与判断标准来看,顾彬的看法也有值得商榷处。以"语言本位"的视角来评价文学,对于跨文化的审视者来说尤不可

---

① 蔡翔:《谁的"世界",谁的"世界文学"——与德国汉学家顾彬先生商榷》,《文汇读书周报》2007年4月15日。
② 〔德〕黑格尔:《历史哲学》,王造时译,上海世纪出版集团2001年版,第102页。
③ 顾彬和柯雷两位在2007年"世界汉学大会"作上述发言时,笔者是在场者。

取。当他批评中国当代作家"语言粗糙"的时候,他正面的例证竟然是阿城的小说,是"王蒙和王安忆前期的作品"①;在另一个电视谈话节目中,他又说"王蒙《组织部来的年轻人》不错,莫言是个落后的小说家"②。这些南辕北辙的谈论,明显暴露了他对于当代汉语文学语言状况的不了解和不内行。事实是,他所称赞的这些作品虽然对于80年代的文学富有意义,但其语言水准根本不能代表二十多年后今天中国文学的状况,假如说王蒙和王安忆前期的小说代表了中国当代小说的语言水准,他们自己肯定也是不会同意的,一般读者也不会赞成这样的看法。这表明,至少顾彬对中国当代文学的阅读经验是停滞在80年代的。他以"过时"的经验来判断当下中国小说和文学的优劣,态度显然是比较随意的。

还可以举出他在凤凰卫视谈话节目中的例子,顾彬批评金庸小说的理由,居然是因为他"用的是已经过时的方法来讲故事",他认为,"1945年以后,基本上一个真正的小说家,不能够再讲什么故事,这个故事时代过去了"。且不说他谈问题并未说到点子上,单是他的判断逻辑就显得过于粗陋和简单。为什么把"1945年"作为"故事时代"和"非故事时代"的分水岭?何以见得这一年后作家就不能再讲故事?他还说:"每天一个小说家应该写一页,然后第二天应该开始修改,第三天也可能继续修改,这样可以提高水平。"③固然精雕细琢可以提高小说的语言品质,但"一天写几页"是可以规定的吗?这样的节奏对他自己可能是经验之谈,却未必适合别的作家。他用类似的逻辑来推论中国作家写作水准的低劣,不免令人忍俊不禁:

> 什么叫小说,什么叫现代性格,如果你从德国来看,你会发现一个非常认真的比较好的德语小说家,他的小说不会超越100页、200页。可能小说里头才有一个主人公,一个德国小说家会集中

---

① 肖鹰:《顾彬不值得认真对待吗?》,《文汇读书周报》2007年4月15日。
② 顾彬:《我没说过"中国当代文学是垃圾"》,2010年03月22日11:02凤凰卫视"锵锵三人行",news.ifeng.com/opinion/phjd/qqsrx/201003/。
③ 同上。

在一个人的灵魂之上,比方说有一个瑞士女作家,她用德文写作,她写她的妈妈,一个苹果,写 200 页,没有写别的。……一个妈妈和一个苹果的关系写 100 页,语言美得不得了。有一个奥地利作家,他刚刚得了德国最高的文学奖,他写了 120 页,专门写一个世纪末的维也纳诗人,写他度假,度了两个星期的假,语言非常美,基本上没有什么故事,但是他完全集中在他的思想上。

但莫言跟一个 19 世纪的小说家一样,会讲好多好多故事,会介绍好多好多主人公,有的时候你觉得她小说里面的人,一共可能 100 个,200 个,另外会有三代,有祖母、有爸爸、有年轻人。……这是以 19 世纪的方法来讲故事,现在在德国基本上没有什么小说家还会讲什么真正的故事。①

这些观点和评论方式,不禁会令人认同陈平原教授"不必太在意他"的说法。透过观点,我们还是隐约可以看出一种不经意的"傲慢与偏见"。用德国作家"写一个苹果写两百页"的写法,来验证一个中国作家写法的"落后",不但会与他规定的写作速度相矛盾,同他要求中国作家成为"民众的代言者"也有南辕北辙之感。假如中国的小说家真成了这样的写手,那也就验证了歌德所说的"民族文学在今天已经算不得一回事了"的预言了。只不过,这个"世界文学的时代"预言却不是福音,因为它既不能挽救中国当代文学的"落后",也无法医治我们作为"他者"的"弱小心态"。倒是歌德接下来的话可以给西方中心主义的偏见一些警示,他说:"如果我们德国人不把眼光转出环视我们的狭小圈子之外,我们就太容易沦为冒充博学而又自高自大的人了……"②这段话也许并不适合顾彬先生,但却可以我们在"世界性"或"世界文学"这一庞然大物面前多一个观察问题的角度而有所启示。

---

① 顾彬:《我没说过"中国当代文学是垃圾"》,2010 年 03 月 22 日 11:02 凤凰卫视"锵锵三人行", news.ifeng.com/opinion/phjd/qqsrx/201003/。

② 〔德〕歌德:《歌德谈话录》,引自伍蠡甫主编《西方文论选·上卷》,上海译文出版社 1979 年版,第 469 页。

三、"本土经验"的合法性与中国当代文学的评价角度

顾彬的角色和角度并非是没有意义的,在了解和认知其他民族文化方面,西方人仍然是我们的榜样。至少是歌德——而不是中国人提出了"世界文学"的概念,是他们才显示了超越民族的文化情怀。还有,至少在现场顾彬教授是使用汉语演讲的——没有哪位中国学者和作家可以用英语或德语与他对话,这的确是值得我们汗颜和反思的。

不过反思我们的语言能力和学术能力,同认识中国当代文学的价值,仍是两个完全不能混淆的问题。顾彬的具体观点虽然并不妥当,但他却给我们带来了一个必须认真思考的"文学性"的问题,他强调自己是从一个翻译家、一个作家的专业身份批评中国当代文学,其中所包含的一个最主要的命题便是,从"国际化"或"世界性眼光"看,中国当代文学的"文学性"还不够强,质量还不够高。因为他同时称赞了中国当代的诗歌,认为它们是好的,并且已成为"国际文学"的一部分了。① 言下之意,自然是说中国当代的小说还远不是国际化的文学。

他的评价方式让我们思考这样几个问题:第一,在现今世界,是唯有"国际化的文学"才有价值吗?第二,什么样的文学才符合"国际化"的标准?第三,文学靠什么来建立其国际性价值?第四,中国当代文学在这方面做得怎么样?

第一个问题无疑是常识,在文化全球化的当今世界,当然是具有"国际化"特点、或者具有"国际化可能"的文学更有价值。但国际化靠什么来实现?是靠作家使用"双语"或者"多语"写作的能力吗?在欧美可能会有这种情况,但在世界其他地方则基本不可能。对于大多数从事写作的人来说,一生只使用母语写作是常态,至于阅读其他民族的文学,能够使用外语阅读"原著"当然是好的,但如果不能,像歌德那样读翻译作品也未尝不可。第二,"国际化"本身事实上也是一个悖反性

---

① 据笔者所见,顾彬当时的原话大体是:中国当代诗歌是好的,不过他们已经不是"中国的文学",而是"外国文学"——不,是"国际文学"的一部分了。

命题——否则"越是民族的就越是世界的"该怎么解释？从中国当代文学的发展历史来看，正是中国作家逐渐获得"国际性视野"的时候，他们的本土意识才逐渐增强起来，在表达本土经验方面才有了一些起色和成功；反过来，也正是他们渐渐学会了表达"本土经验"的时候，才获得了一些国际性的关注和承认。人们都清楚，中国当代小说的真正变革，是从1985年前后的"寻根／新潮小说运动"开始的，这场运动的影响源不是别处，正是拉美文学的成功启示，马尔克斯、米斯特拉尔、胡安·鲁尔弗、博尔赫斯等人使用西班牙语或葡萄牙语书写拉美本土文化所获得的成功，启示和刺激了中国的作家们，使他们意识到，自己无法使用第一世界的语言写作，但却可以使用西方世界通用的"某些方法技巧"来写作，于是就有了用现代派方法书写探求本土文化的"寻根文学运动"。这实际上正是当代文学深层变革的契机。

很显然，无论在任何时代，文学和写作的"国际化"特质与世界性意义的获得，是靠了两种不同的途径，一是其作品中所包含的超越种族和地域限制的"人类性"共同价值的含量；二是其所包含的民族文化与本土经验的含量。对于中国当代的作家来说，两种例子都存在，我本人就曾询问过包括德国人在内的很多西方学者，问他们最喜欢的中国作家是谁，回答最多的是余华和莫言。问他们为什么喜欢这两位，回答是，因为余华小说所表达的与他们西方人的经验"最接近"；而莫言的小说则最富有"中国文化"的属性和含量。我相信这个说法有一定程度上的代表性，不管是余华对"人类性"和"普遍人性"的深刻书写，还是莫言对本土文化的传神表达，都使他们的作品因此而具有了较大的"世界意义"，并因此获得了广泛的国际承认。

最后一个问题值得展开谈一谈，因为这个问题不只关乎当代文学整体成就的评价，还可以升华为一个关于"中国经验"的问题。我认为，和顾彬的判断恰恰相反，中国当代的小说在国际领域中所获得的承认不是比诗歌少，而是要多得多，小说家的作品翻译成外国文字的量，也远比诗歌要多。所以，顾彬先生对中国当代诗歌的肯定，如果不是因为对诗歌文体的偏好，就是由于他对中国当代小说不了解。事实上，如果按照他肯定中国当代诗歌的理由去看，恰恰不是对它的褒扬，而是贬低——难道中国的读者真的需要中国的诗人们去"用汉语书写外国文学"吗？这或许恰恰从一个侧面暴露了中国当代诗歌存在的问题——对本土经验或多或少的忽视。

但我并不想贬低中国当代的诗歌而抬高小说，它们两者之间也有某种不可比性，我想说的是，中国当代的小说在实现"本土经验"的表达方面，确已获得了长足的进步，这是其成熟的表现。历经了 80 年代激进的西化思潮和技法借鉴，当代的小说家们已经基本完成了"技术的接轨"，由"先锋小说"（莫言、苏童、余华等）开始逐步获得国际承认这一点已充分证明，尽管他们并不懂西方的语言，但在理解西方的文学本身方面、在理解西方伟大作家的思想精髓方面，并不逊色于西方作家对东方文化的理解。事实上，完全"准确"的跨文化理解是没有的，强调这种理解也是没有意义的，任何理解都不可避免地带有"误读"成分，而任何文化的误读都可能是创造的一部分——是创造的规律所在。歌德对中国小说的理解不见得是完全"准确"的，但他从一部三流的中国小说中看出了"世界文学时代来临"的讯息，并没有损害他的光辉，相反倒是见出了不同民族文化之间有趣的错位与隐秘的内在联系。

因此在我看来，假如要寻求中国当代文学自身的价值和意义，要紧的是看它们在表现民族文化、书写本土经验方面做得怎么样。说到底，中国人不需要用汉语书写的"外国文学"，西方人也不需要用"外语"写成的他们的"本国文学"。还是鲁迅那句话，"越是地方的，倒越有可能成为世界的"，这个问题，我们自己必须清楚。

看看近十几年来的小说实践，我们也许有理由感到乐观，中国当代的作家们渐次学会了用更朴素的笔法来表现本土经验的写作路径：从 90 年代的《长恨歌》《丰乳肥臀》《活着》《许三观卖血记》，到进入 21 世纪之后的《檀香刑》《人面桃花》《生死疲劳》《山河入梦》，甚至《秦腔》《受活》《你在高原》等，都是明显具有"传统性"甚至"地方性"色彩的小说。如今不但已很少有人用"洋腔洋调"的语言来写作，而且在叙述的方法和美感神韵方面也呈现出对传统和本土经验的复归与认同。关于深层的问题——传统叙事美学和诗学方面的复活与复归问题，需要另外撰文探讨，这里我只说一点，那就是，如果我们不带浮躁和偏见地去看90年代以来的小说、特别是长篇写作的时候,应该有这样一个基本估价——它正在"前所未有"地走向成长和成熟。有人用现代作家的正面例证来反衬当代作家的低下和失败,但如果真正将巴金、矛盾、老舍、沈从文、张爱玲等现代作家的文本拿来与上述作品进行细读式的对比,会发现它们在语言、结构、美感、深度,在思想和艺术的复杂性等各方面不同程度的进步,一个内行和客观的读者一定能够看出其中的生长关系,而不会只从中看出蜕化和堕落。

我不认同对90年代以来文学的否定性判断,某种程度上我甚至认为这是一个世纪以来文学最好的时期,一个丰收的时期,一个艺术水准最高的时期,一个诞生了经典的文学作品的时期。事实将证明,90年代以来诞生的一批小说作品是会经得起时间检验的,很多年之后的人们将会怀念和艳羡这个时代——就像余华在《兄弟》的后记中所说的,一个当代的中国人活了四十年,相当于一个西方人活了四百年,这对于一个写作者来说是"可遇而不可求"的。这样一个急促变化的时代,一个叫人可以百感交集的时代,一个渐渐意识到自己民族的叙事奥秘和美感方式的时代,并不是每个时代的写作者都会遇到的。

归根结底,"本土经验"这一命题包含了这样几个维度:一是传统性,即作品所表现的文化经验是具有民族传统意味的,《长恨歌》和《人面桃花》无疑是这样的作品;二是本土性的具体化——即地方性或地域性色彩,包括小说家使用的地方性语言,所表现的富有地方性特征的内容,《受活》《秦腔》等都是典型的此类作品;三是本土的美学神韵,这一点比较复杂,什么是"本土美学",说清楚很难,但大致上我认为是具有传统色调的结构理念,具有传统性或者民间性的叙事内核、本土化的语言方式,还有民族特有的叙事结构与美感的作品。就像在《废都》《长恨歌》和《人面桃花》《山河入梦》中我们已感受和体察到的那种传统意境与神韵;在《活着》《檀香刑》和《生死疲劳》中我们所获得的那种难以拒绝的泥土气息,那种完全来自本土的叙述活力与滋味……就这些特点来说,它们决不是孤独的个例。这些可谓是汉语新文学经过了将近一百年的探求和变革的结果,40年代到70年代中国文学也曾经强调"中国作风和中国气派",但那仅仅是语言和风格学意义上的,对于中国传统叙事的精髓和神韵的东西的学习,恰恰不得要领。而 90 年代以来中国当代小说对传统经验的恢复,则是深层和根本的。

四、中国当代文学的世界视野

多年来,对中国当代的诟病一直是个热门话题。中国当代文学究竟怎样?我们时常面对这样的追问。问题固然会很多,但是如果历史和现实地看待,回答就不会是一种粗暴和简单的否定。"垃圾说"很容易会得到呼应,因为我们这个时代基本的文化环境有泡沫化的趋势,文学自然也难于幸免。然而历史上"伟大的文学时代"其实也是由无数的泡沫所烘托出来的,没有哪一个时代的文学没有流弊和垃圾,伟大的盛唐也有"轻薄为文哂未休"的群丑,否则就不会有杜甫"尔曹身与名俱灭,不废江河万古流"的愤然诅咒;不朽的莎士比亚也不是光辉独照,而是身处所谓"大学才子"派的攻讦嘲讽之中;曹雪芹写出了《红楼梦》,却在其活着的时候几无知音,穷困潦倒,充斥文坛的倒多是他所抨击的才子佳人的俗套。我们对"文学史"的认知,其实是一个被披沙炼金和叙述浓缩之后的美丽幻觉。历史的本体其实就是现状中的嘈杂与纷乱的并生物。我们阅读鲁迅的全部过程,就是感受他所经验的垃圾充斥乱象丛生的文学现实的过程。"平安旧战场,寂寞新文苑;两间余一卒,荷戟独彷徨"的孤绝影像,是他对自己与时代关系的体验与描述,而这竟是"五四"新文学时代那"波澜壮阔"的历史景象吗?

所以,文学环境和时代流弊不是评价"一个时代文学究竟成就几何"的决定性前提,如果是的话,那倒是伟大文学必然的"伴生物"了。基于泡沫伴生物来否定一个时代的文学是毫无意义的。归根结底,这个时代文学的成就几何,还是要看它的精英作家所代表的艺术水准和所达到的精神高度,从这个意义上,我以为我们有理由来正面评价中国当代文学的成就、它在百年来汉语新文学历史上所实现的生长。

人文主义与世界视野,我以为是评价中国当代文学成就的一个基本立场。固然处理中国的现实与本土的基本经验是它的使命,但处理方式和依据则必须是普世性的价值原则。简言之,好的作家必须要依据人文主义标尺,对现代中国的历史和现实进行批判性的叙述。在这方面,当代作家并不比现代作家逊色。类似《活着》和《许三观卖血记》中对于当代中国底层民众命运的描写,其"卖血"隐喻对于中国当代历史的深入触及;类似《丰乳肥臀》中对于20世纪中国民间社会遭受侵犯并最终解体的血与火的描写,对于承受一切外力压迫、收容一切苦难与耻辱的人民的饱蘸血泪的同情;类似《檀香刑》那样对于专制集权制度下"刑罚历史"的概括,对于鲁迅式的"围观"与"人血馒头"主题的再度展现,以及对国民劣根与民族悲剧命运的尖锐揭示……都可以说是延续和光大了中国现代作家最核心的文学理念,深化了他们最重要的批判性命题。即便是《废都》这样带有争议的作品,在今天看,也可以说生动地揭示了当代中国社会的道德坍塌与知识界的精神溃败——假如说在将近二十年前它问世之初,还显得在道德上有惊世骇俗之险的话,那么在今天,它所寓言的一切都早已有过之而无不及地变成了现实。固然在小说的表层叙述中的确弥漫着污秽之气,但隐含在文字背后的悲剧力量与批判意味,却也随着时间的流逝和历史的验证而得以彰显。

值得提到的还有《长恨歌》这样的小说。从表层看,它也许不像前几部作品那样尖锐,但它所叙述的20世纪上海的历史,也在烟雨苍茫的巨大弯曲中显现出了充满荒谬感的悲剧逻辑。"革命的上海"最终还原为了日常生活的上海,欲望与小市民的上海,灯红酒绿和红尘滚滚的上海,这一切与它最初作为殖民地和冒险家乐园的底色实现了反讽性的重合,历史的逻辑最终消除了革命和政治,并因为一个女人红颜薄命阴差阳错的一生,而生出令人扼腕叹息的诗意。这部小说以它强烈的传统色调的叙事,实现了一个用人文主义处理中国现代历史的范例,因而也就获得了其本土性与世界性兼具的品质。

总有人对中国当代作家的思想状况与能力表示担忧,认为他们除了"语言问题"和"思想问题"之外,还有"世界观问题"。[①] 但这些担忧

---

① 顾彬:《我没说过"中国当代文学是垃圾"》,2010年03月22日11:02凤凰卫视"锵锵三人行",news.ifeng.com/opinion/phjd/qqsrx/201003/。

其实并不出自对作品的阅读,而是出自偏见和印象。我只消举出李洱的《花腔》和艾伟的《爱人同志》,就足以说明他们作品中强烈的人文性与"普世价值"。《花腔》所叙述的是在20世纪中国革命历史中的"个人之死",主人公"葛任"即是"个人",小说中无论哪种政治力量都并不真正需要他,都想在某个时刻置其于死地,但又都不想落一个杀害他的恶名,而恰好可以让他"殉难"于抗战之中,变成"民族英雄"。我想任何一个有头脑的读者和批评家,都会从这部作品中看到一个巨大的历史寓言,都会为自己的时代产生了这样的作品而感到欣慰。还有《爱人同志》,它讲的是七八十年代之交中越边境战争所引出的故事,一位战场上失去双腿的荣军隐瞒了他负伤的秘密,他不是一位真正的英雄,而是因为在战场违纪而被意外炸伤,但意识形态的需要虚构了他的事迹,他"被叙述成为"了一个英雄,在80年代的社会环境中获得了很多好处,并且渐渐依赖于这样一种身份;可是在90年代的市场时代,他渐渐被淡忘和抛弃了,他的价值与光环的丧失甚至使他那位崇拜英雄的妻子也失去了最后一点尊严,他最终不但沦落成了杀人的罪犯,而且失去了最基本的生存条件。就在他满腔悲愤地自焚而死之后,当地的官员又将他叙述成为"体谅国家、从不伸手"的道德典范。这个作品的批判性我想也不需要多加解释,作家虽然巧妙处置,也仍然可以看出他尖锐的思考和对当代中国社会与价值问题毫不回避的批评。这样的作品所表现的,就是被纳入了人文主义与世界视野中的本土经验或经验的本土性。我想它们足以能够回答"当代文学究竟状况怎样"的质问。

  世界视野不止表现在价值的批判性与反思性上,同时还表现在文化与思想的对话性上。与巴赫金的对话理论相似,许多中国作家都在自己的作品中隐含了与西方文化、与世界其他文明进行对话的主题,这表明他们有充分的自觉意识来强化自己作品的世界性。莫言的每一部长篇小说中,几乎都有一个对话性的人物或事件,如《丰乳肥臀》中所嵌入的一个基督教文明的符号马洛亚牧师、《檀香刑》中经常对中国文化评头论足的德国总督克罗德、《蛙》中的日本作家杉谷义人,都暗含了一个与西方文化、与西方的读者进行对话的意图,希望他们从中看出中国的历史,看出一个中国作家对世界和自己民族的认识与反思。类似的对话性人物在其他作家的作品中也十分常见,《兄弟》中带有自我反讽意味的周游世界的人物"余拔牙",《一句顶一万句》中的詹牧师,还有《受活》中"购买列宁遗体"的"后革命神话"的嵌入,等等,都十分敏感地传达了中国作家对于中西方文化关系的思考,显示了他们希望以敞开的方式叙述"中国经验",展现中国近代以来逐渐接近和"走向世界"的道路,以及在这一过程中的心路历程和这一切在当下中国所形成的"壮观的时间流动"(萨特语)。正是这种世界性的视野,使"中国经验"被激活和深化,生发出更强烈的本土意味与创造力量。

  我并不想说中国当代文学是完美的,还是那句话,泡沫和流弊定然是存在的,精神的颓败和创作生产的粗鄙化趋势也是明显的,浮躁之气正销蚀着写作者的职业操守……但就文本而言,我仍然坚信大浪淘沙中有黄金,水落石出中有足以传世的好作品在。批评是每个读者的权利,但是这权利的获得和有效还需要建立在真正的阅读之上,偏见和断言虽然会吸引眼球,却不能服人。

附录1

汉学家高立希:顾彬说中国当代文学是垃圾太狭隘

"说中国当代文学是垃圾,太狭隘!"

古时中国文人喜"清谈",自由,随性,其本质离不开对人生的哲学思考。昨日,德国作家马塞尔·拜尔、于尔克·马格瑙和汉学家高立希在古城南京与毕飞宇、黄蓓佳、鲁敏、苏童、叶兆言五位知名作家就回归传统"清谈"了一把。相对于上次德国汉学家顾彬来宁炮轰中国当代文学,众作家气愤而又尴尬的场面,昨天的"清淡"气氛和谐多了。其间,德国汉学家高立希更是替中国当代文学打抱不平:"顾彬说中国当代文学是垃圾的论点太过狭隘!"

对王朔余华印象深刻

高立希是德国著名的汉学家,在圈中的声望不亚于顾彬,曾与顾彬一起获得过中华图书特殊贡献奖。他也是德国目前翻译中国当代文学最多的一位汉学家,翻译了包括余华、王蒙、王朔、阎连科等作家的数十部小说。

关于印象最深的中国当代文学作家,高立希并没有恭维在场的南京作家,而是直言不讳地表示:"印象最深的是王朔与余华!"接着高立希告诉记者:"我看了中国当代作家很多作品,王朔是唯一一个让我看得哈哈大笑的,特别是他的《顽主》,后来我又向出版社力荐《顽主》,我自己翻译。这本书在德国顺利上市,只不过翻译成德文的《顽主》'笑果'不佳,可能是我翻译不了王朔语言的那种特定的幽默吧!比起王朔,余华的《活着》是我第一次看得痛哭的中国小说,那本书让我对余华印象很深,后来我还翻译了他的《许三观卖血记》,刚刚翻译完的《兄弟》也将于 8 月在德国上市。"说及南京的苏童与毕飞宇,高立希笑说:"他们都是优秀的作家,毕飞宇的《青衣》我非常喜欢,同样苏童的《妻妾成群》我也很喜欢,相对来说,他的《碧奴》虽然在德国上市了,但我不是很喜欢。"此时坐在身边的苏童立刻笑说:"你应该看看我最新的《河流》,那是我目前最满意的作品!"

不同意顾彬的言论

高立希与顾彬都是德国著名的汉学家,但显然顾彬更让人记忆深刻。曾抛出"中国当代文学垃圾论"的顾彬前不久在南京炮轰中国当代作家都不会写人,大腕作家莫言、苏童、余华都是"垃圾"作家。对此,高立希坦言:"顾彬的言论太过狭隘了,不能断然去否定一个时期的所有作家,他完全没有具体分析中国当代文学的情况。如果按照顾彬这样的说法,那德国的文学也是垃圾了。所有国家的文学作品都有好中坏之分,不能一棍子打死。"不过,高立希也比较赞成顾彬的一个说法,就是中国当代作家对于人性的描写现在越来越少:"现在我看的大部分中国当代作家的小说,对于人性的描写是很少了,相反故事很好。其实文学也有美学的功能,希望中国的作家能重视这块。在中国这么多作家里,张爱玲是我非常喜欢的一个,就是因为她关于人性的描写非常透彻,而现在很多中国作家很难做到。当然,故事讲得好,读者会比较喜欢。"

中国作品在德国难畅销

虽然高立希对中国当代文学抱以很高的期望,但他还是直言中国当代文学作品在德国畅销还不是很容易,其中也有很多因素。高立希告诉记者:"张洁的《沉重的翅膀》是迄今为止,中国当代文学作品在德国销量最好的,据传印刷了十万册,堪比德国一流的畅销书作家的作品了。不过,如今的中国当代作家的小说,在德国的销量最多也只有一万册，基本都是在五千册，其中很大原因是德国人理解不了中国小说中那么多的人物，比如《许三观卖血记》，除了许三观，他老婆，还有三个儿子，这些人名本来就很难翻译，加上众多人物的出场，德国人就看不明白人物关系了，所以我在出版这本书的同时，还做了一个人物关系表，方便读者看懂。《红楼梦》就更不用说了，德国人压根记不住谁是谁。还有就是中文小说的篇幅过长，我们一般不愿意翻译长篇，因为中文翻译成德文后，字数一下子就多了近三分之一，我们更愿意翻译中篇，这样读者看得不会觉得累。所以篇幅过长也是影响中国作品在德国畅销的一大原因。"

(记者李谷，原载《现代快报》2009年11月9日)

附录 2

关于顾彬"垃圾说"的两篇报道

一、顾彬:中国当代文学是垃圾
(来源:《外滩画报》2008 年 10 月 16 日)

前两年,德国汉学家顾彬因一句"中国当代文学是垃圾"而引起轩然大波,但他认为,这是国内媒体对他在德国的访谈断章取义的结果。这次为刚刚出版的《二十世纪中国文学史》中译本而来到上海的顾彬,明显变"圆滑"了,不再轻易骂人,这让蜂拥而来的国内媒体颇为失望。事实上,这个脸上沟壑纵横、看上去很忧郁的德国人,始终不曾改变自己的"立场"。

见到顾彬,是《二十世纪中国文学史》新闻发布会的第二天。我第一句话就告诉他:"听说上海的媒体对你很失望。"他一如既往地眉头紧锁:"为什么?""因为大家都等着你骂人,结果你什么都没说。"他闷闷不乐地说:"我没有骂过人,'当代文学是垃圾'的话也不是我说的,是我的中国朋友们说的,他们问我为什么要写这个文学史,简直是在浪费时间。再说,我讨厌重复,以前说过的话我不想说第二遍。每次都说一样的,没意思。"

上海媒体此次为何倾巢出动?原因还是要追溯到两年前。当时,《重庆晨报》某记者将顾彬在德国进行的访谈断章取义,用"当代文学是垃圾"作为标题刊出,着实热闹了一阵。作家圈、学术圈以及爱凑热闹的网民顿时分为两派,网民中有人力挺顾彬的批判性,赞他敢说真话,也有人说他是门外汉,不过哗众取宠。在一场网络混战之后,2007年,北京举办的世界汉学大会圆桌会议再起波澜。善饮的顾彬把 1949 年以前的文学比作五粮液、1949 年以后的文学比作二锅头,引得北大的陈平原教授当场发难,直斥顾彬的评论太娱乐化,是为了迎合中国人

"外来和尚会念经"的心态,认为他的观点根本不值得认真对待;接着,清华大学教授肖鹰又撰写多篇文章为顾彬辩护,批评了一些中国学者的"大国小民"心态。

无论如何,顾彬这次学乖了,用他自己的话说,是变"圆滑"了。"我太太现在禁止我接触中国记者。""好的记者也不行?""事实上我碰到的记者水平都不错。然而问题在于,这些记者写了不错的文章,但会有很差的记者把文章割断,专门从里面挑一些刺激的话另外拼成一篇文章。所以我太太觉得,最好什么文章都没有。不过我的校长要求我多见记者,这样可以替波恩大学做宣传。""那你听太太的还是听校长的?""嗯,这是我的矛盾。"

顾彬看着忧郁,其实还是挺有幽默感的。北岛曾经写过一篇讲顾彬的散文,文章题目取自顾彬的教授资格论文——《空山》。其中说到顾彬当年去北京图书馆查论文的补充资料,遇见了现在的太太张穗子。"一回生二回熟,这位平日目不斜视的德国准牧师直奔穗子办公室,兜里揣着两张《阿Q正传》的话剧票,惴惴然,到了也没敢把票掏出来,只好单独跟阿Q约会。人跟人的化学反应真是奇妙,酸碱中和——正好穗子话多,填补了顾彬那沉默的深渊。"

顾彬不爱笑,他那张沟壑纵横的脸总是给人阴郁、严肃的感觉,第一次见面会让人害怕。有一次他在课堂上说:"你们中国人太爱笑,就老有人问我为什么不笑,我告诉他,如果所有人都爱笑,这个世界就太没意思了。"他善于比较各文化的不同,去年在复旦文史研究院的开幕系列讲演上,他讲的题目是"中国不喜欢散步吗",提到中国人的散步悠闲散漫,是为了在大自然中寻找内心的平静,而德国人的散步很快,总是在痛苦地思考形而上的问题,在脑子里进行激烈的哲学斗争。不知好歹跟顾彬散过步的人,大概都有类似的体验,走了十几分钟就很难跟上他的步伐。据说清华当年有个研究生自告奋勇陪他去爬山,结果半个小时就累趴下了,顾彬抱怨说:"我还得打电话叫人来救他。"

中国文人所追求的宁静致远、独善其身,大概是顾彬最受不了的地方。他对中国现当代作家说过的最重的话,就是他们"都有罪"。那些在历次政治运动中没有受到冲击或者受了冲击而不敢反抗的作家,比如钱锺书、巴金、丁玲、沈从文等等,在他眼中"都有罪",因为他们"没有承担起作为作家的社会责任"。在《二十世纪中国文学史》中,写到阿城的时候,他引用了阿多诺的一句名言:一个在错误中的正确生活是不可能的。

阿城的《棋王》描写的是"文革"中一位沉浸在围棋世界中的知青,这部作品无疑是中国当代最优秀的小说之一,顾彬却坦言读不下去。"我受不了那种在任何时候都能保持内心快乐的世界观。你知道,我们有过纳粹时代,很多知识分子在当时都是这种态度。对外面世界发生的一切,他们视而不见。"可能很多人会反对这样直白地站在德国立场上的批评,固执地要把"原罪"强加给中国文人,但正是清晰的立场,才能令文化差异凸显出来,令比较文学成为可能。文学史说到底也是一种立场,你选择哪些作家、哪些作品,给他们什么地位、如何分析作品,都是你的立场决定的。好比我们之前的现当代文学史书写郭沫若、鲁迅、巴金、茅盾,而夏志清偏偏要表彰张爱玲、沈从文、钱锺书。

撇开立场不说,顾彬的勤奋着实令中国学者汗颜。一些中国学者到了他这个年纪,声誉早已奠定,多数吃吃老本,哪里还会再辛苦著书立说。而顾彬几乎每天都要上课,每学期要看一百多篇本科生、研究生的论文,除此之外还要写作、翻译、带孩子,没有时间,就只能少睡觉。"我每天只睡五六个小时",是顾彬常挂在嘴边的话。为了熬夜,他得准备点白酒,据说他只要一喝白酒就浑身来劲。

《二十世纪中国文学史》是十卷本《中国文学史》中最先翻译成中文的一卷。据说德文原版装帧异常精美,可以保存两百年,定价一百二十欧元。相比之下,中文版的五十八元只是零头。于是顾彬开玩笑地说,以后他的德国学生都得去读中文版了。会不会翻译成英文?他对此很肯定:"美国人不会翻译我的书。他们一直批评我们德国人太喜欢思考形而上的问题,这些问题都太大了,永远没办法解决。他们批评得有道理,但我还是觉得我们就应该这样做。"

顾彬在床上摊着好几种汉语词典和书稿,他的新作、由华东师范大学出版社出版的《二十世纪中国文学史》中译本放在一旁的柜子上。他夹杂着棕色的白发在脑门垂下一绺,说话声音低沉缓慢,不是因为采用非母语说话时需要字斟句酌的那种缓慢,我猜他说德文大概也就这速度。

在年过花甲以后,顾彬多说了两句,就被善造耸动消息的媒体"提拔"为讯问中国当代作家的德国"判官",他似乎也因此而很配合地永远在前额紧锁眉头,一副六亲不认的样子。前一天他扬言说下午随时可能有学生来找他踢足球,但一定先照顾我,不过我还是把采访提前了一小时。

B——《外滩画报》记者
G——顾 彬

国外的中国文学史作品也很成问题

B:你听到严搏非先生对你这本书的评价了吗?他觉得你所谈作家的范围太广了些,有一些很不入流的作家你都谈到了。

G:是吗?我觉得只会有人说我写得太少太简略,他这么讲倒让我吃一惊。

B:你前后写了多久呢?

G:我从1974年开始研究中国当代文学,收集了三十年的资料,这本书我写了五年。

B:在我的印象里,我国的文学史写作一直是很教材化的。有些批评家认为它们总是专注于并片面拔高几个最重要的,对其他人的则简写之或干脆忽略,或用意识形态的观点去评价他们的成就。我自己的体会则是它同考试的形式结合得很紧密,其观点的写法都是直接针对背诵的。

G:我同意,我对现在的中国文学史写作也很不满意。但是应该公平地说,国外的中国文学史作品水平也很成问题。有两个澳大利亚人写的一本中国二十世纪文学史就让我非常不喜欢,跟辞典一样;哈佛大学的一位名教授出的一本,也是辞典式的。

B:我觉得你这本书的最大特点之一是把中国文学放在世界文学的格局内进行考察。比如你在写到上世纪20年代的新文学时,会跟马里内蒂的未来主义宣言和巴那斯派作横向比较,会联系奥特加·加塞特的理论,就这点而言肯定是现有的教材所不能做到的。西方人的文学史常给我一种能打通年代隔阂的感觉,作者是一个在场的人,一直在他所描写的人物、事件、潮流、流派之中。我想问,你在书中是否还是保持之前的那种判断,即在1949年之前和1949年之后的文学之间做出一个有明确价值高低的评估?

G:有。1949年前的中国文学是属于世界的,而在1949年后,中国文学就只是中国的了,能够纳入世界范围内衡量的作品很少,比如老舍的《茶馆》,80年代以来北岛的诗歌,从某种意义上说,王蒙还有一些小说可以列入其中。此外女诗人如翟永明等,对我来说,朦胧诗派和后朦胧诗派都是可以属于世界的,因为几十年来中国诗歌生存状况变化不大,没怎么商品化,诗人没法靠写诗来挣大钱。

B:随便举个例子,你对《白鹿原》这样的小说怎么看呢?

G:我读过,我不喜欢,但这跟我自己的标准、我作为德国人的品位有关。中国作家喜欢讲故事,喜欢开辟很大的主题,国家、民族、人类,德国人现在很少写这些,相对而言,他们总是聚焦于一些比较小的东西。

中国当代作家太不知疲倦

B:去年我读上海译文社出的一本德国新生代小说家作品集《红桃J》,就很有体会。当时在北京还有一个活动,把两个国家的年轻作家请到一起对谈。德国作家的短篇小说都注重内心,描述场景时不满足于白描或细致入微的场景刻画,他们写了几段文字后就会转入想象、思辨,让人物退入其身后存在的一个很大的思想场地里面。

G:确实,这是德国小说的特点。德国作家重视一个人的灵魂,他们的每一段描写都可能有形而上的暗示,有象征意义。举个例子说,托马斯·曼的《布登勃洛克一家》,其中描写一个人的手,写得很长很长,你说一只手有那么重要吗?看到最后你才知道,原来这个主人公要倒霉了。

B:也就是说每一段描写都有象征和隐喻。

G：鲁迅的作品也是这样,《孔乙己》《藤野先生》,每句话都进行很仔细的推敲,所以鲁迅的作品增一字减一字是不可能的,而中国当代作家的书你随便增删段落都没问题。好的作家应该知道语言是最重要的。

B：但在德国文学的范畴里,托马斯·曼是现在我最难读进去的作家了。

G：德国人也是这样,托马斯·曼的语言是精英的语言,句子很长,你要拿着词典去读他的书,很多德国读者都觉得艰难。而且他的世界观是从叔本华、尼采这里来的,如果你对德国哲学不熟悉的话,肯定看不懂。

B：你觉得对中国当代作家而言,他们的创作态度是否存在很大的问题？前年是世界杯年,余华跟媒体说,他今年最重要的任务就是看球。他也许是一句随口之语,但被媒体拿去放大了。

G：当时余华出了《兄弟》吧,我只是翻了一翻,是为市场写作的小说,对相关的报道也没有兴趣。余华和莫言都是当代中国最重要的作家,但他们的情况有些类似,他们都喜欢报道古怪的东西,当然可以用后现代主义的理论来肯定这种倾向,但作为德国人,我们都不太喜欢后现代主义。我们的标准跟中国作家的标准太不一样了,中国作家似乎爱写古怪的事、古怪的人,德国作家不会这样做。

最近有位德国女作家发表了一篇小说,不长,照中国的标准也就是一个中篇的样子,书名是一种苹果的名字,内容就是写这种苹果的历史,但和她母亲的历史穿插着写,她没讲什么故事,但是语言非常美,德国评论界称之为"一本安静的书",很纯净,没有什么很惊人的情节、很大的主题。中国人就很难接受这样的书,中国作家都喜欢写得很长很厚,而德国作家一天的写作通常不超过一页,所以现在德国小说都不长,通常一百多页,到两百来页已经算长的了,如果一本小说四五百页那基本上就是通俗文学,不能算严肃文学了。像莫言的书,在德国就是通俗读物。

B：余华早期的作品你也看过,我想最早的时候,他那种状写残酷的不动声色的白描手法肯定有很强的震撼力,但后来就有自我重复的嫌疑。你说的那种喜欢以奇闻轶事制胜的套路,当时可能也是来自对拉美作家的模仿。

G:我同意。中国当代作家最大的问题之一,我觉得是不知疲倦,写完了一本以后马上写第二本,每年都能出新作,莫言四十三天就能写成一本好几百页的小说。而德国小说家四五年写一本,托马斯·曼这样的作家,要写一本八百页的小说至少需要八百天,再修修改改,三年才能完成。

B:德国现当代小说家,中国读者心目中最伟大的人物如海因里希·伯尔,我读他的《女士和众生相》,故事很紧凑,每一句话都是经过反复思考写出的,每一句话都有讽刺,情节中的张力无处不在,我必须反复读一个段落才能把握住其中的精彩。别的任何国家的小说家可能都不会像他这样讲故事。

G:我很理解,伯尔是战后德国文学的中坚力量,是个伟大的道德家。但他有不少致命的缺点,比如说,他的德文不好,甚至可以说相当差,现在德国还读他书的人已经不多了,有评论家提出,如果说他还有什么有意义的作品的话,就是他二战期间的书信。伯尔喜欢骂人,在五六十年代和官方势力的矛盾非常尖锐,当时的政界、宗教界和文学界之间普遍存在这种矛盾,不过现在已经没了,现在不管作家写什么,官方都不会干涉。

德国优秀作家一辈子不考虑市场

B:你这次来华,说话似乎比较温和,类似过去对《狼图腾》的批评我也没有听到,这种变化跟你要在中国出版文学史有关吗?你前两年对当代中国文学的一些言论,爱听的人还是很多的。

G:我有个原则,说过一句话不会重复。另外我也需要重新审视过去的一些观点,我必须看到德国当代文学里也有不少垃圾。

我想通过一些活动来听听读者和学者以及作家的看法,我不喜欢说话,我喜欢沉默。但是在前两天我这本书的发布会上,学者都说很好,没有意见,记者们没看过书,都说提不出什么问题,出版社还请了一些作家,比如马原,但他们都没来,我的书中也提到过马原,不过是出现在注释里,可能令他不大开心。我一辈子都会保持尖锐,但我不希望别人把我看成敌人,因为我自己也写作,散文、诗歌、小说,我知道写作是一件非常艰难的工作。

B:那么王小波呢?

G:我读过,德国也翻译引进过。我为什么不大重视他的小说呢,可能是因为年龄的关系,也可能是因为我个人不大喜欢把小说写得太抽象,有太多比喻性的东西,但德国年轻人确实是喜欢他的,所以跟年龄有关。

B:中国很多禁忌打破得太晚,率先打破禁忌的人往往会成为偶像。我想现在年轻读者对王小波的推崇多少有些娱乐化的性质,而当下的年轻一代作家,他们的名声的来源就更具商业性和娱乐性了。在德国有这种情况吗?

G:有过,但这股风气现在弱了很多。前些年有一批年轻作家发起过这类运动,好像是在媒体待过似的,用很直白的媒体语言写作,读起来就类似早晨起来喝杯咖啡去上课或者打球,中午吃饭,下午跟女朋友碰面,谈谈麦当娜的淫欲……

他们写的小说只是报道,不是创造性的,不创造任何价值。他们曾经有很多读者,但现在已不是这样了。

B:在中国这类很随意的写作一直有相当不错的市场,在德国不是这样吗?

G:情况应该好一些,因为我们有一大批很优秀的诗人,有很好的评论家和作家。这些人不跟市场走,很多作家出本小说只印两三千册,诗人印一本诗集也就是四五百本,他们一辈子不考虑市场。

B:最近几年,中国作家出新作时的发布会,到场的记者大都没看过书,提问大而空泛,而那些已成名的作家,早已习惯参加这类活动,懒得多说什么,只求早早进入签售程序,排的队伍越长越好。德国的情况怎样?是否还保留有类似"作品朗读会"的传统?

G:德国没有发布会,德国作家出了一本新书,为他们忙碌的是书店和文学中心。基本上德国作家不跟记者、学者打交道,他们跟读者见面,很多书店都会组织这样的活动。每座城市都有文学中心,他们会组织朗读会、座谈会,给作者创造与读者交流的机会。

出色的编辑和书评人很重要

B:网络阅读对德国书店有影响吗?在网络上发表的作品要变成印刷品会很容易吗?

G:有,但不是说在网上看书,而是通过网络买书。在电脑上看书很难受的。至于在网络上发表的作品,德国还保持着老传统,就是强大的编辑程序,编辑部会全面考察你的语言,会修改你的错误,是否能形成印刷品完全要取决于编辑的判断。我所有的著作,包括这本《二十世纪中国文学史》,都被仔细审读和修改过,当然编辑在修改时也会来找我讨论。

B:出版编辑的地位和水平比作者还高?在中国,许多畅销书的作者都发掘自网络,或者是一些知名的公众人物,出版社的利润要依靠这些人。其中充满了各式各样的混乱、错误、疏漏,需要编辑去帮他们一一纠正,这对编辑而言是很大的负担。

G:一般来说,德国出版编辑的语言文字能力如果不比作家高,至少跟他们一样。如果稿件质量不佳给编辑带来过重负担,出版社完全可以拒绝出版。他们不会在意作者的名气大小、社会地位高还是低。

B:那么德国出版社重视外国文学吗?比如《狼图腾》在国际书市上很受欢迎,是不是因为外国人对中国民族起源之类的问题感兴趣呢?

G:德国的书籍市场上70%都是翻译作品,而在美国这个比例是5%。在德国,最受重视的一向都是历史类、政治类的书。

但是《狼图腾》这本书,早就翻译成德文了,但一直拖着没有出,为什么?我跟我的同学、同事、学生看过这本书,体会都一样:它写的东西让我们想起希特勒的时代来。如果现在出版,一定会受到无数的攻击。

不过,明年的法兰克福书展上中国是主宾国,届时会有几十本中国书同时在德国出版,评论家不可能把注意力集中到一本书上,如果《狼图腾》运气好,关于它的书评少一点,它还能留在市面上卖卖,否则,这本书在德国就彻底完蛋了。

B:书评人的意见会如此统一吗?

G：肯定的。没有人会对这一点视而不见,没有一篇书评会赞扬这本书。

B：我很关心在德国的书评人的生存状况。

G：我每天看书评,德国的各种媒体都刊登书评,有很多很出色的文章。每天看书评也帮助我写这本文学史,因为我能从书评中看到很多我从来没有看到的问题。

德国的书评人可以靠写作为生的,因为大报小报每天都有书评,出版编辑自己写书评的情况不多,书评人都是独立的。好的评论家的文章,对书的销量有直接影响。

二、顾彬:"我没说过中国当代文学是垃圾"
(2010年3月19日凤凰卫视"锵锵三人行")

窦文涛:"锵锵三人行"。今天许老师为咱们请来一位重量级的嘉宾,德国人,著名的德国汉学家顾彬教授。而且我从一个细节就能看出是德国人来了——做节目都带着汉华字典来的,随时要查,够严谨。不过关于顾彬教授,许老师可以介绍介绍,我是孤陋寡闻,他研究中国现代文学、当代文学研究有几十年,得有三十年了,我以前不知道。作为德国波恩大学的著名汉学教授,出版过专著,《二十世纪中国文学史》,我以前也不知道,甚至他还翻译过六卷本的鲁迅诗歌散文集,以前我也不知道。但是他接受采访,说中国当代文学是垃圾,这句话所有人都知道了。

顾彬:但是我没有说过。

窦文涛:没说过吗?

顾彬:这句话我从来没有说过。

窦文涛:我估计你在中国任何一次采访都会有人问你这个问题。

顾彬:是。

窦文涛:后来有人说是媒体断章取义。

顾彬:对。

窦文涛:那你究竟是什么意思呢?

顾彬：那个时候，2007年，有一个住在德国的中国记者找我做访谈，聊一些中国当代作家的问题，他具体提了三个女作家的名字，我说她们的作品是垃圾，这个到现在。

窦文涛：你记得是哪三个女作家吗？

顾彬：一个是棉棉，一个是虹影，一个是卫慧。

窦文涛：棉棉、虹影、卫慧，你说她们三个人的作品是垃圾？

顾彬：是，但是其他人的作品，我没有说他们全部都是垃圾。

窦文涛：没有说全部都是垃圾。

许子东：部分，但是这个报道真是断章取义了，直到他刚才这样讲解释，直到这个之前，我都觉得他可能说过那句话，只是前面上下文，但是他现在的解释很清楚，只是针对三个作家，对不对？

顾彬：对，另外我当时告诉人家，中国当代文学也有非常好的诗人，我自己老在翻译中国当代诗人的作品，我想给你一个很简单的例子，去年我有机会在德国跟唐晓渡一块。

许子东：唐晓渡。

窦文涛：中国的诗人。

顾彬：跟他一块出后朦胧诗派的诗集，这些天我收到了一个很好的消息，有一个委员会选了本月德国出的最好的五本书，五本书里面也有我们的诗集。

窦文涛：但是为什么讲到中国当代文学，您总是要讲诗人，不讲小说呢？

顾彬：因为小说有问题，诗不一定有问题。

窦文涛：小说有什么问题？

顾彬：有很大的问题，有三个问题，一个是语言的问题。

窦文涛：语言的问题。

顾彬：形式的问题，另外还有一个世界观的问题。

窦文涛：语言、形式、世界观，我们来看一看，顾教授，反正出现在媒体上的一些观点断章取义的，我们导演可以来看看字幕。

许子东：他们整了你的黑材料。

窦文涛：你的一些黑材料，你看据说这都是您的话——现在不少中国作家是在玩文学,当代作家基本没有什么思想,他们的脑子是空的,中国当代文学太主张性与罪,中国当代文学是垃圾,这三位女作家。

再看下一页,你看他讲——王蒙《组织部来的年轻人》不错,莫言是个落后的小说家,金庸的作品我看不下去,鲁迅的语言能力和思想都非常高,鲁迅的文章离当代人太遥远,也不能帮助当代人建立他们的语言和世界观。

这还有——《狼图腾》是法西斯主义,舒婷非常好,但是她现在根本不写诗,张爱玲非常好,郁达夫和郭沫若都是典型的忧郁症患者,丁玲上世纪40年代写的作品,从内容来看还是丰富的。

许子东:他们整理了您很多材料。

顾彬:是,基本上是我说的话。

窦文涛:承认是他说的话,我注意到他讲的一点,虽然他没有说中国当代文学全部都是垃圾,可是似乎是您有过这样的话,就说我研究了中国当代文学几十年,我已经付出了几十年,我也不想放弃,甚至他保留有很多珍贵的史料、档案,将来都可以送给现当代文学馆。

对,但是他说研究三十年之后,开始对自己发生怀疑,就是说我有没有必要花这个功夫,这个意思我觉得是很贬低中国当代文学的成就。

顾彬:但是一个真正的学者,应该对他自己有好多好多怀疑,所以到现在我老在思考我过去的书和文章,我自己有没有道理我不知道,可能我有道理,也可能我没有道理,反正我不一定我说的话才算。

窦文涛:您这是一家之言,但是像您刚才说的中国当代作家,你觉得一个是语言问题,一个是思想问题,一个是世界观问题,你老说他们没有思想,但是我们……

顾彬:但是不光是我一个人说,好多其他的中国学者也是这么说的。

窦文涛:但他不敢像您一样公开说。

顾彬:他们也是公开说的。

许子东:全推在你头上。

顾彬:不一定,我最近因为我在德国出杂志,修正汉学,我们每一期都会发表中国学者文章,摘他们的文章,所以最近我们也摘了两个学者的文章,他们就是这么说的,中国当代作家没有思想。

窦文涛:那您说的这个思想是指什么呢?

顾彬:一个作家他应该知道世界是什么,社会是什么,人是什么,另外他的背景也应该跟哲学有密切的关系,还是跟宗教。

窦文涛:跟哲学和宗教有密切关系。

顾彬:对,他应该从一个哲学、宗教的立场来看自己,来看社会和人等。

窦文涛:许老师你怎么看?

许子东:他把他的批评加上一个部分我就全同意了,我觉得不能讲全部,现在有部分中国作家,真的是没有独立的思想,他们的思想是比较抄别人的,但是当然还是有一些作家是有自己对世界独立思考的。

顾彬讲授刚才讲的有一点很重要,就是说他对自己的研究对象,包括自己的观点有反省,这一点我们做批评的很难做到。中国大陆有个说法叫我搞什么,我搞当代,我搞什么。通常你搞久了以后,你就爱上它了,你就不愿意否定它了。

比方说我写过一本书关于郁达夫,我自己现在回过头要重新出版这个书,我回过头来看我二三十年前写的东西,就会发现我其实对他太溺爱了。

窦文涛:爱上了自己的研究对象。

许子东:对,因为要是它不好,我拼命去替它辩护,要是它不好,我为什么研究它呢。但是如果隔了一定的距离以后,就像顾彬教授讲,你要拉回来反省一下,你是不是也太进去了。

顾彬:是。

许子东:这个是很重要。第二个,他对于当代文学会持保留态度,也跟他学术背景有关,因为他入门开始做中国文学,他是从唐诗,魏晋,从古典小说、古典诗歌开始。所以这就有一个很宽的视野,比起我们现在很多学者只就现代做当代,当代做现代,只在现代汉语里面打圈圈,我觉得他是一个一个很大的优势。

窦文涛:而且顾教授提出来的一些信息,我们就想不到,比如他说外国人对中国当代文学的成就,很大程度上是认同诗歌,他倒很认同中国一些诗人的作品,可是现在在中国,谁还说诗歌啊?

许子东:这个问题会有争论,因为国内会有一些人认为说中国现在某某以后的诗人,受外国诗歌影响太大,他们几乎是在为外国的出版社,为外国的评论家,包括像您这样的汉学家而写作,而他们已经离开了中国的土壤,有这么一种批评。

所以诗歌在外国影响很大,可是在中国大陆现在的文学类型里面,散文、小说,甚至电视剧都比诗歌影响要更大,我不知道您怎么评价这样的看法?

顾彬:人家说中国当代诗歌受到了外国的过多影响,是有道理的,但是中国当代诗人自己也会承认,这个比方说欧阳江河有一次也和我说过,我们离中国传统太远。你现在看中国当代诗歌,你可以完全不知道中国传统是什么,他一个当代诗人,不会提到某一个唐代诗人的诗是不可能的。但是如果你要了解、翻译中国当代诗人的诗歌,你应该知道外国诗。

我翻译他们作品的时候,我的困难就是在这儿,因为他们受到了各个文化、各个国家、各个民族的影响,但是我不一定看过世界上所有诗人的诗。所以经常翻译,比方说王家新的诗歌,我应该问问他们是什么意思,这个思想是从哪里来的。但是还是可以这么说,他们阅历非常丰富,诗里头有好多好多完全新的思想,因为他们真的了解现代性,跟香港的梁秉钧一样。

窦文涛:我再问问你,像在我们这里,最火的作家,就像你说的,你们还评奖呢,莫言,为什么你刚才讲莫言是个落后的作家呢?

顾彬:这个好像我说得有点过分,但是什么叫小说,什么叫现代性格,还是当代的小说,如果你从德国来看,你会发现一个非常认真的比较好的德语小说家,他的小说不会超越一百页、两百页。可能小说里头才有一个主人公,一个德国小说家他会集中在一个人的灵魂之上,比方说有一个瑞士女作家,她用德文写作,她写她的妈妈,一个苹果,写两百页,没有写别的。

窦文涛:一个苹果写两百页。

顾彬:一个妈妈和一个苹果的关系写一百页,语言美得不得了。有一个奥地利作家,他刚刚得了德国最高的文学奖,他写了一百二十页,专门写一个世纪末的维也纳诗人,写他度假,度了两个星期的假,语言非常美,基本上没有什么故事他会讲,但是他完全集中在他的思想上。

但莫言跟一个19世纪的小说者一个样,会讲好多好多故事,会介绍好多好多主人公,有的时候你觉得她小说里面的人,一共可能一百个、两百个,另外会有三代,有祖母、爸爸,有年轻人。

窦文涛:轮回转世,一代又一代。

顾彬:什么都有。

许子东:还变成很多动物。

顾彬:所以对我们来说,这是以19世纪的方法来讲故事,现在在德国基本上没有什么小说家还会讲什么真正的故事。

窦文涛:而且他不满意说,莫言四十三天就写完了《生死疲劳》,太不认真了。顾教授讲,说我们德国的好作家,世界著名的作家,一天只能写一页,可是莫言呢,这么多,几百页的小说,四十三天就写完了,这个说明什么问题呢?

顾彬:他没办法修改。

窦文涛:做充分的修改是吗?

顾彬:是,比方说我刚在德国出了一本小说,才一百页,我写了三年,然后我允许它休息三年,三年后再拿出来看一看,可以吗?我觉得可以给出版社出版。

许子东:莫言现在太红了,我倒是不像顾彬教授这样批评,我觉得他有点苛刻,当然你听另外一位汉学家葛浩文来讲,他说莫言又是最好的,最可以得诺贝尔奖等等,又有中国的草根,又有现代主义的技巧等等。

我自己觉得莫言就是,因为现在整个社会对他的评价很高,他几乎每篇作品都得奖,《生死疲劳》甚至得了红楼梦奖,最近是《蛙》,他也参加,我也参加,我们都是评委,中国南方一个报纸的评奖,他的《蛙》又得奖。

所以莫言是锦上添花,而且他现在怎么写,人家都能怎么出版。所以他也好,王安忆也好,好多作家也好,我们私下里都说文字里有点缺乏节制,他们的文字,怎么写都能发表,怎么写都可以。

窦文涛：所以顾教授认为小说最重要的是语言，而不是故事，甚至说着重于讲故事是一种过失。

顾彬：对，故事是次要的。

窦文涛：那么语言非得是长时间推敲，才能出来一个好的效果吗？

顾彬：是，比如托马斯·曼那样的伟大作家，一个小说家应该每天写一页，然后第二天应该开始修改，第三天也可能继续修改，这样可以提高水平。

许子东：但是对中国作家来说，还有一个问题，我们公认语言好的作家的作品没法翻译，因此他们反而很难获得世界的认同。比方说阿城，比方说张爱玲，在中文圈子里，我们都认为就语言来说，他们是非常棒的。

可是他们的作品翻成了西方的语言以后，没法保留他们原来的神韵，所以很多人就提出一个质疑，就是说所谓中国文学走向世界，他们根本打一个问号，或者说我们没有必要走向世界，我们本来就在世界当中，我们没有必要去在乎其他民族的那些认可。或者就是说，我们好东西是没法翻译的，您怎么评价这么一个看法呢？

顾彬：我同意，有些中国当代还是现代作家很难翻成比较合适的德文，也包括张爱玲在内，我同意。我自己很有困难把她的作品翻成比较好的德文，但是你看现在特别复杂的一个当代诗人，欧阳江河，我觉得我可以把他的作品翻成比较合适的德文，现在他在德国比较火。所以看作家，看谁搞翻译，一个翻译家，他不可能把所有的中国现代、当代作家都翻成比较合适的德文，这是不可能的。

许子东：是不是诗歌比较容易翻译？

顾彬：不是，根本不是，因为我也是诗人，所以对我来说翻译诗，比方说翻译北岛，把他的诗翻成德文诗，我基本上没有什么问题，因为他的背景和我的背景一样，我们都是从朦胧诗派而来的，另外我们都受到了唐朝诗的影响。

窦文涛：表情也都比较忧郁。

顾彬：也可以这么看。

窦文涛：我觉得，您知道像中国人，他会认为德国人容易刻板，或者说这种绝对标准，比如说在他这里我就能够感觉到，比如你说莫言的书又回到了中国章回体，借鉴章回体是一种落后的表现，你没有新的形式。

可是我也记得我听过阿城先生对一个中国作家的评价，他反倒说过去几十年来，很多中国作家没有注意到我们传统小说当中一个宿命的主题，比如说《红楼梦》，章回体，这种命运的轮回，宿命，他倒觉得把这个给借鉴过来，是一个好的做法、好的评价，这个您怎么看呢？

顾彬：你好像没有看过阿城对中国当代文学的其他批判，他说过现在中国当代作家写的都是中学生写的东西。另外中国当代文学，可以跟一个四岁的孩子比较起来，当然还是走路，旁边还需要两个人帮他的忙走路。所以从这个角度来看，阿城比我更可怕，完全否定中国当代文学。

窦文涛：顾教授我还听过您批评中国当代作家，说1949年以后的作家光想当官，1979年以后的作家光想出名、挣钱，甚至还说中国当代作家胆小怯懦，不能够发出一个国家的声音，解释一下您认为什么是一个国家的声音？

顾彬：如果一个国家有问题的话，国家也需要一个人站起来，谈一谈国家有什么问题，在德国比方说格拉斯，小说家，他觉得我们有问题的话，他会不怕什么，公开地说，他有没有道理，是另外一个问题。我非常羡慕他，他敢怎么说，敢怎么做。

窦文涛：但是你没有考虑到中国作家生存的政治环境，甚至是经济环境等等这些，对他的制约吗？

顾彬：但是一个作家不应该考虑这些，他应该听他的心，他应该听他的良心，他应该作为一个国家的良心。

许子东：最吊诡的就是当中国作家这两个字组合在一起的话，你越坚持作家这一条，你越能够说出国家的问题，你要是整天想着中国，我出去我是一个代表团，我代表国家，我整天在宣传国家的形势，你丧失了你作家的责任，其实你两样都代表不了。

窦文涛：现在我跟一些中国作家聊天，我发现他们聊天都跟商人似的，卖了多少，什么码洋，我都听不懂这些词，挣了多少钱，等等。我就想起你说的，说在国外中国当代文学人家是当通俗文学来读的。

顾彬：对。

窦文涛：你认为金庸是通俗文学，而且你觉得你看不下去，为什么看不下去呢？

顾彬：因为他用的方法是已经过时的方法来讲故事，另外1945年以后，基本上一个真正的小说家，不能够再讲什么故事，这个故事时代过去了。但是我应该承认，好像现在还有一批人，他们需要一个小说家给他们讲什么故事，因为他们没办法了解到他们的生活实际等等，所以这是一个原因。

为什么在德国当代小说家不一定受欢迎，你应该知道，德国出版的70%都是翻译本，另外德国的当代读者大部分都是女的，她们基本上喜欢看外国小说。

许子东：哈利·波特。

顾彬：她们基本上喜欢看中国小说和美国小说。

许子东：她们喜欢看中国小说？

顾彬：是。

窦文涛：故事性强。

顾彬：也应该说莫言有些部分写得不错，这个我承认。

许子东：受德国妇女的欢迎。

顾彬：但是她们都是大学毕业的，现在德国40%的人是大学毕业的。

许子东：所以普通读者其实也是知识分子。

窦文涛：许老师你认不认同他所说的故事不重要，而是应该千锤百炼语言呢？

许子东：从纯文学角度讲是这样，从大众文学的角度看讲故事更重要，这个永远是两种，就像一个人类需要。

辑三 中国作家与世界视野

文学与世界

——在北京师范大学"中国文学海外传播
国际学术研讨会"上的发言

莫　言

各位朋友,上午好!

不久前我回故乡待了半个月。我住在乡下,那里没有网络,也没有报纸,我关了手机,不看电视。我想用这样的方法跟北京、跟上海、跟大城市、跟文学切断联系,然后去切实地体验一下当下的农村生活。但毕竟是在城市待久了的人,在乡村待了大概三五天的时候就感觉身上很不舒服,就想去一个有热水的地方洗澡。朋友把我带到县城里一个巨大的澡堂。小小县城,没有北京、上海那样宏大的建筑,但是我们的澡堂足以和任何一个大城市的澡堂媲美。当我泡在热水里昏昏欲睡的时候,有几个人赤身裸体地冲到我面前。他们第一句话就问我,还认识我们吗?我说你们找个毛巾遮掩一下身体,我也许会认识你们,否则我不认识你们。他们都是我在棉花加工厂工作时的工友。他们告诉我的第一句话就是:今天的《参考消息》上登载,王安忆和苏童进入了国际布克奖的候选名单。

大家都应该知道,国际布克奖是一个很重要的奖项,能够进入国际布克奖候选名单的都是世界各地的著名作家,有的甚至是我非常钦佩的、堪称伟大的作家。这是中国作家第一次入围这个重要的国际奖项,从全球的成千上万个作家当中入围了十三个作家,中国就有两名。这是一个令人振奋的消息。我回到北京以后到网上去搜索了一下,果然看到了很多报道。我还看到了中国作家毕飞宇获得今年的英仕曼亚洲文学奖的消息,他的获奖作品是《玉米》《玉秀》《玉秧》的合集,翻成英文好像叫《三姐妹》。英仕曼亚洲文学奖是一个创建不久的奖项,今年是第四届，其中有三届的获奖者是中国作家。第一届获奖作品是姜戎的《狼图腾》，第三届是苏童的《河岸》，今年是毕飞宇的《玉米》。我还想到，去年获得俄克拉荷马大学《今日世界文学》纽斯塔特奖的诗人多多。近年来，还有一些中国作家和诗人获得了一些国际性的奖项。这是否说明我们中国文学走向了世界呢？这是否能说明中国作家已经变成了世界性的作家呢？我想，如果下这样的结论，会受到很多的批评。网络上会板砖挥舞，讲堂上会唾沫横飞。许多人，包括在座的很多人，都不会同意我下这样的结论。我自然不会下这样的结论，但是我认为，这毫无疑问是一个信号，表明中国作家的创作正在越来越多地引起国际文坛的关注，也表明中国作家的作品已经引起了国际出版业和读书界的重视。获奖当然不能说明所有问题，但是获奖起码可以部分地说明问题。在那么多入围的作品中，你得了奖，另外的人没得奖，那就说明，大多数的评委还是认为你的作品比他们的作品要好。因此我认为这些获奖的消息和入围奖项的消息是值得我们高兴的，也是值得我们振奋的。

　　三位获得英仕曼亚洲文学奖的中国作家的作品的翻译者都是一个人——美国著名的汉学家葛浩文先生。葛浩文在国际汉学界是鼎鼎大名的，他在翻译中国文学这个工作中立下了巨大的功劳，他翻译的中文作家的数字，我想已经接近一百个人了吧？我本人就有九部作品已经被他翻译成英文，已经出版了七部，有两部翻译完还没有出版。我在网上看到有人在质疑：苏童、毕飞宇、姜戎，都是葛浩文一个人翻译的，这些作品是否最后变得都是一种风格呢？我们这些作家原来的个人风格经过同一个人的翻译，是否最后都变成了一样的面貌，一样的风格？这确实是值得我们深思的，也是我们深深忧虑的一个问题。

　　我想，这不仅是我们忧虑的问题，也是像葛浩文这样杰出的翻译家忧虑的问题。我们最怕的问题，也是他最怕的问题；我们最不希望出现的现象，也是他最不希望出现的现象。他工作中最大的困难不是把故事翻译过去，而是要把我们中国的这些作家的个人风格，尤其是语言风格，找到一种相对应的英文来转译过去。这对于一个翻译家来讲，是巨大的挑战。葛浩文，我想他几十年来一直在应对的就是这种挑战。我想他做的最大的努力,肯定不是在翻译过程中,而是在翻译之前要寻找到对应这个作家的语言的腔调。我跟他是老朋友,跟他进行过多方面的讨论,讨论最多的也还是这个问题。譬如他翻译王朔小说时,如何把王朔小说中那种"痞子"腔调翻过去,让他困扰了很久很久,他最终是找到了纽约社会下层的年轻人的语言来对应王朔的语言,应该取得了很好的效果。他最近翻译我的《檀香刑》这部小说的时候,也在千方百计地寻找一种美国的语言来对应《檀香刑》里的韵文。这样的努力究竟能够达到一种什么效果,我无法知道。但是我想,熟谙英语的读者肯定可以感受到。

我和我的同行们应该感谢像葛浩文这样的几十年来孜孜不倦地艰难工作的汉学家,感谢他的劳动。尽管有人对他的翻译有所批评,比如说他随意删改作家的作品,老葛感到很委屈。我说我可以给你证明。在跟我的合作过程中,他是在充分征求了我的意见的前提下,才做出了某些删改。总之,这样的汉学家,我们应该感谢。我们的文化部门应该给葛浩文颁发一个大大的勋章。

最近这两年,中国的对外文化交流呈现出了一种繁忙的景象,不仅文化部在对外进行文化交流,作家协会、教育部、广电部、很多的大学,都在大张旗鼓地对外进行文化交流。有高雅的庙堂文化,也有民间的文化;有需要用起重机来吊的艺术,也有飘浮在空中的艺术。这样的交流到底会产生一种什么样的效果,现在很难来判断。有的是事半功倍的,有的可能是事倍功半的。几十年前,中国作家出去的时候,经常是要靠外国机构,甚至是慈善机构,邀请我们,给我们付路费,给我们付住宿费,管我们吃饭。现在中国花一点钱把外国的汉学家、把外国的作家邀请到中国来,是不是可以算做我们几十年来欠账的还债?什么叫大人物呢?大人物就是不算计小钱。什么叫大国家呢?大国家也不算计小钱,大国家不占小便宜。

在文化交流方面,不应该用经济眼光衡量,不存在赔钱和赚钱的问题。而效果,也是渐渐累积,不可能立竿见影的。今天在座的诗人吉狄马加先生到了青海任职以后,就创办了青海国际诗歌节这么一个平台——世界上最高的一个平台,海拔四千多米——每年都会邀请全世界的几百个诗人来到青海,搭着台子唱诗,朗诵诗歌,然后大吃大喝。大吃大喝一直是个批评性的话,但我觉得可以当成赞美的话来用。我们有很多的好东西,为什么不让他们来吃呢?让他们吃,给他们好的印象,即便我们的文学不能给外国朋友留下美好的印象,那就让我们美好的食物给他们留下美好的印象。而且他还颁发一个国际诗歌大奖,金藏羚羊奖。没有奖金,但是,奖品比奖金更珍贵。奖品是什么呢?是新疆和田的这么一大块的玉,而且是带翠的。什么是带翠的,我不知道,我想,带翠的肯定比不带翠的贵重。如果你是西班牙人得了奖,会用西班牙文在翠玉上雕刻上你的获奖评语。这还没完呢,还有西藏民间的高手匠人用纯金打造的金藏羚羊的底座。

　　总之,现在对外的文化交流,不仅是官方的,也是民间的,不仅是中央的,也是地方的,是上上下下的愿望。我们今天的这个对外文学交流的平台,也是诸多的对外文化交流活动的一个重要组成部分。现在中国文学正在引起世界的关注,而且是越来越密切的关注。有人说,这是因为中国的国力在发展,中国的国势在强盛,中国在国际舞台上获得了越来越多的话语权,由此带着中国的文学也被关注,我不完全同意这样的看法,但也无法否认这种看法。现在好的形势已经出现了,很多交流的台子已经搭建起来了,接下来最重要的,就是我们能够向世界的读者贡献什么样的作品。如果没有好的作品,再优秀的翻译家,再优秀的出版社,出版再多的书,也不会征服外国的读者。在这样的情况下,我们怎么样写,我们写什么,确实是个严肃的问题。

　　对于中国当下的文学评价,最近几年有很激烈的争论。我作为一个正在写作的作家和历经了三十年文学发展历程的作家,当然希望能够给当代的文学打一个高的分数。彻底否定当代文学的批评意见我是不接受的,但我尊重这种意见。对于这样一个庞大的写作群体,对于已经出现的成千上万部作品,如果没有充分的阅读就下结论是冒险的。我现在可以看到的刊物有三十多种,我每一期都会把头条看一下,我发现刊物上发表的中、短篇小说的艺术水平和思想水平,已经超过了80年代初我们这批作家出道时的水平。所以我想说中国当下文学的水平,是和世界文学的水平比肩齐高的。这是我的看法,绝不强加于人。

我们当然不能满足，当然要努力，当然希望能写出更好的作品。我之所以到农村去，也是为了要对当下生活有一个更亲密的了解和体验。时代在发展，社会在变化，今日的乡村，今日的城市，跟三十年前的乡村城市已经不可同日而语。我过去认为我是可以钻到农民心里去的，但现在，年轻一代的农民的心理我已经不了解了。我过去总是以想象力为荣，认为只要有了想象力，什么都可以写。现在明白，想象力必须有所依附，如果没有素材，想象力是无法实施的。

　　最后我再说几句：写作的时候要忘掉翻译家。我们感谢翻译家宝贵的劳动，但是我们写作的时候一定要忘掉他们。我们不能为了让他们翻译起来容易而牺牲写作的难度。我们不为翻译家写作。我们为什么写作？每个人都有自己的答案。

从顾彬的一句诗谈起

——在北京师范大学"中国文学海外传播
国际学术研讨会"上的发言

王家新

谢谢主持人。这次我本来只是想来听听,"中国文学海外传播"和我这样的写作者有什么关系呢?似乎没有。今天我和多多还在来的路上讲,"传播"是风的事。但既然参加会议,也就得讲几句。

我首先想起了在座的顾彬先生在青岛写下的一首诗中的两句,这两句是:"在八大关之间/一条路太少,/在两个爱之间/一个爱太多"。前一句似乎人人都可以写出,但后一句就不同寻常了。几个月前我读到它时甚至有点激动,这正是我想写而未能写出的诗,怎么就被你顾彬写出来了呢?

无论是谁写的,这都是一种唤醒。这使我如梦初醒般地意识到自身的命运。

这也是一个发现,在"两个爱"之间的发现。那么,顾彬先生的这"两个爱"是什么样的爱呢?我不便从私生活的角度猜测。我想,作为一个汉学家,同时作为一个诗人,他穿越于不同的语言文化之间,很可能就处在这"两个爱之间"。

也许正是处在这两个爱之间,他发现"一个爱太多",他已承受不起,或者说他发现他只有一个爱,而这一个爱,足以葬送一个诗人的一生。

而这是一种什么样的爱?别问诗人,问我们自己吧。

那或许是一种对文学本身的爱,或许是一种更不可言说的爱。总之,那是一种绝对的爱,也是一种不可能实现的爱。

我想,这就是一个诗人"公开的秘密"。

显然，这是一个经历了很多的人才可以写出的诗。年轻时也许只有一个爱，单纯的爱，但上了年纪后就出现了多个爱。这与其说是见异思迁，不如说是生活本身的力量，而且我们还得感谢这矛盾的人生，因为没有这"两个爱"或"两个以上的爱"，我们就很难发现那唯一的爱。

顾彬先生的这两句诗就这样耐人琢磨，就像他本人一样。我甚至由此想到，我们现在既爱杜甫，也爱卡夫卡，难道不是处在"两个爱之间"？这样一想，这两句诗，几乎就是我们自己的命运或者说困境的写照了。

我想起上个月在莱比锡的经历。因为我的德文诗集出版，他们请我去德国几个城市朗诵。在莱比锡期间，我最想看的就是圣托马斯教堂。那可不是一般的教堂，它曾是巴赫长年担任管风琴师和乐队指挥的地方。我去晚了几分钟，教堂的大门已经关上。在三月的冷风中，我只好贴着门缝听。那从门缝里隐隐传来的管风琴声，好像天国里的音乐。听着听着，我禁不住要流泪了。

我想起作家库切，他称巴赫为他的"灵魂之父"，并回忆起他十五岁时在花园里第一次听到巴赫的钢琴平均律时的感受，说正是那一刻决定了他的一生。

但是，我是一个中国人，我应该因为巴赫的音乐流泪吗？我是应该忠实于自己的灵魂呢，还是忠实于自己的文化身份？

依然是上次在莱比锡受到的触动。在书展上，我着重看了东欧国家的展区，东欧文学对我一直有特殊的吸引力，东欧国家对他们的诗人的推崇也令我感叹，比如今年（2011）是米沃什一百周年诞辰，为纪念这位波兰的伟大诗人，波兰把今年定为"米沃什年"，除了集中展出米沃什的著作外，还将在欧洲的六个城市分别举办六场大型朗诵会！

波兰，一个苦难深重的民族，也许最让她骄傲的就是这些诗人了。

而她的诗人们，也一直保持着对她的忠诚和爱。尽管一生漂泊不定，米沃什一直把波兰视为其根基所在，正如他在一首诗中所表白的："忠实的母语啊／我一直在侍奉你。／每天晚上，我总是在你面前摆下你各种颜色的小碗……"

但是，诗人的这种忠诚却不是愚忠，他对自己的祖国也有很多严厉的批评。比如在德国占领时期,波兰人对纳粹对于犹太人的大屠杀、大清洗的某种默许。即使对他所忠实的波兰语,他也一再指出过它的保守、贫乏和局限性。

因此,2004年8月14日,这位"我们这个时代最伟大的诗人"(布罗茨基语)在波兰的文化圣城克拉科夫去世后(米沃什1989年以后从美国回到波兰定居),纵然有七千多人参加葬礼,还是有一个团体要设法阻止诗人的遗体葬入克拉科夫先贤祠。只不过他们没有成功。

这也许说明不了什么,只是让我的眼皮有些发涩。这让我不得不再一次向那些满怀着爱而又富有良知与勇气的作家和知识分子致敬!

这也让我想起了土耳其作家帕慕克十多年前在关于秘鲁作家略萨的文章《暴力的风景》一开始就提出的问题:"真有所谓的第三世界文学吗?"

有,现在看来有。第三世界的作家们外表上不会打上特殊的烙印,但在他们的内里,是不是一直被这类"忠诚"的问题所困扰?他们有时候是不是需要冒胆才能发出他们的声音?在略萨那里,我们就听到了这种声音:

> 我憎恶一切形式的民族主义,这是一种狭隘的、短视的、排他的意识形态——或曰宗教,它缩小了心智视野,孕育着种族偏见,将偶然的出生地环境转化为至高无上的价值、道德乃至本体论的特权。

这种与自己同胞争辩时发出的声音,我在作家哈金那里也听到了。哈金就有这样一句诗:"忠诚是条双向街"。

哈金之所以写出这句诗,背后是他的全部生活。我们知道,哈金并非土生土长的美籍华人,他在赴美之前就已经用母语写诗了,只是在后来才转向英语写作。而这意味着什么呢?意味着身份的彻底转变?一种"脱胎换骨"?或者对一些中国同胞来说,意味着他已不再属于"中国文学"?他已不再和我们"有关"?

我们要面对的问题就在这里。

在近年的一个讲稿集《在他乡写作》中,哈金专门探讨了他所说的

"非母语写作"。他称之为"语言的背叛",称它为一个作家"敢于采取的最后一步",因为这在他的同胞看来是一种"不忠"。此外,这种"语言的背叛"之所以令人却步,还在于其他一些原因,哈金就这样引用了纳博科夫的话:"从俄罗斯散文彻底转到英语散文是件极痛苦的事,就像爆炸中失去了七八个手指之后重新学会握东西。"

哈金自己做出这样的选择,其间的艰辛我们已可以想象了。这不单是语言上的磨难,我想这还必然伴随着一种内在的撕裂。无论如何,转向英语写作,对于一个中国人来说几乎意味着要去成为"另一个人",这与那种完全脱离语言文化母体,脱离如哈金自己所说的那种蜂窝或蚁群般"伟大的繁荣",重新获得自身存在的不无绝望的努力联系在一起。

问题更在于我们自己。我们怎么看待这种哈金式的文学越界和"语言背叛"?在这位携带着超额痛苦的移居作家那里,在那条他所说的忠诚的双向街上,我们看到了一种充满矛盾的双向运动:一方面,他完全投身于英语写作,甚至立志要"成为该语言的一部分";另一方面——这也是最吸引我的,他内心中那种难以化解的情结,又使他一再回过头来朝向他的过去。在他的几部英文诗集中,他对他的"中国经验"所做出的发掘,读了每每使我不能平静。他所道出的真实,甚至会使我们这些局内人哑口。这些作品是用英语写出的吗?是,但在其内里,我每每感到那就是从我们自己的内心要迸发出的声音!

难以平息的是一种内在的争辩。在哈金笔下带有作家自己精神自传性质的主人公武男所作的一首诗中,我们听到了这样一个声音:"你被自己的愚蠢误导,/一心去步康拉德/和纳博科夫的后尘。你忘了/他们是欧洲白人。/记住你的黄皮肤/和那点才分……你背叛了我们的人民,/用拼音文字涂涂写写,/你蔑视我们古老的文字……误把消遣当成所爱";而另一个响起的声音,孤单而又坚定:"看在上帝的份上,放松些吧,/别没完没了地谈论种族与忠诚。/忠诚是条双向街,/为什么不谈谈国家怎样背叛个人?/为什么不谴责那些/把我们的母语铸成锁链的人?"

说实话,这样的诗读了使我难以平静。这样的争辩真如刀锋一样,深入到了一种"内在的绞痛"。

请原谅我就一位用非母语写作的作家谈了这么多。我想说的是,我们虽然不会也不可能做出像哈金那样的选择,但在很多意义上,这仍是一个内在于我们的故事。尤其是在今天这个时代,不管我们愿不愿意承认或是否意识到,在我们很多人身上都潜藏着这样一个"移居作家"。我们的全部语言文化遭遇和内在矛盾把我们推向了这里,推向了我们的两个爱之间,推向了那条众声喧哗的双向街上。

米沃什的那首《我忠实的母语》依然十分感人,许多年前,它曾伴随我在异乡的艰难岁月,支撑着我对母语的信念:"忠实的母语啊/我一直在侍奉你……"但在今天我发现,我完全可以用另一种方式来侍奉,以一种更个人、也更具有超越性的方式来侍奉。

这就是我在我的"两个爱"之间听到的声音。

谢谢。

我所感悟到的中国诗学艺术的特点

——在北京师范大学"中国文学海外传播
国际学术研讨会"上的发言

食 指

了解我复杂经历的人知道,我生活起伏较大,书读得少一些,但诗写得较早,又有好的老师指点,重要的是我不曾放弃,所以我对中国诗学艺术有些"感觉"。

我的感悟是:中国诗学艺术是在"境界"中"意会",在"意会"中求弦外之音,即"韵味"。

子曰:"书不尽言,言不尽意。""圣人立象以尽意。"古人又云:"象生于意,故可寻象以观意。"关于"生于意"的"象"有中西文化之分:西方文化多具象,较真实准确。中国文化多讲究"传神意会",有"取其象外"之说,此处不多谈。我主要分析一下"故可寻象以观意"的审美活动过程,并借王国维先生的"境界说"谈谈中国诗学艺术的特点。

读书赏画是在读纸面或荧屏上的"象"。"寻象"即思维随着"象"走,跟着"象"喜怒哀乐。由"象"引发情感而将人出神地带入"境界",在艺术境界中人们增长知识,丰富心灵,陶冶情操,理解参悟艺术家要说什么,又是怎么说的。可以说"境界"是修炼后的艺术家创造出来的。"境界"分文、野、高、下,是诗人人格品位的体现,决定着作品的优劣,由此可见王国维先生说的"词以境界为最上"是非常正确的。

而我认为,在此二说中,还能引出更深的一层——韵味。

陶醉在艺术境界中是无法仔细辨别诗人本意的。只有在读完作品立的"象"之后,从诗人造的"境界"中走出来,即"出境",定下神来,再在回想通篇时,才能边品咂滋味边细细分辨"意"。但这只完成了"寻象以观意"的审美过程的第一个层面。

第二个层面是在出了王国维先生所说的"境界"后,再"品味辨意"时,人们已不自觉地也参与其中了。从中感受到了什么,得到些什么,与个人的经历、学养有关。所以一首诗读后,可能每个人的感受是不尽相同的。因为这第二个层面讲的"寻象"观到的"意",不仅有诗人所造境界中的"意",也有读者意会后的"意",这就是弦外之音了。

如陶渊明的《饮酒其五》中那种从容自得的"采菊东篱下,悠然见南山"的自在心态和"山气日夕佳,飞鸟相与还"的与大自然泰然相处的亲近感情,只能由读者各揣心思地去想象,而同诗人一样"欲辨已忘言"了。

再如辛弃疾的《丑奴儿》,从"少年不识愁滋味"到"而今"的"欲说还休,欲说还休",则深感年岁越大,阅历越丰富,愁字就越发不想提了。至于到了"却道天凉好个秋"的境界,已品出人生的"韵味"来了。

由上面举的两首诗词可以看出,诗人记叙的是百感交集的难言之情意,读者品出的是酸甜苦辣杂陈之味道。因这个"意""言不尽",只好如中国艺术讲的"可意会不可言传"了。印度佛家讲的"神意"说出来就是"俗谛","真谛"是说不出来的,也有这个意思,仔细想来,其中也有耐人寻思的"韵味"。我觉得这在某种程度上说明了,在立象造境中"意会"这个"言不尽"的"意",自然会产生品不尽的"余韵"。

正如宋代范温所说"韵味":"概尝闻之撞钟,大音已去,始音复来,悠扬婉转,声外之音,其是之谓也。"

我以为艺术家在创作时调动各种艺术手段的目的之一,就是追求这个韵味效果。如押尾韵、换尾韵,讲究首尾照应,留出空白等,都是在使人回想大音去后复来的始音,给人留有想象的余地。

有人认为弦外之音很神秘,韵味是"无迹可寻""可遇不可求"的。为此我征求了诗人林莽的意见。林莽认为:这是由民族文化形成的,和诗人的思维、语言天分有关。有人很有思想,可就是说不清楚,写出文章也是干巴巴的,确实是个人的艺术天分和学养问题。

我同意他的意见,但需再说明一点:如果了解中国诗学艺术是在立象造境中"意会"的艺术,深谙此道的诗人会在创作中"点到为止"。点不到,不容易开启人的想象之门;点过了,层层铺开,又有西方文章说教之嫌；不如恰到好处地轻轻一点，给人们留下思考和想象的空间为好。

　　这篇文章发表在2009年10月12号的《光明日报》上，这是一个人的爱好，是一个人的思考，不是学者的研究。这个文章主要提了一个字——"味"，用"味"这个字来鉴赏艺术品德的提法，在中国自古以来就有。之前在文章中多有提及，并延伸到这里。我个人学习体味的几点意见的文章，就是这篇《滋味、韵味》，发表在2010年2月6号《芙蓉》杂志上，由于时间关系，就不多谈了。值得一提的是，中国可意会不可言传的品位变异和西方较为明快提出的分析思辨，是不同的。我认为应该探讨这些文化上的差异和不同，但彼此应理解尊重，并互相欣赏。谢谢！

对接受者的猜想

——在北京师范大学"中国文学海外传播
国际学术研讨会"上的发言

西 川

听了大家的讲话,我觉得我自己有点傻。"傻"在哪儿呢?我自己准备的一个发言是紧扣"中国文学传播"这一块,但是我发现实际上随便说什么都可以。下一次你们院再开这种会,我一定不按照这个题目说。但今天我已经给了题目了,所以只好谈一点跟这个话题有关系的话题。我也不想谈得太多,只是介绍一点与传播这个问题有关系的个人经验。

2007年我曾经在纽约大学的东亚系给学生开过一门课,上过一个学期,这门课的题目叫做"翻译中的20世纪中国文学"。后来在2009年,在加拿大维多利亚大学也给学生讲了同样的课。我知道在座的有很多教授,像台上的奚密教授,都是长期在国外教书的。因为我完全是一个中国背景,而且是一个诗人背景,所以对我这个短期教书的来讲,看了学生的反应我觉得很新鲜,也很有意思。所以,我想介绍一下这个经验。

纽约大学外面就是百老汇,边上有一个二手书店。这个书店里面有好几架亚洲的书籍,其中有几架是关于中国的书。通过英文版的关于中国的书,我们能够明白西方对中国的描述。这个对中国的描述,我看了以后觉得很有趣。

然后再给学生上课,因为是讲翻译中的20世纪文学,我就要找一些材料,看什么东西已经翻译成英文。我讲的绝大多数是诗歌,不是小说,但是涉及一些散文和文论。比如说毛泽东《在延安文艺座谈会上的讲话》,对20世纪的中国来讲还是非常重要的,所以也给学生讲,而且有英文翻译。在寻找翻译作品的过程中,我也发现了很有意思的一个现象。包括坐在底下我就看这个背景荧幕,这些人我辨认得不太清楚,其中有屈原、曹植、李清照、曹雪芹、郭沫若、陈忠实这些人的名字。但是,这些人实际上只是在我们这儿被认为是重要的作家。我可以非常坦率地讲,屈原在美国没有什么名。学者有翻译屈原作品的,但是诗人谈论中国诗歌的时候,并不太谈论屈原。李清照很受欢迎,诗人们都知道李清照,因为她的作品有很好的翻译。钟玲教授也在这儿,美国的雷克瑟斯的翻译是非常好的翻译,所以在美国李清照是有名气的作家,曹雪芹是伟大的作家。可是我也在课上讲了郭沫若,因为我要全面反映20世纪诗歌的状态,所以无论它是好的,还是不好的,你接受也好,不接受也好,我全讲给你听。学生们对郭沫若的反应,让我觉得很有意思,他们基本上觉得这些诗是比较蠢的。这是因为那些学生不是专业学文学的,他们来自各个系。当然陈忠实在我们那儿名声很大,但是其实他作为一个作家没有什么重要性。作为学者,可能在学者圈子里面是很重要的,作为作家,在中国的上下文中,陈忠实有他独特的重要性。

至于翻译的情况,我觉得翻译不仅仅是翻译,实际上也是一种批评。我觉得哪天能够开一个会,这个会题目就叫"翻译作为一种批评的手段",我觉得这不仅仅是翻译的问题,可能会有点意思。然后通过选这些材料,我发现以前呈现在英文当中的中国诗歌,有些我们认为没有什么意思的诗歌,在英文里面就有意思。比如说有一位我们几乎已经忘记的老先生——刘铮,有一段时间他写寓言诗、讽刺诗。后来我找到刘铮的一篇诗的英译文,觉得很有意思。他的寓言诗去掉了当时的社会背景以后,很像是波兰的日比格涅夫·赫伯特的诗,这个就很有意思。经过翻译以后,作品从一个语境进入另外一个语境,有些信息被带过去了,有些信息则是带不过去的。有些诗歌是在另外一种语言当中创作新的信息,还有一些是被已经存在的信息所淹没,它就会有这样一些情况在里面。这是一个关于选择用什么样的东西来讲述我的经验的问题,我快速地概括一下。

第二个,我发现读者接受中国的现当代诗歌的时候,经常要借助于故事来理解。不是说理解这首诗就理解这首诗,而是必须理解跟这首诗歌有关的故事,这个故事就是一个符号。他理解中国的诗歌,必须借助于一些什么样的观念呢?他必须借助于冷战,因为他理解冷战这个故事,所以能进入中国当代诗歌当中。比如说我理解"专制"这个概念,理解"冷战""专制"等,全是故事。如果没有这个故事,这个文学就不好理解。所以,这是在我讲课的过程当中遇到的一些困境,就是我要跟学生解释背后的很多东西。如果你不解释,他就完全给你理解歪了,理解到别的地方去了。这是很有意思的,这不是成功的理解,而是不成功的理解。我们一直在说"传播"就是把中国文学推到海外,让世界人民都知道中国有哪些作家写了什么东西,但我觉得不完全是这个目的,也可以是在传播的过程当中通过观察接受者的态度、反应,来加强你对接受者的理解。所以,我觉得传播的目的实际上是一个相互的理解,就是你理解我,我理解你;通过不理解到理解,理解这个世界。这是我的一点看法、一点经验。谢谢大家!

汇集，表达或者空白

多 多

我很高兴今天下午第二场的听众跟刚才听刘震云的听众还是有重合的，并不是一些新的听众，包括刘震云本人也坐在那里。我这样说绝非笑谈，因为一般来讲，诗歌的听众、读者恐怕是一批比较特殊的人。

我今天来也没有做任何准备，一般情况下我很少参加会议，尤其是这种新潮学术会议。我在演讲的时候，会有意识地训练自己不要背任何稿子，想到哪里，说到哪里。我在培养自己、锻炼自己的这样一种能力。为什么要这样做呢？我想说的第一个词就是"汇合"或者叫"汇集"。这个词与我们今天说的这个话题有关系，我们谈到世界文学、中国文学、国际视野与中国经验，但是完了以后是什么呢？一定要进行汇合，要汇集到当下的这一刻。这一刻就是现在我在给你们讲话，我下一句还没想好我要说什么。这种当下的经验就是作为一个诗人最为重要的经验。而写散文的时候，我很清楚我的路线，我事先都很清楚，只是要把我的意念、思想、经验描述出来。

第二个词是"表达"。表达是什么呢？就是把已知的事物用语言、文字书写出来。也就是说语言是一个运载的工具，诗歌不是。诗歌在被书写之前是空白的，这叫创作，是诗歌的起点、原点。刚才老郭（食指）开了一下头，他也有同感。诗人的这种经验，我们通常称之为神秘感，不可尽说，也不可甚解。但是在一个如此发达的学术体系中，在这个理论的环境时代，诗人必须要变成一个说者，也就是言说诗歌。如果更感兴趣的是在语言之内、在诗歌之内，我们有没有可能说一点儿。所以，我想我们如何就这个题目说下去，作为一个诗人、一个写作者，我刚才已经讲了，并不是说我写出了诗歌，而是诗歌自动飞来，与我合力。这样一个很微妙、也非常愉悦的时刻实际上就是相遇，这样的时刻是考验一个写作者的国际视野与其中国经验的汇合、整合。是否可以合力地说出这一切,是否能高度概括地迸发出来,是对一个诗人非常大的考验。

而相反,我的诗歌归诗歌,我作为一个诗人是在不停地阐释,不停地解释,不停地运用概念或者说大量的语言来制造说服力。不,就我个人经验,我为什么写诗?我的经验并非只是我从出生到现在,六十岁了,出国多少年,在中国多少年,一个物理的轨迹。不是的,而是我从哪里得到了世界文学、伟大的诗歌典范,怎样吸引了我,让我产生了共鸣,激发了我。我想这种东西是超空间的、超主流的、超时代的、超国界的、超语种的。如果我们还在继续沿着中西方文化冲突,或者是传承与当下的创作之间的裂痕,或者是不断加深这种裂痕、加深这种冲突,由此往下走,那诗歌就写不出来。它必须是高度整合的,也就是汇合之后我们的合力。我想我所得到的诗歌的财富是这样得来的,就是为什么在我二十岁左右什么都不明白的时候,读了一些西方的诗歌。我怎么就开窍了?我为什么获得这么大的共鸣?这些都不可解释。

翻译对诗歌的损害可以说是非常厉害的、致命的,但是仍然能够传达出去,这就是诗歌的一个非常高层次的和不可言说的秘密。我很高兴今天还有这么多同学来倾听关于诗歌的话题。

还有三分钟,这就是考试了。前七分钟是比较容易的,这三分钟就比较难了,也是比较恐怖的。因为有的时候会忽然失语,脑子一片空白。那么我就谈谈"空白",这也是诗歌经验的一种积累。在到了晚期的时候,弗罗斯特有一句名言,"不用怒潮生命",到了一定阶段后,不要再那样,要留下什么呢?要用空白说话。我们古人也都讲过空白、沉默,还有一种整体的沉静。也就是说,并不是我们说的四两拨千斤这个意思,而是说在一首诗歌之中,通过它已经说出来的部分去揭示那个或者暗示那个,或者与空行,与那个巨大的沉默产生一种对应关系。我觉得这是诗歌比较奥妙的部分,最近策兰在中国非常热,这和王家新的翻译、介绍、研究都很有关系。我也在反复读策兰,策兰尽管集中了50年代法西斯、集中营这些历史经验,但实际上我想我可以不管这些。我们人类存在的根据性是一直持续的,从无中断,古已有之。所以,我想诗歌最原始的含义仍然是那个东西,那个不可言说的东西。而诗人就是要对这不可言说的东西言说它的一生,然后取得一点点所谓的我们所说的经验。我很想这样说,中国视野与国际经验。好,我就说到这儿!

我的中国经验

——在北京师范大学"中国文学海外传播
国际学术研讨会"上的发言

林 白

我已经有很长时间没有出来开过会了,上一次我到北京师范大学是1984年,可能在座的有些同学还没有出生,那时候我是第一次到北京来。当时我在广西图书馆工作,来北京玩,在北师大的学生宿舍住了一个晚上,这是我关于北师大的经验。上个月我碰到张清华教授,他邀请我来参加这个会。我说好吧,那我就来见见世面吧。所以我觉得我今天就是以《红楼梦》里"刘姥姥"进"大观园"的心态来的。所以,我就以"刘姥姥"这个立场、这个方式来讲一点离题的话。

这个会议是关于海外传播,这个海外传播以及与之有关联的全球化、国际化这些概念,对我来说是非常隔膜的、很遥远的。我的作品没有太多翻译到海外去,但是今天上午我听到童庆炳老师的发言,对我有很大启发。他说中国文学是抒情性的,是歌唱一个故事,而不是叙述一个故事。因为我们国家是一个农耕社会,农耕社会传统生活里有一种诗意和意趣。那我今天就跟大家讲讲我所知道的,我们传统生活当中的意趣。

上周五,北京打雷了,是北京的第一声春雷。在湖北乡下,每到春天,听到惊蛰之后第一声春雷的时候大家要干什么呢?赶紧跑到你睡觉的屋子里,到你床上去赶蚊子。也不是真正地赶蚊子,而是要做一个赶蚊子的动作。一边赶一边要唱歌:"赶蚊子,赶格子,赶到田里吃麦子。"这个"格子"是一种臭虫,当然这个"赶"不是实质性的,对蚊子根本没有任何影响,但作为一种风俗、一种仪式,我觉得是很有趣味、很有意思的。

还有另外一个,就是到立秋的时候,节气意义上的立秋不是真正的立秋,还很热,立秋那天干什么呢?女孩子要摘一把桑叶,然后跑到村里的池塘里面去,站在水里,弯着腰,低下头用塘水洗头,把桑叶在头上揉一下。其实也是象征性的洗头,据说这样以后头就不会臭了,哪怕你出了很多汗,头也不会臭。这也是非常有意思、很诗意的一个风俗。

我举这两个风俗的意思是什么呢?就是现在有大量的中国经验消失了,这样一些独特的、富有美感的、有趣的、有诗意的生活已经消失了。对我来说,我觉得这些有意趣、有美感的生活的消失,比起是否国际化、是否在全球化里头占有什么份额,更令人感到担心。我要强调的还有一点,就是刚才我讲的这个生活习俗,它不是正在消失,而是已经消失了——连记忆都没有了。

我再举一个例子,就是在湖北乡下娶亲的时候要专门请一个牵娘,把新娘子从花轿牵下来,现在没有花轿了,有汽车,所以变成了把新娘子从汽车上牵下来,牵着她的手送到洞房里头去。这个牵娘要给新人铺新床,一边铺床,一边要唱一首铺床歌。现在湖北农村还有牵娘,但是铺床歌已经没有人会唱了。那谁会唱呢?据说一位七十八岁的老人会唱,于是我就找到了这位七十八岁的老人,想请她回忆一下这个铺床歌怎么唱的。结果她也忘记了,她只会前面的四句,这个歌是很长的,她只记得四句了。如果再过几年,她死了,不在世了,那这种生活就会彻底地消失。

另外,还有建房子,上梁的时候要有一个上梁歌。这首我已经搜集来了,也是非常长的。它很有意思,要跟即将成为栋梁的木头对话,唱歌的人要问:"栋梁、栋梁,你生在何处?长在何方?"它也有叙述,有故事,有传说,有农民的理想,非常有意思。但是,现在中国农村盖房子也不是这种盖法了,现在是水泥墙,哪还有人砍树木来盖梁,所以这个也已经消失了。

最后,我想说的就是,对于海外传播我是无法把握的,那我所能把握的是什么呢?我所能把握的就是我以什么态度来对待文学、对待生活，以什么态度来对待我们传统生活中的这种诗意和意趣。对我们来说，现在新人，所有在农村结婚的新人，他睡的那张床可能跟以前不一样了。那张床是没有经过牵娘的歌唱祝福的，那我就认为这张床失去了一部分，或者说很重要的一部分诗意。我就说到这里，谢谢！

从苏州庭院到"马戈德堡"的黄昏

——在北京师范大学"中国文学海外传播
国际学术研讨会"上的发言

朱文颖

因为接下来是讲座卖了八百张门票还供不应求的刘震云先生讲话,所以我想给大家节省一点时间,我只需要六分钟。

首先,我觉得当这个题目("中国经验以及世界性")提出的时候可能是站在这样一个立场:比如说从甲方到乙方,从上海到北京,我们需要通过某一种工具、某一种方法才能从"我们的中国经验"到达"世界性"这样一个目的地。这两者在不同的地方,具有不同的经验体系。那首先这个命题本身我就并不是特别同意。

就我刚才所说的立场,我举两个比较感性的例子。我生活在苏州,有位朋友是画家,同时也是一位造园艺术家。他以及他的朋友在苏州非常繁华的地带买了几幢别墅,然后他把别墅前的空地重新设计成园林,还原了中国古代比较有钱有闲文化人的生活方式。园子里有亭台楼阁,有小桥流水。春天开春天的花,秋天结秋天的果实,在冬天下第一场雪的时候,你可以看到非常静谧的园林的景象。然后里面还有中国古代的戏台,隔着水榭可以听到箫声。有时候还可以在里面举办一些堂会,我们能够欣赏苏州评弹以及中国古典的昆曲,曾经还演出过著名的《牡丹亭》。这一很有意思的庭院和苏州一般的园林不一样,因为它是有人在里面居住的,是有烟火气的,是日常生活的一个组成部分,而并不仅仅是买票进入供人参观的场所。所以,它渐渐成为苏州一个很有意思的地方,很多文化人喜欢把自己的朋友带到这个人家里去喝茶,品味一下古代雅人的生活。然后有一天,有十几个欧洲博物馆的馆长组成的一个团来到中国,来到苏州,他们也去了这个庭院。他们在里面吃了一顿饭,住了一晚上。第二天看到太阳升起来的时候,其中一个蓝色眼睛、栗色头发的外国人用外语说了这样一句话:我在世界上走了这么多国家,生活了这么多国家,现在突然找到了我下半辈子生活的方式,那就是在中国,在江南,在这个园子里。然后他解释了一下他的话,他说西方文化是很富有判断性的,是或者不是,有或者没有。而在21世纪,在这样一个资源、生态以及世界发展的情境非常复杂的人类拐角点上,用这样一种文化观念可能很难绝对地解释人类今后的走向。他觉得中国的道家文化很有意思,中国文化这种圆融的境界,这种不是那么确定的判断可能是以后人类发展的一种选择和进程。

在这个瞬间,我觉得这个异族人突然取消了他的蓝色眼睛、栗色头发,取消了他几十年来形成的饮食结构、语言方式,取消了他的出生地、民族性甚至宗教信仰,他只是一个人,一个独立的有创造力和领悟力的个体。他站在人类发展一个艰难复杂的十字路口,在某一个瞬间,和中国的南方、和苏州的庭院、和我这样一个与他具有完全不同文化背景的人,产生了某种灵魂上的契合。所以,从这个角度来说,我觉得所谓的世界性就是某个瞬间的场景,在那个场景之中,我们就是统一的人类。

那么马戈德堡又是一个什么样的地方呢?去年秋天我去了一次德国,这个马戈德堡是德国中部的一个小城镇。它其实是欧洲最重要的中世纪城市之一,神圣罗马帝国皇帝奥托一世大部分的统治时间都居住在那里,死后也葬在当地的大教堂中;在二战时期,它是德国被盟军轰炸毁坏程度仅次于德累斯顿的第二大城市,美国和苏联的军队占领了该城。在两德没有统一期间,它归属于民主德国,两德统一以后到现在,则是萨克森州的首府。

我是第一次去德国,所以对我来说,马戈德堡的这个背景是完全陌生的。我们是在黄昏的时候到达那里,然后看了一个德国最古老的哥特式教堂。这个教堂在二战的时候被毁坏得非常厉害。德国人后来用一种专门的砖来重建这个教堂。这种砖据说是用特殊材质制成,被雨淋湿以后,这个教堂的墙面就会呈现一种非常古老的灰黑的颜色。那天我们到达的时候教堂的钟声正好响起来,很多的鸟群飞了起来,街上没有人。突然之间,我觉得这个地方比我的故乡更像我的故乡,我从骨子里亲近并且理解这个地方。为什么在完全的异文化空间我会有这种感觉？后来我想，其实还是因为我出生并且生活在中国的南方，骨子里流着南方的血液，这使我看待世界以及与它相处的方式是曲折的、缓慢的、有着忧郁幽深的内里的。而在马戈德堡的那个黄昏，一定有什么东西触动了我，而它的某种氛围也正好契合了我这样一种认知。所以，我觉得"故乡"这个概念其实也是很广泛的，有时候并不像人们所说的那么狭隘。

我生长于上世纪的 70 年代，我们这代人成长以后，经历的是中国变化最大的一二十年，几乎是一个千年的大变局。我出生在上海，童年时的苏州街道已经没有了，老屋也没有了，小学被拆掉了，很多同学也不见了。很多老朋友、老同学再见到的时候已经面目全非，完全改变了价值观。这种感觉，或许也是在座的中国人这二十年来最深切的感受，这个世界变化太大了。我们苏州有一位非常著名的老作家陆文夫，他在世的时候经常对我们这些年轻的作家说这样几句话，他说你们要走出去看一看，他说写小桥流水，你们出去看了，回来再写的小桥流水就不是以前写的那种小桥流水了。但是，我现在的担心是如果让我离开那个地方，过一段日子再回去，会突然发现很多东西都没有了，甚至小桥流水也不见了。而现在，当我们普遍关注世界性、全球化的时候，我们身边的这样一种变化，这样一种过于快过于迅猛的变化，也是需要我们加以注意的。

中国文学的传播焦虑

——在北京师范大学"中国文学海外传播
国际学术研讨会"上的发言

刘震云

中国文学海外传播,一看到这样的题目我就头大,这是特别焦虑性的话题:一定要使中国文学走到海外,中国文学一定要具有国际性、世界性。其实对于世界性的概念,我觉得应该有两种。一种是功利性,功利性地谈起来就是汉语写作的世界性,是加强汉语写作,汉语写作之外的语种合起来叫世界性。

其实还有一种,对于写作者本身来说什么叫世界?我们村是不是这个世界的一部分?北师大是不是世界的一部分?这个话题说得多了,有时候我也会产生两个问题:我写作的目的是什么?我写作的榜样是谁?焦虑性的话题会引起今天晚上我回去睡觉的焦虑。刚开始写作的时候,每个作者都觉得有话要说。如果是为了把自己的话告诉别人,为了传播,是写作的真正目的吗?我也曾经在欧洲的一些国家跟着人去朗诵。朗诵完之后,我坐车往回走的时候,就觉得特别没劲。因为我不会德语,也不会法语。很多作品是从翻译角度来做的,我写作的目的是为了这样走向世界吗?我特别感谢《一句顶一万句》,它使我明白作者有没有话要说,到底书中的人物有多少话要说,使我由一个写作者变成了一个倾听者。我突然觉得自己的写作天地特别地广阔。我听书中的朋友说话,甚至有时候比听生活中许多废话有感思得多。我觉得这方面是我写作的目的。

刚才李洱老师转述陈晓明老师的话,说通奸是文学特别重要的母体,我同意。它也是推动人类历史发展最重要的东西:剃头匠通奸被老婆抓住了,从此在老婆面前抬不起头来。过去老婆怕他,现在他怕老婆。他跟一个杀猪匠在黄河边碰到了,剃头匠说活不长了,就在这儿给你剃了吧,剃头刀还有点长。杀猪的说我得杀猪,转念一想,我剃个头,让那个畜生也能多活一会儿。杀猪的说咱俩过心不过心,剃头的说那还用说。"有句话我问问你,你想说就说,三邻五村都知道你怕老婆,我觉得你不值。俗话说得好,长痛不如短痛。"剃头的说:能短痛,早短了,有短处在人家手里,这个短痛就难了。短不短倒无所谓,能因为一句话杀人吗?突然会起杀人之心吗?杀猪的说:我话说多了,剃头。我参与这样的谈话,倾听这样的谈话,比中国文学到底走没走到德国、法国、美国,对我更重要。因为我也不知道我著作的法文、德文到底翻译得怎么样。

我写作的榜样是谁?大家一说就是马尔克斯、帕慕克、列斯科夫,刚才格非老师又说了一遍。我非常尊敬格非老师。我仔细看了这四个人的作品,觉得格非老师不比他们写得差,不知道为什么大家老引用他们。比这个更重要的是生活中的人,谁是我的榜样,是我作家的榜样,我在生活中有时候能够发现。比如说我们豫剧团一个演员叫老范,在剧团唱戏是上个世纪三四十年代的事。一个人能不能成为明星,有时候时代很重要。那个人失业后,就领着自己的徒弟,每天在北京的某个地方唱戏。后来那个地方又被北京拆了,老范就领着几个徒弟,有的时候别人请吃饭,会把他们叫过去唱个堂会,有个三五百块钱。

我要不讲的话后面二十分钟就没人讲了,那我就把原来那俩人的时间都讲了。

我经常碰到老范,生活中的老范特别狼狈,东奔西跑,也没车,全是坐地铁,带着家伙什儿,什么行头、琴、弦,但是只要你唱戏,老范马上入到戏里,跟现实毫无关系。老范是反串,四十岁反串女人,唱得特别好。他最爱唱的就是《霸王别姬》:"见大王在帐中合衣睡了,我这里出帐外,且散愁心。先一步走上前,光脚站定,猛抬头见碧落月色清明。"我曾经在加拿大背诵给格非老师听,格非老师说写得很好。

唱完戏后老范提着东西等公共汽车,他是不是我的榜样?我觉得是。这是我的焦虑,这个题目引起了我的焦虑。我仔细想马尔克斯到底跟我们家是不是亲戚,我仔细研究过《百年孤独》和《一句顶一万句》，也是比较文学。我真正走上写作道路在生活中有先知的引导，他也是我生活中的朋友。我十五岁当兵，当时第一次见火车。那时候火车是蒸汽机，我们村的人我都认识，火车站雾气中有成千上万的人，我不知道他们到哪里去，也不知道他们从哪里来，这些人我一个都不认识。熟悉使我震撼，陌生使一个十五岁的少年第一次流下了泪水。接着上了火车，是骡子拉的闷罐子车，在闷罐子车上没有厕所，我在移动的物体上也撒不出尿，导致在门口耽误的时间太长，排长就说你到底有尿没尿。我说有，排长这时候用了一个哲学的说法：你有尿，但撒不出来等于没尿。他一拉我，我一转身撒他裤子上了。这个时候，有一个少年在车厢里写诗，诗跟乡村第一次产生了这么近的距离。

我们一块去当兵，三个月不到就把领章、帽徽一撕回家了，这意味着叛逃。我当兵的地方离外营很近，一个团的兵力拉到边境线上，他转身回家了。我探亲的时候去看他，他的铺板上铺的像毛泽东的铺一样，上面全是书——马、恩、列、思、毛。我说你要干嘛？他说"我要把这个世界搞明白"。但他终究是越搞越糊涂，整天在家里读马列，干活的时候，村里人都认为他疯了。在一个信奉马克思列宁主义的国度，读马列的人成了疯子。女朋友也觉得他疯了，跟另外的人谈恋爱了。因为马列主义相信暴力革命，我的朋友拿起锤子就把那个人给干掉了。公安局抓到他审讯，一个小时审下来都说他疯了。因为我们县公安局问一句话，他能答上半个小时，全是《资本论》的话，公安局的一句没听懂。就是他告诉我，你应该写作。我说为什么？他说我现实生活中要把这个世界搞明白，但是我没搞清楚，你替我搞清楚。生活中不行，纸上谈兵行不行？我只能说我现在越搞越糊涂。但是，我心里还是知道我写作的目的是什么，我的榜样是谁，他们没有在天边，就在我的身边和我的心中，包括北京师范大学。谢谢！

故事、小说和信息

——在北京师范大学"中国文学海外传播国际学术研讨会"上的发言

格 非

大家好,我是临时想到了这个题目。当然这也是我个人比较关注的问题。我这几天在给我们学校的研究生上课的时候也谈到这个问题。

本雅明曾写过一篇很有意思的文章,叫《讲故事的人》。多年来,我一直将它作为研究生的阅读材料之一。他在这篇文章里面提出了一个重要的看法:故事经历了三个不同的时期,由此可以相应地看出故事发展过程中三种不同的状态。第一个时期就是民间故事的时期;第二个时期是我们大家都了解的小说时期;第三个时期是所谓的信息(报纸和其他媒体讲述故事)时期。也可以这样说,故事这样一个东西,原来是民间故事的专利,后来变成小说,然后又变成了信息叙事的一个重要内容。

那么我为什么对这个东西感兴趣呢?我觉得故事在不同的载体当中,其变化确实也导致了一些很重要的问题。比如说民间故事,什么是民间故事?我觉得民间故事有如下一些特点:

第一,民间故事是需要长时间整合、打磨的。本雅明说,所谓的民间故事,有的时候需要上千年、几百年(短的也几十年)不断地打磨。像打磨一个器物一样,最后使它变得玲珑剔透,这就是它的第一个条件,需要一个长时间的酝酿过程。本雅明津津乐道的列斯科夫的著名小说《左撇子》,很像是一个有关民间故事的寓言。

民间故事的第二个特点就是它是重故事,不重作者。就是说,我们都知道这个故事,但是不知道是谁写的、谁讲的。大家知道福柯在

1969 年写过一篇很重要的论文叫做《什么是作者?》,他在这篇文章里面也提出这样一个观点。因为现代版权法的出现,"作者"这个概念才被构建出来,而在过去并没有那么明确,比如说《梁山伯与祝英台》是谁写的?没人知道,也没有必要知道。

第三个特点,它包含着很强烈、很明确的道德教训。比如说在现代农村,家里的父母、爷爷奶奶在教育孩子的时候,往往会通过故事的方式。就是讲一个故事给孩子听,把道德教育包含在故事中。这是它的一个很重要的方面。

第四,本雅明指出,故事是不会被消耗的。就是它讲过以后还是有剩余,还是会不断地被讲下去。

最后,在某种意义上,故事是反科学,也许是反理性的。它和文学最初的魅惑联结在一起,有多种可能性。在中国有鬼神故事,在西方也有很多故事,比如说《圣经》故事,它是西方故事很重要的一个源头。

我比较关心的一个问题是小说是怎么诞生的。目前人们通常认为,小说处理故事的方式是对传统故事的延续。我个人认为这是不对的。我们应该充分理解小说故事的组织方式和民间故事、传统故事相比是一个完全不同的东西,是一个全新的东西。小说当然也有一些特点,比如说小说发明以后,它就和社会功能联系在一起,特别强调社会性价值。比如梁启超提出"熏""浸""刺""提",把小说的兴衰上升到民族、国家兴亡的高度来讨论。当然,在西方也一样,比如说伊格尔顿提出,在 17、18 世纪以后,西方小说的出现和宗教的衰落有关,或者说需要引进一个新的价值,来对这个日益僵化的社会加以抚慰或者是给予精神上的寄托。小说承担了这一功能。

当然,在小说的时代,我们的经验也开始不断地贬值。因为交通方便、社会分工、媒体的发展,使得我们今天的经验具有了相对性,失去了过去绝对的经验。当然,科学和启蒙也在祛魅,实际上,在文学的启蒙过程中,加入了科学、民主这样一些现代性的概念,把文学的魅惑一并去掉了。这就导致了小说故事的一个基本特点:闭门造车,一个作家可以躲在屋里足不出户地写作。

第二,由于受到个人经验的局限,小说不得不去放大它的细节和局部,它不再去通过一个长久的时间,有耐心地去打磨一个器物。它所关注的恰恰是空间,而不是时间。所以,空间和细节在小说里面被放大了。

第三,就是道德的说教开始逐步退潮,或者说作者的声音开始被掩盖了。一种相对主义的声音、一种新姿态出现在小说状态当中。

第四,小说在处理故事的时候,它实际上不提供教训,它提供的是什么呢?是个人经验。个人在社会生活中的困惑、矛盾、痛苦,他的悲剧感成为小说的核心内容。这个跟我前面讲到的第三个部分是一致的,就是放大了个人感受的空间,不再求助于代代相传的经验。

最后一点,小说是致力于社会进步的,它是社会进步过程中的一个帮手。它是科学化的组成部分,从索绪尔开始,到俄国形式主义,一直到新文学,文学科学化的进程从来都没有停止,一直到今天都是这样。这是小说的一个特点。

当然,今天已经过渡到信息时代。小说在处理故事的同时,信息也在处理它。信息当然是即用即弃的东西,用完了就没有了任何的价值剩余,就被消灭掉。信息也借助了传统故事的模式,但它即便仍有传奇性,也已经失去了传统故事的光芒,光辉已经不再了。信息还强调时效性,要求第一时间披露故事。还要求有一个真实性的依托:"我"的故事和小说虚构不一样,"我"是真实的。同时,它也受到政策性的制约,新闻报道不能随便写故事,得符合政治正确性的要求。所以,从小说的整个发展过程来看,我觉得故事是从民间故事发展到小说,然后过渡到信息,这就造成了一个很大的问题,即故事真的开始面临消亡。当然,这个观点也不是我今天才提出来的,本雅明当年就宣告了"故事的消亡"。

我最后想讲一点,就是在这样的前提下,故事在我们当代社会生活中出现了两个非常奇怪的趋势。第一,我们的消费文化,比如电视剧,它在利用故事,这个故事我把它称为"假故事",它不是真的,它是利用故事的元素,人为地给它制造这种传奇性、戏剧性,使它披上惊心动魄的外衣。这个东西是人为建构起来的,我把它叫做"对故事的滥用",它利用了这个故事的元素,而不考虑这个故事与社会、现实、历史状况以及我们的精神状态有什么样的关系。而且大家可以看中国电视剧，在刚开始看时，这个结论就有了。故事可以不同，但结论是最先出现的。结论是水，故事不过是装它的华丽容器，怎么都散发着塑料味。

  当然，还有另一方面的变化。这个变化就是作家们的努力。19世纪的传媒还不像今天这么发达。托尔斯泰、陀思妥耶夫斯基、霍桑这样的作家从报纸上寻求写作的题材，并不令人费解。今天则出现了另一个类型的作家，他们开始重新回到传统民间故事的叙事当中去，乞灵于它的老旧的辉光。像马尔克斯这样的作家一样，他们开始重新求助于神话，求助于像细胞一样繁殖的无穷无尽的民间故事。还有很多的作家，像本雅明特别赞赏的列斯科夫，他今天在俄国的地位已经跟托尔斯泰差不多高了。他是非常特别的一个作家，其创作告诉我们，小说的故事还有另一条路可走。当然，我们也可以提到布尔加科夫、拉什迪或者帕慕克。主持会议的白烨先生向我抱拳，提醒我发言时间到了，只能到此为止。

只有灵魂可与世界接轨

——在北京师范大学"中国文学海外传播国际学术研讨会"上的发言

徐小斌

各位朋友下午好！今年是我写作的第三十个年头，不知道大家注意了没有，中国的作家都是以集体匿名的方式浮出海面的。比如说刚刚改革开放时期的知青文学，后来的新写实主义、新生代写作、女性写作等，都是一波一波的，就像相声里说的"这个黄花鱼这波没赶上"，赶上没赶上，这波对他们来讲都是很重要的。当时有很多评论家说很喜欢你的小说，但就是没法给你归类，没法覆盖。这一点我还是很高兴的，起码证明我的小说是一条活鱼。现在说起来很轻松，但是我觉得当时的坚持还是挺难的。

今天的大题目是"世界视野和中国经验"，我就想重点谈谈我的小说《羽蛇》。《羽蛇》在美国的主流出版社出版并且同时印成八国文字之后，我在出版社为我建立的门户网站上接到很多读者来信。令我感动的是他们和我的心灵之间没有任何交流的障碍，这一点使我更加坚信只有灵魂可以与世界接轨。任何的非诚意，任何的粉饰与谎言都是脆弱的。《羽蛇》是我一生梦想写的一本书，我觉得很多作家都有这种感受。就是他可以写很多书，但是他一生中想写的只有一本，写完这本书就可以化解掉他心里的结。《羽蛇》对我来说就是这样一本书，我从开始写作的时候，就想在形式上做一种虚幻和现实的结合，把最虚幻的形而上空间和最现实的生活结合起来。我很喜欢像马尔克斯、卡尔维诺这样的作家，他们穿越了时间和空间、虚构与现实、上帝与魔鬼、此岸与彼岸，达到一种出世与入世的自由转换。这样他们就可以把渴望自由与逃避自由这两种人类需求的主动性把握在自己手中，这种境界非常令人羡慕。打破界限之后就可以把貌似对立的两极融合在一起,就像艾舍尔的画,一对僧侣上楼,另一对僧侣下楼,但是你仔细看过去,会发现上楼和下楼的僧侣其实是一对人。就像巴赫的音乐奉献,那种无限升高的卡农,即重复演奏同一主题,然后神不知鬼不觉地进行变调,使得结尾最后能平滑地过渡到开头。这个小说是我追求的境界,这种写小说的方式是我追求的境界,也是我写《羽蛇》的一个基本表现手法。

在中国的80年代末、90年代初出现了女性写作,我的小说终于得到归类。但在新世纪以后,纯粹写个人感情的女性小说似乎走进了死胡同,毫无疑问,不敢拷问自己的灵魂、审视自己内心的作家不是真正的作家。但是,如果一个人只是写自己,即使他是一口富矿,也会被穷尽。我想女性写作最好的出路,就是找到一个把自己的心灵与外部世界对接的方法,这样可以使写作不断获得一种激情和张力,而不至于慢慢地退缩和萎靡。《羽蛇》就是这样一种尝试,它表面上与社会历史无关,但是细细阅读后你会发现,在梦想与现实的对比中,它最终是遥遥指向文明历史与社会的。这种小说所表现的叙述方式和内心体验,并不是一种完全个人的东西。它与历史和现实都构成了一种张力关系,这样就避开了所谓个人化写作的困境,进入到一个更加广阔的世界。

《羽蛇》已经出版三年了,在没有宣传的情况下出了九版。2007年被美国的出版社西蒙·舒斯特买断全球英文版,并且作为首部华文作品列入了该出版公司的"Atria Books 国际出版计划"。西蒙·舒斯特公司来信问《羽蛇》的卷首语"世界失去了它的灵魂,我失去了我的性"究竟应该怎么解释。我说我的意思是这个世界已经堕落成为一个物质世界,而失去了它的精神世界,也就是灵魂。而这个"我"其实是一个"大我",在生存之路上已经不知不觉迷失了本性。不过我相信在高度商业化之后,可能会有新的返璞归真,但愿那时候,我们这个世界可以重新注入灵魂,而我们也最终能在多年迷失之后重新找回我们的"本性"。

而在当下,随着整个社会游戏规则的改变,文学早已被边缘化,显然作家们面临一个新的选择。但我相信,即使在读图时代,文学也是有希望的。正如埃莱娜·西苏所说,"希望正是对文学的另一个命名"。这个命名,将来在我们自身无法达到的境界,它的纯粹,它那象征性又相当具体的力量,它的宿命感,使它成为世界上最美丽的语词。可能它并非语词,而只是一声叹息,或许还是一声遗憾的告白。

  谢谢!

中国文学海外传播的瓶颈

——在北京师范大学"中国文学海外传播国际学术研讨会"上的发言

李 洱

我简单讲一下,我想从今年的一件小事说起。今年3月份,英国的一个出版社编辑来到中国,与中国的作家和诗人进行了一次比较深入的交谈。事先他们给我发了一个议题,问我想谈什么,我就问他们最想知道什么。然后我们约定谈话的时间是四十分钟,但是最后我们谈了两个小时。他们很想知道最近二十五年来整个中国文学的发展情况到底是怎么样的。英国这些出版社的编辑已经出版了很多中国文学作品,但他们来到中国之后,发现之前已经翻译成英文、出版的作品跟他们在中国的几天的感受存在着很大差异,所以他们非常关心有没有描述当下中国的作品,有哪些作家和作品。

交谈之前他们已经跟格非等很多专家进行了比较深入的交流,所以交谈时他们想问一个问题,就是中国作家总是说中国经验中有很多复杂性,但西方的出版社编辑、批评家、汉学家总是关心中国作家中一些比较简单的作品。简单地说,就是充满着一种政治性的作品。他们喜欢关心这些权力的、政治的作品,喜欢关注乡土作品,对写出中国经验复杂性的作品不感兴趣。他们就问所谓中国经验的复杂性到底复杂在哪里?这个问题也把我问住了,我一下子还真是说不上来。所谓中国经验的复杂性复杂在什么地方?这个问题在跟汉语学家交流的时候,就被反复地提出来。于是我就试着对这个问题进行了一个大致的描述。

比如说如今国内四十岁以上的中国人,他们身上至少包含了三种经验:一种就是计划经济时代的经验;一种是市场经济时代的经验;还有一种就是90年代以后,中国进入全球化之后,中国人所获得的全球化经验。这三种经验分别对应三个不同的时代,对每一个中国人来讲,它们互相叠加、互相渗透,有如地下的岩浆一般,时刻在寻求一个突破。这是我们中国人所具备的三种特殊经验。他说当你在描述这三种经验的时候,你觉得中国作家目前的作品大致可以分为几类?我当时用开玩笑的口气跟他说,中国现在的作品大致上也可以分为三类,一种是写桃花的,一种是写玫瑰的,还有一种是写桃花如何变成玫瑰的。

他们说请你解释一下。我举的是爱情小说的例子,在中国的爱情小说中,中国人在表达爱情的时候所用的花是"桃花",中国有很多诗词在写桃花,中国人喜欢写桃花,但是中国的画家从来不画桃花,中国的画家直接画桃子。

当时正好是中国的情人节,在我从家里去跟这些人对话的时候,出租车上在广播一个消息。在中国过情人节的前一天,有七十吨玫瑰从南方运进北京,北京那一天就出现了七十吨的玫瑰。我说怎么能有七十吨玫瑰呢?出租车司机说你别以为太多,其实不够。我问为什么不够。他说你看一个人给他老婆送九十九朵玫瑰,给他情人送九十九朵玫瑰,一个人两百朵玫瑰就下去了,两百朵玫瑰称一下是多少斤?我们知道很多人不仅是一个老婆、一个情人,所以每个人消耗的玫瑰的数量已经很多了。这也是中国在爱情故事方面的一种经验。

还有一种就是写桃花如何变成玫瑰的。在我前面提到的三种经验的互相转换中,它会生成一种新的线索。当来自于远方的话语跟中国的现实结合起来的时候,它会产生一种意外的果实。这种果实我认为它既不是桃花,也不是玫瑰,而是从桃花变成玫瑰之后的一种新奇的花朵。我认为,这样一种花朵、这样一种奇异的果实,才可能是目前中国的经验。那么在这个果实当中,它同时蕴含了中国非常复杂的、难以借鉴的经验,这就是我所说的中国经验的复杂性。

那么我们想一想,在如何描写这样一种经验的复杂性上,无论是中国的古典文学、现当代文学还是1857年之后的整个西方现代文学,可以说都没有为中国作家提供一个模板。所以中国作家全部都是"孤儿",都在用自己的方式探索如何表达他所感受到的复杂经验。西方文学及以往的中国文学无法为我们提供基本的知识、趣味和技巧,所以,中国作家在进行一种非常孤独、艰辛的探索。而这样一种探索,越是复杂、越是艰辛、越是能够容纳各种复杂经验的模板,就越是难以被翻译,难以被汉学家们所了解和理解。我认为如果说中国文学的海外传播存在一个根本困难或者根本悖论的话,那就在这儿:你越是写出了中国经验的复杂性,你的作品就越不可能被翻译出去,你的作品就越是难以被别人接受。那么,我说这些话是不是包含着责备呢?不,完全不是责备。为什么呢?因为即便是在中国,在中国这个图书圈里,写出中国经验的复杂性的作品,同样是不被中国读者所接受的。

经验,在最深处

东 西

每天早晨起床,我第一件事是起床是刷牙、洗脸,第二件事是吃早餐,第三件事是上网浏览新闻。如果电脑摆在床头,第三件事很容易就变成第一件事。开车的时候,我会第一时间打开收音机。周末,我会看看纸媒的深入报道。尽管我还没有纸媒,但是手机报可以先看。我关心利比亚动荡的局势,关心日本福岛的核辐射,为美国参议院有没有通过政府的财政捏了一把汗。坐在家里通晓天下,我像海绵洗水一样吸收信息,生怕自己变成瞎子和聋子。必须承认,我已经被媒体绑架,而且被绑架得很快乐。

为什么我对消息如此着迷?是老爸的基因遗传?还是害怕自己被这个世界抛弃?身心的反应可以证明,包括活的有价值的信息是会本能地产生欲裂感。这种欲裂解释了为什么我会有好奇心,为什么会有求知欲和窥视性。也就是说打探消息是人类的本性,人体高度发达和网络的海量储存,正好满足了我对信息的需求。我不用一枪一弹却可以看到真实的战争;我不用顶着烈日流臭汗却可以近距离地观看动物;我不用办签证却可以欣赏到外国风光。那些昔日必须亲临现场才能看到和知道的风景,现在都被别人的摄像机、记者的冲锋陷阵、探险者和旅游者的边走边拍所代替,上帝和政治家在导演,突发事件、自然灾害令人目不暇给,新消息源源不断地发生。

基于以上的媒体环境,一个美国作家和一个中国作家很可能同时关注一件事情,比如"9·11"恐怖袭击,比如2008年北京奥运会开幕式。除非你对这个世界不闻不问,否则你很难逃脱消息对心灵的影响。利比亚动荡的局势刺激我反思权力;日本的核辐射影响我的生产观;法国戴高乐机场屋顶忽然坍塌,砸死两个中国人,引发我对偶然的感叹……只要我们连线,全球资讯都可以共享,遥远的事情变得很近,愤怒和同情延伸得很远。这就是中国唐代诗人张九龄描写的"海上生明月,天涯共此时",也是毛先生的诗笔"探寻世界,环球同此凉热"。同样的信息当然会酝酿出相似的思想,为了所谓的世界视野,我们可能已经牺牲掉了自己独特的经验。就像移栽到城市的树木,虽然各有故乡,但是移栽到城市之后,它们享受着同样的阳光,吸收相同的养分,经历类似的风雨,于是也就呈现相似的表情。过去在写作上急于强调不重复自己,但在信息共享的时代,我们却要尤其警惕重复别人。

直接与人交流、恋爱,回避媒体提供的二手生活,这当然是获得独特经验的一种方法,也是避免同质化的有效手段。一些作家坚持不看电视,不上网,不打手机,常常用眼睛观察,用耳朵倾听,用皮肤感受,只写自己的体验。2008年获得诺贝尔文学奖的法国作家勒·克莱齐奥就是一个极端的例子,他生在法国,长在非洲,求学英国,在德国、泰国服兵役,在美国执教,游历了世界上许多地方,尤其是墨西哥和巴拿马的印第安部落,他拥有毛里求斯和法国双重国籍,是一个旅行者、流浪汉。他在小说《诉讼笔录》中塑造了一个反现代文明的角色亚当·皮诺,此人独自待在一所荒废的空屋里,整天无所事事,不是光着身子晒太阳,就是到处闲逛,除了关心吃喝拉撒,对现代的政治、经济、文化、娱乐信息知识均不感冒。他腾空脑子过着近乎原始的工作,把自己降为非人,模仿狗的动作,渴望像狗那样自由地撒尿和交欢,甚至意图固化自己,恨不得变成青苔、地衣,变成细菌和化石。勒·克莱齐奥认为人的生活都千篇一律,好似千万册书叠放在一起,每个人都散失了个体,只有亚当·皮诺才是世界上唯一一个活体。这是勒·克莱齐奥绝对的经验,也是他天真的梦想。人类已经回不去了,让一个被文明的人接受亚当·皮诺那样的原始生活,和让亚当接受现代文明的难度几乎是一样的。对亚当来说,文明的过程是洗礼的过程,他拒绝洗礼,那是他的自然特征。而我,或者说我们,已经一头扎进了现代文明丰满的胸怀,正美滋滋地享受文明带来的诸多便利,当然包括享受信息。

由于媒体高度发达,判断难免会被信息报道干扰。在我的脑海有一个媒体塑造的美国,在你的脑海有一个媒体塑造的中国。但是,当我们脱离媒体去亲临体验的时候,突然发现对方原来不是媒体上描写的那样,媒体塑造的真实与经验发生了偏差。日本"3·11"大地震之后,各大媒体对这一事件进行了信息的报道;日本政府和东京电力公司多次向媒体保证没有隐瞒核辐射事故的任何细节。但是4月3日,距离核辐射二十四公里的南相马市市长樱井胜延通过视频向外界求助时却说,"由于我们从东京动力公司获得的信息非常少,我们被孤立了,以上三方我不知道哪一方的信息真实准确"。就像日本导演黑泽明指导的电影《罗生门》,每一个人都在为自己的利益编造谎言,令真相更加扑朔迷离。

　　日本是地震多发国家,他们在报告地震的时候,为了不传播消极情绪,镜头和文字尽量掩藏残忍和死亡,淡化让人悲观的态势和过度的泪水。而这一点是文学不可或缺的部分,是作家们最难描写的段落。为了不使国民心理产生太大的波动,媒体会有意无意过滤掉一些细节,遮蔽部分经验。如果作家从媒体上照搬生活经验,那他的写作内容很可能在源头处就已经弯曲变形。紧贴媒体,又离不开媒体,这是全媒体时代作家的一种使命。作家需要个人经验的同时,还需要宽阔的视野、丰富的知识、新鲜的材料。一个人的经验是有限的,如果完全抛弃媒体,那他的事业很有可能会受到限制。所以,我离不开媒体的经验,甚至在写作的时候需要二手经验进行补充。一些更为年轻的作家,基本都生活在网上,从网上获取经验已经是他们的常态。我不能否定这种生活,也不敢妄言来自网上的经验就一定写不出优秀的作品。有时候,媒体视频播放的画面,比自己的亲历更靠近目标,更接近本质。我就在慢镜头里看过眼镜蛇毒液喷出时的曲线,这是肉眼根本没法看清的事情。二手经验不是问题,问题是我们有没有意识到眼睛的前方尚有一个镜头存在,新闻报道后面还有记者的用意、媒体的气度。不管是直接采用或者是借鉴经验,对作家来说,每一次写作都是一次剖开面目的过程,剖开得越深,就越能看到有价值的经验。就像珍珠在蚌壳里,就像思想在大脑的深处,面对媒体的海量信息,作家必须学会用减法。比如用一支香烟的重量减去烟灰的重量,你就能算出烟的重量。用人体临死前的重量,减去死掉一分钟的重量,就能算出人灵魂的重量——有人说答案是二十一克。如果我们能算出镜头过滤掉的温度,能算出记者大脑的用意、媒体的气度,那一部好作品可能就产生了。

　　作家的作为就是在这轻轻的二十一克上,他们在信息与作品之间设立了一道复杂的工序,那就是作家心灵的化学反应。这个反应过程就是写作过程,真的被保留,假的被抛弃,正好与食品造价的工序逆行。有了作家的心灵检测,我们就能从小说中读到真正的中国经验、美国经验。这也是作家存在的理由,他们可以从假的信息里提炼出真的信息,他们一次次证明虚构比现实更可信。所以,经验在媒体里面,在生活的深处,在心灵的底层。如果我们没有灵魂引导,没有追问需求,没有开采能力,那就有可能永远摸不着真实,那一本本砖头式的作品所呈现的也许都只是经验的表皮,只是货真价实的伪经验。

辑四 张枣专论——纪念远行的诗人

诗人张枣：我将被几个佼佼者阅读

柏 桦

张枣，中国先锋诗歌的代表人物之一。1986年旅居德国，后在图宾根大学任教，生前任教于中央民族大学文学与新闻传播学院。代表作有《镜中》《何人斯》《边缘》等，有诗集《春秋来信》出版，2010年3月8日凌晨4时39分因病在德国图宾根大学医院去世，年仅四十八岁。诗人张枣的去世，震惊诗歌界，很多诗人和评论家撰文写诗纪念，网上有多个论坛专门开辟"怀念张枣"专版。本文为张枣生前最要好的朋友，和张枣并列"四川五君子"的成都诗人柏桦的怀念文章。

> 呵，所有的仪表都同意
> 他死的那天是寒冷而又阴暗。
>
> ——W. H. 奥登《悼念叶芝》

一

3月9日下午我从北岛打来的电话中得知张枣去世的消息。接下来，我想到了二十七年以来与他交往的许多往事，不太连贯，仅枝蔓横斜，繁杂而多头。他是那样爱生活，爱它的甜，爱它的性感；是的，那些曾经的风与疯，在重庆，也在他最后的北京得以完成。如今，一切都已过去。

1984年3月，我和张枣正式结下难忘的诗歌友谊……

那是一个寂寞而沉闷的初春下午，我突然写了一封信，向年轻的张枣发出了确切的召唤，很快收到了他的回信。他告诉我他一直在等待我的呼唤，终于我们相互听到了彼此迫切希望交换的声音。诗歌在三四十公里之遥(四川外语学院与西南师范大学相距三四十公里)传递着它即将展开的风暴,那风暴将重新形塑、创造、命名我们的生活——日新月异的诗篇——奇迹、美和冒险。我落寞失望的慢板逐渐加快,变为激烈的、令人产生解脱感的急板。

1984年3月中旬的一个星期六下午,彭逸林熟悉的声音从我家黑暗的走廊尽头传来,我立刻高声喊道:"张枣来了没有?""来了。"我听到了张枣那紧迫的声音。

从这天下午4点一直到第二日黎明,有关诗歌的话题在迫切宜人的春夜绵绵不绝。他不厌其烦地谈到一个女孩娟娟,谈到岳麓山、橘子洲头、湖南师院,谈到童年可怕的抽搐、迷人的冲动,在这一切之中他谈到诗歌,谈到庞德和意象派,谈到弗洛伊德以及注定要死亡的爱情……一个痛惜时光寸寸流逝的诗人,一个孤独的年轻漫步者,他已来到重庆悠悠的山巅。

交谈在继续……诗篇与英雄皆如花,我们跃跃欲试,要来酝酿节气。

我们的友谊随着深入的春夜达到了一个不倦的新起点。说话和写诗成为我们频繁交往的全部内容。后来,他为我的《左边——毛泽东时代的抒情诗人》一书写下一篇序文《销魂》,在文中他叙说了我俩在一起写诗的日子是怎样地销魂夺魄:

在1983—1986年那段逝水韶光里,我们俩最心爱的话题就是谈论诗艺的机密。当时,他住重庆市郊北碚,我住市区沙坪坝区歌乐山下的烈士墓(从前的渣滓洞),彼此相隔有三四十公里。山城交通极为不便,为见一次面路上得受尽折磨,有时个把月才能见上一面,因而每次见面都弥足珍贵,好比过节。我们确实也称我们的见面为"谈话节"。我相信我们每次都要说好几吨话,随风飘浮;我记得我们每次见面都不敢超过三天,否则会因交谈而休克、发疯或行凶。常常我们疲惫得坠入半昏迷状态,停留在路边的石头上或树边,眼睛无力地闭着,口里那台词语织布机仍奔腾不息。

我们就这样奔波于北碚和烈士墓之间,奔波于言词的欢乐之间。那时还没有具体事件,纸、写诗、交谈成为我们当时的全部内容。在四川外语学院,凌晨或夜半的星星照耀着一条伸向远方的枯瘦铁路,我们并肩走着,荡人的春气、森林或杜鹃正倾听我们的交谈。

二

写作已箭一般射出,成熟在刹那之间。这一年深秋的一个黄昏,张枣拿着两首刚写出的诗歌《镜中》《何人斯》紧张而明亮地来到我家,当时他对《镜中》把握不定,但对《何人斯》却很自信,他万万没有想到这两首诗会成为他早期诗歌的力作并将奠定他作为一名大诗人的声誉。他的诗风在此定型,线路已经确立并出现了一个新鲜的面貌;这两首诗预示了一种在传统中创造新诗学的努力,这努力代表了一代更年轻的知识分子诗人的中国品质或我后来所说的汉风品质。

如今我们当然懂得,不必赋予这首小诗过度的意义,《镜中》只是一首很单纯的诗,它只是一声感喟,喃喃地,很轻,像张枣一样轻。但这轻是一种卡尔维诺说的包含着深思熟虑的轻。这轻又仍如卡尔维诺所说:"一种倾向致力于把语言变为一种像云朵一样,或者说得更好一点,像纤细的尘埃一样,或者说得再好一点,磁场中磁力线一样盘旋于物外的某种毫无重量的因素。……对我来说,轻微感是精确的,确定的,不是模糊的、偶然性的。保尔·瓦莱里(Paul valery)说:'应该像一只鸟儿那样轻,而不是像一根羽毛。'"(卡尔维诺《论轻逸》)说来又是奇异:湖南人自近代以来就以强悍闻名,而张枣平时最爱说一句口头禅:"我是湖南人。"那意思我明白,即指他本人是非常坚强的。有关"坚强"一词,他曾无数次在给我的来信中反复强调,这里仅抄录他1991年3月25日致我的信中一小段:

> 不过,我们应该坚强,世界上再没有比坚强这个品质更可贵的东西了! 有一天我看到一个庞德(Ezra Pound)的纪念片(电影),他说:"我发誓,一辈子也不写一句感伤的诗!"

我看了热泪盈眶。

1984年秋,是张枣最光华夺目的时间,从《镜中》开始,他优雅轻盈的舞姿(也可说是一种高贵的雌雄同体的气息)如后主(李煜)那华丽洋气的"一江春水"恣意舒卷,并一直持续到1986年初夏。而这时他又写出了多少让我们流连的诗篇,仅举一首《灯芯绒幸福的舞蹈》就足以令他的同行们羡慕。还不用说他后来所写的更为繁复典丽之诗,单从他重庆时期所写下的诗篇,敏感的诗人同行就应一眼见出他那两处与众不同的亮点:一是太善于用字,他似乎仅仅单靠字与字的配合就能写出一首鹤立鸡群的诗作,为此,我称他为炼字大师;二是他有一种独具的呼吸吐纳的法度,这法度既规矩又自由,与文字一道形成共振并催生出婉转别致的气韵,这气韵腾挪,变幻,起伏,洋溢着层层流泻的音乐,这音乐高古洋气、永无雷同,我不禁要惊呼他是诗歌中的音乐大师。

三

来自烈士墓的风尽是春风,他在这春风中成了60年代出生的人的楷模(至少在当时,在重庆)。那时,四川外语学院和西南师范大学有两个忘记了外部世界、交往十分密切的诗歌圈子,前者以张枣为首(其中包括傅维、杨伟、李伟、文林、傅显舟),后者以我为首(包括郑单衣、王凡、刘大成、王洪志、陈康平)。他在这两个圈子里欢快地游弋,最富青春活力,享受着被公认的天之骄子的身份,而且南来北往的诗人也开始云集在他的周遭。在当时的四川诗歌界,尤其是在各高校的文艺青年心中,张枣有着几乎绝对明星的地位。二十二岁不到就写出了《镜中》《何人斯》,而且谈吐似燕语呢喃,有一种令人啧啧称羡的吸引力,他那时不仅是众多女性的偶像,也让每一个接触了他的男性疯狂。他在重庆度过了他人生中最耀目的三年(1983—1986),那三年至今让我想来都心跳加快,真是色飞骨惊的岁月呀。这岁月可用王维一首《少年行》来总括:

　　新丰美酒斗十千,咸阳游侠多少年。
　　相逢意气为君饮,系马高楼垂柳边。

一天,张枣突然从川外来到我家,他来通知我他将与一位美丽而典雅的德国姑娘达玛结婚(达玛当时是四川外语学院德语系教师)。

我们也常常陶醉于彼此改诗的快乐之中,改诗也在我们当时的诗歌核心圈子中形成风气。张枣争改我的诗,我也争改他的诗,既完善对方又炫耀自己,真是过眼云烟的快乐呀!而我是赞成改诗的,也十分乐意别人改我的诗。张枣就彻底改动过我《名字》一诗的最后一节,尤其结尾二行,就直接是他的手笔。他还为我一首非常神秘的诗取了一个相当精确完美的名字《白头巾》,一下就抓住了此诗恐怖的气氛与主旨。

最好的修改是在他者(即对方)的诗歌系统——这里指每个诗人都有一套自己的声音节奏及用词习惯,而修改别人的诗首先就必须进入别人的习惯——中进行的(这是最有益的技巧锻炼,同时也学到了别人的诗艺),而不是把自己的系统强加于别人的系统;最好的修改不是偷梁换柱的修改,是实事求是的修改,是协助对方忠实于对方,使其书写更为精确。这也是诗人间最完美的对话。关于此点,张枣在其写于1987年的《虹》中的解说,尤其能体现他那种对他者的同情之理解:

> 一个表达别人
> 只为表达自己的人,是病人;
> 一个表达别人
> 就像在表达自己的人,是诗人;
> ……

四

按中国的说法:"十岁的神童,二十岁的才子,三十岁的凡人,四十岁的老不死。"当时的张枣只有二十四岁,正值才子年龄,锐气和理想都趋于巅峰,还未进入平凡、现实的三十岁,潦倒暮气的四十岁更是遥遥无期。但他对自己的形象却有相当提前的把握了。

诗歌之鸟已经出发,带着它自己的声音。张枣的声音那时已通过重庆的上空传出去了,成都是他诗歌的第二片短暂的晴空,接着这只鸟儿飞向北京、飞向马克思的故乡德国。啊,一只鸟儿,孤独而温柔,拍动它彩色的翅翼投入广大的人间,那幸福是多么偶然……天空是多么偶然……

今天,当我们再一次面对当年这位不足二十二岁就写出《镜中》《何人斯》,以及稍后,即二十四岁时,又写出《灯芯绒幸福的舞蹈》《楚王梦雨》的诗人来说,张枣所显出的诗歌天赋的确是过于罕见了,他"化欧化古"、精美绝伦,简直堪称卞之琳再世,而且以如此年轻的形象,就置身在了超一流诗歌专家的行列。

他或许已完成了他在人间的诗歌任务,因此,在他生命的最后几年里,他干脆以一种浪费的姿态争分夺秒地打发着他那似乎无穷的光景。新时代已来临,新诗人在涌出,他在寂寞中侧身退下,笑着、饮着,直到最后终于睡去……但极有可能的是,由于他的早逝,由于这位杰出的诗歌专家的离场,我们对于现代汉诗的探索和评判会暂时因为少了他,而陷入某种困难或迷惑。

2010 年 3 月 10—21 日于成都

笼子里的鸟儿和外面的俄耳甫斯

钟 鸣

一

张枣在中国当代诗歌抒情的纯粹方面是公认的,即使他现在身在德国,但其影响力,随他偶尔见诸国内杂志的诗作和那薄薄的诗集,更多是写给朋友们的书信而仍在发挥作用。他的作品,已日渐具有卡内堤说布洛赫的那种"不知不觉的技巧"①,这种技巧,是靠诗性的直觉和呼吸得来的。他并不一定读布洛赫,也不一定知道卡内堤关于布洛赫的评论,这只能归于我们现在还无法定义的"抒情性"。它不靠语言符号而存在,它是内蕴的、极端个人化的。不难理解,何以进入90年代后,一直喧闹不已的"非官方诗歌"突然哑寂,许多诗人无可奈何地只能重复自己时,张枣却完成了对他个人而言、对我们大家而言,都更纯粹的作品。其构成因素,并非完全得力于现在的语境,那是延续性的东西,其实早就隐伏在他的身上了,只是未被意识到而已。他聪明,甚至不无狡猾地逃离诗坛酝酿的"单词现象",比我们想象的要早。那种现象,是因文化传统性的进食太快而引发的一种语言的"因噎废食"。

凡在1989年前涉足诗坛的人,很难说他未曾在作品里使用过下面这些熟词,比如虚词类的"之"啊、"假如"啊;形容词和动词及主谓结构的"君临""众多""我是""我像""无言""不屑""痛""美丽""抒情""守望";恐怕最纷繁的还是名词类的"镜子""石头""鸟儿""鱼儿""麦子""燕麦""美人""苹果树""橡树""灰烬""终点""结局""高度"

---

① 卡内堤(Elias Caetti),用德语写作的英国作家;布洛赫(H. Broch),奥地利作家。

"高原""事物或东西""青铜""金属""玻璃""火焰""老虎""乌鸦""牙齿""刀刃""帝国";外来的"夜莺""玫瑰""天堂""上帝""神""天使""希腊""弥撒亚"等。这些仅仅是我从民间诗歌刊物中,那些通用性最强的词语中随便挑选出来的一小部分,还不包括那些个人隐秘化用的酷嗜语,那些像标签一样在口头辗转不眠的称呼、切口,这个主义、那个主义。但丁、弥尔顿、叶芝、里尔克、诺瓦利斯、荷尔德林、帕斯捷尔纳克……翻来覆去的,几乎都成了嚼舌头。

当然,我要谈的不是这些词语能不能用的问题,我关心的也不是修辞学和诗歌的行业术语,而是一种冷漠而快速处置的单词现象。这种现象的根源,存在先于我们写作的语言系统和风格中。就写作本身来说,单词现象是说诗人,在选择上述那些最具代表性的熟词时,更多是通过外部的"语言暴力",而非巴尔特说的"协同行为"来实现的。所以,单词现象也是词语的一种寄生现象。这种孤立词语上的机械反应和复制,受到传统的语言权势的诱惑(像鲁迅所谓的"取彼者"),尽管他们声明自己是反抗这种语言权势的。

这种单词现象,一般只具有死板的装饰效果,把词变成词具,说穿了,无非是其操纵者,试图通过截用,和读者及同行迅速构成阅读的语言链,以获得廉价的承认或成功。且不说置创造性语言的伦理意义于不顾,仅文本而言,这些词在作品中,因不受个人语境驱迫,乃是一种没根的东西。其旧形态可在政治运动或任何一次群众性文化运动大量炮制的标语和口号中找到。它们确实具有飞速传播和煽动的作用。人们关注它,是因为它那不可见的速度和可见的效果,而不是它的确切语义。由于语境的特殊激化,声音比语义更重要,词成了仪式,然而对词本身来说,却不过是作了一次小小的巴洛克式的丧葬。因为这种既非深思熟虑,也非诗性直觉的"截用",实际上封闭了个人对词语真正所拥有的正当嗜好,没有给予自己机会,也阻断了对词的历史亲近。词具是没有生命的语言填塞物,它与没落的书写有关,却和自己标榜的写作无关。

如果它所依据的又是一种文化氛围,那人人都可能在这样的结构中,而且,就在他们想反抗而又无力反抗的语言系统中。在系统中是不可能反抗系统的,或许只有一种不断的警觉。这很像卡夫卡形容的,一只笼子去寻找鸟儿,而不是鸟儿逃离笼子。如果,一个诗人不去真正思考这些问题,那他就很容易落入这样的圈套:他或许能承诺一个诗人摧毁僵死语言的囚笼,但他却不能发现一只笼子又如何更隐蔽地把他装了进去。正是出于这些考虑,我才注意到张枣整个的写作状态。

二

张枣的成名之作无疑是《镜中》(1984)这首短诗。他在德国时,曾在给我的一封信里谈到,他在德国"只是偶尔被某些诗句触及"。我想,《镜中》从风格看,可归此类。它因为过于短小精巧而有着完整的气氛。我一直认为,文体气氛是个性最鲜明的标志。因为它呈现的是弥漫包容的状态,使每个词都在错综复杂的关系中,最后都要归拢到唯一的词根上去。

而在同时期一些人的作品里,我却看到另一种气氛。表面看,这些作品无可挑剔,但就是读来没有吸引力,它们所使用的漂亮词语,就像是游离状态下的"私生子"。笼统说,这些作品的拥有者,还没有选择个人风格的能力,而只有造词的雕虫小技。而弥漫于八九十年代的写作时尚和那种一知半解的"句读式"批评,也用某种假象成全了他们。可以说,正是诗人那种野心勃勃和修养不足,与社区文化的急剧兴奋凑在了一起,以至造成了既是社会的、又是诗的华丽的拼贴效果,虚假意识,障人耳目。一方面是急功近利的模仿,而另一方面却是独创。

语言的生存,在这两者的对峙之下,变得尤其复杂。听听杨格的老龙门阵,还是有些意思的:"独创性作品是最美的花朵。模仿之作成长迅速而花色黯然",因为"独创性作家的笔头像阿米达的魔杖,能够从荒漠中唤出灿烂的春天,模仿者从那个灿烂的春天里把月桂移植出来,它们有时一移动就死去,而在异乡的土地总是落得个枯萎"。[①] 而正是因为这样的区别,《镜中》一出,便立即吸引了不少缺少抒情气质的人。

---

① 杨格:《试论独创性作品》,人民文学出版社1963年版。

我曾听到过这样的传说——仅仅是传说,不必当真。说有个北方诗人,读《镜中》后竟情不自禁手淫起来,演了贾宝玉。这若是真的,那他显然是被一种语气和由此产生的幻觉迷住了,也没什么了不起的。

张枣写作讲究"微妙"。在我理解,这微妙首先表现在善于过渡。简单说,就是想法让时间在诗里温柔消逝,人生之中,痛苦的沟壑最后也总是要由时间来填平的。但我这里指的不是通常说的那种心灵的自然治愈,而是针对写作,指语言所及之物的内在化。它或以认识人类和自然长时间合理性之可能为基础。

从局部的个人来说,我们对任何实在都可以表示不满,诅咒它、抱怨它,但作为一个漫长过程中的个人,我们又无所抱怨。这就是"温柔"在张枣气质中的一种定义。温柔不是作为纯粹情怀和修养来理解,而是作为一种可以从个人延伸到人类生存的意识和知解力来理解的。本质上是抒情的,悬浮于群众和民俗之上。是诗者凝聚言语而又消失于言语的纯语气,或许可以把它叫做音势。在诗歌里,它不光具有表现力,而且也具有道德的高度。音势就个人来说,是先语言的,像呼吸一样,渗透在诗人的气质和一切知觉里,所以说,它是内蕴的和存在的,就像呼吸对一个歌唱家那样重要。

呼吸决定着语言节奏和音势这点,每个人的感触方式不一样。这点,张枣不是通过理性得知的,而是通过在不同语言环境中反复地独白体察到的。他的语言天赋,是熟悉他的人马上就能感受的。他几乎每深入一种语言,就得换种呼吸方式,换一个肺,就像他描写的孔雀一样。呼吸方式,几乎是每一个敏感诗人的关键所在。

在我接触的南方诗人中,几乎都以不同的方式关注过自己的呼吸。以至"呼吸"这个词本身,也几乎成了灾难性的单词。但它确实是一个问题。从大的方面看,这是文明快速变换的节奏挤压所致。诗人害怕自己的声音遭到损害——这在今天的生活中是很容易的——便都无意识地培养了一套自我保护法。实际上,这种方法也就是每个人书写和运用语言的习惯:比如陆忆敏自知气息纤细文弱,因此就给自己限定了一种相当短促的句式,轻盈而能上升:"我站在忧愁的山顶/正为应景而错/短小的雨季正飘来气息/一只鸟"(陆忆敏《年终》)。其实,她更像一条勇敢挑剔的小鱼儿,独自游过山冈(指其短诗《沙堡》,张枣曾无数次地赞叹它),方向是中国人的天堂,"那儿土地干燥/常年都有阳光/没有飞虫/干扰我灵魂的呼吸"(陆忆敏《梦》);而与之正相对的,是翟永明那深沉、忧伤和粗质的嗓音,它仿佛天生就受过伤,亦如我中华帝国的墙茨,敏感而寒冷——或者说,对寒冷的敏感:"空气意味深长/冷得像刚痊愈的心理创伤"(翟永明《重逢》)。两人都是当代最优秀的诗人……这个范围,还可以继续扩大。

三

至于张枣本人是怎样意识其诗之呼吸的,剖析《镜中》自会给我们一点帮助。它显然不像一般的诗,靠意义的组合与递进,实现上下文的关系——《镜中》以音势为意象轴。就是说,这些意象,与其说产生于思想,还不如说来源于某种语气。它来自哪里呢?这是个难题,但它确实伴随着呼吸的灵魂之光,进入了诗歌的稠密地带,也就是它的自足性。

试着往下看看吧。首先,他的抒情性是以某种警觉(知道生命之极限,而仍渴望行动并趋于平静的经验)为保障的,而且十分客观化。也就是说,在写作中,他不像别人那样,以为自我在写作方面相当安全,就是说,仅仅"第一人称"在内心保持对语言系统的警觉在他看来还不够,还必须有一种保护措施,足以使警觉在一定的值上,不至于因为个人狭窄的空间和随意性而贬值。哪怕这只是很微妙地在内心进行着,不易被察觉,但显然甚于那种自我欺骗。"我"在张枣看来,仅仅是个出发点,在他多数诗中,是与另一个"我"有区别的,它受制于相互限定的关系、分化和折射,否定或肯定:

> 我所猎之物恰恰只是自己

这就是典型的张枣式的警觉。抒情即反悟,即反抗,因为这并不是那种连一般的人也时而要怀疑到的自我描述。反省和反身叙述,在别的作品中,作为单一的修辞手段倒还常见,但要从局部的敏感和嫌恶发展到对语境的警觉则不多见。这在他的《梁山伯与祝英台》《罗密欧与朱丽叶》《惜别莫尼卡》《楚王梦雨》《灯芯绒幸福的舞蹈》《何人斯》《十月之水》，尤其在本文着重分析的《镜中》和《卡夫卡致菲丽斯》中最为明显。

他一直在接触一种我们可称之为"古趣"的东西。它和题材语言风格无关。已发生的历史事件和片断的可作为历史话语的东西不会构成古趣。它必须是个人内在延续着的、体验着的、永无结束的神秘经验，没有一个真正的诗人会对转瞬即逝的东西感兴趣，它朝个人和历史任何一方倾倒都很危险。它和历史事件一样，在日历时间上是不可能重复的，但在内在结构上，它却可以重复，具有原型的意味，既生疏又必需。已发生的恰恰是张枣想疏远的。无论从摆脱写作风格考虑，还是从作品的质感考虑，他都希望做到了无牵挂，而这一切也只有成为他内蕴的声音时才有可能。

四

《镜中》如果还有一点历史事件的蛛丝马迹的话，那便是我们都很熟悉的宫廷皇妃嫔娥与统治者的故事，把两者联系起来的是两个历史话语：宠幸和冷宫。实际上这两个词，作为历史话语是颇值得怀疑的，因为，大家都很熟悉汉语的文字禁忌，任何时代都不允许暴露最高统治者的隐私。除非它是事后一种闲话，也就是民俗和野史感兴趣的东西；它之所以没有什么危险，乃是因为它所描述的内容，在过去任何一个统治者那里都可能发生过，只具有符号的作用，是一部可以反复听的章回小说，之所以吸引人，是因为它的文学性，是伴随"准现在"历史进程的一个不甚重要但却必需的话题。汉语诗歌在这方面倒有着一致性，比如女子虚掷青春、空守闺房、怨妇怀春等。这些题材构成了"艳诗"在不同时代的形式，从《诗经》到"汉乐府"，然后是唐诗宋词，一直到现代诗，它从来就没有中断过，而这只不过是一种文本的"习惯性忧伤"和历史的假想世界，是被士大夫和知识分子理性化了的呻吟，并未脱序。这就是许多人为什么会误读《镜中》的历史根源。

实际上，《镜中》展示的内容和意义，远远要比这复杂得多，重要得多。如果略加统计,《镜中》大概出现了八种交错的隶属人称关系,正是在这交错替换之间,作者悄悄地实现了自己的意图。为了了解张枣诗歌是如何声音化而不是单词化的,我们不妨作更细致的分析,这八种人称如下:

1. 匿名之我(W)

2. 她(T)

3. 皇帝(H)

4. 镜中皇帝自身(JH)

5. 我皇帝(WH)

6. 镜中她自身(JT)

7. 镜中她我(JTW)

8. 我自身(S)

需要说明的是,诗人在完成自己的作品时,是靠综摄和瞬间直觉,这里的分析,只是把这个直觉运动放慢罢了。很明显,在"室内——镜子"构成的情境中,W始终没有出现,它被批评家的所谓"时间畸变"消除了,更准确地说,是在内历时性中被悬置起来了。W在其他人称中变换着,最后又回到自身,但这已非开始的那个W了。这难道只是张枣在玩弄技巧吗?不,这是一场深刻的反叛。对谁反叛呢?对汉语的及物性、对传统主题、对封闭的语言机制和为这语言机制所戕害的我自身等等。

W是通过首尾两次"想起"和"比如看她"来加以限定的。如若把悬置看作单纯的修辞性省略那就错了。全诗最关键的一句是"危险的事固然美丽",而其重要就在于这"危险"所提供的一种可能的语境参数——这个参数,也确实对理解张枣的风格至关重要——让我们来看看这隐蔽者吧。

这首诗写于1984年10月。那时,张枣不大可能看到里尔克的《杜伊诺哀歌》,所以,当我们把两者关于"危险"的近似值找出来时,自然会服膺于他的才华和预先的顿悟,也就是马利坦(Jacques Maritain)所说的"诗性的直觉"。这种预先性只能说明,他后来在德国与天才诗人的相遇不过是一种碰合而已,而不是附会。前者是原生的气质性的,

而后者是后生的词句性的。里尔克关于"危险"的描述语段如下:

> 谁,倘若我叫喊,可以从天使的序列中
> 听见我?其中一位突然把我
> 拉近他的心怀:在他更强烈的存在前
> 我将消逝,因为美只是
> 恐惧之始,正好我们仅能忍受着,
> 而我们又如此赞美,因为它冷静地蔑视着
> 欲把我们粉碎,每一位天使都是可怕的。
>
> (里尔克《杜伊诺哀歌》,李魁贤译)

"美只是恐惧之始"和"危险的事固然美丽",若不依上下文,光从词和句法看是同构的。我当然不是为了证明张枣的天赋而找出两者的相似,恰恰相反,我想强调的是两者的区别,以此来说明他的顿悟和先天性直觉(每个真正的诗人都该具备这点),他在许多人尚不具备完整性时就已获得了一种完整性。

不排斥一般的说法,《杜伊诺哀歌》是一部宗教意味浓厚的作品,就在我所引用的句段中,也可以看出,神界与凡界有着怎样一种质的差异。"天使"和"美"是永恒自然秩序和此种秩序不可证实的虚无之象征。具体的个人存在,是渺小而卑微的,他如若要接近这秩序,既是美妙的事情,极富诱惑的事情,但也肯定是危险和令人不安的,这种不安,有点近似克尔凯郭尔所说的那种"忧惧"。这种差异和不可企及,介于个人之存在所欲寻求的宗教感情,和"冷静蔑视"这种存在的神之间。这显然促成了里尔克的本质思考,对善的认定,对人类终极失败的悲悯之情,显然它们都来源于古典的悲剧意识。

而《镜中》所言及的"美",虽然也涉及自然,但这却是一种更趋物化的场所。东方人之眼界和西方人之眼界大为不同。因此《镜中》所呈现的自然,没有里尔克诗中的那种神性,它是民俗的和写意的,就像汉语本身所体现的特质。"游泳到河的另一岸",显然是"淇泮"和"在河之洲"诸如此类远古河域文化场所的深化,和"松木梯子"一样,它既是自然的,又是与繁殖有关的。T在这里只是一个中介,是W叙述的

言语运作物,通过 T 来描述一种知识,并在描述过程中化合为 TW。这种知识,应该是我们熟悉的:自然万物变化莫测、难以预料,除非它处于某种秩序,也就是在社会的矫饰之中,所以它是人为的、充分物化和民俗的,但同时也是写意的,美丽而可把握。

这就牵涉到了另一个人称 H,皇帝显然是权势的象征,是性控制的象征,是制度的产物,和镜子都具有双重性,都是具体的(物),又都是洞察此物的鉴体,所以等候 TW 的既是镜子又是皇帝。"冷宫"的古老观念,在这里暗示着一种新的社会学意义,那就是我们现在,在享用某种"文明形式"时肯定抛弃了一点什么,损失了一点什么,而且我们也无法估计,但是有一种客观存在会鉴别它。这正好与张枣许多个体的互证对应起来。这种互相警觉和限定,以退缩的自然和模糊的社会价值观念为前提。每一个角色置身其中,都可以看到自己的真实模样,同时,也看到不真实的模样,这也就是何以诗中,人物与人物、镜子和窗口形成了一种对偶关系,因为两者是在不同层面上的参照物。从镜中我们可以同时看到个人和环境(笼统说法)的态势,而从"窗口"我们则又看到更广阔的人类所丧失的和所希望的。如果这是对的,那么我们便可以从里尔克和张枣的两面镜子中找到相似的答案:

> 镜子把自己流露出去的美
> 再吸回到自己的镜面
>
> (里尔克:《杜伊诺哀歌》,李魁贤译)

五

隐蔽的预叙手法,在《镜中》最能说明张枣的微妙。它一方面把 W/T 和镜子/窗子这两组对称序列沟通,一方面又把"我"悬置起来,使其"匿名化"。匿名化的作用,用张枣自己的话来说,就是"与世界和母语构成对立面"。为什么要构成对立面呢?在张枣看来,母语就像神一样,是一种主观的永在,它是通过个人言语对历史的亲近(一种更高的回溯)而存在着的,因此"存在"既是灵的,也更是变化的,所以"母语只可能以必然的匿名通过外在物的命名而辉煌地举行自指的庆典"。

而在《镜中》,这种命名是通过人称的转换来实现的。如果说全诗第一句是对匿名的"我"的限定叙述(实际上在句法结构上真正起限定作用的是"看她"),那么,倒数第二句的重复句型,则应该看作是 W 和 T 所共有的行为状态,它同时起着疏远和衔接的作用:疏远是指对 T 的过去时间性所进行的解除,也就是在深层结构上(语义层面)对"宫怨"这一传统主题进行解除。所以,这里的匿名不光是一种技术,还是一种反叛。所谓衔接,一方面是指 T 和 W 的换位与合成,没有这种合成,就不会有深邃性,因此另一方面,就是在把 T 和 W 肢解到时间的全部历史观念中去的同时,把语言物转换成为一种内蕴的声音,从而引导出新的句型结构:

$$W \rightarrow S$$

也就是呈现在这首诗中的音势。这首诗的主要人称句法结构是 $W \rightarrow T \rightarrow H \rightarrow W$,但显然由于在叙述的全过程中(在写作的时间上说是相当短的),随着情境的扩展,两个 W 已有了新质,其表述应该是 $W_1 \rightarrow T \rightarrow H \rightarrow W_2(S)$。$W_1$ 代表着物我(汉语拼音中我与物正好都是同一声母),它在经过对 T 和 H 的异体化后——即转换成许多不同的 T(她或他或它)反视自己——又回到另一个音位的我自身,它是独白的,纯粹声音的(S),而这从物质到声音的觉悟本身,某种意义上也就是对"物"的一种消除。

《镜中》之迷惑人,在于里面出现了许多折射关系,而这些人称关系又极富声音化,实际上,不管有怎样的人称变异,它始终都以独白的语式进行着,每一个人称相互沟通,又相互疏远,它们只是一个时间段落,一个像镜子似的鉴赏他物者,而非符号本身,所以 W 的最初悬置,是对这种意图的铺垫,是看不见的预述。从物到声音、从实到虚既是词色的温柔所致,也是哲理和社会学的效应所在,它与汉语诗歌一直缺乏形而上思考和过分的世俗化的描写这一现状相对峙。

它的声音化不光因为它是独白的、汉语式的,更重要的是它以我们前面所说的警觉为其先验,它对所言之物保持警惕,对语言载体(形式)本身也保持着高度的警觉,扩大之便是荷尔德林所意识到的:人类拥有了最危险的东西——语言。正是这两者,把它推到了集体叙述习惯的对立面,这种习惯在前面已有过交代。

看来"危险的事固然美丽"和"后悔的事"同样具有双向性,它们构成了这首诗最隐蔽、也最具魅力的反论,也就是巴尔特所称的"非语言符号的反论"。"后悔的事"既暗示文明所造成的人文和自然的不和谐,又指社区的语言控制系统与人自由灵魂的不和谐,但这一切又先语言、历史地设定了。没有出路便是出路,无可后悔便是后悔。这就是《镜中》最诡秘的地方,前面所言的"不知不觉的技巧"尽现其中。

六

一方面,它是指那种不着痕迹的心灵转化统合的过程,在这过程中,诗人把沉重而又复杂的过去与现在的事物化为诗歌的情境、声音和节奏,以致我们只有在一种整体的观念中才能把握住,对于批评来说,只有通过解析、重组和比文本产生还要复杂的体验过程,才能让作品的有机思想得以复原,这或许也是一种梦想吧;另一方面,它又指语言的预先被给予性。这是我和张枣很长一段时间(从谈论我的《鹿,雪》开始,到最近关于"对话"的问题)最为关心的问题。他在1992年给我的一封信里这样写道:

> 我亦同意即得使其成为学术现象的论点,我只想在这儿从"学术"一词提示中西的一个本质区别:一是"言志"的,重抒发表达(expression),一是源于古希腊的模仿(mimesis),重再现,重于客观现实的对应。我的诗一直想超越这两者,但我说不清楚是怎样进行的。或许这是不可能的,正如人不可能超越任何生存方式,但欲去超越的冒险感给予我的诗歌基本的灵感。说不清楚,因为这本身是一个极大的先语言现象。

因为这篇文章,主要是摸索张枣写作的某些外在原因和内在的精神机制,不是纯粹的理论,故不准备展开谈"先语言现象"的问题。但我可以笼统地说,语言的预先被给予性至少涉及两个方面:母语的文化传统,语言系统和说话的习惯(统称词语系统);词语系统被诗人心灵作用后之历史变异。大致说来,这两个方面互为前提和条件。

不过,对当代诗歌来说,最重要的是理解后者,它是以下面两种语言行为为基础的:首先是语言外在形态是相对不变的,而它的内在意义则随心灵的价值和强度自由变化,用萨丕尔的话说就是:"思维是言语的最高级的潜在的内容;另外与文本关联的有效词语必以准确的个人所指为前提。"①也就是说必须具有最完满的观念价值,而不是单词。从张枣现有的作品来看,他最擅长的仍是通过最直接的个人经验和历史事件的沟通来获得语言自主性。满足了词语系统古老魅力的揭橥,言语豁亮地表现出两方面的需求。

张枣早期的诗作,风格还不算很突出,有散漫之感,像《何人斯》《第六种办法》《早晨的风暴》《苹果树》等,大概和特定阶段的语境太近有关。处理题材聪明机灵,像《十月之水》,意象的排比、文白相间的句法,并非他的所长,他以后也再没写过这类作品,不过对细节的注意、对历史逸趣和语言困思的偏好却保留了下来。这是80年代诗坛给他的唯一的好处。直到他完全把自身的抒情气质带入诗歌,才让我们看到了一种更新鲜的东西。

客居德国,显然使他和诗坛保持了距离,客观上促使他回到了自己最熟悉的语气和孤独的本性上来。他开始培养独白和自言自语的习惯。这习惯和他过去那种内省的能力有机地结合在了一块,隔着事物看事物,这就给了新风格一种可能性,形而上的静观,然后附带滑稽俏皮:

> 死亡猜你的年纪
> 你猜猜孩子的人品
> 孩子猜孩子的蜜橘
> 吃了的东西,长身体

---

① 萨丕尔(Edward Sapir),美国观念语言学派的代表人物,这里引用的是他的《语言论》,又叫《语言研究导论》。

没吃的东西。添运气

（张枣《死亡的比喻》）

　　这种童谣似的东西,并不能说明一个诗人的能力,但却是构成他新的语势的一种因素,用以维护内心的平衡,也就是说寻找自己说话的方式。对一个诗人来说,还有什么比没有找到说话的方式更痛苦的呢？这就必须向失语挑战。他或许一开始就是成功的,但那是一种意义上的,或者说是流行意义的,但也有另一种意义上的成功,那就是求得更内在的变化。这类作品应该包括《惜别莫尼卡》《苍蝇》《海底被囚的魔王》《孤独的猫眠之歌》等。这些作品是很见其语言再生力的。也似乎培养了一种好习惯,每一首诗,都该有一套自己的术语,而且,只对本文有效。

　　统观他至今全部的作品,不难看出,从1984年的《镜中》到《卡夫卡致菲丽斯》(1989),再到后来的《空白练习曲》(1993)、《跟茨维塔耶娃的对话》(1994)、《纽约夜眺》(1994)、《厨师》(1995)、《云》(1996)等,他的风格在日趋成熟。不光别致、内向、形式完美、高度的节制和微妙,丢掉不少矫饰的东西,而且,因对话技巧的训练,他无疑已预先进入祈祷型诗人的行列,当今这行列空气之稀薄,最见素质难得。可以说,若无天赋,又没有真正的历史感,恐怕想也不要想。正是这点,《卡夫卡致菲丽斯》就显得比其他所有的诗都重要了。因为,这首诗产生于1989年历史的转型期,另外也是他关于对话问题、寻求知音的"始作俑者"。

　　就历史知识面而言,张枣并不是一个历史学家,但他却是一个特具历史感的诗人,更准确地说,是历史美感。他不可能嗅不到这世界格局的变化。他开始所生活的特里尔(Trier)是马克思的故乡,而后来的图宾根(Tubing)则是荷尔德林和歌德的漫游之地,书信往来,耳濡目染,心灵自然会微妙地朝着一种较之过去更为复杂的语境滑动。所幸运的是,他本来也不是我们同时期常见的那种压抑、发泄、强词夺理和党同伐异的诗人,作品乐观而恬美,即使是苦闷也是健康人的苦闷。所以,若我们拿了衡量比比皆是可笑畸变风格作品的眼光来看他的作品,你甚至不会觉得它如何的重要,因为他的作品是内向的,不靠语言的外在冲突获得效果。《卡夫卡致菲丽斯》在这点上是有所扩展的。

他早期的历史感所依据的还不是历史本身,而是一种音势。这种音势,发源于古汉语那种先验性的恬美。简略说来,每个民族都经历过那种无文字的阶段,社会学家称之为古朴。在古朴社会,无时间性给所有的文化类型带来了一种匀速,只是随着文明技术的发展,随着语言符号的强化意识,这匀速反倒成了人们缅怀的东西。它最明显地表现在艺术中,无论这些艺术借助外部形式怎样变化。就这点而言,汉语的匀速也表现得最为明显,宁静缓速的音势动力现象是它的主要特征。说到这点,就不难理解张枣诗歌所保持的那种历史感,因他直觉了汉语的这种音势,而且还能加以运用和改造,最终使作品根植于汉语自身。《刺客之歌》就可看作其代表作。它涉及的与其说是历史本身,还不如说是音势这另一种隐性的历史:

　　那么,他会置身在风暴之中
　　真的,大家的历史
　　看上去都是一个人医疗一个人
　　没有谁例外,亦无哪天不同

写这首诗时,他已身在德国,时过境迁,舞台更迭,对惶惶然承受某种陌生使命的过敏,很容易使他想到那个唱"风萧萧兮易水寒"的刺客,他们具有共同的孤寂感和近似于虚无的使命(把学习语言看作是决定性的,和把刺杀一个皇帝看作是决定性的具有等同性),这便显出历史的内涵,如果历史是一种绵延不绝的形态。但如果认为这只是刺客和作者的互渗,那就错了,刺客的故事本身并不那么重要,重要的是两个时间场所之所以互涉的理由。显然,诗里那种无可奈何的语调,带有强烈的主观色彩,它对历史中实有的刺客可说是一个反讽,而对自身则是一次解嘲(这里,我们又发现了《镜中》的手法)。刺客在这里是处境诗意性的名称,不排除它在音势上的吸引力,它与贯注于全诗的徐缓节奏和恬美的音势一致。当刺客临行前唱诵时,他的紧张感也就被消除和诗意化了,当危险说出时,也就不再危险了。所以这唱诵的方式,是"大家的历史",因它对任何一个具有同构行为的人来说,都是有效

的。历史越远也就越近。这也正是身在德国的张枣对母语的看法,它可以帮助一个被另一种语言包围的诗人消除失语的恐惧和痛症:

> 你看他这时走了进来
> 像集中了所有的结局和潜力
> 他也是一个仍在受难的人
> 你一定会认出他杰出的姿容

(张枣《刺客之歌》)

我们当然能认出这个受难者是谁,他可以是刺客荆轲,也可以是阿伽门农、伊狄帕斯、哈姆雷特、普罗米修斯,自然也可以是进入他诗中的卡夫卡或隐蔽的俄尔甫斯,或张枣自己。

从个人语言亲近历史语言,是他诗歌构造中很重要的一个特征,《卡夫卡致菲丽斯》也是如此。在德国,他为什么没有选择里尔克,而选择了卡夫卡呢?这正是他的聪明之处。因为这首诗是反英雄化的,而"英雄化"(这和世俗化走向或精英走向无关)恰恰是80年代诗界最愚拙的表现之一,他们一面否定着意识形态的英雄化,一面却不自觉地现实着美学的英雄化。开篇我已提及过那些英雄化的切口和术语。里尔克自然也是要列入其中的。在中国智识界,大概除了波德莱尔,他是最具影响力的了。所以,张枣的回避是很聪明的。当然更内在的原因,则是张枣的处境,与卡夫卡更有着一致性,他们都是活着时的孤魂。

卡夫卡不是一个活着的成功者,热爱卡夫卡的人都知道这点。他死后所赢得的声誉,正好证明他的作品和生活是先语言的,是一个迟来的寓言。卡夫卡生前那种沉闷的脱离,和张枣在德国客观上脱离汉语有相似之处。卡夫卡作为一个语言客体,是张枣习惯性分化自己的一个产物。在德国,在克莱斯特的国家,对卡夫卡稍有研究的人都知道,黑贝尔、克莱斯特与霍夫曼所代表的德语,比歌德与席勒代表的德语更深地影响过卡夫卡。勃罗德就曾说过:"卡夫卡的语言只能用约翰·彼得·黑贝尔或克莱斯特的德语来衡量,但在卡夫卡的语言中,却掺杂着布拉格的以及一般奥地利的遣词用字和语调成分,构成了一种特殊的,不能混淆的语言魔力。"显然,是他们在不同的时间成了"德语的客

人"(卡内堤语)这点,使他们重叠在了一起:

> 我叫卡夫卡,如果你记得
> 我们是在 M.B 家相遇的。

M.B 并非完全指马克斯·勃罗德,而是一个先于时代唯一认识卡夫卡价值的鉴赏者,一个先驱者后期效果的阐释者和证明人,新文学的传教士,生活中的知音。张枣通过卡夫卡所要寻找的便是这知音。所以,M.B 在这里是一个替身,是作者潜对话里的另一个我。这首诗,仔细想来,几乎是《镜中》方法的放大和深入的演绎,但却充满了叙述的细节,还有内蕴的历史感,未失诗歌的水准。

对当时的历史事件,作者没有采取直接的对抗。回过头来看,就置身当时的历史背景下的诗人而言,大致有三种不同的反应方式:比如像海子预先自杀,把农业式的愤怒和失望提前到一种足可召唤人们去反叛平庸时代的境地;或像骆一禾直接在广场玉石俱焚;要么从沉睡的灵魂中奋起,质疑语言系统和自身的写作,超越历史事件本身。显然后者更符合张枣的气质:

> 我替它打开膻腥的笼子

这里的笼子显然是由内脏演绎而成的,它代表着一种已受到怀疑和否定的生活方式与词语系统。从地理位置上看,可说当时张枣是在这笼子之外,但作为以母语而存在的人来说,他又在这笼子之中,但并不完全是被禁闭在里面,相反,他寻求着一种可能,让笼子,不说被冲破,至少也是变得对自己有利。就像婚姻最后变得对卡夫卡有利一样。

可见"打开膻腥的笼子"是一种极婉转的说法。这方面不仅与置于父亲或婚姻阴影之下的卡夫卡相似,而且也与"非德语"的里尔克相似。这两个人,都是他在生活里,或文本上,站在母语的立场亲近德语时遇到的知音。风格上,他们是碰合的关系,只能是碰合,毕竟是不同的母语,而面临的也是不同的时代。但一个精神的交接地带还是有的。里尔克的诗以内向和婉转闻名,他所代表的德语,不是纯日耳曼式的,但却更德语化、更抒情、更柔美,是奥地利文化经由德意志理性和法国优雅气质混合而成,因此也更带综合性。某种角度讲,张枣也是以"非汉语性"而更表现出汉语恬美的。里尔克更多是靠文化场所的转换,而张枣则更多是靠语种的转移。两人都缓解着生活中的具体事件,而同时,也证明着诗人不过是悲哀的浪费者而已。这里没有要把张枣和里尔克相提并论的意思,只是我想要了解,诗人在不同语境邂逅的某些内在因素,还有在诗歌里所起的反应。比如"德语的客人",就使我们明白了张枣那现代的"文学流亡"面临的问题,和先驱诗人所面临的一样。作家在另一个语言国度最明显的特点是,当个别的文字不能让他超越更大的精神连贯,使他被迫用别的语言来代替一种语言(母语)时,他对语言特有的力量与能量的感觉最为强烈,流亡者的第二语言变成自然的、老生常谈的东西,而第一种语言则不断保卫自己,出现在一种特殊的光辉中。《卡夫卡致菲丽斯》就笼罩在这样的光辉中。

参与这场合的主角自然是卡夫卡和他的杜撰者,因为他们在各自的作品里,都设置了一个歌咏者,同时又是倾听者,也都善于运用对话的方式,因为这种方式,更容易使他们各自认为的实在"隐回事物里"。对话毕竟是一种精神理解和纯音质的、自我的,诗人毕竟是在以不同的方式,无可救赎地忍受他们永远的孤独。

他要让什么"隐回到事物里"呢?是不是和卡夫卡著名的婚姻困境相似的东西?不排除这个因素,里尔克也未排除这个因素。这种因素也使《卡夫卡致菲丽斯》成为他生命转换的一部分。全诗充满了危机感,它源于个人,却大于个人。而凌越它的并非是一般意义上的胜利,而是一种体验各种危险的精神素质,它的本质,就是安慰诗人,使诗人因了一种旷日持久的音势而暂入睡眠。我不敢说,汉语诗歌里出现神和天使是理所应当的事情,但如若我们将其看作神人关系的回光返照,又何尝不可?毕竟像克尔凯郭尔说的,前者是后者省思与行动的终极前提。由此不难看出,《镜中》和《卡夫卡致菲丽斯》在人称上的变化是有很大差别的,分别表现着作者早期的对话意识和中期与印欧语系碰撞后的对话意识。张枣依靠它缓解着生活中具体事件带来的紧张感和危机感。但仅仅是缓解而已,也许只有把它纳入一种更大的、不可能的观念中(也许正是里尔克应该保持的认知的形态),才会使灵魂真正地趋于宁静,但这最后已是宗教的问题了。张枣的眼光没有这么高远,也不必这么故作高深。但作为一种诠释和一种精神的努力,他尽到了自己的责任,在诗里把现实和历史,把个人处境和文学神话统一起来并给予智性的抚触。经历一种灾难和恐怖并不比在这之外想象一次更难受。所以,从《卡夫卡致菲丽斯》中我们看到的不是愤怒本身,也不是忧心如焚,"那焦灼的呼吸令我生厌",而是一种更广大的焦虑,这种焦虑在它产生时,也就同时汇入了消解的过程。从这点观察,张枣的处境和内在的体验,与里尔克笔下的俄尔甫斯是很贴近的:

> 那里升起过一棵树。哦,纯粹的超升!
> 哦,俄尔甫斯在歌唱!哦,耳中的高树!
> 万物沉默。但即使在蓄意的沉默之中
> 也出现过新的开端,征兆和转折。
>
> 沉静的动物离开自己的巢穴,
> 奔出澄明消融的树林;
> 它们内心如此轻悄,
> 绝不是缘于狡黠和恐惧,
>
> 而是缘于倾听。咆哮,嘶鸣,淫叫
> 在它们心中似乎很微弱。
> 哪里没有草棚,收容最隐秘的要求,
>
> 哪里没有栖居,它缘于此要求,
> 带一条穿廊,廊柱震颤不已,
> 你就为它们创造聆听之神庙。
>
> (里尔克《献给俄尔甫斯十四行诗》第一部第一首,林克译)

张枣的神庙要小得多,他没有包容万物,而是直指特殊情境中生命流逝的相似性和陌生。固然,他也以特殊的视线,把人和动物作了形而上的划分:

> 突然的散步,那驱策我们的血,

比夜更暗一点;血,戴上夜的礼帽,
披上发腥的外衣,朝向那外面,
那些遨游的小生物。灯像恶枭……

(张枣《卡夫卡致菲丽斯》)

这些小生物还包括孔雀、梅花鹿、布谷鸟、蜘蛛、枯蛾……它们与魔鬼、天使和神对列。而我们可别忘了,卡夫卡也曾以分裂人和动物而闻名。而且,我们还会在这一切之前发现更多的相似物:歌诵者和聆听者;歌唱和呻吟;声音和道路;沉默和祈祷;圣徒和恋人;受害者和迫害者;神和人;追踪者和被追踪者……也许还有很多很多。但无论多少,总有一个更高的存在主宰他们,使他们置身于不同的语境,以至人们觉得自己也必须去思考,什么时候人们能够最清晰地看见自己?所以,卡夫卡也好,俄耳甫斯也好,暴君或者恋人,所有的"匿名者"和所有的"具名者",都是在同一个原型中,都在同一种"驱策我们的血"中;也正因为如此,他们又仍是一种外形,而且,是幻影似的,是正在消逝着的东西。

也许说到这里,我才敢说,《卡夫卡致菲丽斯》表达了一种既是个人的,又是普遍的世界的观念,他通过自己的生存处境,对一切"准现在"的东西都加以质疑,也就是说,在他看来,世界除了在内心外是不存在的,至少杂乱无章,是没有内在联系和错乱排列的。所以,在诗里,如果不采取脱序的方法,就很难表达这种情境,还会陷入语言的泥坑。

而所谓的脱序,就是让一般合逻辑的意象和比喻,在诗里归到更深的综摄上去,而非浅层提供的语境。比如"阅读就是谋杀",一般我们很容易理解为一种生命之"误解",通过错误地"读"一个人,从而歪曲了这个人。实际上,关键在"我不喜欢孤独的人读我"这一句。因为对这个人的正确把握,只能是把这个人放进众人中,就像把一根树杪放入它永恒的根须之中才是可能的。前面所录的里尔克的十四行诗,表达了这种观念。张枣《镜中》的各种人称,和《卡夫卡致菲丽斯》中的各种关系,也毫无例外地都处在这样一种复原的关系中。只有这样的他(或她),才是他自己。孤独的人往往是不真实的,而让一个不真实的人去读一个不真实的人,就等于双重谋杀。

看得出来,张枣很想通过一种恒久不变的东西来解释他的现实,也就是我称之为音势的东西,在他所喜欢的里尔克与他的俄尔甫斯中,在卡夫卡和他的城堡中,也都有这音势的僭越。它具有超越性,而无年代,声音却旷日持久:

> 致命的仍是突围,那最高的是
> 鸟,在下面就意味着仰起头颅。
> 哦,鸟!我们刚刚呼出你的名字,
> 你早成了别的,歌曲融满道路。
>
> (张枣《卡夫卡致菲丽斯》)

这里很明显的有一个潜在的俄尔甫斯,这个俄尔甫斯,当他置身非乞求和非声音的世界时,表面看来在遭受不幸,而实际上,他却是更永恒地存在着。鸟在古老的东西方文化中都是被当作灵魂来看待的,而灵魂之不见,就像声音之不见,它只能聆听,如果你想看它,局部地感受它,就会重蹈俄耳甫斯的覆辙,落入永劫之中,这里的"在下面",是一个与音势有关的重要观念。它是一个寓言,也是张枣通过诗暗示我们的,一种再简单不过的知识:既然只有声音是自由的,那又何必去管身体被囚在何处呢?

精灵的名字

——论张枣

宋 琳

在当代中国诗人中，没有谁的语言亲密性能达到张枣语言的程度，甚至在整个现代诗歌史上也找不到谁比他更善于运用古老的韵府，并从中配制出一行行新奇的文字。他留存下来的诗作如此之少，这种吝啬与他平日在夜深人静的酒精中的挥霍形成强烈对照。由于过早离世，他来不及进入一个"光芒四射而多产"的时期，诚然是一个巨大的遗憾，但仅凭一本薄薄的《春秋来信》足以展露他卓越的诗歌天赋，集中任何一首都值得细细品读，它们作为经验聚合具有物自身的稠密，呼吸着他倾注其中的生命，而那些词语的星座形成的星系，正朝着我们播放他精神宇宙的神奇音乐，祝福着善于倾听的耳朵。

张枣的语言亲密性当然有作为南方人的先天因素之作用，即所谓"音声不同，系水土风气"（见《汉书·地理志》）的地脉影响，楚方言的口舌之妙与饮食、气候一样自有别于北方，而张枣个人语调的甜润、柔转这一内在气质则既归因于原始的诗性智慧之血缘，又与他在写作中形成的诗学态度有关。每一个诗人的成长都是神秘的，早熟天才的成长更为神秘。张枣的无师自通与曼德尔施塔姆在俄国同时代人中的情形相似，阿赫玛托娃称后者的精神进程缺乏先例。一个诗人的卓然自立与他接受什么、拒斥什么关系重大，是态度而不是权宜之计导致一个时代的诗歌风气之变化。在汉语言内部，正当"五四"时期"反传统"的进化论思潮在"文革"中再度泛起，达到极端，至后毛泽东时期（平行概念是后朦胧诗时期）的80年代，诗歌界依旧普遍缺乏对传统的重新确认，政治抗议和反文化的呼告掩盖了人们对传统的无知，此时张枣下面一段自白显然出现得非常及时，它见诸《中国当代实验诗选》（唐晓渡、

王家新编,1987年版):

  而传统从来就不尽然是那些家喻户晓的东西,一个民族所遗忘了的,或者那些它至今为之缄默的,很可能是构成一个传统的最优秀的成分。不过,要知道,传统上经常会有一些"文化强人",他们把本来好端端的传统领入歧途。比如弥尔顿,就耽误了英语诗歌二百多年。

  传统从来就不会流传到某人手中。如何进入传统,是对每个人的考验。总之,任何方式的进入和接近传统,都会使我们变得成熟、正派和大度。只有这样,我们的语言才能代表周围每个人的环境、纠葛、表情和饮食起居。

  笼而统之地谈论传统容易,辨析传统之源流困难。济慈早就对弥尔顿式的"文化强人"怀有敌意,他在 1819 年的一封信中说:"《失乐园》虽然本身很优秀,却是对我们的语言的败坏……我最近才对他持有戒心。他之生即我之死。……我希望致力于另一种感觉。"(《济慈书信选》,百花文艺出版社 2003 年版,第 269 页)张枣与济慈的不谋而合至少表明两个不同时代、不同国度的诗人可以拥有完全相似的诗学抱负,其着眼点都是语言。马拉美在谈到雨果的写作时也陈述过一个相近的观点:"一旦形成风格,诗便被声调与节奏所加强。诗,我相信,怀着敬意,那期待以顽强的手把它与别的东西合一并加以锻造的巨人最好越少越好,以便它自行断裂。"(《Crise de Vers》)年轻的张枣并未在弑父情结的驱动下,像许多第三代诗人那样急切地对作为前驱并形成广泛影响的朦胧诗发难,相反,他在多种场合表达过对朦胧诗的欣赏,我想这绝不是他的策略,而是因为他的目光越过当代,落到了比同代人更远的地方。

  传统的认知对于诗人而言既涉及创作之源的认知,也需要对我们置身其中的文化系统的整体把握,只有当精神的回溯被视为一种"归根复命"的天职时,断裂的传统才可能在某部作品中得到接续,尤其是当一个民族对它普遍淡忘和漠然的时候,卜者这一古代诗人身份的回归,使丧失的过去复活在一个新的预言家身上成为可能。张枣正是一位卜者,一位现代卜者。他的前瞻性体现在对"构成一个传统的最优秀的成分"的意识的唤醒,这"最优秀的成分"应该是能够与"周围每个人的环境、纠葛、表情和饮食起居"对应的一种语言,它曾经澄明如镜,现在却黯淡了。这种语言带有乌托邦的性质,但它又涵容并呵护着日常性,恰如"道不可须臾离,可离非道"这句话所象征性地揭示的,这种语言可以让我们在其中栖居,使我们无论在哪里都有在家的感觉,它亲切地在场,并随时随地迎候你:

> 只要想起一生中后悔的事
> 梅花便落了下来
> 比如看她游泳到河的另一岸
> 比如登上一株松木梯子
> 危险的事固然美丽
> 不如看她骑马归来
> 面颊温暖
> 羞惭。低下头,回答着皇帝
> 一面镜子永远等候她
> 让她坐到镜中常坐的地方
> 望着窗外,只要想起一生中后悔的事
> 梅花便落满了南山

从《镜中》这首诗的梦幻气氛中我们看到了 T. S. 艾略特称为"客观对应物"的东西,这首写于 1984 年的诗,即使现在读,也会感到,一如艾略特在《批评的界限》文中所说的,"以前出现过的任何东西都不能解释的东西"。它宣告了某种不同于单纯的意象拼贴而是注重句法的诗歌方法论的出现,它一气呵成,没有任何拖泥带水的痕迹,故对读者不构成强迫性,似乎一个天赐的瞬间自动获得了展开的形式,它奇迹般地满足了"好诗不可句摘"的完整性的古典主义信条,与当代常见的那些呼吸急促、乱了方寸的胡诌诗或意识形态图解式的口号诗拉开了足够远的距离,以至于一个久违的美丽灵魂被召唤了回来,舒缓地进入镜子般通幽的文本。"危险的事固然美丽/不如看她骑马归来",我们不知道这个"她"是谁,自从刘半农发明了"她"这个人称代词以来,女性在汉语中首次得到阴性的命名,赎回了女儿身,现在,"教我如何不想她"这一"命名的庆典"(张枣语)在六十四年后一首新写出的诗中出人意料地以灵视的超验方式再现了内在可能性的外化场景。于是,依旧缺乏专名的"她"变成了神话主体的一个面具。这个神话主体是"一生中后悔的事"的一个未明言的诱因,而隐去通常作为发声源的"我"恰是此诗的高明之处,这使得一行诗成为另一行诗的声音的折射。特别是首尾句式呼应的回旋结构,制造了一个回音壁的效果,是此诗最显著的特点。

我不能确知《镜中》的灵感来源,仅从设境来看,它的联想空间完全不受限于历史时间,戴着多重声音面具的主体在文本中淡进淡出,转换自如,其主题的不确定性不是靠缺乏过渡能力的藏拙或玩弄闪烁其词的暧昧,而是由出自生命呼吸的"声气"创造的。一般来说,张枣不表现暧昧,而是表现微妙,正如钟鸣所说,"张枣写作讲究'微妙',在我理解,这'微妙'首先表现在善于过渡"(《笼子里的鸟儿和外面的俄尔甫斯》),不知不觉的过渡技巧避免了将诗变为宣谕的武断,往往旁敲侧击地接近所言之物,在"表现自己和隐藏自己"之间使词的物性得以彰显。而正是个人语境对当代公共语境的疏离造成这首诗理解上的困难,将《镜中》当作宫体诗的现代版肯定是一种误读,而读作一则爱的寓言——严酷的社会规训下不可能之爱的现代寓言或许更接近作者意图,"因为一首诗是一个象征行动,是制造它的诗人的象征行动——这种行动的本质在于,它作为一个结构或客体而存在下去,我们作为读者可以让它重演"(肯尼斯·勃克)。诗中的一系列动作只是"象征行动"的若干步骤:1.游泳到河的另一岸,登上一株松木梯子;2.骑马归来,低下头,回答着皇帝;3.坐到镜中;望着窗外。它们简直是被保守的新儒家斥为"淫奔"的《诗经》"郑风"或"卫风"中的一幅图景。倘若将诗中的"她"置换成"我",以虚拟的女性主体说话,那么首句和尾句就不难作为内心独白来理解,而这种手法恰恰在"郑风"里是颇多运用的,例如"子之丰兮,俟我乎巷兮。悔予不送兮!"(《丰》首章),朱熹评价说"卫犹为男悦女之辞,而郑皆为女惑男之语"(《诗集传》),进而以此为据认为"郑声之淫,有甚于卫矣"(同上)。这里我暂不就历代对《诗经》的误读发表意见,因为那不是本文的目的,对一首诗的道德归罪中外都有案例,可见阅读伦理常凌驾于写作之上,诗人亦常因冒犯了公众趣味而遭谴,从这个角度看,写作本身不也是一件"危险的事"吗?在这首仅十二行的短短的诗中,诗人讲述的是一个匿名者的故事:一个女子的越界行动。她的感应力大到可以叫梅花应念而落,与其让巨大的悔意埋葬一生,不如在惩罚降临前做点什么。可待追忆的一生中的"后悔",乃催生成一次"无悔"的果敢。设想,那女子为何"面颊温暖/羞惭"?回答皇帝的问话时为何低下头?要知道,"皇帝"这一关键词素,在诗中可是规训的一个提喻,代表着可以向任何私密之行动行使权力的约束性力量,这一点可以从"她"和"皇帝"的不对称中见出,"她"始终是一个匿名者,她的形体即使作为镜中的影像,也是匿名地在场。当然,书写者的匿名状态不局限于某一首诗中的人称变化这一层面的技巧运用,具有诗学发现价值的是,匿名化意味着隐身于神话原型和历史元叙事之中,从而使书写者让位给书写。

张枣致力于恢复的"成熟、正派和大度"的传统,不借助冠冕堂皇的道德优势感,也不关乎政治,而是以深海采珠人的勇气去勘探那些曾经繁盛、现在变得荒芜的地带,所谓荒芜主要指人心的荒芜。美的人心本是"天地之心"的化成,诗,乾坤元气在诗人生命中的聚合,元气无处不在,于诗何在?在乎接引。诗人自身必须成为接引元气的工具,一个容器、一个通道,与此相适应,诗人不应挡在文本前面,而应隐蔽于文本之中。明人徐渭有言:"古之人诗本乎情,非设以为之者也,是以有诗而无诗人。"(《肖甫诗序》)主体的匿名就是归回"有诗而无诗人"的原初淳朴状态,艾略特的"非个人化"理论所反对的也正是"设情以为之"的"放纵",我理解他反对的不是感情,而是感情的无节制;不是个性,而是个性取代所表现的对象。所以他又说:"只有有个性和感情的人才会知道要逃避这种东西是什么意义。"(《传统与个人才能》,卞之琳译)

张枣最善逃,他身上的精灵一旦被抓住一个,就幻化作另一个。在"吾我"和"他我"之间他出入自如,而"万我"终归于一个客观性之"真我"。把他的俏皮话连缀起来也许可以绕地球一圈,论聪明才智,在我认识的人当中无有出其右者,但如果由此认定他只是词语的杂耍艺人那就大错特错了。"我并非含混不清,/只因生活是件真事情"(《灯芯绒幸福的舞蹈》)——他的内在戏剧性有天才的分寸感作为保证,他诗中的虚拟主体在转换自如的各种场景讲话,布设玄妙机境,并非为了炫技于一时,而是为了与世界"合一舞蹈"。平心而论,《灯芯绒幸福的舞蹈》这首隐含元诗结构的复调诗,难免有炫技的成分,它在反对呆板的声音模式时将个人的修辞技巧发挥得淋漓尽致,达到让读者目乱神迷的地步。两章诗、两个舞蹈者、一阴一阳,是亦庄亦谐的抒情面具的舞蹈。张枣要处理的是一个"对抗与互否"(陈超语)的主题,有一个舞台,但"随造随拆",对立面在其上旋转,各表一枝,又以对方为必要的前提。史蒂文斯的《现代诗》在构思上有与《灯芯绒幸福的舞蹈》相似的地方,它也是一首关于诗的诗,在为"心智之诗"寻找喻体时,史蒂文斯也找到了舞台和演员及其关系,"它得/搭造一个新舞台,它得出场/并像一个不知足的演员……"(张枣译),但在史蒂文斯的剧院里,仍然有"一群隐身的观众在凝神聆听",并遵循着艺术要求于观众的对秩序的喜爱,他们的教养保证着"最微妙的耳朵"能够被超级的心智激荡起来。而张枣的舞蹈者必须在"锣鼓喧天,人群熙攘"的舞台上出场入场,不分观众和演员,其紧张的气氛看似更接近中国的现实,其实更具后现代色彩,"由各种器皿搭就构成"的舞台与后现代的临时语境同构,它"模棱两可"、"变幻"不定,且可以"随造随拆"。现在我们来比较一下分别由男性角色与女性角色扮演的双人舞蹈的相继出场,它们基本上完成了一次由色欲向灵修的升华,其演绎进程可图示为:外→内;动→静;变→不变;分→合。

> "它是光",我抬起头,驰心
> 向外,"她理应修饰。"
> 我的目光注视舞台,
> 它由各种器皿搭就构成。
> 我看见的她,全是为我
> 而舞蹈,我没有在意

当阳性声音发出"我看见的她。全是为我/而舞蹈",我们所熟悉的男性中心主义的洋洋自得的确溢于言表,这种男性中心主义在东方较之西方更为盛行,而男性对女性的色情占有往往通过视觉想象来实现,比如将成熟女子想象成熟透的果实,"待到/秋凉,第一声叶落,我对/近身的人士说:'秀色可餐。'"视觉想象的功能经由"我的目光注视""我看见""我直看"到"我的五官狂蹦/乱跳"一步步强化,以至于在那频繁的"声色更迭"中使纯粹的看变了形,这或多或少带有自嘲的性质。毕竟这个"她",部分是阳性世界的对立面阴性世界,部分属于荣格命名的男人潜意识中的女性原型形象"阿尼玛"(anima),但丁与歌德的"永恒女性"即这样一个"阿尼玛"。所以"阳性我"终将从色相的专注——它的典型方式呈现于"驰心向外"这一词语组合中——向着"第二自我"的内部移情,从外视转向内视。"她的影儿守舍身后,/不像她的面目"这行诗似乎是潜意识渗透的作用,如果你注意到"守舍"这个词的语义来源与"魂不守舍"这个成语的关联,那么"影儿"便可顺利地读作"灵魂"的换喻。"阿尼玛"是"灵魂"的名称,它是阴性的,它的对应词"阿尼姆斯"(animus)则属于阳性。

　　阴性声音作为对话,在话语力度方面属于反诘"刚克"的"柔克",在词色或调性方面则属于同"谐语"相异的"庄语",故它较为内敛,而绝非漫衍;它不向外驰求,转而审视自身,承认并恪守着柔弱。"我看到自己软弱而且美,/我舞蹈,旋转中不动",这与"四川五君"中唯一的女诗人翟永明的"我来了,我靠近,我侵入"(《女人荒屋》)那类"阿尼姆斯"的阳性句式(尽管它脱胎自恺撒)形成了有趣的互照和反差。内在对话性也是翟永明诗歌的一种诗学向度,《独白》中的诗句"穿着肉体凡胎,在阳光下/我是如此炫目,使你难以置信",就可以读作对肉身羞涩之原罪运用反词技巧的性别宣言,它将男性目光中的"色相"还原为"肉体凡胎"。女性与大地同性,因而更具有包容力。"穿着肉体凡胎"(类楼钥之"假合阴阳有此身")的"阿尼姆斯"因而能够从大地吸取令人惊讶的力量,像"大海作为我的血液就能把我/高举到落日脚下"这样的强语势,无疑是一个超现实之梦的镜像投射。回头看张枣的诗,我们会发现听从男性主体召唤的精灵,往往要求更多的自治,当

前者裁判着"她大部分真实",后者并未以争强好胜的雄辩口吻对峙,而是以"温情脉脉的守护人"的姿态为自己存在的真实性辩护:

> 我更不想以假乱真;
> 只因技艺纯熟(天生的)
> 我之于他才如此陌生。
> 我的衣裳丝毫未改,
> 我的影子也热泪盈盈,
> 这一点,我和他理解不同。

瓦雷里区分诗与散文所使用的那个家喻户晓的著名比喻即散文是走路,诗是舞蹈,张枣接过这个观念并出色地演示了诗怎样"舞蹈",因为说到底重要的不是"诗是什么?",而是"诗如何是?"。诗通过区别于其他东西来确立自身的努力可能会产生有关"纯诗"的理念,但诗的发展逻辑并不因为有所舍弃而拒绝吸纳和综合,诗的象征行动同宇宙的行动相似,即"动而愈出",它既自我指涉又不断地逃离自身。从此诗的主体转换中,引申出诗人"雌雄同体"的精神原型乃是形式背后的本质性要素,在一般两性对立的思维模式中,女性作为男性的"他者",从未成为两项中的基本项,这是因为过度阳刚气的纯男性意识总是为非此即彼的独断意志所主宰,抒情诗中的纯男性独白必然散发征服、暴力、压制的浊重鼻息,巴赫金说这种"单一声音"只出现在夏娃诞生之前的亚当的嗓门里,实际上我们始终可以在抒情诗的单向度模式中听到亚当的"单一声音"的回响,例如吉普林诗中不时响起的回荡在印度丛林里的军靴声。抒情诗的双向或多向度声音模式,作为内在的戏剧诗,是在读者那里重建文本的可信性的有效途径。巴赫金将文本中的多种声音称为"第二性的声音",它是书写者才能的体现,且只有借助它才能接近真实:

> 为了达到向各种声音配备各种话语,包括向转折的形象配备话语(包括抒情诗人在内),每个作者难道不是剧作家吗?也许任何一种单声和缺少客体的话语都是幼稚的,不适合真正的创作。(转引自托多罗夫:《巴赫金、对话理论及其他》,百花文艺出版社

2001年版,第269页)

  总之,现代诗人应该成为向不同的发声源,"向转折的形象配备话语"的剧作家,在宇宙剧院里配备表情丰富的多声部发音器,让那些声音编织起一个人与自身、人与万物广泛关联的亲密之网,广播着幸福、苦痛、哀怨与祈求。张枣在1985年创刊的同人刊物《日日新》上面发表过一篇他译的荣格的文章《论诗人》,荣格在文中说:"艺术家在施展自己才能的时候,既不是自恋的,又不是他恋的,完全与恋欲无关。他是客观的、非个人的,甚至是非人性的。艺术家就是他作品本身,而不是一个人。"在回顾80年代的诗歌运动时,不少诗人和批评家都提到1984、1985年是关键年份,我个人认为,之所以称之为关键主要是因为一些成熟的观念已经在比朦胧诗后起的第三代优秀诗人身上发生,现代性的意识,传统的意识从主观的分离到在写作中结合,实现了真正意义上的语言转换,被意识形态压倒一切的政治需要中断的三四十年代的文脉,第一次得到了接续,这是新诗这个小小传统在汉语言内部的二次革命,它使得新诗在向前开展的同时具备了回溯的能力。将来的人们会看到,第三代诗人把握住了历史循环中这一天赐的良机。张枣和他早年的知音柏桦等诗人这一时期的写作,除了受益于他们之间友谊的激励(相似的双子星座在北方则有海子和骆一禾),也受益于既唯美又具有乌托邦性质的诗学抱负,一方面怀着向伟大的东方诗神致敬的秘密激情(犹如阿克梅派在俄罗斯的情形),一方面悉心勘探西方现代主义源流,从天命的召唤中发现个人在历史金链中的位置,从而能够清醒又从容地在技巧王国中各司其职,是新诗在当代运程中的一个吉兆。对荣格和庞德的重视,间接地引发了对被"五四"一代知识分子否弃的中国传统价值观的再度检验,无论汤铭的自励精神还是《易经》的变化之道,都如同从秦火的灰烬中归来的凤凰,向伤痕累累的心之碧梧垂下彩翼。据柏桦回忆,在《四月诗选》那个仲春的酝酿期之后,1984年秋天,张枣迎来了个人写作史上的第一个收获季。《镜中》《何人斯》《早晨的风暴》《秋天的戏剧》等一批诗作,给焦急的诗友带来了怎样的惊喜啊!这些向在黑暗中摸索的写作发出的信号,将日后的诗歌带入火热的、持续的话语新发明中。

> 念错一句热爱的话语又算什么？
> 只是习惯太深，他们甚至不会打量别人
> 秋声簌簌，更不会为别人的幸福而打动
> 为别人的泪花而奔赴约会。
>
> （《秋天的戏剧》）

这些诗行的热度是久违了的，它们与高蹈派的感伤表演，与表面高亢实则适俗的雄辩呈现出完全不同的品质，在谴责冷漠自私的世态时依然保持以轻盈的口语形式说话，是书卷气的口语，而非市井口语或威慑性的行话与切口，因而不失优雅。汉语既是适合于写诗的，又是擅长隐射的一种语言，指桑骂槐，指鹿为马，这种语言"充满人事经验的编年史中的多重例证"——正如美国汉学家费诺罗萨所说，"因意义的积累而不断增长的价值，不是表音语言能够取得的"（《作为诗歌手段的中国文字》）。然而在消极的向度上，由于表意系统的盘根错节，词的衰变与误用同样积累了太多的负价值，使得"今日的语言稀薄而且冰凉"（同上）的情况同样发生在汉语的现场。如果说西方现代诗人在写作中面临的困难是，如何使表达从"逻辑的暴政"下解放出来，汉语诗人的使命则主要在于改变屈从于"主观的暴政"的局面。历史上的书写往往在"文以载道"（为政治服务）的实用性和"俪采百字之偶，争价一句之奇"（《文心雕龙·明诗》）（为艺术的人生）的非实用性两种价值观此消彼长的震荡中止步不前，修辞乏术或过度修辞都是语言暴力的形式，书写的隐性暴力正是通过各种形式的随意性表达得以释放的，致使语言要么变成丧失意义的空壳，要么变成竞技的工具。在当代诗中，书写的隐性暴力有增加的趋势，而古代诗人身上常见的良好的道德感则在减少。可怕的不是"念错一句热爱的话语"，而是根本说不出"热爱的话语"。还有什么比冷漠的积习对一个诗人的成长更有害的呢？而张枣的新发明正是从反对冷漠开始，反对冷漠的积习使语言的温柔本性衰变的进程。在《四月诗选》前言里，张枣表达过对一种理想境界的向往："汉语言柔弱、干净、寂寞、多情。汉语言不能诞生第一流的思辨家、演说家甚至小说家。世界上任何诗篇本来都应该是用汉语言写作的。"包括翻译成汉语的诗歌，都应该当作用汉语写作的诗歌，这当然不是在张扬泛汉语主义,而是相信汉语的原初字性最适合于抒情诗这种需要最高心智和技巧的语言艺术。将最后一句话反过来说也是通的:用汉语言写作的诗篇本应是世界诗篇,是既不高于也不低于世界诗篇的诗篇。诗人对母语的忠诚首先体现于他的修辞态度。《易》言"修辞立其诚",庞德说"技巧是对一个人真诚的考验",两者几乎可以通译。对词的误用的诗意纠正关涉写作伦理,但它不是政治。

如果说弥尔顿的倒装句一度败坏了英语(中国古诗中也不乏将"想彼君子"写成"君子彼想"之类的例子),那么现代汉语诗的弊端之一可能是过多地倚仗市井口语,造成了另一种矫揉造作,泼皮无赖气取代了书卷气。新诗滥觞时期的口语依然是书卷气的,只不过由于技巧不高,诗人没有在诗的形式中就位,或者说,形式完备的理念尚未在新诗倡导者身上形成,故浅尝辄止的话语碎片被当作时髦的诗,并不奇怪。我以为胡适"八不主义"中最大的失误是"不用典",盖他不知"文本间性"或上下文关系中个人与历史的对话性。说到底没有哪个文本不包含潜在的对话范式,没有哪个词不承载历史记忆,立于文化整体所给予的意义空间之外的纯写作是不存在的。张枣似乎对那种对于过去的冷漠犹如对性冷漠般感到大惑不解,于是他制造一些文本来与"过去乌托邦"骈俪,那些从伟大的对句思维中获得灵感并以全新的语气灌注其中的佳句真是不胜枚举,它们镶嵌在意义转折处,像音乐中的经过句,我们提取出来作为采样亦不妨碍对它们单独理解:

> 你要是正缓缓向前行进
> 马匹悠懒,六根缰绳积满阴天
> 你要是正匆匆向前行进
> 马匹婉转,长鞭飞扬
>
> 　　　　　　　　　　　(《何人斯》)

> 如此我承担从前某个人的叹息和微笑
> 如此我又倒映我的后代在你里面
>
> 　　　　　　　　　　　(《十月之水》)

> 吃了的东西,长身体
> 没吃的东西,添运气
> 孩子对孩子坐着
> 死亡对孩子躺着
> 孩子对你站起
>
> 死亡猜你的年纪
> 认为你这时还年轻
> 孩子猜你的背影
> 睁着好吃的眼睛

(《死亡的比喻》)

一个人的气质可以从他的声音中分辨出来,声音是无法作伪的,所谓"音容"不就是声音之表情吗?声音即表情。尽管张枣警觉地逃避风格化,他国内时期与国外时期(以 1986 年为界)的作品变化相当大,消极因素在 1989 年后的作品中明显增长,叶芝式的自我争辩(我记得叶芝的原话是:"与别人争论产生雄辩,与自己争论产生诗歌")使形式内部的交叉性话语趋于紧张,更多的悖论修辞,更多的现实抵牾,更多的形而上问思(我将在后面具体分析),而他基本的语气一以贯之,并未因地理原因而改变。他个人的语言乌托邦投射在一束束"声气芬芳"的音节中,那些音节不倚仗严厉的训诫,不振振有词或字正腔圆,它们是灵性温柔与智性觉悟相互作用的结果。蜜蜂怎样震悚花朵,诗人就怎样写诗。诗人这只"不可见事物的蜜蜂"(里尔克语)天生知道哪里有语言的"原始汁液",它吸取并自行酿造,将之转换成既与自己的祸福又与别人的祸福等值的东西。荷尔德林下面一段话可以帮助我们理解什么是中国文论中所说的"辞气"或"声气":

> 当节奏已成唯一的、独一无二的思想表达方式时,仅仅在此时,才有诗歌。要使精神变为诗歌,它必须在其自身包含着先天节奏的奥秘。精神正是在这种唯一的节奏中才能生存并变成可见的。各种艺术作品只是唯一的和同一的节奏。一切只是节奏。人

的命运是唯一的上天的节奏,如一切艺术作品是独一无二的节奏一样。(转引自莫里斯·布朗肖《文学空间》,商务印书馆 2003 年版,第 229 页)

诗歌中的节奏当然不同于"节拍器的节拍"(庞德语),所谓"唯一的节奏"只能来自呼吸,因为诗歌与生命同构,生命又与宇宙同构。我们在气一元论的中国哲学中也看到形与神的同一:"形者,精气之所为也……精神皆气也"(方以智《物理小识》卷三《人身类》);"大约诗文以气脉为上。气所以行也,脉缩章法而隐焉者也。章法形骸也,脉所以细束形骸者也。章法在外可见,脉不可见,气脉之精妙,是为神至矣"(方东树《昭昧詹言》卷一)。譬如"天地悠悠""悠然""万古愁""虚空""空白""莫须有""远方"这些张枣常用的词,它们或采撷自经典文献,或仅为常见口语,历经千年却不因使用而磨损,当代诗对它们的形而上意趣似乎缺乏敏感,而这些词本身就包含着先天节奏,张枣将它们配制在某些精心安排的场合,便使语言磁场发生了特殊变化。《悠悠》这首诗通过语音室中学习语言的人们倾听磁带这一日常经验(他曾多年在德国的大学里讲授汉语课)提取出一个具有形而上品质的界面。一边是封闭的语音室里紧张的寂静,一边是想象的"天外客"悠然"拨弄着夕照",只有捕捉单词的耳朵在工作着。旋转的磁带作为环绕地球的对等物释放出"迷离声音的吉光片羽",正如我们不能觉察地球的旋转节奏,"表情团结如玉"的学生们也不能觉察单词(陌生而孤立,但像万物一样旋转的词)是如何在磁带一遍遍的循环中逝去,然后,忽然的"呼啸快进"像一次换气,一个词进入了呼吸——它终于被转化成了某个人的吐属。这也是一首隐含元诗结构的诗:关于单词如何进入语言的整体循环,关于倾听与言说或整体与差异,关于跨语言的全球化需要,而语言作为人类共有财富的存在本质只有在这种需要的共同性中才能得以扣问。人的嘴只有成为工作着的"织布机",才能应和夕照那仿佛是作为奖赏的奇迹般的"一匹锦绣",诗性言说即抽丝织锦,它必须学会遵循法度,必须进入语言自身的循环并从时间的消逝中带回"吉光片羽"的慰藉,诗的"迷离声音"是我们这个星球的并非人人都懂的音乐,然而长期专注于倾听则不会徒劳无功。恰如爱尔兰诗人希尼的《卜水者》诗中那个观看用榛木叉探寻水源的人在专家的指导下终于第一次感受到手上榛木叉的震颤：

> 旁观者会要求试试。
> 他便一言不发把魔杖递给他们。
> 他在他们手中一动不动，直到他若无其事地
> 抓住期待者的手腕，榛木叉又开始震颤。

（吴德安译）

站在虚构这一边

欧阳江河

稍有现代诗阅读经验的人,都不至于天真地把张枣的《悠悠》看作是一首抒情诗,虽然这首诗并不缺少撩起乡愁的抒情成分。它也不能算作一首叙事诗,尽管它含有那种似乎是在讲述着什么的叙述口吻。将这首诗在归类上的暧昧性放到本世纪的诗学史上去考察是件有趣的事:它不是意象派诗歌、象征主义诗歌、表现主义诗歌、超现实诗歌,也不是运动派、语言派诗歌,但上述每种类型的诗歌几乎都能在《悠悠》一诗中找到其变体和消失点。这首诗的暧昧性在我看来还远不止这些。原诗如下:

顶楼,语音室。
　　　　秋天哐地一声来临
清辉给四壁换上宇宙的新玻璃,
大伙儿戴好耳机,表情团结如玉。
怀孕的女老师也在听。迷离声音的
　　　　吉光片羽:
"晚报,晚报",磁带绕地球呼啸快进。
紧张的单词,不肯逝去,如街景和
喷泉,如几个天外客站定在边缘。
拨弄着夕照,他们猛地泻下一匹锦绣:
虚空少于一朵花
她看了看四周的
新格局,每个人嘴里都有一台织布机,
正喃喃讲述同一个
好的故事。

>每个人都沉浸在倾听中,
>每个人都裸着器官,工作着,
>全不察觉。

依我看,在这首诗中,暧昧性可以说是作者精心考虑过的一种结构,它"裸着器官"但又让人"全不察觉"。作者对字词安排作了零件化处理,在若隐若显的文本意义轨迹中,暧昧性是如此委曲地与清晰性缠结在一起,以至难以判断,暧昧本身究竟是诗意的透明表达所要的,还是对表达的掩饰和回避所要的。也许更吊诡的是,在这首诗中,表达和对表达的掩饰有可能是一回事。因为就语义设计与真实处境的同构关系而言,暧昧在这里是把含混性与清晰度合并在一起考虑的。诗的起首就有所暗示:

>顶楼,语音室。
>　　　秋天哐地一声来临
>清辉给四壁换上宇宙的新玻璃,
>大伙儿戴好耳机,表情团结如玉。

语音室展示了由高科技和现代教育抽象出来的后荒原风景,其暧昧之处在于:就视觉意象而言它是一个清晰的、高透明度的玻璃共同体,但在听觉上却是彼此隔离的、异质混成的——每个戴上耳机的人所听到的语音,究竟发自人声呢,还是发自机器,其间的界限难以划分。"每个人都沉浸在倾听中",但却不知道谁在说。"说"在这里由一个空缺的位置构成:只有说,没有说者。空缺作为一种中介体系在起作用。人的声音一经此一体系的过滤,就会成为失去原音的"超声音"(Hypervoice)。人们在超声音中听到的是一个假声音,却比真的还要真。它不会咳嗽,不会沙哑,不会随时间的推移而变得衰老。这是一个教学发音过程,在其后面,存在着一个录音和混音的技术过程:原有的那个发自真人的声音,作为预设的现实,在被录制下来的同时被抹去了,而录下来的声音替代原音成了现实本身。就自然属性而言,这个超声音的现实什么也不是,但却也不是无。在现代性中,它已成了一种体制化的人工自然。它无所不在,作为一个位置、一个形象,与消息来源,与各种日常的或超常的经验交织在一起。超声音是反常的,但在这里,反常本身成了常态。

张枣身上有着当代知识分子特有的怀疑气质,同时又是一个天性敏感的诗人。他从怀疑与敏感的综合发展出一种分寸感,一种对诗歌写作至关重要的分离技巧。这表面上限制了诗作的长度和风格上的广阔性,但限制本身在《悠悠》一诗中被证明是必要的、深思熟虑的。正是这种限制,使张枣得以在一首诗的具体写作过程中含蓄地形成自己的诗学。我的意思是,张枣为《悠悠》找到了这样一种方案,它既属于诗,又属于理论。这个方案为读者提供的诗学角度,简单地说就是坚持文学性对于技术带来的标准化状况的优先地位,同时又坚持物质性对于词的虚构性质的渗透。前面的讨论已经涉及了"语音室"这一暧昧的话语场所,现代性从中发出的是复制的、灌输的声音,它是否就是另外一位诗人柏桦所说的"甩掉了思想的声音"呢?从传播学的角度看,是否它在技术上是CNN、BBC或新华社所共有的呢?

"晚报,晚报",磁带绕地球呼啸快进。

是否这就是那种变成了"物"的声音?抹了一层磁粉,带二百二十伏或一百一十伏电压,有人在听和没人在听都一样——它和任何听者的联系都是偶然的、无足轻重的。它很可能是从一个早已写就的文本借来的。卡勒指出:"我们有一个早已写就的文本,它已被切断了与说话者的联系。"你不知道,超声音是对谁的嘴、谁的耳朵的挪用或取消。你甚至不知道,当"早已写就的文本"被超声音借用时,到底是哪一个文本被借用了:比如,《悠悠》一诗中提到了"好的故事",它是鲁迅《野草》中的一首散文诗作,很难说,它在语音室里是作为一个文学性文本被借用的,还是作为一个官方性质的教科书范本被借用的。

或许被借用的只是一个作为读音依据的准文本。汉语幅员广阔,发音南辕北辙。能不能说,超声音的出现是一种语音上的集权现象?考虑到张枣是个南方诗人,他肯定意识到了,口音问题不仅是个乡愁问题,也是个文化身份问题。在《悠悠》这首诗中,语音室提供了一个说和听的中介场所,作为故乡的替代物。在这个场所中,听者的耳朵从对生活的倾听中被分离出来,戴上了耳机。超声音的口音来自配方和组装,不带乡音,没有国籍和省份。或许,这是专为外国人发明的"全球化"口音。要不要把外星人也算进来?我们听他们在电影里说过话,用的是那种事先规定好的工具腔,带着典型的ET口音,仿佛是嘴里的机器在说。问题是,怎么才能从这些工具理性的声音转向对生活的倾听?

  怀孕的女老师也在听。迷离声音的
  吉光片羽:
  "晚报,晚报",磁带绕地球呼啸快进。

这是那种超出了职业范围、走神状态的听。女老师听到的不是耳机所预设的超声音(她是语音室里唯一不用戴耳机的人),而是日常生活中的"晚报"叫卖声。不过,在这个新闻消息本身已经日益全球化的时代,人们从各地报纸上读到的东西都差不多。所谓的地方特色,也就只剩"晚报,晚报"这沿街传开的叫卖声了。这是与方言、交通、零钱、小偷混在一起的本地声音,在超声音中肯定听不到。于是,女老师换了一种听法在听:她想要听听原汁原味的生活。她出了神,好像另有一个人在她身上听。天边外,几个天外客也在听。

  紧张的单词,不肯逝去,如街景和
  喷泉,如几个天外客站定在边缘。
  拨弄着夕照……

  《悠悠》一诗所指涉的现实,给人一种悬浮于空中的感觉。瞧,语音室在顶楼,走神的女老师在讲台之外听着什么,天外客在天边外拨弄着夕照。这现实,悬得也够高了,但要多高,才够得上最高虚构真实?要多高,女老师的耳朵才够得上天外客的耳朵,晚报的叫卖声才能被他们听到?

  这首诗的题目是《悠悠》,"晚报"似乎可以作为一个时间量词来理解。悠悠是时间词汇中最慢、最邈远、最不可测度的一个词,它无始无终,因为它所指涉的不是机械时间,而是文本时间。作者在这首诗中使用了一系列零件化词汇——耳机、磁带、织布机,用以强调超声音作为物的硬品质。有趣的是,指代时间的词刚好与此相反,全是非机械性的:秋天、怀孕、晚报、夕照。它们当中只有"晚报"与现代性有直接联系,就时间界定的有效性而言,"晚报"不过一天那么长。用这一长度来度量那种前不见古人、后不见来者的"天地之悠悠",会怅然生出一种不知今夕何夕、此地何地、此身何人的荒凉感。语音室里的女老师,和一个怀孕的女人,这两个人在诗学上是同一个人吗?超声音和晚报叫卖声、中国和西方,在她身上能聚焦吗?《悠悠》的视角相当奇特,读者可以从"语音室"这个地点,从女老师这个人,从"晚报"所提供的符合日历的时间刻度,朝秋天、夕照、悠悠的过往和将来,朝无限宇宙,无止境地望去。不过,这可是置身于一个文本的地址,处在一个出神的时刻,手中拿着一架词语的望远镜在眺望。你是站在虚构这边的。以为这样凭空一望,世俗生活的真实影像就能汇聚到人类对起源的眺望和对乌托邦的眺望中去,这未免过于急躁。张枣本人宁可把天外客看作是杰弗里·哈特曼所说的"不受调节的视象",宁可看到"他们猛地泻下一匹锦绣:/虚空少于一朵花",也不愿矫情地将"不受调节的视象"升华为那喀索斯式的自我凝视。张枣深知,超声音与晚报叫卖声之间,存在着一种互文性。超声音本身就是一系列互文关系的产物:零件系统和人体器官、语音和辞义、中文和外语、词和物、文学语境和社会语境。或许本雅明"任何诗意的倾听都是从对现实生活的倾听借来的"这一观点,有助于我们理解,为什么"晚报,晚报"这样的市井嘈杂之声,会在女老师屏息捕捉的那些远在天边的、近乎无限透明的"迷离声音的/吉光片羽"之上浮现出来。暧昧的是,张枣诗作中那种强烈的虚构性质,与他对真实生活的借用,常常是缠结在一起的。暧昧不仅是由个人气质和行文风格决定的,就《悠悠》而言,暧昧更多是个关于词的秘密的诗学原理问题。历史的秘密、物的秘密、思想的秘密,其深处若无词的秘密在支撑,充其量只是对常识的说明。这意味着,当代诗人只在道德选择和世俗政治方面成为持异议者是不够的,应该在词的意义上也成为持异议者,这才是决定性的。

"怀孕的女老师"似乎预示了词的异议者这一形象,其中暗含了某个尚未诞生的他者身体,和某种尚未说出的匿名声音。由于当代诗人是置身于体制话语和个人话语的对照语域从事写作的,自我中的他者话语在这里应该被看作是一种将现实与非现实、诗与非诗之间存在的大量中间过渡层次包括进来的书写策略,它加深了对原创意义上的"写"的深度追问。对张枣来说,写,既不是物质现实的直接仿写,也不是书写符号之间的自由滑移,而是词与物的相互折叠,以及由此形成的命名与解命名之层叠的渐次打开。写,就是物在词中的涌现、持留、消失。写,在某处写着它自己根深蒂固的空白和无迹可寻,它擦去的刚好是它正在呈现的。而磁带的定义是:既能发音又能消音。写的信号一旦织入本文,形成纹理和秩序,我们就会发现,不仅词是站在虚构这边的,物似乎也在虚构这一边。

但是,真有这回事吗? 真的现实在它不在的地方,是它不是的样子? 真的当物被减轻到"不"的程度,词就能获得"是"的重量么? 读者有权持这样的疑问。不过,张枣在《悠悠》的写作过程中,通篇对现实不加预设,不作说明,他只是审慎地将"站在虚构这边"与"不用思想而用物来说话"这两个相互背离的诗学方案加以合并,仿佛它们是一枚分币的两面。实际上,整个20世纪的诗歌写作都是由上述两个方案支配的。第一个方案把诗的语言与意指物区别开来,它向自身折叠起来并获得了纯属自己的厚度,按照福柯的观点,它"越来越有别于观念话语,并把自己封闭在一种根本的非及物性之中……它要讲的全部东西仅仅是它自身"。在第二个方案中,词失去了透明性,它把自己投射到物体之中并听任物象把自己通体穿透,词与现实成了对等物。前面的讨论已经注意到了《悠悠》在处理声音和时间这两个基本主题时,使用了两组质地完全不同的语码,它们分属上述两个诗学方案。其中声音词是从关于物的状况的技术语码借入的,而时间词则是不及物的。"晚报"一词实际上是两个诗学方案的汇合词,既指涉时间,又传出了声音。此词的混用对紧接着出现的"磁带"一词造成了明显的干扰。

"晚报,晚报",磁带绕地球呼啸快进。

磁带是作为超声音载体进入一个"转"的机器世界的,但只有按照预先设定的转速它才发出声音,如果"呼啸快进"的话,它将是无声的。我感兴趣的是,一个失去声音的声音词,会不会转移到别的语义层,作为一个时间语码起作用?磁带的转,形成了圆形语轨。熟悉西方现代诗学理论中"诗歌仿型手法"的读者,会立刻把这一圆形与时间形态联系起来。但磁带本身并没有预设圆形性,相反,磁带是线形的。换句话说,时间的圆形性作为诗的仿型维度在磁带上并不是自动呈现出来的,得要借助机械之转动磁带才是圆的。我想,《悠悠》意在说明,时间没有结构也得依赖结构。问题是,为什么作者在处理古老的圆形时间意象与现代性之奇遇时,对钟表构造不予考虑,而宁可将奇遇安排在超声音的结构世界中?原因或许在于,奇遇在张枣身上所唤起的乃是词的事件,也就是说,奇遇实际上是零件和词的相遇,亦即两个诗学方案的相遇。此一奇遇被置入了"转"的状态,可进可退,可快可慢,这种状态被歌德称为"变化的持久"(Dauer im Wechsel)。当磁带转动时,无论进退快慢,时间的圆形性本身是静止的。我们看到的,是由元时间、元写作和元语法结构共同构成的同心圆,以及从中产生出来的离心力。

如果没有这种离心力的介入,"磁带绕地球呼啸快进"这行诗就会让人感到迷惑。想想看,一盒磁带围绕地球在转,一个小一些的、微观领域的圆,围绕一个近乎无限大的圆在转。这是万物的晕眩全都参与进来的转,我们却在其中感觉到了词的晕眩。在物的转动中,是词在转:地球的自转公转,磁带的呼啸快进,一切都在转,如叶芝《再度降临》一诗所写:"旋转又旋转着更大的圈子。"《悠悠》与《再度降临》一样,意在描述"意指中心"的空缺和溃散。张枣用"喷泉"这一意象来指涉"紧张的单词",就模拟溃散状而言,没什么能如"喷泉"般直观:水被管道力量推送到高处后四散落下。这里,我们能感觉到有好几种力量在汇合,在较量:地心引力、工业和技术的马力、时间的离心力、词的构造力及其解构力。所有这些力量相互作用,不仅能使磁带倒过来转,也能使句子倒过来读,并产生断裂。比如,"虚空少于一朵花"可以拆解成三个语段,除去中间的"少于一"(这是布罗茨基一本文集的书名,作为一个专用名它不至于被颠倒了读),另两个语段都能倒过来读,前者读作"空虚",后者读作"花朵"。这种读法使词的上下文关系不再是单向度的,它暗示了词在反词中出现、在时间中逆行的可能性。逆行迹象在诗中藏得如油画底色那么深,以至丧失了词和反词的对比,只剩下差异的大致轮廓。比如,"悠悠"一词本身就可任意颠倒和逆行。又如,要是将"虚空少于一朵花"中的"少"换成其反义字"多"的话,你会发现,这句诗的涵义丝毫没起变化。在这样一个特定语境中,少也就是多。这符合《悠悠》的精神氛围,因为"好的故事"不是线性的,作者给了它一些直观的圆(夕照、磁带、地球),和一些语象的圆(团结如玉、喷泉、虚空)。引人注目的是,在这些圆中出现了一个半圆:

怀孕的女老师也在听。迷离声音的

"怀孕"使言说和倾听发生了弯曲,使历史的某些硬事实发生了弯曲。时间之圆的缺欠,在"怀孕"这一意象中耐人寻味地与父亲的缺席联系在一起,两者都指向悠悠生命的传递。因传递而失去的不只是"迷离声音的/吉光片羽",不只是女老师在体制中的位置,以及她的片刻出神。传递过来的也不只是世俗幸福的絮叨、排场、沿街叫卖的晚报。"好的故事"夹杂其间传递了过来。或许,张枣想要捎带神的秘密口信?那独自出神的女老师能回过神吗?我以为,诗歌时间的全部含义,都包含在"怀孕的女老师"从出神到回过神来这一段时间里了。在出神的片刻,女老师对"迷离声音"的听转换成了对天外景象的看,当她回过神来,又重新看到了眼前的现实:"她看了看四周的/新格局,每个人嘴里都有一台织布机,/正喃喃讲述同一个/好的故事。/每个人都沉浸在倾听中,/每个人都裸着器官,工作着,/全不察觉。"

一切如故,一切又都变了。诗是发生。被诗写过的现实与从没被写的现实肯定有所不同。狄兰·托马斯说过,一首好诗写出来之后,世界就发生了某种变化。当然,站在虚构这边才能看到这种变化。变化形成的"新格局"对每个人的说、听、工作都产生了影响,在女老师看来,"新格局"是透明的、"裸着器官的",让人"全不察觉"。问题在于,是零件体系的"新格局",还是诗的语言整理过的"新格局"在起作用?要是词的"日日新"能把物的状况也包括进来,那该多好,因为"好的故事"即使是站在虚构这边讲,它也是讲给生活听的。问题是,无论我们用古老乡愁的耳朵还是现代消费的耳朵在听,"好的故事"都已失去了真人的嗓子。它被超声音讲述着,被每个人嘴里的"织布机"讲述着。超声音是"交往"的产物,它从我们身上分离出一种没人在说的、但却到处都被人听到的声音。张枣用"怀孕"这一深度意象提醒世界,诗的声音是尚未发出的、正在形成的声音。他相信,那个声音有它自己的自然、身体、呼吸和骨骼。实际上每个人身上都有这样的诗的声音,遗憾的是,它几乎没被听到过。听到了又能怎样?对于众多倾听者,"好的故事"听着听着就变成了别的什么。诗的真意,恐无以深问。

(原载《读书》1999 年第 5 期)

综合的心智

——张枣诗集《春秋来信》①译后记

顾 彬

人们都在谈论诗歌受到的危害,在中国,甚至谈到了"诗歌的危机"。真的,到了 20 世纪,诗歌,这所有文化中人类精神史的发轫者,似乎走到了末日,政治与媒体看好的只是大众,而大众并不需要诗歌,于是,诗歌艺术这一门类便由于内在的美学原因走向了边缘,站在自绝于人的悬崖上。但更令人吃惊的却是:在 21 世纪来临之际,诗人并未死绝,而且,尽管现代诗高蹈晦涩,复杂难懂,读者乃至倾听者,仍有人在。甚至中国现代诗也是这样,只是似乎出现了一个重心的转移:读者和倾听者与其说在中国,还不如说在国外,对中文诗关注的人与其说是中国人,还不如说是洋人。为何?因为西方至少知道资本主义仅仅只是生活的一半,而在中国,市场经济作为生活方式刚刚被允许,人们不想知道那另一半是什么。物质的利欲熏心导向自我麻痹的可能,而不是导向诘问。现代诗,或准确地说,当代诗,正是这诘问的表达,备受国际瞩目的中国诗人也正是置身在诘问与批评者的行列中。在这情形中,我们也可以观察到一个从民族重要性向国际重要性转移的奇迹。

---

① 《春秋来信》(*Briefe aus der Zeit*),德国 Heidcrhoff 出版社 1999 年 7 月出版,原著者张枣,译者顾彬(Wolfgang Kubin)。中文版《春秋来信》1998 年 3 月由北京文化艺术出版社出版。本文所指页码是中文版页码。译文篇目是诗人亲自选定的。我在文学期刊发表的许多旧译也一并编入了这本集子。张枣作品其他的德文译请参阅 Susanne Gocsse 女士首译的两部选集:*Die Glasfabrik*(1993)和 *Chinesisehe Akroballk—Harte Srucle*(1995)。

一

中国文学在近代开始前(11世纪)一直以诗歌艺术为主。直到中世纪结束之际(10世纪)其他新的文类才走向舞台。然而,诗歌作为中国精神最精致优雅的体现直到现代的最终出现即1919年的"五四运动"才正式解体。小说与戏剧成了批评与辨析中国的更受偏爱的文类。诗的引退原因颇多,从语言形式和内容上讲,要完成从古典到现代的过渡实不容易。突破直到很后来即"文革"之后才发生,而且与利用或滥用文学的体制发展有一定的关系。体制总是要求艺术成功地起巩固体制本身的作用。而"文革"后随共和国长大的一代人却要打破精神和社会的窒息,加强与西方文明的接触。这衔接了自1919年来透过翻译散播又被遏制的现代性。1979年后的新诗承接了欧洲艺术的晦涩主义而与其他文类体裁成功地走向变革,同时,新诗在国际上获得的重要性又使当代中国文学其他的类别大为逊色。

海外人们谈论中国当代文学,首先谈到的是朦胧诗诗人北岛、顾城、杨炼、舒婷和多多等以及后朦胧诗诗人的张枣、欧阳江河和王家新等,将这些诗人分成两波当然是很有问题的,不过这样倒是方便,可以帮助我们澄清一些区别。粗说起来,朦胧诗有政治色彩,其对象过去常常是而且仍然是历史即中国历史,其声音更多是要求变革的一代新人的,而不是针对个体。怪不得一位评论家曾讥讽道,朦胧诗的真正读者是中国历史。朦胧诗的政治色彩1983—1984年也遇到政治上的反馈。虽然它在海外续存下来,其最重要代表的作品已有很大改变。后朦胧诗的诞生以及对时势和意识形态的远离不仅有外在的社会的,而且还有内蕴的美学原由。对朦胧诗进行纯诗艺批判的后朦胧诗人关注的是文学的自主和书写的独立,诗艺的语言化和个体的不可混淆的鲜明。

二

中国当代文学,尤其是诗歌艺术,自1989年来越来越四分五裂了。

许多优秀诗人,以朦胧诗人为主,也有部分后朦胧诗人移居到海外。批评家随意动用的一些观念常常很难描述中国文化场景的复杂。绝大多数旅居海外的诗人可以自由往返于中西之间,常常回国与出版者见面,商谈出书事宜,观望找工作的可能,同时也乐于把海外当作新家园。如此获得的美学自治使诗歌回归到语言。此外必不可少的前提是与外来文化和语种的相遇。张枣是最好的案例。他是中文里唯一一位多语种的名诗人。他不仅可以用多种语文交流,也阅读和翻译俄语、英语、法语和德语的文学。因而对他而言,用汉语写作必定意味着去与非汉语文化和语言进行辨析。这类辨析直接作用于他诗歌构图的形式和结构。

张枣1986年赴德留学。他出生于湖南长沙,至硕士的教育是在长沙和重庆获得的。他在四川——这当代诗的重镇——一举成名,被视为"四川五君"之一(其他四位是翟永明、欧阳江河、钟鸣和柏桦)。目前,他和他家室的居住地是图宾根,一个极度幸运的诗歌之地,这当然是因为他十分偏爱荷尔德林,读他的原著,并基于原文向中文读者传递出反应。对德国和中国文化双方而言,有了张枣,可谓是一桩大幸事,可惜太稀有。

三

与原文相遇就是与语言相遇,与语言相遇即意味着交流或有意识的交流的可能。虽说所有的言谈和书写最终都是交谈的尝试,但并不一定就会导向那孜孜以寻的尤其是平等的对话。对话形式正是张枣作品的一个重要特色。如下几则对话因素是显而易见的:诗人与家谱(《云》,133—140页);生者与死者(《死囚与道路》,131—132页);现在与往昔(《楚王梦雨》,54—55页);东方与西方(《祖母》,143—145页)。由此可见,张枣是自传性的诗人,同时又是诗人中的诗人,在两种情境中他都是一个内化记忆或追忆的诗人。

张枣的读者殊不容易,无论是其原文还是译文的读者,无论是其中文还是德文的读者,他们所面临的难度是同等的。将诗与政治和时势割断,使语言得以回缩。如何来理解这点呢?在当代中国,写作常常是大而无当,夸张胡来。而张枣却置身到汉语悠长的古典传统中,以简洁作为艺术之本。没有谁比他更一贯更系统地实践着对简明精确的回归。因此他把语言限定到最少:我们既不能期待读到传统意义上的鸿篇巨制,也不会遇到自鸣得意的不受传统语境约制的脱缰的诗流。我们看到的是那被克制的局部,即每个单独的词,不是可预测的词,而是看上去陌生化了的词,其陌生化效应不是随着文本的递进而削减,反而是加深。这些初看似乎是随意排列的生词,其隐秘的统一只有对最耐心的读者才显现。论者常看好他大师般的转换手法,声调的凝重逼迫,语气的温柔清晰,在译文中无奈被丢失的文言古趣与现代口语的交相辉映。张枣爱谈论如何使德语的深沉与汉语的明丽与甜美相调和。他谈到对外来形式和语种化用时实际上涉及的是元诗原理,比如用莎士比亚商籁体来创作与一个俄国女诗人茨维塔耶娃的对话(参见《跟茨维塔耶娃的对话》,106—117页)。正是在这一诗人与诗人交谈的层面上,他拓展了普遍性,而我们也学会如何把他的"我"解读成一个诗学面具。

张枣似的诗学实践暗含着对在中国影响极大的现代主义的摈弃和对朦胧诗的远离。它是对汉语之诗的回归。就一个如此通晓外来语文和形式的诗人而论,这初听上去似乎很吊诡。不过这表面的矛盾可以通过这样的释读来化解:自1919年到1979年以来,中国现代诗一直在寻求如何确立自身。保守地说,语言、形式和内容曾很少达到了全面的融合,除了少数例外,中国现代诗曾一直处于试验阶段。只有朦胧诗和后朦胧诗才成功地完成了它。然而,当朦胧诗的意象世界和语汇选择至今还依赖西方和中国早期现代主义,而且还承担政治和社会的角色时,它就还不能把自身理解成纯语言或者纯汉语。不少批评家认定张枣作品体现了现代汉诗即纯诗的完善。我在这里不想深谈这一论点的正确性,只想就翻译和解读的难度再说几句。

张枣是一个自得其乐的南方人。他运用的汉语不是他的译者们在中国或海外的高校里所能学到的,不是课堂中文或标准语或普通话。他作为诗人的自由甚至扩大到对京腔规定的语言秩序不屑一顾。通晓中文的、觉得有必要对照浏览原文和译文的读者常会感到惊奇。这不仅仅是因为每种译文都是一种解释,还因为多次被问询的诗人总是不厌其烦地提供了阐读的可能。我妻子张穗子也帮助了我,她常常是标准语的捍卫者,她跟我一起吃了这些文本不少的苦头。译者尽管得到了各种可能的帮助,尽管想作为探路者试图穿过这新奇语言的丛林,却不得不承认他的困难:真的,在译者漫长的中国文学翻译生涯中,这是最难的一次。因此,译者在这儿很想化用和补充评论界评述张枣的一句话:与其说张枣是20世纪中国最好的诗人之一,我更想说张枣是20世纪最深奥的诗人。就难度而言,恐怕只有他的同行杨炼可以与之相比。善意的读者尽可放心:译者可能的失败会起抛砖引玉的作用,为更多各自的译本和阐读的出现开启新的可能。

两个"古典",还有一个"叙事"

——张枣论

李振声

一

从诗人张枣离世后陆续公布的一些传记材料来看,张枣少年时代的最初习作,似乎起步于古体诗词,虽然技艺不免青涩和幼稚,却足以表明它们的少年作者,曾经是一位唐诗宋词的沉迷者。① 这也难怪,去年的春季,人们在痛惜诗人过早离世的时候,媒体和读者一时间都会不约而同地争相诵读起他《镜中》的句子:

> 只要想到一生中后悔的事,
> 梅花便落满了南山。

这的确是一首诗境中明显化合了古典情致的诗作,内敛、静谧的注视,神秘的联想和幻觉,有什么东西急欲说出,却又终于没有说出,虽然说不清楚诗境的寓意究竟是什么,却可以直接触摸到那种令人诵读之下低回不忍离去的绵密的情愫和淡淡的忧伤,是古典情怀与不可重复的青春期写作冲动之间,所达成的一次出神入化的组合。

但其实,像这样的,无疑有着精湛的古典诗学素养做底子的写作,在张枣的诗人生涯中,持续的时间并不长,基本上属于他步入新诗写作初始的学艺阶段,所以我不免担心,像人们、尤其媒体热衷的那种对《镜中》的过分的渲染,很可能是在好心办坏事,因为极有可能致使读

---

① 颜炼军编:《〈张枣的诗〉代后记》(《鹤之眼》),人民文学出版社2000年版。

者误以为这首诗或者这一类的诗就是张枣的全部,或者误以为这样的诗才是张枣的书写中最值得关注的部分,最能见出张枣之于中国当代诗歌的贡献,而事实上,这很可能是在把张枣的读者引向并不足以真正体现他的诗艺和精神水准的地方,不仅无助于人们对张枣意义的逼近和抵达,反而会在无形中限制和取消了它。

张枣耽嗜古典的持续时间并不很长,这一方面当然是缘于他的出国,中国古典诗意得以萦回、繁衍的那种特定的物质和精神土壤,随时空的巨大阻隔而渐行渐远;另一方面,由此而来,也是最主要的,是张枣对诗意诗性的看法,其实后来已经有了很大的调整。

古典诗意所背倚的,是一个千年诗歌传统和诗学规范,诗意的生成,早已形成了它自身的典范和惯例,越来越成为人们在写作和阅读时,理所当然地、不由自主地便会予以循守的模板和期待的视野,以致这样的写作和阅读,越来越无可避免地成为一种永无尽头的复制和衍生,你只能明显地看到一种量的积累,却很难见到某种质的突破,或者说,见到的多是在平面上的扩展,而少有那种纵深度上的向上的提升和向下的深入。陈石遗(衍)《石遗室诗话》谈及晚清同光诗巨擘陈伯严(三立)散原老人的诗,就说他学宗黄山谷,本为世所习知,但其"生涩处,与薛士龙季宣绝似,无人知者……辛亥乱后,则诗体一变,参错于杜(甫)、梅(尧臣)、黄(山谷)、陈(后山)间矣"。你看,前后左右的,全都已经有典范确立在那儿了,套用鲁迅《野草》里"无所逃于天地之间"的话来说,陈伯严简直是无所逃于天地间既有诗人和他们所经营、确立的诗学范式之间了。而越到后来,这样的古典诗甚至在语言上都因为陈陈相因而失去了起码的肌理和张力,自然更不用说,与诗的本源,与积极应对、解决真实的世界、人生的问题及其困难,以及与此直接相关的种种深刻的生命体验,越来越不沾边。

1986 年初夏张枣远赴德国,同年 11 月 13 日写于德国 Hünfeid(欣费尔德)的《刺客之歌》,里边自然投射进了初到异邦他乡时张枣的那份心理体验。《刺客之歌》采用的依然是一个古意盎然的框架。诗题本身便足以牵惹起我们对韩非子所说的"儒以文乱法,侠以武犯禁"(见《韩非子·五蠹》篇)的春秋战国时代的联想,以及对活跃在那个时代的、有着"风萧萧兮易水寒,壮士一去兮不复还"式的侠义风骨的烈士风范的缅怀。但其实,张枣的这首诗,既可以读作他在向古典致敬,也可以读作他在与古典作别。

该诗一共四节,每节均为四行,作为节与节之间的区隔标志,则是定时、复沓地插入的这样两行"直接引语":

"历史的墙上挂着矛和盾
另一张脸在下面走动"

就好比某段急转直下趋于骤急的乐曲中,不时重复地响起在你耳边的低沉的定音鼓声,不由分说地在你心里陡然引发某种莫名的急迫、紧张和焦虑。那么诗中的这句直接引语,到底是谁在说,又是在说给谁听呢?显然,不是当事人"刺客"在说,也绝不像是"刺客"愿意赴汤蹈火为之效命的那个刺杀行动的指使者"太子"在说,而应该是一个超然在诗所指涉的那段历史之外的、同时又是洞悉整个历史事件的真实性质的"隐身"说话人在说话,是"他"在对诗中那个时代以及活跃在那个事件中的人物提出规诫和忠告。这规诫和忠告,当然是为诗中抒写的那些人物所听不到的,唯有时隔千年之后的我们这样的读者方有可能听到。那么说白了,这无非是超然于历史之上的隐身抒写人特意说给我们听的,是他对于这一历史事件的性质及其意义的一个评价。

由于"隐身"抒写人给出的对"历史"的这样的评价,"历史"的意义便在张枣的诗中开始出现了某种微妙的逆转。如果说在张枣此前的诗作中,譬如《镜中》,譬如《何人斯》,再譬如《十月之水》中,"历史"与人相互扶持、相映成趣,可以让人无条件认同、归趋,即一旦与它有了关联,身心便会获得某种安顿下来了的感觉,属于价值的温柔乡或者意义的乌托邦之类的东西,那么现在的情形就不同了,它已经变成了一个可疑的所在,一个自相矛盾和抵牾的纠结体,并且一点都不会令人感到放松,相反,却会让人愈发地为之焦虑甚至惊悸,即成了遍布陷阱和充满畏途的所在。"刺客"在它的面前流露出的神色,显然更多的是不安和踟蹰,似乎随时都在准备弃它而去。

这首诗明显地不同于我们熟谙的那种偏重于感性、性情和趣味的所谓古典的路数,它不再是耽于玄思的,因而显得迷离惝恍和情致绵绵,而是换了个骇人的外表,它用某种足以引起"震惊"的效果,取代了那种风流蕴藉的古典的美感典范,毋宁说,它是在摆脱这样一种古典诗意的诱惑。

"刺客"的境遇作为一个隐喻,实际上提示了诗人当时的某种实际处境。在真正进入世界(与这个世界相比,我们之前的生活都只是"地方性"的)之后,你会突然发现,自己原以为已经完全安顿好了自己在这个世界上的秩序以及自己身内的秩序,其实根本不是那么回事。也就是说,此前的那种统摄的力量突然间不复存在了,自己身上原先依托的那些曾给自己提供了规范和支撑的东西正在渐次剥落。就像存在主义所说的那样,你一下子深切地感受到了被一种什么力量给第一次抛掷到了这个世界上来的感觉。

义无反顾地投身于某种凶险四伏的境地,以期通过奋不顾身的一击,去改变历史的某种进程,这样的一种"刺客"形象,作为 T. S. 艾略特特别看重的"客观对应物",显然折射和承载了张枣当初面临的心理上的压力和困境,一种因为文化上的巨大差异而导致的心理上的不适、失重甚至内心被撕裂的感觉("为铭记一地就得抹杀另一地/他周身的鼓乐廓然壮息"),以及仓猝间调集、聚合起自身内部的力量,以便支撑自己前去抗衡和克服来自外部的痛苦和混乱的那份艰难而又决绝的使命感("那凶器藏到了地图的末端/我遽然将热酒一口饮尽")。对这样一种几乎称得上惊心动魄的心理场景的设定,在今日越来越置身在世界一体化政经格局和文化版图中的中国年轻一代读者看来,不免会感到几分讶异,甚至会嫌它太过戏剧性的夸张了,但揆之20世纪80年代的中外隔阂既久的实情,这样的心理反应却应该是再平实和正常不过的。

二

也许,指出张枣的《刺客之歌》,还有后来的《死囚与道路》,都是在与古典诀别,这样的说法多少还有点令人难以信服,因为事实上,《刺客之歌》和《死囚与道路》里边,显然并不缺少古典的场景和要素;但另一方面，这里的古典场景及其要素，与它们之前的《镜中》《何人斯》《十月之水》相比，性质的不同却又是那样的一目了然。严格地说来，后者仍摆脱不了其与"古典"之间那层"剪不断，理还乱"的干系的话，那么很清楚的一点是，后者依托的"古典"与前者立足的"古典"，应该是分别属于两个不同范畴的"古典"，也就是说，张枣的诗里，事实上存在着两个不同类型的"古典"。

为了让表述尽可能地周密些，不妨将上述说法略作修正如下：经由《刺客之歌》《死囚与道路》，张枣对他曾经相当倾心与耽溺过的那种偏重玄思的风流蕴藉的古典路向，亲手做了一个了断，转向了对"危机时刻"的古典场景的书写。

这里的"危机时刻"的说法，是对本雅明1940年草就的《历史哲学论纲》中的一个看法的援引。我想，本雅明的这个说法，将有助于我们对张枣诗中"古典"范式的转型，以及这种转型究竟意味着什么的理解。在本雅明看来，危机感是人类进入历史（引按，当然也包括现实，因为历史总是已经经历过了的现实，而现实也总是正在成为或正待成为历史的现实）的最好的契机，你不是置身在危机的时刻，你没有为危机意识所攫住或击中，你不具有对危机时刻刻骨铭心的感受和记忆，那么，这表明你的心灵仍然处在一个怠惰的状态，也就意味着在历史的真实形象闪回的瞬间，你还无从对其做出真正的理解和捕捉。《刺客之歌》和后来的《死囚与道路》所处理和演绎的，不约而同地，都是属于人的生命经验中最为极端性的一种处境，即赴死。按照雅斯贝尔斯的说法，"极限境遇"，比如"死亡"，比如"罪孽"，再比如"命运""偶然"等等，其实是最能揭示人存在意义的一种境遇，或者说，它们很可能是促成人真正领悟存在及其意义的一种最有效的"超验密码"。这是因为，人真正感知存在不能仅凭抽象思想，人只有在某个具体特定的"极限境遇"中，才有可能与真实的存在相遇，才有可能体会无法用抽象思想表述的真实的存在。

在《刺客之歌》和后来的《死囚与道路》中，虽然古典时代的人物、行为和场景依然是张枣写作灵感的重要来源，但显然不再是其全部的源头了。已经有新的源头加入了进来。它们的精神指向不再是对古典时代的意义和趣味的继续陶醉与皈依,而毋宁说是对古典时代的深感不安,也就是我们通常所说的有了危机感,而这种不安和危机感,不是来自别处,恰恰来自诗人对现实处境的切肤之痛。也就是说,是现实感的加入,现实感的折射或投影,导致了张枣对历史、对古典时代的迥然有异于他以往的感受,因而这样的穿着"古典"的外套的诗作,其实与现实有着极为密切的关联,它的精神指向离现实是很切近的。

不妨从抒写人的口吻来做一番大致的分析,如果说《镜中》《何人斯》自始至终都是属于"独白"的话,那么《刺客之歌》和《死囚与道路》则是由不同人物之间的"对话"所构成,尽管你也可以争辩,这样的"对话"其实也不过是出自同一个"主体",是一个主体的不同分身或各个侧面而已,但比起直陈胸臆的"独白",这种来自不同方向的"对话",毕竟更带有"戏剧"的互动和辩证性质,因而也就相对显得"客观"些。

走出诸如《镜中》《何人斯》这样的主观、神秘的"独白"式诗境,这种居于内心世界,用神秘的词语精心构筑起来的古典诗性的空间,进而走向带有辩证、驳难、互动,更具"戏剧性"因而也相对稍具客观意味,并且与"危急时刻"始终缠绕在一起的另一种古典诗性空间,这一转型过程的实现,显然并不像我们上面谈论的那么简约和轻松裕如。在转型的背后,张枣肯定是承受和经历了很大的心理创痛的。为了避免行文过于枝蔓,这里只好略作提示,一笔带过。建议各位不妨去读一读张枣的另一首"古典"风的文本《楚王梦雨》:

> 我要衔接过去一个人的梦,
> 纷纷雨滴同享的一朵闲云;

这之前,每次读到这首诗,我总是不由自主地会觉得纳闷和踌躇。对它丰盈充沛的诗意和最后迸裂出的那种令人感到震撼的撕心裂肺般的痛楚,我始终苦于找不到一个合理的解释。我很清楚,这样的痛楚绝无可能是无缘无故的,不会是空穴来风,不可能只是悬在虚空中的一段抽象的情志体验的拟想,它只能是对某一重大的心理挫折或精神转折做出的回应。那么这种痛楚感究竟因何而起、缘何而发?它所寓涵和指称的又是什么?对此我却一直找不到有说服力的答案。直到我意识到张枣的诗境中实际上存在着两种"古典",意识到张枣有一个从偏重玄思、风流蕴藉的"古典"走向前途未卜、充满凶险、以重现"危机时刻"为特征的"古典"之境的转换过程,我才恍然明白了这首诗到底在说些什么,原先不甚了了的那种撕心裂肺的痛楚的来源,才渐渐变得明晰起来,开始有了较为合理的解释。这就是说,你得把《楚王梦雨》重新嵌入张枣前后两种"古典"的转换语境之中,它的蕴涵才有可能向你呈现。一旦脱离开这里的语境关联,任其处在某种遗世独立的状态下单独去读它,结果就只能是百思不得其解。

恰好介于上述两个"古典"诗境的交替转换之间的《楚王梦雨》,当然是最能窥见个中消息的一个便捷的观察点,是有关这一转换的一个见证和一块界石。而事实上,它也确实把当时正处在两个"古典"的裂缝之中的张枣,如何痛下决心,告别一种"古典",走向另一种"古典",当时内心体验和承受的种种难以割舍的滋味乃至撕扯的痛楚,作了虽不免朦胧却相当有力的表达:

> 如果雨滴有你,火焰岂不是我?
> 人神道殊,而殊途同归,
> 我要,我要,爱上你神的热泪。

三

张枣之于鲁迅,其实有着很深的一层因缘。这也是我原先并不清楚,现在随着张枣身后遗文的陆续整理发表,才慢慢清楚了的。

鲁迅始终认定,把古典和传统用来当作营建现代世界的一种取之不尽用之不竭的能源,那是会有很大的风险的,因为这些现成的资源的思想部分和物质部分,早就已经被一代又一代的人们所滥用,几乎早已消耗殆尽,剩下的可能性已经很少,因而现时代的人们,唯有凭借自己独立的努力,去呈现时代真实的、哪怕只是暂时有效的思想。鲁迅早年的"任个人""排众数"以及后来的"中间物"思想,便都是在这样的基础上形成的。

在思想和思想的表述上,鲁迅从不随俗,始终坚持自己的"彻底"性,但另一方面,他又没有因为这种"彻底"而堕入价值的虚无。林毓生曾经对此深感惊讶。按照惯例,认同"绝望之为虚无,正与希望相同"的鲁迅,应该是最有理由堕入虚无的。那到底是什么样的力量,在引导着鲁迅最终振拔出了按照他的思想逻辑本来是无从躲避得开的虚无之境的呢?林毓生解释了老半天,最后只好把它归结为意志力的支撑:"鲁迅在希望与绝望之间痛苦的冲突与精神的熬煎使他特别强调意志的重要性——奋力回应生命之呼唤的意志的重要性。在这里他像一个存在主义者,把重点放在人的意志的意义上。"①这是在用存在主义的观点解释鲁迅。

意志真的有这么大的法道吗?意志本身其实并无凌虚蹈空的特权,它也得有待于其他心理精神资源的支持。鲁迅笔下的狂人无疑是中国现代小说中最绝望的人,但他又是洞察到了自己的罪愆并为之深感震惊和痛苦的人,与之形成鲜明对比的是,"狼子村"的村民不是对此浑然不觉,便是虽有所知,却又在那儿拼命地掩饰和洗刷,好像这么做就真能蒙骗得了自己和别人似的。两造之间的道德水准的高下,不正是在这种关键的地方,遽然作出了判分的?狂人对其与生俱来的罪愆的省察和自责,不仅不足以使他的道义心消弭殆尽,反而适足以增重其远远超逾在浑噩度日的庸众之上的价值分量,我想,正是诸如这样的因素,最终构成了得以支撑狂人有声有色地存活在世的内在精神支点。狂人,当然也包括鲁迅自己,不正是依恃着这份有质感的价值自信而存活在世,并将继续存活下去的吗?

张枣是对自己的限度有着特别清醒的认知的一个诗人,在他生前,我们几乎很少看到他在公开场合对诗有过完整的论述。他的诗论之少,虽然未必就是当代中国诗人中绝无仅有的,但至少是极为少见的。《当代作家评论》今年第一期的"诗人讲坛"推出的张枣专辑,选了他不同时期的几首代表作和他临终前夕的显然尚未完篇的诗稿,配发了诗

---

① 林毓生:《鲁迅思想的特质及其政治观的困境》;许纪霖、刘擎编:《丽娃河畔论思想 Ⅱ》,华东师范大学出版社 2006 年,第 127—131 页。

人宋琳(他俩曾长期联袂担当由北岛在海外复刊并主编的《今天》杂志的诗歌编辑)的长篇评论,除此之外,还很意外地收录了两篇篇幅都不长的他的学术演讲稿,它们大致都是原题《〈野草〉考义》这篇大文章中的章节,显然都还不曾完篇,应该是尚未写完的片段或残篇,却都很精彩,里边有着他和当代中国的诗人同行很不一样的眼光。在这两个演讲稿中,他把中国现代诗的精神源头,追溯或者说归结到了鲁迅、尤其是鲁迅的《野草》那里,并且用了几乎是不容置辩的口气这样说道:"我们的新诗之父是鲁迅,新诗的现代性,其实有着深远的鲁迅精神。"①这不禁让我想起了十几年前,南京"断裂"问卷的发起人韩东、朱文为了争得"存在感"而放出话来准备"搬掉鲁迅这块老石头"的那一幕。对鲁迅的亲疏,差异竟然会这么大,而事实上,张枣与韩东是一代人,同属"第三代"诗人。这里边的原因是复杂的,此处自然不便简单揣测。

在张枣看来,正像波德莱尔给整个世界文学带来了一个忧郁的现代主体或称"消极主体"(negative subject),从而标志了一种"现代心智"(the modern mind)的诞生,鲁迅之于中国现代诗的意义,同样也在这里。当年作为批评家的钱杏邨,显然是过于"消极地"看待了这个"消极主体"的意义和力量,以致完全辨认不出,塑造这个"消极主体"时所要直面和担当的困境,那些内心自我的分裂、震撼及其巨大的创痛,而除了鲁迅,你在别人身上是断难找到这些足够强悍硬朗地应对如此惨烈局面的心理素质的。

> 鲁迅的坚强的书写意志,将发声的主体幻化成一个风格强悍硬朗的恶鸟,震撼分裂沉默的自我和无声的中国。并将受损的主体的康复和庇护幻化成一个诗类,一个词语的工作室。……这是中国新诗所缔造的第一个词语缔造室。我们今天所有的写者第一内在的空间。从这里出发,好几代诗人都缔造和守护这个既是个人又是公共的词语工作室,在这里,中国现代人的主体和心智得到了呈现,唯美的活动成了对生存意义的追求,对怎么写的冥想和反

---

① 张枣:《秋夜的忧郁》,《当代作家评论》2011年第1期。

思,也变成了对怎么活的追问。①

注意,张枣在这里谈到了鲁迅经由《野草》所缔造出的那些"词语",既与个人、也与公共直接相关,既是中国现代人主体、心智得以呈示的有效平台,也是切入并反思他们现代生存的真实处境和命运的最犀利有力的管道。

这么说来,张枣诗中"古典"范式的转型,显然是与以下的考虑直接相关的,即,诗的写作要与现实、尤其是现实中遭遇的生命困境,发生一种切实的紧张和摩擦,产生出真正的切肤之痛;诗要能够成为当下世界和生活的一种回应,而不是驻足于某种圈定的形式之中。事实上,从张枣诗作的编年史中大致也可以看出,继《刺客之歌》之后的张枣,诗歌写作的致力方向,便始终是要使诗的写作能与那个远比以前的自己所熟习的那部分世界来得丰富和浩瀚的世界之间,发生气息和能量的交接与切换。他总是在努力地尝试着锻造出各种足以承载得起远比以往要来得繁复和丰饶的思想和感情的形式,而不至于因为眼下所面对的世界的过于繁杂、纷乱和难以把握,而陷入窘迫的疏离之中。语言、主题、题材也似乎不再措意于强化和固化既有的身份,而更在意诗人对世界、人、物的变动不居的观感的直接表达。面对广阔的世界,张枣既有迟疑、惊惧和批判,也有迷惑,自然还有暧昧的认同。正是凭着这样的一手绝活,即能够、并且善于处理当下的经验,从当下短暂、易逝、偶然的经验中提取、转换出诗的新的形式和秩序,张枣的诗歌写作才真正具备了当代诗艺的气度和意义,而不是恋栈于古典的诗艺和典范。

四

将"叙事"因素重新接引到诗境之中,曾经是20世纪90年代中国当代先锋诗歌致力于重建诗歌修辞的文化和历史语境的策略之一。正像不少诗人都做过的那样,张枣也通过他的《父亲》一诗,走进了有关家族史的叙事。对父亲的叙述,实际上为诗人张枣提供了一个进入沉

---

① 张枣:《秋夜的忧郁》,《当代作家评论》2011年第1期。

重的当代史、承载苦难的记忆和重新确认自我的路径和导口。这也再次表明了,张枣绝不是与现实不发生关系的那种精神的高蹈者,他的诗也并非什么"纯诗",尽管他一度曾对"纯诗"颇为执念。

《父亲》讲述的"右派"故事,既没有小说家张贤亮在他的《绿化树》中讲过的那种最后以走上人民大会堂红地毯作结,说穿了,终不脱通俗小说所谓因祸得福、苦尽甘来套路的那么一些因素,也没有鲁迅所讲的那种以价值的毁灭来见证价值的悲剧效果,而是另辟蹊径,在历史的叙述中导入了另外一个维度,而这样的维度显然并不为我们所熟悉,但比我们所熟悉的更平实、质朴,更贴近历史实有的状态,因而也更让人信服。似乎也可以这么说,把历史和呈示在历史中的人性,还原到它们的某个原初的状态,在一种不动声色的叙述中,以期引起某种让人不期然地感到震惊的效果,是这首诗之所以被付诸抒写的内在动力之一。事实上,这样的效果在我们的阅读中是得到了兑现的。

> 1962年,他不知道该怎么办。他,还年轻,很理想,也蛮左的,却戴着右派的帽子。他在新疆饿得虚胖,逃回到长沙老家。他祖母给他炖了一锅猪肚萝卜汤,里边还漂着几粒红枣儿。室内烧了香,香里有个向上的迷惘。这一天,他真的是一筹莫展。他想出门遛个弯,又不大想。

讲着讲着,是谁在讲呢?是作为儿子的抒写人"我"在说话。"父亲"是不吭声的,自始至终,除了说了声让他祖母莫名所以的"咄咄怪事",就再也没有说出过别的话来。"父亲"有着怎样的内心世界呢?他本人都有些什么样的特别的精神气质,以便可以提供给他,使得他足以与他所处的那个对他说来显然是显得过于严酷了的世界和环境相处、周旋,或者说相抗衡的呢?这些都是我们从诗里无从得知的,因为诗里只有作为儿子的那个抒写者在悬想和揣度,而且显然是事情隔开了好多年之后所作的悬想和揣度。为什么这个父亲是无言的?而且,也始终没有母亲的出场?父亲的"祖母"(那应该是"我"的曾祖母辈了)倒是露了脸的,这又是为什么呢?不得而知。与这个似乎有着满腹心事的"父亲"相比较,《德国士兵雪曼斯基的死刑》中那个德国士兵差不多可以说是一派天真烂漫。此人早年拥有优渥的生活和教养,战争先是让他"失去了充满白昼和石头的/希腊;尤利加树和泉水淙淙的/音乐",把他驱遣到了俄国前线那"火的聂瓦河,/破烂的斯大林格勒",又因为他灵活的舌头会说俄语,而命其每日走街串巷寻找给养,这倒反而给了他就像舒伯特名曲《鳟鱼》中渲染的那么一种自由欢快,让他有机会结识了俄国姑娘卡佳并由此坠入了爱河。但美丽的卡佳是个游击队员,这导致了德国人修筑的地堡被炸毁,而雪曼斯基也因此被判叛国、执行枪决。整首诗都是在用士兵雪曼斯基的口吻叙述有关这桩战地死刑的来龙去脉。诗的后半部分,随着死神脚步的步步逼近,士兵雪曼斯基的语气也愈趋急迫,最后简直急迫得让人喘不过气来。这两首诗的诗境都呈示出某种搅拌的性质,弥漫着错杂与混沌的诗意,读上去的感觉,是既庞杂又单纯,虽卑微却高贵,有一种说不清道不明的将悲伤和幽默(当然是"黑色"的)搅和在一块的味道。叙述的对象均来自"底层"(一个是有着"戴罪"之身的上世纪五六十年代的中国"右派",一个则是被绑在国家战车上的"纳粹"德国士兵),诗的叙事视野基本上限制在这样的范围之内。诗中的细节都被刻画得十分琐细。在同样都把人和人的价值归于虚无的处境里和背景下,别出心裁地将心思放在了对这些细节的刻画上,这不能不让人觉得格外意味深长。这样做是不是在讽喻呢?是不是想说,与堂皇却显得那么异己的政党或国家伦理比较起来,还是生活中那些琐碎的细节才更具亲和力,也更具真正的持久性?还有就是,主人公似乎都长着一双天真无邪的眼睛,对自己早已被人于有形无形之中取消和剥夺了生命价值和个人尊严的身份、处境和接下来将会遭遇到的事情及其性质,都一概地显得不是一无所知便是所知无多。他们便是以这样的一种心智状态,生存在这个跟清明、太平的年景比起来无疑显得太过凶险的环境里,同时又似乎显得有几分旁若无人和随心所欲,甚至有几分缺心眼,因为他们对自己的处境到底有多凶险,实在可以说是浑然无知,以致他们做出的行动和抉择,不免让我们这些后世的旁观者,都忍不住要惊讶得替他们捏上一把汗。

与《德国士兵雪曼斯基的死刑》中士兵的饶舌形成鲜明对照的,是《父亲》中父亲的缄默无语。一个先是沉溺在爱欲之中(用我们这里的说法便是被爱情冲昏了头脑),后来则在求生意志的裹挟下,跌跌撞撞地寻找着任何或许可以蠲免其一死的希望,反正从头到尾都是他在那儿喋喋不休地诉说的声音;一个则显得沉默木讷,这木讷是因为"父亲"生来不善言辞,还是另有其他原因?是严酷的经历所致?抑或仅仅是无意识中处于自我保护的本能?因为在一个动辄得咎的年代,一旦被人宣判为执政的阶级的异己分子,那么你的每一句言辞,就都有可能成为无妄之灾再度降临的肇因。但是不是其他的解释就不存在了呢?譬如,这样一种解释的可能性应该也是存在的:当一个人因为失去了时势的支持而成为一个倒霉的失势者的时候,如果他对自己还保持着足够的自信,如果他还相信天地间自然会有公道人心的存在,那么说不定他就会不屑于去与那些一时得势的人再作争辩;因为他很清楚,当此之际的任何自我声辩和抗议,不仅于事无补,反而适得其反。不可与言而与之言,则为失言。他不想"失言",那么唯一的办法便是保持缄默,把已经发生的事情交付给时间去做裁定好了。

一旦一个人拿定了这样的主意,他是有可能做到不随波逐流,有可能做他自己想做的,而不必再去理会和屈从于外部的强势力量,勉强自己去依照它们的意志来处世立身。当张枣诗中他那位始终默然无语的"父亲",突然站住脚步,转身而去,并在这一刻做出了结婚生子的决定;或者是那个被执行枪决的德国士兵雪曼斯基,在临刑前的那一刻,从心底里宣布:"我死掉了死——真的,死是什么?"①此时此刻的他们

---

① 对"死掉了死"这样的表达,张枣好像显得情有独钟,甚至可以说着迷。《道路与死囚》中,就差不多原封不动地将这一句式再次使用了一遍:
......
如果我怕,如果我怕,
我就想当然地以为
我已经死了,我
死掉了死,并且还
带走了那正被我看见的一切
......
仔细寻究起来,这个句式很有可能化自史蒂文斯。张枣译的史蒂文斯《徐缓篇》中即有一则:"每个人都是自己死掉自己的死。"参见张枣与陈东东、陈东飚兄弟合译:《最高虚构笔记:史蒂文斯诗文集》,华东师范大学出版社2009年版,第257页。

俩,便似乎不约而同地找到了自己身上的某种足以让自己安身立命的立足点,一种个人的自足性。也就是说,在时间的这个节骨眼上,他们可以不必再为自己与外部环境之间的那种尖锐、沉重的压抑和紧张关系所支配和控驭,而可以依照自己的意愿去选择活着或者死去,以及如何活着和如何死去。

> 他想,现在好了,怎么都行啊。
> 他停下。他转身。他又朝橘子洲头的方向走去
> 他这一转身,惊动了天边的一只闹钟。
> 他这一转身,搞乱了人间所有的节奏。
> 他这一转身,一路奇妙,也
> 变成了我的父亲。

仿佛是从被动不堪的处境中,一下子获得了解脱、解放和自主,至少是在做出决断的这一刹那,他们让一份主体的真实性重新回到了自己的身上。一个决定用结婚生子的做法,不再去理会那个外部的、异己的时代对他的无端伤害;在这个世界上,将自己的生命,即便卑微、却顽强地延续下去。一个则是把死亡的决定权一把揽到了自己的手中,由"被决定"转换为"自行决定"——"死掉了死"——也就是说,经由自己的手,受死者把制自己于死地的那种强权收归到了自己的手中。就这样,可能连当事人自己也未必能清楚地意识到,凭借这样的"灵光一闪"般的决定,他们居然一举摆脱了此前或此刻正居处着的卑微、屈辱和受人役使的地位,重新找回了那种人之所以为人的东西,即自主和自由。尽管还仅仅限于自身内部、属于精神和心理层面上的"免于被役使"的独立和自主的感觉,有"想象性解决问题"的嫌疑,与真正的现实性的解决,事实上还存在着不小的距离。然而,精神和心理上的自由与自主,毕竟也是人的自由自主的重要的构成部分。谁说,人只能听命于外部的压力?又是谁说,说到底,人的一切,都只是、也只能是环境的产物?如果真是这样,那么人的能动的一面和他的所谓的主体性,又在哪里呢?又该上哪儿去印证和体现呢?这会不会是在给那些肆无忌惮或毕竟有所忌惮因而总得借助形形色色的冠冕堂皇的名义在那儿作恶的

人,提供推卸、洗刷罪愆的借口?反正一切都可以让外部环境去担责嘛!事情都已经悖谬到了这样的地步,也许只有傻子或别有用心的人才会说他们看不见。

五

那么,《父亲》中父亲的缄默无语,是否还暗示了诗与历史的关联是偶然而又宿命的这层意思呢?这一缄默,不仅给写作带来了某种历史的纵深,也带来了历史的幽秘?因为历史的当事人总是沉默的,他们往往没有或没能来得及留下他们关于自己所在的那个时代的言说。历史并非是由当事人说出的,而常常总是由后来者或别的什么人替他们补叙的。即便由当事人口中直接说出,那也大多是时隔多年之后,凭借着依稀的记忆说出的,现场感不免会大打折扣,历史的真实有效性自然也会变得有限。"此情可待成追忆,只是当时已惘然。"说到记忆和现实、历史真实的关系,推到极致,就算你再怎么信实的回忆和记忆,也始终不可能是事实本身,也永远替代不了真正的历史。真正的历史和现实,注定是可望不可即的,无法完全抵达的。这是宿命,也是我们心底最隐在的一种痛。

不妨引述诗人张曙光的《1965年》作为参证。这首被诗界视为20世纪90年代中国先锋诗歌致力于重建诗歌修辞的文化和历史语境的冲动中,最早有意识地将"叙事"因素重新接引到诗境中来的代表性诗作,写到1965年的第一场雪,兄妹三人趁着雪后提前到来的夜色,赶去电影院看电影,冰爬犁沿着陡坡危险地滑着,童年时代的诗人"突然"意识到,"我们的童年一下子终止"了,他望着漫天的大雪,想到"林子里的动物一定在温暖的洞里冬眠/好度过一个漫长而寒冷的冬季",诗的寓意应该是不言而喻的:美好童年的戛然而止,孩子在一瞬间对温暖的遐想,与冥蒙之中正在逼近过来的、令人隐隐感到不安的时代的阴影之间,一下子构成了一种十分紧张、压抑的关系。而尤其引起我惊讶的,是它的最后一句:

我是否真的这样想

现在已无法记起

张曙光是个非常诚实的诗人,他所说的他的以上所"想",其实都是作为过来人的他此时此刻的"追想",那么当时他是不是也真是这样想的呢？他诚恳地告诉我们,他自己也吃不准。我想,我用不着再多说什么了,因为张曙光已经在他的诗里,把我想说的话都说得很清楚了。

护身符、练习曲与哀歌：语言的灵魂
——张枣论

王东东

一

如果将"护身符"这个三音节词拆开，可以发现它至少包含有三层含义，一个就是"身"所代表的身体、生命以及属人存在的含义，一个是"符"所代表的词语、语言的含义，最后就是守护生命的词语、守护存在的语言这一层含义。

> 如果你真愿佩戴
> 它就是护身符
> 它扑朔迷离，它会从
> 那机器创出的小小木葫芦
> 以檀香油的方式
> 越狱似地打出一拳
> "不"这个词，挂在树上
> 如果你愿意
> "不"也会流泪，鳄鱼一样
> 护身符的某日啊
> 月亮正分娩月亮
> 凌驾于一切表达之上
> 树在落发
> 抽屉打开如舌头

> 如果你愿意,护身符便是那
> 疼得钻进你脑袋中的
> 灯泡,它阿谀世上的黑暗
> 灯的普照下,一切恍若来世
> 宽恕了自己还不是自己
> 宽恕了所窃据位置的空洞
> "不"这个词,驮走了你的肉体
> "不"这个护身符,左右开弓
> 你躬身去解鞋带的死结
> 你掩耳盗铃。旷野——
> 不!不!不!

通读《护身符》全诗我们发现,"守护"的含义是晦涩的,甚至包含"舍弃"的含义,"守护"就是通过这个否定含义确立自身的。这一点说明了在"形式的牢笼"里一个词在语义上的不确定,一个词可以走到自己的反面;而一首诗更多是莫瑞·克里格所谓"仿型运动"的整体,很有可能是一个圆:这是因为有时间因素——比如阅读的时间——的加入,一首诗的语言结构显然又在模仿时间的结构。而这首诗的语言运动——正如我们即将或已经看到的——则构成了一个"否定的圆"。诗歌语言活动的全体公开"否定"每一个词语,以致每一个词都包含其自身的否定性含义。具体到这一首诗,可以说,"身"这个词每时每刻都暗示着"身外","身外"也是对"身"的否定,这让这首诗中出现的其他属于"身外"范围的名词,也让这首诗本身充满了一种危险的品质。这样说是因为"身"不仅暗示着生命个体("所指"),还暗示着语言活动本身("全体能指"),一首诗本身("所指的乌托邦"),它自身"有机体"的完整性有被打破的可能。而结尾"躬身去解鞋带的死结","躬身"带上了仪式性的尊严,"解鞋带的死结"因为与"身"相关,而变成亲切无比的一个细节,虽然这"身"马上就要溶解于"身外",也就是"旷野","不!不!不!"则是对"旷野"的惊惧和否定,试联系 W. H. 奥登写蒙田的诗句:"他看向书房窗外,只见田园平静,/却笼罩着语法的恐怖,/城市里强迫人们说话含糊,/而在各省口吃被处死刑。"(Outside his library window he could see/A gentle landscape terrified of grammar,/Cities where lisping was compulsory/And provinces where it was death to stammer.）"田园"（landscape）与"田野""旷野"可以互换,而城市与各省都是田园的延伸。"如果你真愿佩戴/它就是护身符",体现出转喻的邻近性（"护身符"作为词与物的中介的含义此处不予考虑）,护身符作为"符",作为一件具体的物,一定要有词语或符号才可以识别,它本身具有了词语的物质性。在一方面,词语的物质性不仅仅是对词语的一个譬喻,但另一方面,词语的物质性又不能完全还原为客观的物:正如护身符中先已有词语或"符"才能成为护身符。护身符的出现依赖于词语的赋形能力也就是命名,但是与其说这是对物的命名,不如说是语言的自我投射。按照张枣自己的说法,"母语只可能以必然的匿名通过外在物的命名而辉煌地举行自指的庆典",可以认为在护身符这一对"外在物的命名"里,语言显露又隐藏了自己,这一"外在物的命名"同时内在于语言。这里有一种对纯语言的呼唤,护身符携带着它自身的符号出现,因而是语言中的语言,是语言的自我同一,这样就可以理解第二节的句子:"护身符的某日啊/月亮正分娩月亮/凌驾于一切表达之上",语言也只能从语言中诞生,用海德格尔的说法就是"把作为语言的语言带向语言","护身符的某日啊"就是指这样一个历史性时刻,一个语言的时刻。"月亮"一词可以替换为"语言",这是语言的朗照。第一节末尾写到了语言的晦暗:"它扑朔迷离,它会从/那机器创出的小小木葫芦/以檀香油的方式/越狱似地打出一拳","扑朔迷离"是语言的本性,"小小木葫芦""檀香油"可以看作"护身符"的一系列比喻,只不过在语言运动的戏剧场景里,命名过程的分解被转化为了语言单元的冲突。这是语言、护身符的拓扑学:同一、重复和差异的戏剧。"机器创出"暗示另一种强硬的命名方式,也就是科技的悖反作用,从命名构筑的语言秩序内部开始了对命名的反抗,同时又在语言的容器内（"木葫芦"）承受住反抗的力量（"檀香油"）,虽如此,"檀香油的方式"暗示了反抗的自觉和限度,既隐蔽又凶猛,祈求摆脱命名的专制。这里显示出一种崇信人类诗性能力（尚未分裂为技术理性和美学/感性）的维科式幽默,尚还有别于诗歌结尾"旷野"暗含的命名的悲剧。

紧接着的句子，"'不'这个词，挂在树上/如果你愿意/'不'也会流泪，鳄鱼一样"（第二节），"不"本身构成了"护身符"的形象，从而充满了隐喻的紧张（在它成为护身符后，它自身构成了一个隐喻），其"含义"仍可以得到还原，"挂在树上"意味着它（"护身符"）是一个"一切词中最高的词"，也就是语言本身，和下文中的"月亮"相联系，而"流泪，和鳄鱼一样"则又点明其虚伪或虚假的一面，也就是护身符的否定性含义。

张枣所称语言"以必然的匿名通过外在物的命名而辉煌地举行自指的庆典"，有浪漫主义的命名（"诗人为世界立法"）热情的遗留，但其重心已经由命名转向了语言的自指和自我投射，后者是现代主义诗学的主要特征之一。这是一种高度自省的语言活动，命名本身已经变成了对命名的模仿，它意识到命名的分解、破碎和无能，这就是为什么在《护身符》中，护身符＝"不"＝"不"这个词："'不'这个词，驮走了你的肉体/'不'这个护身符，左右开弓"（第四节）。如果命名终将被归还给语言，那么一切命名都是暂时的，并会导致对命名的否定。张枣虽说感受到命名的欣悦力量，但无疑也受到否定性的吸引，也许，不只是命名的否定性，还有现代经验的否定性。护身符具有这两种否定性的含义，当我们意识到命名的持存力量，也不能不立即意识到死亡这一最大的否定性经验，甚至我们对历史的感受也应包括在内。

"树在落发/抽屉打开如舌头"，写出了命名在语言中的降解，命名的变异，以及和语言说话有关的语言的哑默，和关闭。树在张枣诗里是一个重要的隐喻，"但叶子找不到树"（《今年的云雀》），"世界显现于一棵菩提树，/而只有树本身知道自己/来得太远，太深，太特殊"（《卡夫卡致菲丽丝》），简言之，树象征了生命和语言的历史创伤，但同时也是生命和语言永远重新开始的象征，张枣警醒于命名的暴力，而发明了一种自我否定的命名。如果说，这里面有他钟情的反抗现代否定性经验的消极主体性（negative subjectivity），对应于它想要反抗的对象，并且消极主体性表现为"对语言本体的沉浸"，那么就可以说，浪漫主义者对个性、想象力的推崇被聚拢在语言对象上，浪漫主义者的灵魂进入和转化为语言的灵魂。"如果你愿意,护身符便是那/疼得钻进你脑袋中的/灯泡,它阿谀世上的黑暗","镜与灯"的浪漫主义诗学被改写,护身符成了一个有关"灯"也就是浪漫主义诗人头脑或"心智"(Mind)的反讽,与"感觉的分解"同步的"命名的分解"的沉痛——同时是一种光的折射、映照和回返的游戏——表露无遗,我们发现它在技术上就是T. S. 艾略特所谓的客观对应物(objective correlative),并且它和艾略特《情歌》中的隽句相比也毫不逊色:"仿佛有幻灯把神经的图样投到幕上"(But as if a magic lantern threw the nerves in patterns on a screen)。"灯泡"、柏拉图式"光源"和灵感的存在成为一种"钻疼",生命和语言的疼痛,"阿谀"的用法值得深思,"阿谀"和上文中的"鳄鱼"几乎同音,而"阿谀世上的黑暗"也趋近于"'不'也会流泪,鳄鱼一样",二者都源于对历史生存领域的否定性的洞察。当然它们更多表明了命名的否定,有关"灯"和黑暗的辩证,也就是语言显露和隐藏的秘密,赠予又撤销意义的秘密,光的秘密。"灯的普照下,一切恍若来世/宽恕了自己还不是自己/宽恕了所窃据位置的空洞",第一句诗也重复出现于《孤独的猫眼之歌》与《蝴蝶》,《蝴蝶》中还写道:"我们共同的幸福的来世的语言。"也许,语言本身是一种宗教?对它的否定性的信仰将导致对来世的信仰?否则很难解释为何在语言之灯的普照下,现实显示出了不同于现实自身的面目。波德里亚在论述克利斯特瓦时说的一段话,有助于理解这几句诗的"语言运作":"诗歌的否定性则是一种彻底的否定性,它针对判断逻辑本身。某个东西既是自己,又不是自己:这是所指的乌托邦(本义上的乌有之邦)。事物与其自身(当然也包括主体与其自身)的等价关系消失了。因此在诗歌所指的空间里,'非存在与存在以极为令人困惑的方式纠缠在一起'。但危险仍然存在——它在克利斯特瓦本人的理论中也清晰地显露出来。危险在于仍然把这个'空间'当做场所,仍然把这种'纠缠'当做辩证法。"波德里亚对"辩证法"的拒斥带有语言学的专断,所幸这是以诗歌的崇高理由进行的,但同时也就揭示了语言运作的秘密。张枣诗歌的密封就得益于法国诗人马拉美(启发了包括波德里亚在内的一大批法国后现代理论家),这更多是指他诗歌的"形式原理"的部分。但我们读张枣的诗,总觉得和马拉美又不一样,哪里不一样呢? 作为一个中国诗人,他不可能无视个体生存的痛苦(以及个人在历史中承担的命运),即使"对语言本体的沉浸"的辛劳制作也会透露出个人的气质,而不能做到马拉美倡言的"无人性"。这是语言对诗人的背叛,不止是祖国背叛了诗人。张枣看重理性制作的能力,但汉语偏于生存的感受。因此,我们仍然可以阅读出诗句的"内容"。"宽恕了自己还不是自己/宽恕了所窃据位置的空洞",它仍在指向宽恕的美好含义:允诺语言的更新,也就允诺了生命的复活,允诺了个体的新生;虽然仅就词语的角度可以说,一个词可以被另一个词替代,一个词形成的空洞可以被另一个词占有;对命名危机的解答不是停止命名而是坚持不懈地命名。

"'不'这个词,驮走了你的肉体/'不'这个护身符,左右开弓","肉体"这个词提醒我们存在着一种语言的灵魂,每一次语言的新生都模仿了灵魂转世,而来世,则意味着语言的自我更新。这首诗甚至沾染上了巫术的影子,而具有祈神(守护灵)和驱邪(恶魔)的双重意味。"你躬身去解鞋带的死结/你掩耳盗铃。旷野——/不!不!不!"在语言的拓扑学空间中同一、差异和重复的游戏已经摆脱了结绳记事的实用性(在拓扑学中也正好有纽结理论),因此"死结"也几乎有一正一反两个含义,正如勒内·夏尔的诗告诫的那样:"尽可能不去模仿那些在谜一般的疾病中打死结的人。"

"你掩耳盗铃。旷野——/不!不!不!",由于诗歌语境的巨大压力,张枣的诗句几乎具有了"两义性",两义性是在诗学层面对悖论的正视,坦然面对(诗歌的)语法和逻辑的矛盾(保罗·德曼语)。在掩耳盗铃的喜剧中,如果有教诲,那么只能是:对语言之铃只能倾听,而不能盗取。而在诗歌的旷野上,主体或肉身只能以自我否定的、弃绝的形式出现,以此实现对语言之铃的归还。对施特凡·安东·格奥尔格(Stefan Anton George)的诗,"我于是哀伤地学会了弃绝/词语破碎处,无物存在"("So lernt ich traurig den verzicht:/Kein ding sei wo das wort gebricht",《词语》),海德格尔阐发道:"自身拒绝看起来不过是回绝和取消,其实却是一种自身不拒绝(Sich-nicht-versagen):向词语之神秘自身不拒绝。……在这种自身不拒绝中,弃绝作为那种完全归功于词语之

护身符、练习曲与哀歌:语言的灵魂

神秘的道说向其本身道出。在自身不拒绝中,弃绝是一种自身归功。其中有弃绝之居所。弃绝是归功(Verdank),因而是一种谢恩(Dank)。弃绝既不是彻底的回绝,更不是一种损失。"而"作为神秘,词语始终是遥远的。作为被洞悉的神秘,遥远是切近的。此种切近之遥远的分解(Austrag)乃是对词语之神秘的自身不拒绝。对这种神秘来说,缺失的是词语,也就是那种能够把语言之本质带向语言的道说。"与上引波德里亚的"密码破译"的立场相反,海德格尔热衷于探询"语言运作"背后的"精神含义"(这是"法德之争"的又一个表现)。《护身符》与海德格尔所言的精神意义并非毫无关联,但却表现出一种自我隐匿和自我脱逃的语言面貌,带有反对"概念的执着"的禅宗式的"后退"的智慧和狡黠,其语言结构恰好是一个"否定的圆"。——这不仅仅是诗与阐释的不同,也是诗与诗(对概念的执着程度)的不同。——张枣极力结合"德语的深沉"与"汉语的明丽与甜美",其成绩有目共睹,但也同时突出了现代汉语(诗歌)"精神的晦暗"。

这首诗还有另一个版本名为《吉祥物》,将诗中的"护身符"一词悉数替换为"吉祥物","吉祥物"无疑是一个更有汉语味道的词语,这种向汉语词色(包括其幸福期许)的回归也许正说明现代中国人在心理和思维方面的变化。与之对应,如果说现代汉语具有一种调和的品质,也许并不为过。这也令我们想到古典汉语的中庸之美:在哪一方面都触及了,但在哪一方面又都不过分。《护身符》偏离了与海德格尔的"精神"(Geist)言说颇有渊源的浪漫主义自不待言,更由于追求语言的绝对而恰好处于理智的密封与神秘的道说之间,并且给语言的灵魂(这是比理性、精神更普遍的一个概念,而且毫无疑问更适用于汉语诗歌,但需要唤醒一个与"无神论"相反的汉语诗歌传统)——带来了高度自由、善于逃逸而又可能困顿的特点。大而言之,这也是那种打开了视野的现代汉语诗歌的特点。

二

张枣早期对古典诗歌的"改写"十分成功,《镜中》《何人斯》《桃花园》《楚王梦雨》《十月之水》一批诗除了引发对他个人语言天赋的赞赏,也足可引发对已遭贬值的柏拉图式神灵附体论的重新审视。如果说诗人是语言的工具,那么真正起作用的还是语言的灵魂,它以原型的形式存在。原型凡有模糊之处,必是语言的灵魂使然;原型如是不确定的,有待完善,也有赖于后者。极端地说,他不断呼唤的那个远方的形象,也只能是语言的个别化身;语言的灵魂是不可见的,但却构成了他对话的隐衷,甚至动机:

> 如此我承担从前某个人的叹息和微笑
> 如此我又倒映我的后代在你里面

(《十月之水》)

这里是以生命延续来比喻语言的神力,正是在语言的循环中,张枣期待的对话时刻出现了。这首诗的开头和结尾两节都说:"你不可能知道那有什么意义/对面的圆圈们只死于白天","你不知道那究竟有什么意义/开始了就不能重来,圆圈们一再扩散","圆圈"是"鸿"的变形,但"圆圈"和"鸿"一样都是世界和语言运动的幻象。正如张枣所说,对话可能是一个神话,那么,这个社会交往的神话同时也是语言的神话,"我们所猎之物恰恰只是我们自己",张枣的诗歌就在语言象征和社会象征之间的"空白"地带工作:"一个安静的吻可能撒网捕捉一湖金鱼/其中也包括你,被抚爱的肉体不能逃逸",他需要二者之间的距离来自我调整。只是越到后来,他就越警醒于社会象征中的牺牲和祭献,而减损了早年和空白嬉戏的自由和天然情状。另一方面,也是现代诗要求表达的迅疾和直接有力使然,张枣的"元诗"主动配合了这一倾向。他诗歌中发生的最大变化就是,原本丰沛的感性被隐藏起来,只有在耗尽语言游戏的可能性后,才能再次触及灵魂狂喜的形象,于是后者就一再被推迟,而不断被表现为语言和空白、沉默、虚无的关系,它们是"语言说话"和"命名的否定性"的极端。《护身符》《今年的云雀》和《空白练习曲》都是这方面的代表。《空白练习曲》是一个包含十节的组诗,与《今年的云雀》有一种互文关系:

> 这是一支空白练习曲

"首先是敲,如盲人凄惶于生门前
但不似药片的那种敲
因为不屑于吻合
不吻合于某种臆想
不以融解你我为最佳理想
是敲,但敲只敲那种形象
像你打开自己还是自己
短暂打开后还是短暂
敲是回家?
但家不该含有羞怯和尴尬
但家应该是这儿,这儿
随喊随开。敲。"

(《空白练习曲》)

"我有多少不连贯,我就会有
多少天分。我,啄木鸟,我
闻所闻而来,见所见而去。

生虫儿在正面看见我是反面。
逃脱就等于兴高采烈。
大男孩亮出隐私比孤独。

我啊我呀,总站在某个外面。
从里面可望见我呲牙咧嘴。
我啊我呀,无中生有的比喻。

只有连击空白我才仿佛是我。
我有多少工作,我就有多少
幻觉。请叫我准时显现。"

(《空白练习曲》之三)

在《空白练习曲》中只有这一首是加了引号的自白,集中表现了诗人的工作状态:面对语言的空白。"不连贯"之所以是一种天分,是因为"不屑于吻合/不吻合于某种臆想/不以融解你我为最佳理想",诗人很清楚主体或肉身的存在状况,"我啊我呀,无中生有的比喻",而要求一种意义流动的状态,也即不仅要挑战意义的空白,还要警惕新的意义可能产生的封闭,诗人更关心"外"与"内"之间的转化,而非对立。

  这一首诗表达了一个观念,就是语言的幻觉构成了另一种存在的真实,正因为语言与现实的同一性,这首诗才可以不断在语言与现实之间——并非同义反复,因为与语言的现实性对应的却是现实的可能性,这也许又回到了亚里士多德的观念:诗歌相对于历史是一种更高的真实——展开,而写到生命史中的"进化"(三叶草)传奇和个人的出生(第一首和第二首),"掉落在地上的东西无始亦无终"(第一首),开头第一句诗充满玄机(也许很难领悟到这是在写一场空难),可以认为直指太初有道的创世神话,然而个体的语言却能够享有一种否定性的自由:"你,无法驾驶的否定。""生灵跪在警告中/谁,在空旷的自然滚动一只废轮胎?"则又以荒谬的工业社会场景对存在发出了警告,可联系"暗绿的山坡上一具拖拉机的/残骸。世纪末失声啜泣"(《希尔多夫村的忧郁》)。到最后,这首诗几乎提供了一个完整的上帝视角,以一场俯视中发生的"空难"来隐喻道成肉身的恐怖,而开头的创世神话也转化为了末世图景。张枣的灵感可能来自现代技术的视觉意象(一个飞行器对另一个飞行器的跟踪俯拍)的冲击,但有趣的是,俯视空难的视角被故意隐藏起来了,这首诗也因舍弃描摹的对象而向语言的理性逻辑靠近而变得抽象,在很大程度上成为对浪漫主义的碎片式的戏仿,甚至成为一个有关飞行之梦毁灭的反浪漫主义神话。但若"还原"到空难的事件则一切都会迎刃而解,中间还能看到对飞行器驾驶者空难前后身心状况移情式的"逼真"描写,"天色如晦。你,无法驾驶的否定。/可大地仍是宇宙娇娆而失手的镜子。/拉近某一点,它会映照你形骸的//三叶草,和同一道路中的另一条。/从来没有地方,没有风,只有变迁/栖居空间。没有手啊,只有余温"。而"掉落在地上的东西无始亦无终"是概括的具象,"滚动废轮胎"则是空难的后期处理。

"一面从天国开来一面又隶属人间——/救火队,一惊一乍,翻腾于瓦顶"(第二首),以救火队的诙谐形象和"火"来隐喻个人出生和生命承继的"扬弃"、愉悦和专断意志:"假道于那些可握手言欢的品质之间,/如烧绿皮毛的众相一无所知。那年/你属虎,还是刮风的母亲消闲的/抛入弧形的瓜子",而象征着社会权威的父亲则不光有政治嗅觉,还擅长书法的表现:"在你出世的那瞬展示长幅手迹:'做人——尴尬,漏洞百出。累累……'/然后暴雨突降,满溢着,大师一般。"亦庄亦谐,总有一种语言的表现伴随和弥补个人被抛在世的烦恼,张枣也许会羡慕古中国人的文明信仰和文字崇拜(观乎天文以察时变,关乎人文以化成天下),虽说他明白中国文人的语言总是和权力联系在一起,"跨骑参考消息"就是对这种可能联系的假意嘲弄。"请叫我准时显现"(第三首),这种注重空白、沉默的诗学既是一种语言诗学,也可以转化为古典中国的自然诗学,但在世俗国度仍缺少一个人格神的维度,正如第一首生灵的毁灭和第二首个体的出生构成了隐含的对比,张枣语言的灵魂也面临在东西方之间的艰难博弈、对话和冲突,比如,含混地说,在东方的自然与西方的精神之间。

第四首则直接写到了由此导致的现代生活和思想的凌乱状况:"凌乱是某种恨,人/假寐在其侧。"既涉及古典性情的修养功夫——"修竹耳畔的神情,青翠叮咛的/格物入门",也涉及时代的错位感、荒谬(第二节)以及无神的悲哀——"假定没有神,//怒马就只是人的姿态的帮凶。/那影子护士来了,那喷泉般的/左撇子,她摆布又摆布,叫//事物湿滑地脱轨,畅美不可言"。这几行诗有色情色彩,试联系"物质之影,人们吹拉弹唱/愉悦的列车编织丝绸"(《入夜》),暗示错认本能为宗教体验的虚幻之美,"纳粹先生递来幽会不带钥匙"。第五首则又回到了祖国、社会的生机和个人的"穷途"——"稳坐波心的官员盼着上岸骑鹤","这下流的国度自诩方方正正",而试图在老人的国度("晚晴")和个人流放、流亡之间获得平衡:"如何不入罗网?晚晴说:/让我疼成你,你呢,隐身于我。"

第六首再次发挥了第三首已经提到的内外转化的诗学,但这种转化却是在个体语言与心灵内完成的,"独白:我是我的一对花样滑冰者",进一步以男女为喻,暗示"表达的急先锋"与"无法取消虚无的最终造型"之间的对位,也就是语言与现实的对位关系,这首诗和第三首诗一样更关心语言的真实,而组诗中的其他首诗在接近语言的真实时,却需要不时借助世界的比喻,当然,它们的目的同样是到达语言和现实的同构。第七首诗则写到了爱情与表达之间的关系,或者是以爱情的焦虑隐喻语言和存在的双重焦虑:"从图书馆走出,你胖嫩的舌头/开窍于叶苗间。你坐立不安,/在长椅下寻找手帕,发夹,表达。"张枣有可能会想到柏桦的名作《表达》,在表达时表达表达的局限:"如果我提问,必将也是某种表达。"(《猫的终结》)另一方面诗人又明白:"月亮正分娩月亮/凌驾于一切表达之上"(《护身符》)。现实存在具有难以摧毁的晦涩、康德意义上的崇高和不可表达性,套用一下拉康的说法,对任何真实的接近都会导致诗歌语言结构的坍塌,但这恰好证明诗歌语言内含一种自省的力量,诗人的书写建立在对不可表达性的了悟上,这自然是诗写的根本困境。语言与现实之间的空白(地带)正是诗人的祖国。诗人是人类的舌头。

  第八首则以"红苹果"为喻,贯穿起了爱情、肉体和语言:"摘下,来比喻/生人投影于生人,无限循环相遇","红苹果"这个词由于承载太多的上下文压力而发生了自我悖反,"给你命名就是集全体于一身,虽然/有人从郊外假面舞会归来,打开/冰箱,只见寒灯照彻呻吟的空洞",从"事理"上可以还原为冰箱里红苹果"寒灯照彻"下的"空洞",但从词语的角度讲,则是由于命名的专制性("集全体于一身")而导致的语言空洞,"于是她求他给不可名的命名。/这神的使者便离去,万般痛苦——/人间的命名可不是颁布死刑?"(《历史与欲望》之《爱尔莎和隐名骑士》)诗人这个"口头上的物质主义者"(瓦莱里语)盼望和语言的相遇:"我和你久久对坐,/红苹果,红苹果,呼唤使你开怀:/那从未被说出过的,得说出来。"这也许表示,诗人是语言的爱人,他呼唤并倾听语言的灵魂;但是同时,也能够展示主体的更新生成和自我存在的多样性,正如同样围绕"红苹果"展开的《第二个回合》:"为了新的替身,/为了最终的差异。"对称于第二首个体的出生,第九首写个体的死亡,"我在大雪中洗着身子,洗着,/我的尸体为我钻木取火"。"我在大雪中洗着身子,洗着,大地啊收敛不散的万物。""火"的意象使用、"火"与"水"的对立都和第二首诗呼应,"火焰,扬弃之榜样,本身清凉如水",既涉及自然、万物与转化的主题,也涉及精神、死亡与灵魂的主题:"吹奏,吹奏一只惊魂的紫貂:/短暂啊难忍如一滴热泪","在大雪中洗着身子"当化自《庄子·知北游》:"斋戒,疏瀹而心,澡雪而精神。"

第十首也就是最后一首写到了诗人与远方的关系,并对这首诗的爱情主题、语言主题有一个收束,"诗人,车站成了你的芳邻","诗人,/你命定要躺着,像桥,像碰翻的/碘酒小姐,而诗/仿佛就是你。你的肺腑和疯指/与神游的列车难辨雌雄。幸亏有/远方啊,爱人,捧托起了天灾人祸"。诗人成了事物之间关系的媒介、见证和缘由,"是呀,宝贝,诗歌并非——/来自哪个幽闭,而是/诞生于某种关系中"(《断章》)。对称于第一首中的空难,最后一首诗有绝处逢生的意味,碘酒小姐区别于影子护士和纳粹先生,成为至高安慰的象征。第三首中的语言工作对称于第八首中的语言之爱,而第四首中现实的凌乱与色情对称于第七首回忆中知识与爱的启蒙,第五首中阻隔的清醒对称于第六首中虚无的契合,这些都说明这组诗的不同部分之间有着复杂、多层而又统一的关系。

顾彬谈到了读者对张枣诗歌可能的阅读感受:"我们看到的是那被克制的局部,即每个单独的词,不是可预测的词,而是看上去陌生化了的词,其陌生化效应不是随着文本的递进而削减反而是加深。这些初看似乎是随意排列的生词,其隐秘的统一只有对最耐心的读者才显现。""隐秘的统一"可以说是张枣诗歌语言的灵魂性质,它至少包含三个含义,其一是语言的形而上学意义,只有它才能打破现时代流行的唯名论的语言一元论(语言本体论);其二是语言的诗学结构和文本含义;其三才是语言在东西方文化、精神之间的游移,由此我们也知道为什么张枣的诗歌只能表现为语言的灵魂。他并不能也不愿意提供或求助于一个确定的形而上学意义系统,后者在道术为天下裂的情况下极难存留,于是他苦心经营的"元诗"也相应显示出认识论和方法论意味,他本来有术在超越精神中倾听圣灵的密语,却不幸总是耽溺于对世俗世界的自然感兴,最终让他表露出一个现代中国人灵魂的危机、契机

和转机:"我们到处叩问神迹,却找到偶然的东西。"(《断章》)

　　正如其名所示,《空白练习曲》是一首追求纯形式、纯语言的苦心孤诣之作,具有极为鲜明的现代主义风格:"诗歌产生于语言的律动,语言倾听前语言的'音调'而自身则为内容指明道路:内容不再是诗歌的真正基质,而是载体,承载音调制造者及其带有意味的震荡。"这恰好揭示语言的否定性特征,导向"前语言"的灵魂存在。承认"摹仿"的古典观念的崇高理想难以企及,并转而强调语言相对于现实的异质性,这样现代诗的命运凸显了出来,现代诗可以再次揭示人类存在的灵魂属性,在语言与现实之外加上不可或缺的第三项:灵魂和灵魂的呼吸,这个做法也有利于改善当代诗的批评惯性。

三

　　在语言与现实的关系上,《哀歌》通过一连串的排比逐渐接近真相:语言本身是一种死亡的呼喊,它意味着现实被压抑的另一面。抑或说,死亡是对语言与世界关系的一个隐喻,语言的存在本身就是事物在时间中不断丧失的证明,于是语言就成为对现实的哀悼,与现实的黑暗属性具有一种同源关系:"我咀嚼着某种黑暗。"在对死亡的报导方面,张枣仿佛觉得诗歌比新闻更义不容辞,当然,是以含蓄的隐喻的方式。

　　　　一封信打开
　　　　行云流水在户外猖獗
　　　　一封信打开
　　　　我咀嚼着某些黑暗
　　　　另一封信打开
　　　　皓月当空
　　　　另一封信打开后喊
　　　　死,是一件真事情

　　　　　　　　　　　　　　(《哀歌》)

　　更重要的是,死之预感、交谈和记忆成了他诗歌的基本内容,这形成了他诗歌的哀歌品质,《跟茨维塔伊娃的对话》应属这方面的力作,更早(1989年)的《卡夫卡致菲丽丝》则以爱情的忧郁来隐喻历史的无能、启示的缺失与神性的隐匿,这首诗也是哀歌的一种变体。《历史与欲望》则直接写到了爱之死和死之爱,更具有一种巴洛克式的镶嵌画般的哀歌效果,这也符合哀歌表达混合情感的体裁特征。如果说,张枣在少年就痛苦于事物的易逝性和时间的不可逆,于壮丽的词句后隐藏一种达观的欢悦,灵魂在飘浮的语言面前也始终保持高高在上的优游的气度,那么在经过同代人和历史中死亡的重创之后,他只能在对语言空白的祈祷中触摸到语言的灵魂,并进而在自然之眼的谛视下触摸到社会隐秘的灵魂。

> 看看我的世界吧,这些剪纸,这些贴花
> 懒洋洋的假东西;哦,让我死吧!
>
> (《海底被囚的魔王》)

> 别人死后我宁可做那个摆渡人
>
> (《伞》)

> 死者的微调摸索我:好一个正午!
>
> (《一个诗人的正午》)

> 猫会死,可现实一望无限,
> 磋之来世,在眼前,展开,恰如这世界。
>
> (《猫的终结》)

"死"在张枣诗歌中比比皆是,可能也是他最为引人注目的一个词。在张枣的用法中,"让我死吧"等于"让我存在","死"获得了"存在/是"的哲学含义:"我死掉了死——真的,死是什么?/死就像别的人死了一样"(《德国士兵雪曼斯基的死刑》),"我已经死了,我/死掉了死,并且还//带走了那正被我看见的一切"(《死囚与道路》),"她便杀掉死遁进生的真实里"(《历史与欲望》之《罗密欧与朱丽叶》)。张枣提供了一个堪与悠久的"生生"相媲美并且对抗的"死死",更倾向于西方形而上学本体论的存在哲学,能够证明这一点的是:"死掉死"中"死"的用法模仿了西语语法中"存在"或"是"(Sein/sein, being/to be)的用法,但都意指"存在者的存在"。"死掉死"是一种冲撞汉语语法边界的极端表达。对西语语法的借鉴在近世已为普遍,也的确改变了汉语的思想和美学属性,如果我们觉得汉语的哲学品格要通过它的审美实践来证明,那么很显然张枣也将存在的学问——假道人的生存和经验领域——艺术化或诗意化了,转变为存在之诗。而同时,死亡也成为对艺术的隐喻,与"我的世界""懒洋洋的假东西"相对。《猫的终结》中说得更为清楚,猫与海底被囚的魔王一样都是诗人的象征,"忍受遥远,独特和不屈,猫死去",而"磋之来世"则意味着语言和艺术的修炼,《诗经》曰:"有匪君子,如切如磋,如琢如磨。""磋之"这个词表明了张枣对诗艺的严肃态度,既有存在之理的诗意化也有诗的哲理化。张枣在诗歌语言里也完成了对来世的想象,"我"拥有不同化身,"死者的微调摸索我:好一个正午!"微调(diao/tiao)的两种读音表明,正是摸索中的"化身"造成了张枣诗歌声音的微弱和不易辨认,即使这个"化身"显现为一个"他者",一个历史中的人物:"他的影子在预告一朵中世纪的云,/那下面,我是诡谲橹舰上的苦役。"(《一个诗人的正午》)张枣诗歌中频繁的人称转换也许正源于此。也就是在上述意义上,《伞》中感叹:"多少词,将于我终身绝缘","这儿,这乌有之乡,该有一片雨景/撑开吧。生活啊,快递给我的手",点明了人的存在的两重性,而诗人则自觉要做冥界之河的摆渡者。

除了存在论的意义,张枣的灵魂诗学也有一种历史的意义,而牵涉到国家、时代和流亡诸多主题,与政治流亡也许有所不同,更多是内心与文化甚至灵魂的流亡,这些在《跟茨维塔伊娃的对话》有集中表现。《跟茨维塔伊娃的对话》发展了在《卡夫卡致菲丽丝》中的哀歌主题。《卡夫卡致菲丽丝》中"爱的忧郁"还被包裹在宗教和形而上学里(见这首诗和卡夫卡日记中有关神、魔鬼和天使的论题),而《跟茨维塔伊娃对话》则直接成为历史的哀歌、时代的哀歌。而与它们相比,《空白练习曲》更多属于"元诗结构"的练习,"课虚无以责有,叩寂寞而求音。"

(陆机《文赋》)。《跟茨维塔伊娃对话》也具有"诗歌的形而上学"含义,但因与历史纠缠在一起,最大程度体现了中国诗人潜意识当中的哀歌性,这与20世纪中国历史中的暴力和牺牲有关,但又深明历史行动和"救赎"的无力,同时也可以唤醒古典诗歌中遭到儒家正统诗学压抑的另一面,在"美刺"之外其实还有一个"幽灵学"(如《楚辞》中的祈神)的传统。

在整个十四行组诗《跟茨维塔伊娃对话》中,这一首表面上并不那么耀眼,但却构成了组诗背后的中心事件:死亡与自杀,抑或人类在历史暴力中的牺牲。开头就写到了灵魂令人惊讶的性质,它与周围的事物既亲密又疏离,但是正是现代"乌托邦"里的死亡,让人无法忍受一个没有灵魂的世界,这让诸如此类的——"一个针尖上站着多少天使?"——中世纪学术命题变成了绝妙的寓言。灵魂与周围事物、与小东西的对立因素,正好对应着社会政治领域的对立因素,"人造的世界,是个纯粹的敌人";但接着说,"我常常想,不是人,/更不是你本身,勾销了你的形体",诗人的目光从政治的对立上悄然移开,正是此际包涵了全部历史生存的紧张,因为牵涉到对待历史暴力、历史牺牲的态度,"真的,语言就是世界,而世界/并不用语言来宽恕。/哎,恨的岁月,褴褛的语言,/我还要忍受你多久?"(《德国士兵雪曼斯基的死刑》)诗人知道,宽恕的命题和救赎的命题同样艰涩,宽恕之难不也反证和质询了救赎之难吗?更可怕的,不管怎样,两个难题几乎都意味着历史的无能和循环。于是可以明白,正是这些"人周围的事物""小东西""弹簧般的物品"铭刻着人类的记忆,和灵魂一样脆弱,但却是求证灵魂和人类存在的唯一渠道;而同时,这些"物品"也是现代技术管理(官僚)器物制度的遗留,具有一种在神魔之间模棱两可的变异性。而十四行诗结尾的"对句":"无根的电梯,谁上下玩弄着按钮?/我最怕自己是自己唯一的出口。"就成为对"历史谬误"中生命体验的悲剧"净化"的"空无"的悼念。如果说,存在着一种灵魂与"物"的对置,这并非哲学上的陈词滥调,而是经由历史记忆完成的诗学辩证;甚至可以说存在着一种"物的记忆";而诗人从"政治的对立"上移开目光,也不是从历史向冰冷之物的逃逸,而是自觉让语言成为灵魂的工具。"外面"仿佛与

"眼睛的居所"相对,但又是"眼睛的居所"的延伸,这是在强调语言的灵视能力。"甚至死也只是衔接了这场漂泊",死亡也是流亡的继续,这里对流亡主题的大胆书写是:流亡与回归都不过是灵魂转世的记忆。——值得注意的是,张枣在《祖国丛书》和《祖国》里还将流亡主题情欲化了。结尾又以悖论的方式写到了死亡,写到了生与死的差异和同一。死亡和灵魂主题之所以这么重要,乃是由于20世纪以降历史中的暴力与牺牲,也就是在这个意义上,张枣和茨维塔伊娃、和卡夫卡、和他翻译的勒内·夏尔构成了真正的对话关系,抑或说拓展了张枣对话诗学的生存视野:

灵魂与那些被敌人掳去的词语粗暴地结合,这种保外假释只是暂时的。

那些讨厌的家伙总是在不停地作同样的角斗;名无实。或实无名。那缺席者会来打断吗?我就是那缺席者,决不会第二次让人看见。

(勒内·夏尔《泪水沉沉》,张枣译)

在貌似"晦涩"其实精确无比的诗歌里,隐藏着诗人对社会和历史生活的深刻洞察,后者相对于诗人的语言来说只能含有一种有限的真实:尤其,诗歌的"更高真实"(哲人的论辩)对社会历史的残酷真相来说更有吸引力,同时却无法抵达,虽然社会历史的进程和未来有时也会被诗歌美化为乌托邦,但只有诗歌语言自身才是"所指的乌托邦",也就永远不会令人失望。因而与其说语言解放("灵魂……结合")是"社会解放"的前提,不如说对这样的诗歌的阅读是一种"保外假释";也就是说,阅读也成了无效的革命活动;这样说是因为要将语言与行动的关系考虑进来。作为行动者(曾经指挥战斗)的夏尔让这句诗的意义含混无比,它具有两个指向:无论是静止态的社会还是静止态的语言,都是一个牢狱;应该承认,"粗暴"是作为对行动(或"改写"的书写行为)的高歌出现的。而除了作为行动者的诗人形象,还应该有作为巫觋的诗人形象;社会运动("斗争")之外的语言运动("语言斗争"),就是上引《泪水沉沉》第二句诗的关注点;第一句诗可以表明,"被敌人掳去的词语"也是诗人的词语；而如果说诗人是缺席者,诗人的语言也就相应成为缺席者的语言。张枣显然更为符合巫觋这一种诗人形象,最好的情况是,作为行动者的诗人形象内在于作为巫觋的诗人形象。张枣有时就像从天堂之梦中醒来,手上只剩下一朵玫瑰花,有时又像从地下旅行归来述说有关地狱的悲伤的知识。他不断模仿死人说话,假想自己是一个死人,这在他也许是一种恐怖的甜蜜,但在一个瞬间很难分清这是活人在模仿死人还是死人在模仿活人,如果他要帮那些死去的人打官司,那也得冥王——过于古远了——邀请才行,而现代法官身边显然不会配置一个被替死鬼(缺席者?)附身的巫觋……张枣害怕的,或者想要说的是,那个灵魂可能就是我们自己。

(原载《诗歌月刊》2011 年第 11 期)